हिन्द पॉकेट बुक्स

अन्तर-धारा

रामकुमार भ्रमर प्रसिद्ध हिन्दी साहित्यकार, फिल्म पटकथा लेखक और समाजसेवी थे। आपने दर्जनों मौलिक उपन्यास लिखे। दस्युओं पर आपने प्रामाणिक लेखन करके सबको चौंका दिया, क्योंकि अपने लेखन के लिए कई बार आपको खूंख्वार डाकुओं से भी रू-ब-रू होना पड़ा।

मूलतः उपन्यासकार के नाते प्रसिद्ध रहे रामकुमार भ्रमर ने कहानियाँ, उपन्यास, नाटक, व्यंग्य, रिपोर्ताज, यात्रा-विवरण, निबंध, सत्यकथाएँ, संस्मरण, डायरी, जीवनी-अंश, इंटरव्यूज, फिल्म पटकथाएँ, वार्ताएँ, भाषण, बाल-साहित्य, महत्वपूर्ण पत्र-व्यवहार समेत हिन्दी की तमाम विधाओं में लेखन कार्य किया। *तीसरा पत्थर* समेत आपके कई उपन्यासों पर सुपरहिट फिल्मों का निर्माण भी हुआ है।

तू केवल कर्म कर, कर्म के फल की इच्छा मत कर ! कर्मों के फल की वासना वाला भी मत हो तथा कर्म न करने में तेरी प्रीति न हो ।

श्रीकृष्ण–कथा पर आधारित उपन्यास

समय-पुरुष
• कालचक्र • कारावास

अन्तर–धारा
• कालिन्दी के किनारे • कर्मयज्ञ

मुक्ति-संघर्ष
• कालयवन • जनाधार

उत्तर-दक्षिण
• जनपथ पर • जलयात्रा

जय-यात्रा
• जन-जन हिताय • जय

श्रीकृष्ण-कथा पर आधारित उपन्यास

अन्तर-धारा

रामकुमार भ्रमर

हिन्द पॉकेट बुक्स
पेंगुइन रैंडम हाउस इम्प्रिंट

हिन्द पॉकेट बुक्स

यूएसए | कनाडा | यूके | आयरलैंड | ऑस्ट्रेलिया | सिंगापुर
न्यू ज़ीलैंड | भारत | दक्षिण अफ्रीका | चीन

हिन्द पॉकेट बुक्स, पेंगुइन रैंडम हाउस ग्रुप ऑफ़ कम्पनीज़ का हिस्सा है,
जिसका पता global.penguinrandomhouse.com पर मिलेगा

पेंगुइन रैंडम हाउस इंडिया प्रा. लि.,
चौथी मंजिल, कैपिटल टावर -1, एम जी रोड,
गुड़गांव 122 002, हरियाणा, भारत

पेंगुइन
रैंडम हाउस
इंडिया

प्रथम संस्करण हिन्द पॉकेट बुक्स द्वारा 2008 में प्रकाशित
यह संस्करण हिन्द पॉकेट बुक्स में पेंगुइन रैंडम हाउस द्वारा 2022 में प्रकाशित

10 9 8 7 6 5 4 3 2

ISBN 9789353495169

मुद्रकः रेप्रो इंडिया लिमिटेड

www.penguin.co.in

FSC www.fsc.org
MIX
Paper from responsible sources
FSC® C047271

This is a legitimate digitally printed version of the book and therefore might not have certain extra finishing on the cover.

क्रम

कालिंदी के किनारे

जैसे-जैसे रथ राजधानी के पास पहुंच रहा है, वैसे-वैसे अस्ति और प्राप्ति की आंखों में कुछ गड़ने लगा है। पहले रेत की कुछ किरकिरी जैसा और फिर समूचा ही रेगिस्तान।... कैसी विचित्र स्थिति है! तरल आंसू भी रेगिस्तान की तपन और झुलसन का अहसास देने लगते हैं। कितने-कितने विचित्र और दोहरे अर्थों से भरे होते हैं ये आंसू। कभी हर्षामृत बने हुए, कभी लावे का उफ़ान लिए हुए।

अस्ति और प्राप्ति–दोनों ही बहनों की आंखों में अनेक बार आए हैं ये आंसू। उस समय भी आए थे, जब इसी मगध देश की राजधानी में मथुराधिपति कंस के साथ विदा होते समय पिता जरासंध से बिलग हुई थीं; किंतु तब अलग अर्थ थे इन आंसुओं के। पतिगृह जाने का उल्लास भी भरा हुआ था इनमें और पितागृह से विदाई का संताप भी।

पर आज?... आज ये आंसू सिर्फ़ पीड़ा, प्रतिशोध और घृणामिश्रित आक्रोश में डूबे हुए! वर्षाहीन मरुस्थल की तरह तप्त! अंगारों की तरह झुलसाते हुए। पति-बिछोह के शोक से संतप्त और राजगौरव की गरिमा के धूलि-धूसरित हो जाने की वेदना से छनकते हुए।

बरसों पूर्व जब इसी राजमार्ग से निकलकर मथुराधिपति कंस की महारानियों के रूप में दोनों बहिनें मथुरा की ओर चली थीं, तब इसी रथ की गड़गड़ाहटें पायलों की झंकार जैसी अनुभव हुई थीं और आज जब वैधव्य का उजाड़ बटोरे हुए पितागृह को लौट रही हैं तब लगता है कि रथ उन्हें

बिठाले हुए नहीं, प्रतिक्षण उन्हें रौंदते हुए आगे बढ़ रहा है! अपने ही भीतर लहूलुहान होती हुई अस्ति और प्राप्ति! अपने ही मर्मान्त में लगे, कभी न भर सकने वाले बदले के घाव की सड़न अनुभव करती हुई!

जानती हैं कि पिता की महाशक्ति का एक थप्पड़ भी नहीं झेल सकेंगे कृष्ण-बलराम! पर उनके नाश से भी अस्ति और प्राप्ति को सन्तोष नहीं मिलेगा। उस अपमान का हिसाब नहीं चुकाया जा सकेगा जो मथुरा की महारानियों ने झेला है! उस सिन्दूर की लालिमा उन दोनों के रक्त से भी नहीं लौट सकेगी, जिसे सजाए हुए महाराज कंस की महारानियां गौरव गरिमा से भरी-भरी फूलों लदी बेल की तरह सदा भारी रहती थी।

सोचती हैं तो विश्वास नहीं होता। दृश्य रह-रहकर दृष्टि के सामने धूमकेतु के अशुभ दर्शन की तरह कौंध उठता है। विशालदेह और दुर्जय शक्ति से सम्पन्न अपने पति को उन चपल बालकों द्वारा इस तरह हत होते देखा था उन्होंने जैसे किसी कीट पतंग को मसला जाते देख रही हों । विस्मय से पलतें जहां की तहां थमी रह गई थीं।

सभा में भगदड़ मच गई थी। जिसका जहां सींग समाया, भाग निकले। वे, जिनकी शक्ति के स्तम्भों पर महाबली कंस ने अपने विशाल गणसंघ का आतंक बिखरा रखा था। वे, जो राजा के दृष्टिपथ पर उजियाले के सुझाव बिखराए रहते थे। वे जिनकी क्षमता और योग्यता से मथुराधिपति कंस ने वृष्णि, अंधक और यादवों पर अपना दबदबा बनाए रखा था, उन्हीं को कायरों, मतिभ्रमों की तरह भागते-बिखरते-बदहवास होकर गिरते-लड़खड़ाते देखा था दोनों महारानियों ने। और फिर देखा था सभास्थल के बीचोंबीच लहू से सराबोर पड़े अपने वज्रयष्टि पति कंस को। दोनों रानियों के रोम-रोम में फुरहरियां भर गई थीं।

वे गोप बालक? अविश्वसनीय! पर सत्य सामने था। सेविका ने कहा था, "देवि!... चलें!... यह सब असह्य है!" किस तरह उठीं, किस तरह अपनी मूर्च्छा संभाले रहीं–इस पल याद नहीं आता। बस, इतना याद है कि आते ही राजभवन में मृतप्राय-सी गिर गई थीं। धीमे-धीमे एक-एक समाचार

आता गया था... गोप बालकों ने महाराज उग्रसेन को कारागृह से मुक्त कर दिया है... देवकी और वसुदेव को भी।...और यह भी कि वे बालक देवकी और वसुदेव की ही सन्तति हैं!

कालगति! मन ने एक उच्छारवास भरकर सोचा था। याद आया कि किन-किन उपायों से कंस ने उन गोप-बालकों को समाप्त करने की चेष्टा नहीं की थी? वत्सासुर, केशी, पूतना, चाणूर कितने ही नाम और कितनों की ही समाप्ति के समाचार! तब भी निश्चिंत थीं अस्ति और प्राप्ति। महाशक्तिशाली कंस को समाप्त करना उन बालकों के लिए असंभव है! पर यही असंभव विद्युत् गति से ही संभव हो गया था।

देर बाद सुधि आई थी उन्हें। अस्ति ने पलकें खोलीं तो पाया था कि सेविकाओं से भरा रहनेवाला रनिवास रिक्त पड़ा है। कौंधकर पुकारा था, "कोई है?" और विश्रांति सामने आ खड़ी हुई थी। आंखों में छलछलाते आंसू, चेहरा झुका हुआ, "आज्ञा, महारानी?"

'महारानी?' लगा था जैसे किसी ने छाती पर घूंसा चला दिया है। अंतड़ियों तक को तोड़ता हुआ। अपने ही भीतर, अपने ही टूटने का स्वर साफ-साफ सुना था उन्होंने। पर शक्ति बटोरी–ऐसे, जैसे, अपना ही छार-छार हो चुका कांच जैसा मन बटोरा हो। कहा था "जल!... जल दो, विश्रांति!" विश्रांति आज्ञापालन में तत्पर हुई।

अस्ति ने छोटी बहन को देखा... सुधि में होकर भी वह अब तक बेसुध-सी थी। बाल बिखरे हुए। दृष्टि भयजनित पीड़ा से भरी हुई। लगता था कि कुछ ही पलों में दमकते रहनेवाले चेहरे को अमावस ने ग्रस लिया है। वैधव्य की अमावस! पराधीनता की पीड़ा से पीली हो चुकी पुतलियां!

"प्राप्ति!" अस्ति ने कहा था। लगा था कि अपनी ओर से बहुत ज़ोर से बोली है। वह, किंतु स्वर इतना अशक्त हो गया है जैसे स्वयं की आवाज़ को ही किसी गहरे कुंए से ऊपर आते सुना हो उसने।

प्राप्ति ने पलकें झपकीं... पुतलियां अश्रुहीन थीं। इस तरह मुड़ी जैसे किसी यंत्र का अंग चला हो। भाव शून्य और जड। उत्तर नहीं दिया। सिर्फ़ आंखें टिकाए रखीं बड़ी बहन पर।

"सब समाप्त हुआ!" अस्ति ने उसी तरह डूबी और धुंधलाई आवाज़ में कहा था "राजगौरव, गरिमा, महत्व और सम्मान... सब समाप्त हुआ!"

कुछ पल सन्नाटा रहा। लगा कि अपने ही शब्द कक्ष में गूंज-गूंजकर लौट आए हैं। प्राप्ति ने एकदम कुछनहीं कहा। विश्रांति जल से आई थी। अस्ति ने कुछ घूंट पिए। जलपात्र वापस सेविका की ओर बढ़ा दिया।

प्राप्ति अनायास ही बोली थी, "मैं जानती थी बहिन! यह सब समाप्त होना है!"

अस्ति विस्मय और अविश्वास से भरी स्तब्ध देखती रही छोटी बहिन को। क्या ठीक ही सुना था उसने? प्राप्ति ने वही कहा है जो उसने सुना है? ...प्राप्ति ने पुन कह दिया था, "हां, यह सब होना था, आज नहीं तो किसी और दिन! पर यह होना ही था!" और फिर एक गहरा श्वास बिखर गया था उसका, धुंध की तरह!

प्राप्ति के ये शब्द?... होंठ खुले रह गए थे अस्ति के। नहीं-नहीं, असंभव! प्राप्ति पति-वध को देखकर मस्तिष्क का संतुलन खो बैठी है। अस्ति को यही लगा था। किंतु प्राप्ति कुछ थमकर आगे भी बोल गई थी, "सत्तामोह ने मथुराधिपति को असंतुलित कर दिया था बहिन! कितनी बार कहा था मैंने, पूज्य उग्रसेन को कारावास से मुक्ति दो! वसुदेव और देवकी के अबोध बालकों का संहार मत करो! पर कालगति ने उन्हें कभी शुभाशुभ का विचार नहीं करने दिया! और आज वह सब..." सहसा प्राप्ति बिलख पड़ी। ऐसे जैसे किसी पत्थर से झरना बरस पड़ा हो।

अस्ति को अच्छा नहीं लगा। कैसे अच्छा लगता? पति कंस ने क्या शुभ किया, क्या अशुभ? किस क्षण पुण्य संजोया, किस पल पाप सहेजा? यह सब बात पत्नी के लिए विचारणीय नहीं। हो भी, तो कम-से-कम इस क्षण नही। यह क्षण तो पति के वध को लेकर प्रतिशोध के ज्वालामुखी में झुलसने का है। यह क्षण केवल उस ज्वाला को निरंतर प्रज्ज्वलित रखने का

है। पर जानती थी अस्ति, प्राप्ति के विचारों और उसके विचारों में कभी समानता नहीं हुई। इस समय भी वही स्थिति। विषय को वहीं तोड़ दिया था उसने। पूछा, "अब? अब क्या करना चाहोगी तुम? महान् कंस की विधवा के नाते क्या कर्त्तव्य होना चाहिए हमारा? जिस कुल ने हमें वैधव्य दिया है, उसके आश्रय में रहने से अधिक अपमानजनक मुझे तो कुछ नहीं लगता!"

प्राप्ति कुछ सहज हुई... पर अपनी बौद्धिकता से पूर्ववत् घिरी हुई। यह स्वभाव था उसका। फिर कब बाध्यता बन गई थी। यह भी याद नहीं। बस, इतना याद है कि न कभी किसी विषय पर त्वरित निर्णय लेने की उसे आदत थी, न उस क्षण कर सकी।

अस्ति ने इस बीच अपने-आप को कुछ सहेज-संजो लिया था। थकी सी चाल में चल पड़ी। जाते-जाते कह गई थी बहिन से, "तुमने जो भी विचार किया हो या करो, पर मैं निर्णय ले चुकी हूं... पितृगृह लौट जाऊंगी।"

प्राप्ति ने उत्तर नहीं दिया था, केवल सुना। रिक्त दृष्टि से देखती रही। यह रिक्तता ही उत्तर था उसका। प्राप्ति हो या अस्ति–यहां रहे या वहां क्या अंतर पड़ने वाला था?

और मथुरा के राजभवन में रहते हुए भी इस रिक्तता से कहां मुक्ति मिली थी प्राप्ति को? महाराज थे, किंतु राज-काज के नाम पर प्रतिदिन पारिवारिक षड्यंत्रों में व्यस्त। कभी आशंका रहती थी कि गणसंघ के किसी सामन्त के यहां षड्यंत्र पक रहा है और कभी लगता था जैसे राजनीति केवल अंधकार से पूर्ण लंबी अविराम रात्रि बन गई है!

शूरसेन जनपद के किसी-न-किसी भाग से कोई-न-कोई अशुभ समाचार मिल जाया करता था। आज किसी ने कोई टिप्पणी की, आज किसी ने महाराज उग्रसेन के बंदीगृह में होने की चर्चा चलाई और कल किसी को देवकी-वसुदेव की संततियों को महाराज के द्वारा क्रूरतापूर्वक मार डालने की स्मृति आई। किसी ग्राम में सभा हुई, किसी में चर्चा और किसी में किसी

राजसेवक ने उपस्थिति दी। आए दिन अशांति से भरी घटनाएं। हर पल केवल अशांति और अनिश्चिता का घिनौना डर बना हुआ!

इसी तरह चल रहा था मथुरा का जीवन और इससे कहीं बदतर और बेचैनी से भरा जीवन था अस्ति-प्राप्ति का। कंस उन्हें बाहों में कसते, पर लगता कि वे अजब-सी अलस भाव में डूबी हुई केवल जड़ शाखाएं हैं। न सिहरन होती थी उस जकड़ से, न ही मन उद्वेलन लेता! कितनी-कितनी रातों सोते में जाग नहीं जाया करते थे कंस? बैठ जाते और फिर सन्नाटे को निगलते हुए कई पहर बैठे रहते या कि सन्नाटे ही उन्हें कई पहरों तक निगले रहते। प्राप्ति कारण पूछती। कंस का उत्तर केवल बहलाव होता, कोई झूठ। पर प्राप्ति जानती थी, कारण।

कारण है उनका अपना आत्म। भयग्रस्त आत्म उग्रसेन, देवकी, वसुदेव के अतिरिक्त भी अनेक चेहरे हैं जो उन्हें रातोंरात सोने नहीं देते। और भय काटने के लिए वह हर सुबह किसी-न-किसी कूटजाल को बुनते हैं। कूटजाल यानी षड़यंत्र। छल और असल का घटाटोप अंधकार एक और सतह लेता है। ऐसे ही अंधकार सतह-दर-सतह महाराज पर हावी होते गए थे और इन अंधेरों में ही असंख्य, अज्ञात षड़यंत्र पलते-पनपते रहे।

किंतु वे मात्र षड़्यंत्र तो नहीं थे? प्राप्ति को उस समय भी लगता था, आज भी लग रहा है। जो कुछ हो रहा था–उस समय अज्ञात था–कंस वध के बाद ज्ञात हुआ, वह सब षड़्यंत्रों के उत्तर में केवल रक्षा थी।

देवकी हो या वसुदेव, वसुहोम हो या कंटक, चंचला हो या अनुराधा, बाबा नंद रहे हों अथवा यशोदा, सब केवल बचाव कर रहे थे। स्वर्गवासी कंस से बचाव। इस बचाव के उत्तर में भी उन्हें उसी कूटनीति का जाल रचना पड़ रहा था, जिसका आरंभ महाराज कंस ने स्वयं किया था।

प्राप्ति तब भी जानती थी आज भी यही अनुभव करती है। मन होता है कि पति की हत्या के दोष में उन सभी को दोष मान लें, किंतु वैसा हो नहीं पाता। मन ही कमज़ोर हो गया है या पतिनिष्ठा नहीं थी उनके मन में? पूछती है अपने-आप से। उत्तर नहीं मिलता। जो उत्तर मिलता है, वह होता

है केवल सत्य! एक बार उस सबको पुनः जानना चाहती है। जो घटा था मथुरा में। प्राप्ति-अस्ति से कंस के विवाहोपरांत तुरंत घटा था। हालांकि उस समय जानने को नहीं मिला था, तब वह सब रहस्य था, सबसे पहला रहस्य था, कारावास से निकाले गए कृष्ण की कथा।

अनचाहे ही दौड़ते रथ के साथ वही सब याद आने लगा है प्राप्ति को।

कारागृह का उपाधीक्षक विचित्र-सी सहम से भरा हुआ था। वसुहोम ने पहली दृष्टि में ही समझ लिया था। लगा था कि कुछ कहना भी चाहता है, पर होंठ साथ नहीं दे रहे हैं। होंठ या मन?

मन वसुहोम का भी हुआ कि पूछ लें, क्या बात है। पर चुप रहे। अपनी ओर से रुचि नहीं जतलाएंगे। ऐसा करके कंटक को अधिक उलझन में डाल देंगे। हो सकता है कि वह पूर्वपेक्षा अधिक सहम-संकोच से भर उठे। चुपचाप खड़े देखते रहे।

कंटक हौले-हौले रथ की ओर बढ़ रहा था। चेहरा कुम्हलाया हुआ। आंखे चोर भाव से भटकती हुई, अस्थिर।

वसुहोम ने पास ही खड़ी अनुराधा की ओर देखा। जैसे जानने की चेष्ठा की हो। क्या वह भी वही कुछ सोच रही है,जो वसुहोम सोच रहे हैं? या वसुहोम ने समझा है? अनु की दृष्टि ने भी वही कुछ कहा। इस बीच कंटक सामने आ खड़ा हुआ। कारागृह से जाने के पूर्व एक औपचारिकता पूरी करने आया था कि वह। सूचना देगा। वसुहोम अधिकारी है।

"महोदय!" कंटक ने जैसे साहस जुटाया। बोला, "सेनापति का संदेश आया है कि तुरंत उनसे भेंट करूं। आपकी आज्ञा है?"

"अवश्य!" वसुहोम ने कहा। पर कंटक इस समय भी उन्हें देख रहा था, क्या अब भी कुछ कहने के लिए शेष रहा है? उसकी दृष्टि से यही लगा था उन्हें। पर पूछा फिर भी नहीं।

कंटक ही बोल गया था, "मेरा अनुमान है कि केशी को कहीं से कुछ सूचना अवश्य मिली होगी।" उसका स्वर आशंका और चिंता में डूबा हुआ

था। वसुहोम की आंखों में रात उभर आई। मथुराधिपति के आने के पूर्व जिस तरह उन्होंने देवकी सुत को कारागार से बाहर निकाला था, उसी को लेकर कंटक कुछ कहना चाहता था।

वसुहोम कुछ क्षण कंटक को देखते रहे। ज्ञात था कि कंटक सब कुछ जानता है, पर यह भी समझ रहे थे कि कंटक कुछ कहने-बतलाने वाला नहीं है। मनुष्य-मन के भीतर किस गति और वेग से क्या कुछ घट रहा है, वसुहोम पहचानते थे। कंटक कभी वसुहोम और वसुदेव पर ही दृष्टि रखने के लिए कारावास में पहुंचाया गया था। अपना गुप्तचर-धर्म पूरा भी कर रहा था। वह। देवकी की हर संतान के जन्मते ही वसुहोम की सूचना के पूर्व कंस और केशी तक सूचनाएं पहुंचाता रहा था वह। किंतु आठवीं संतति के जन्म पूर्व घटनाओं ने कुछ ऐसा बदलाव लिया कि कंटक और उसकी पत्नी, दोनों ही हृदय-परिवर्तन के लिए बाध्य हो गए। वसुहोम के लिए बदलाव चमत्कार की तरह घटा था और इसी चमत्कार ने देवकी सुत को सुरक्षित गोकुल तक पहुंचाने की राह दी।

और सब कुछ सही तरह हो जाने के बाद सहसा केशी का बुलावा आ पहुंचा था कंटक के लिए। कंटक उसी बुलावे पर जा रहा था।

वसुहोम की आंखों के सामने दुष्ट स्वभाव केशी का चेहरा उभर आया। क्रूर, कठोर और हिंस्नता की सीमा तक पशु केशी! फिर लगा जैसे कंटक और उसकी पत्नी के अतिरिक्त भी कारागार में कोई था जो सूचनाएं देता रहा। कौन हो सकता है?

एक-एक कर प्रहरियों के चेहरे वसुहोम की दृष्टि के सामने आने लगे। किसी एक चेहरे की तलाश में। मस्तिष्क को मथते हुए। कौन हो सकता है? पर आवश्यक तो नहीं कि केशी के बुलावे का वही अर्थ हो जो कंटक या वसुहोम सोच रहे हैं? कोई अन्य कारण भी हो सकता है। उस पल मन को धैर्य बंधाया। कहा, "जानता हूं कि किस चिंता ने तुम्हें व्यग्र किया है मित्र। पर आवश्यक नहीं कि तुम्हारी आशंका सही ही हो। सेनापति किसी अन्य कारणवश भी तुम्हें स्मरण कर सकते हैं।"

कंटक ने सुना। उत्तर नहीं दिया। गहरा श्वास छोड़ा और रथ की ओर मुड़ गया। पल-भर बाद वह रथारूढ़ होकर कारागृह से बाहर निकल गया। वसुहोम और अनुराधा देर तक खड़े यूं ही के भाव से उस पर देखते रहे, जिधर से कंटक रथ सहित लुप्त हो चुका था।

कंटक के कानों में इस समय भी वसुहोम के शब्द गूंज रहे हैं, "आवश्यक नहीं कि तुम्हारी आशंका सही ही हो।" लगा जैसे इन शब्दों ने उसे केवल शक्ति ही नहीं दी है, साहस की चेतना भी भरी है शरीर में। इसके बावजूद मन रह-रहकर अकुला उठता है। इस अकुलाहट के भीतर से एक प्रश्न उठता है–इसके अतिरिक्त हो भी क्या सकता है कारण? कंटक एक दायित्व-निर्वाह के लिए ही कारावास-सेवा में पहुंचाया गया था, और उससे उसी दायित्व को लेकर पूछताछ की जा सकती है। इसके अतिरिक्त और क्या हो सकता है?

"बहुत कुछ हो सकता है।" मन ने कुलांच भरकर उत्तर खोजा था। "बहुत कुछ। तुम्हें सेवा से अलग कहीं अन्यत्र भेजा जा सकता है। किसी और दायित्व निर्वाह के लिए। कोई और काम सौंपा जा सकता है। केशी अपने किसी निजी षड्यंत्र में भी जोड़ सकते हैं तुम्हें। अनेक काम हैं।"

कंटक का साहस अधिक दृढ़ हुआ। रथ तीव्र गति से बढ़ा जा रहा था। बीच-बीच में अवरोध आ जाते। रथ की गति धीमी करनी पड़ती। कंटक विचारों से परे होकर दाएं-बाएं देखने लगता, मार्ग-अवरोध के कारण। पर कारण देखकर पुनः अपने विचारों से जुट जाता। नगर और मुख्य मार्गों पर जहां-तहां महाराज कंस के विवाहोत्सव की तैयारियां हो रही थीं। वाद्यों-बन्दनवारों के अतिरिक्त साधारण जन को भी आदेश दिए गए थे कि अपने-अपने घरों की सजावट करें। मथुराधिपति कंस, महाशक्तिसंपन्न सम्राट् जरासंध के जामाता होने जा रहे थे। मथुरा का गौरव। इस गौरव-समारोह को दीप पर्व की तरह धूम-धड़ाके से मनाया जाना था।

सजावट की यह व्यवस्था ही अनेक मार्गों पर अवरोध बनी हुई थी। नर-नारी, राजसेवक और सेविकाएं उत्साहपूर्वक तैयारियों में व्यस्त दीखते थे। कंटक ने अनेक को देखा। जिस गति और उत्साह को दृष्टि देखती है, वह मानसिक नहीं है–केवल राजभय के कारण है! इस राजरोष में मृत्युभय की कालिमा छिपी है। इस कालिमा से भयातुर नगरवासी यांत्रिक भाव से वह सब किए जा रहे हैं, जो उनसे करने को कहा गया है।

विभिन्न स्थानों पर गति को संयत और तीव्र करता सारथी रथ को केशी के निवास तक ले पहुंचा। कंटक ने रथ से उतरने के पूर्व समूची आत्मशक्ति जुटाकर आगत क्षणों के लिए अपने-आप को तैयार किया, फिर संयत चाल में सेनापति के कक्ष की ओर बढ़े। प्रहरियों को सूचना दी गई, "सेनापति तक समाचार पहुंचाओ, उपाधीक्षक आए हैं।" वायुगति से प्रहरी भीतर समाचार ले गया। पल-भर बाद लौटकर खबर दी, " वह आप ही की प्रतीक्षा कर रहे हैं, श्रीमान्" कंटक तीव्र गति से केशी के भेंट कक्ष में प्रवेश कर गया।

सेनापति खड़े थे। स्वस्थ, गठीला, शक्तिशाली शरीर था उनका। दृष्टि में चालाकी और धूर्तता दीखती थी। किसी को देखते तो लगता कि उसके अंतर तक समाकर सत्य की सतह तक जा पहुंचना चाहते हैं। कंटक स्वयं को तैयार कर आया था। केशी की यह वेधक दृष्टि उसकी जानी-पहचानी है। इस दृष्टि का सामना करने के लिए बहुत साहस और शक्ति चाहिए। आत्मविश्वास और कठोरता की ऐसी प्रतिरोधात्मक ज्वाला चाहिए जो केशी की आंख से आंख मिलाते ही बुझे नहीं-कौंधे! उससे कहीं अधिक तीव्र चमक के साथ कौंधे!

बस, कुल एक ही शक्ति है केशी के पास। कंटक जानता है यदि इस शक्ति का प्रत्युत्तर दे सका तो वह सत्य की सतह पाना तो दर-किनार, दृष्टि की पलक भी नहीं लांध सकेगा।

केशी उसकी ओर से पीठ किए हुए। कंटक को यह भी ज्ञात है। केशी इसी तरह हर उस आदमी का सामना करता है, जिसे वह चौंकाना चाहता है। मुड़ते ही उत्तर देने वाले को उसकी बेधक दृष्टि का सामना करना होता है। वह इतना आकस्मिक और तीव्रगति से होता है कि साधारणतः व्यक्ति अपने-आप को सहेज ही नहीं पाता। बस, व्यक्ति का यही असन्तुलन केशी की शक्ति बन जाता है। वह दन् से दृष्टि की राह उसके अंदर तक। और पलक झपकते ही अंदर की हर बात बाहर।

"प्रणाम निवेदित करता हूं सेनानायक।" कंटक ने स्वर में विनम्रता और शब्दों में संयम सहेजकर कहा।

केशी मुड़ा नहीं। उसी तरह खड़े-खड़े प्रश्न किया था, "हमें ज्ञात हुआ है, कंटक, कि देवकी के पुत्र नहीं, पुत्री हुई?"

"हां, देव।" कंटक ने जैसे उपहास करते हुए उत्तर दिया, "भविष्य वक्ता असत्य सिद्ध हो गए सेनापति। जिसे महाराज कंस का काल कहा गया था, वह काल नहीं बन सका।"

केशी एकदम मुड़ा। उसकी दृष्टि जैसे आग उगल रही थी। उससे कही अधिक आग की ज्योति कंटक को अपनी और बढ़ती अनुभव हुई, पर कंटक इस स्थिति को बखूबी पहचानता था। तुरंत स्वयं को साध लिया। बोला, "वह पुत्री भी मथुराधिपति के हाथों हत हो चुकी है, सेनानायक! अब उन्हें निश्चित होना चाहिए।" स्वर इतना सधा हुआ था कि केशी की दृष्टि-अंगार की ज्वाला लपलपाकर रह गई। कंटक दृष्टि बराबर मिलाए रहा । पुतलियों की अस्थिरता ने केशी के संशय को, जो किसी-न-किसी रूप से निश्चय बन चुका था अनायास पुनः संशय में बदल दिया। लगा जैसे वह प्रश्नरिक्त हो गया है। कुछ कह नहीं सका, केवल कंटक को देखता रहा और कंटक उसे... अचानक केशी ने दृष्टि हटा ली। सहज हो गया था वह। पूछा, "क्या सच ही देवकी की आठवीं संतान पुत्र नहीं पुत्री थी?"

कंटक ने स्वर में पुनः वही उपहास संजोया। अद्भुत अभिनय-प्रवणता के साथ बोला, "क्षमा करें सेनापति! पुत्र और पुत्री का अंतर पुरुष न भी

समझ सकें तो स्त्रियां तो समझती ही हैं। और जिस समय देवकी ने कन्या को जन्म दिया, मेरी पत्नी उनके पास थी।"

केशी उसे घूरने लगा, पर तुरंत ही उसे अनुभव हो गया था जैसे व्यर्थ चेष्टा कर रहा है। या तो कंटक का समाचार सही ही है या फिर वह पूरी तरह वसुहोम या वसुदेव के प्रभाव में आ चुका है। उससे बात निकलवाना लगभग असंभव होगा। किंतु कंटक पर सहसा अविश्वास भी नहीं किया जा सकता था। अब तक हर काम को कंटक बड़ी ज़िम्मेदारी और ईमानदारी के साथ केशी के हिताहित में पूरा करता आया था। ऐसे विश्वस्त के प्रति कुछ सूचनाओं के आधार पर अविश्वास व्यक्त कर देना उचित होगा क्या?

कंटक पूर्ववत् दृढ़ था। हालांकि मन घबराहट से भरा हुआ। केशी को खूब जानता था वह। तनिक-सा संदेह कंटक के प्रति कठोरता ही नहीं, हिंस्र पशुता का भाव पैदा कर सकता है। उसमें। पर इस क्षण उसने अनुभव किया था कि आत्मचेतना ने उसके भीतर विचित्र-सी आत्मशक्ति पैदा कर दी है। वह जैसे शिलाभाव से हर प्रहार को सहने के लिए तैयार है।

केशी ने गहरा सांस लिया। आसन पर बैठ गया। कहा, "गत रात्रि भयावह प्राकृतिक उत्पातों के बीच एक सैनिक आ पहुंचा था यहां। उसी ने समाचार दिया कि वसुदेव को उसने कारागार से बाहर जाते देखा था।"

"कारागार से बाहर?" कंटक ने पुनः बात छीन ली। बोला, "यह कैसे संभव है? वसुदेव तो पूर्ववत् अपने कारागार में उपस्थित हैं। यही नहीं संतति-शोक से ग्रस्त वह और उनकी भार्या दोनों ही इस स्थिति में नहीं हैं कि बिना सहारा दिए उठ भी सकें। कौन है वह मूर्ख ? क्या स्वप्न देखने का आदी है?" वह हंसा, नकली हंसी थी, पर बहुत स्वाभाविकता के साथ, "सेनापति, निश्चय ही वह मूर्ख सैनिक स्वप्न देखने का आदी होगा।"

जिस सहजता के साथ कंटक ने बातें की, उनमें संभव नहीं रहा था कि केशी आगे कुछ पूछताछ कर सके। विश्वास तक जा पहुंचा संशय। कहा "जो भी हो, यह सूचना मिलने के कारण ही मैंने तुम्हें स्मरण किया था, पर अब मैं निश्चिंत हूं।"

कंटक कुछ नहीं बोला। व्यग्रता थमी। मन जो पल-पल मृत्युभय के बोझ से थका जा रहा था, हल्का होने लगा। केशी कुछ पल चुपचाप बैठा रहा, फिर उठकर चहलकदमी करने लगा था, बड़बड़ाता हुआ, "निश्चय ही उस मूर्ख सैनिक के संशय ने मुझे बहुत व्यग्र किया था। महाराज कंस भी सब कुछ सुन-जानकर कम चिन्तित नहीं हुए हैं किन्तु तुमसे वार्तालाप के बाद अव मैं निश्चिंत हूं।"

कंटक फिर भी चुप ही रहा। केशी ने कुछ पल चुप साधे रखा, फिर कहा, "अब तुम जा सकते हो!"

कंटक ने अभिवादन किया। मुड़कर बाहर निकल गया। कक्ष से बाहर आते ही उसे लगा कि उसकी चाल असंयत हो उठी है। वह चलना चाहता है, चल भी रहा है, किन्तु भागने की मुद्रा से। एक बार पुनः संभाला स्वयं को। फिर बाहर पहुंचकर रथारूढ़ हुआ। एक बार मुड़कर सेनापति के भव्य भवन की ओर दृष्टि उठायी। देखा कि वह झरोखे में खड़े उसी की ओर देख रहे थे। कंटक के भीतर भय की एक सिहरन सन्नाटा बनकर पूरे मन-बदन में बिखरी, किन्तु शरीर को उसने वश में रखा। रथ चल दिया।

केशी उसके रथ को तब तक देखता रहा था, जब तक कि वह दृष्टि से ओझल नहीं हो गया। फिर होंठ काटता हुआ मुड़कर अपने आसन पर आ बैठा। विचित्र-सी दुविधा में फंस गया था वह। यदि सचमुच सैनिक का समाचार सही है, तब तो वसुदेव और देवकी का आठवां पुत्र कारागार के बाहर निकलकर किसी सुरक्षित स्थान तक जा पहुंचा है और यदि कंटक पर विश्वास किया जाए तो लगता है जैसे सैनिक ने सचमुच ही कोई स्वप्न देखा।

मन हुआ था कि कंटक की सूचना पर ही विश्वास करे। न राजनीति के क्रूरचक्र में इस तरह अन्धविश्वास पर चलना अनुचित है। केशी को समाचार के सत्य की तहों के भीतर तक पहुंचकर खोजना-परखना होगा। सैनिक भयवश भाग खड़ा हुआ था कारागार से। जब महान नदी यमुना सहज हुई और तूफान थमा तब वह केशी तक आया था। महाराज कंस उस समय

कारागार जा चुके थे। सैनिक ने कुछ चौंकानेवाली सूचनाएं दी थीं। सेनापति को। यमुनातट और कारागृह में तूफ़ान के कारण हुई उथल-पुथल और भयानक वर्षा की सम्पूर्ण कथा सुनाकर कहा था कि उसी बीच उसने एक नहीं, अनेक बार वसुदेव और वसुहोम को साथ-साथ यमुनातट की ओर जाते देखा था। सैनिक ने उनकी वापसी भी देखी थी जाते समय भी वह शिशु लिए हुए थे, लौटते समय भी उनके पास शिशु था।

इसका अर्थ था कि शिशु को बड़ी चतुराई के साथ बदल दिया गया। पर किस तरह? क्या यह पहले ही आयोजित कर लिया गया था? या तुरंत ही ऐसी स्थिति बन गई कि उन्हें शिशु का परिवर्तन करने का अवसर मिल गया? केशी का मन हुआ था कि उसी क्षण कारागार पहुंचकर महाराज कंस को सूचना दे। सैनिक को उनके समक्ष प्रस्तुत कर दे। किंतु लगा कि व्यर्थ होगा। वसुहोम पर अंधविश्वास करने लगे थे कंस। उसे लेकर बार-बार कंस के पास सूचनाएं पहुंचाना उन्हें केशी के प्रति ही संदिग्ध कर सकता था। यों भी कंस के शंकालु और भयभीत स्वभाव से परिचित था केशी।

सम्पूर्ण जीवन जिसने छल-जाल से ही स्वार्थपूर्ति की हो, वह अपने आप से भी कम भयभीत नहीं होता। भला कांच का घर बनाकर मनुष्य स्वयं को सुरक्षित कैसे अनुभव कर सकता है? दृष्टि-सुख भले ही ले ले। कंस की भी यही स्थिति है। छल-प्रपंच और षड़यंत्र-शक्ति के बलबूते पर राजा भले हो चुके हों, किंतु सदा ही मन असुरक्षा के भाव से भयभीत रहता है। पिता के प्रति ही नहीं, सम्पूर्ण परिजनों-विश्वस्तों के प्रति अपराध-बोध से ग्रस्त कंस का मन, भयग्रस्त नहीं होगा तब क्या होगा! यह भयग्रस्तता ही किसी-न-किसी रूप में मन को अविश्वासी बना देती है। और अविश्वासी मन अधिक भयातुर हो उठता है। महाराज कंस की भी यही मनःस्थिति। इस मनःस्थिति में वह किसी पर भी कभी स्थायी विश्वास नहीं कर सके हैं। केशी पर ही कैसे करेंगे?

केशी ने कारागार तक पहुंचकर महाराज कंस को समाचार देने का विचार त्याग दिया था, किंतु संशय मन से नहीं हटा। भोर होते ही कंटक को

बुलवा डाला और अब कंटक के प्रति भी अविश्वास होने लगा है। लगा था, इस संशय का कारण बहुत सीमा तक केशी की भी वही भयग्रस्त मनःस्थिति है, जो महाराज कंस या उन जैसे व्यक्तियों की हो सकती है। क्या केशी ने जीवन में कम छल किए हैं? कम विश्वासघात किए हैं?

केशी शांत नहीं रह सका था। और फिर व्यग्रभाव से चहल-क़दमी करने लगा। अनायास ही उसने एक ओर पहुंचकर प्रतिहारी को पुकार लिया था, और जब वह आया, तब कहा था, "उस सैनिक को पुनः उपस्थित करो जो कारागार से आया था।"

"जो आज्ञा, सेनापति।" प्रतिहारी सेवा पालन में चला गया। केशी आसन पर बैठकर सैनिक की उपस्थिति-प्रतीक्षा करने लगे। इस बार उससे कुरेद-कुरेदकर जानेंगे कि उसने क्या-क्या किस-किस तरह देखा।

वसुहोम और अनुराधा व्यग्रता से कंटक की प्रतीक्षा कर रहे थे। चंचला एक ओर बैठी पल-पल पति की कुशलकामना करती हुई। केशी के दुष्ट स्वभाव को सभी जानते हैं! तनिक-सा संशय होते ही मनुष्य-हत्या में क्रूर केशी जरा संकोच नहीं करने वाला!

किस तरह थोड़ा-सा समय काटा–वही जानते हैं! बीच-बीच में एक-दूसरे को देखते। लगता जैसे कुछ कह रहे हैं। हर कथन केवल कंटक की कुशल के प्रति व्यग्रता और चिंता से भरा हुआ। पर लगता था कि ईश्वर ने सब-कुछ सहेज लिया है। कंटक रथ पर सवार जिस गति से गया था, उसी गति से वापस आया।

प्रसन्नता और आवेश में भरकर तीनों उठ पड़े। चंचला तो रथ की ओर दौड़ ही पड़ी थी। सुखानंद में पलकें भर आई थीं उसकी। कंटक ने उसे स्नेह से बुलाया। फिर तेज़ी से वसुहोम और अनुराधा के पास जा खड़ा हुआ। सब पूछ लेना चाहते थे एक साथ, "क्या हुआ वहां? क्या बोले सेनापति?" पर पूछा नहीं। कंटक कुछ क्षण सहज हो ले, तब यह सब उकेरन करना उचित होगा। पत्नी पात्र में जल ले आई। कंटक ने कुछ घूंट

लिए, फिर कहा, "सेनापति को किसी सैनिक से समाचार मिला है, उसने वसुदेव को शिशु लाते-ले जाते देखा था।"

वसुहोम, अनुराधा और चंचला के चेहरों पर भय उतर आया। मुंह खुले रह गए। कंटक ने उन्हें सांत्वना दी थी "मैंने केशी को विश्वास दिलाया है कि उस सैनिक को निश्चय ही धोखा हुआ होगा। हो सकता है कि उसने स्वप्न देखा हो।"

"किंतु केशी इस उत्तर से संतुष्ट होगा–इसमें मुझे संदेह है, मित्र।" वसुहोम ने कहा, "वह बहुत विश्वासहीन और भयभीत आदमी है। जानते हो ना?"

"जानता हूं। किंतु इस समय और मार्ग भी क्या था, वसुहोम?" कंटक ने जैसे हारा हुआ उत्तर देखकर बात की राह बंद कर दी थी।

वे सभी चुप हो गए थे। पर यह चुप खलबली से भरा हुआ था। सब जाते थे कि केशी चुप बैठने वाला आदमी नहीं है। वह घटना की तह तक जाने की कोशिश अवश्य करेगा और तह तक पहुंचने का उसका प्रयत्न गोकुल की सीमाओं में पहुंच सकता था।

लगा था कि किसी-न-किसी माध्यम द्वारा गोकुल में नंद गोप के यहां समाचार पहुंचाना चाहिए। सतर्क रहें... पर एक भय भी था। केशी ने निश्चित रूप से कंटक, वसुहोम, अनुराधा और चंचला पर अपने विश्वस्त गुप्तचर लगा दिए होंगे। बात की तह तक पहुंचने के लिए केशी हर राह और सूत्र की तलाश में व्यस्त हो चुका होगा। यह उसका स्वभाव भी था, कार्यपद्धति भी। तब क्या किया जा सकता है? लगा था कि भीतर से उत्तर आया है–कुछ नहीं। उनके वश में जितना कुछ था, कर चुके। अब केवल यही वश है कि सब कुछ ईश्वराधीन छोड़कर उस समय की प्रतीक्षा करें, जिस समय भाग्य परिणाम देगा! हो सकता है कि नंद गोप तक केशी के गुप्तचर पहुंच भी जाएं और यह भी हो सकता है कि नंद को ही नहीं, केशी को भी कोई सूत्र न मिले।

अनुराधा बोली थी, "अब सब कुछ भाग्याश्रित है।"

"मैं भी सोचता हूं, अनु।" पति ने समर्थन किया था।

कंटक और चंचला मासूम बच्चों की तरह चुपचाप बैठे रहे थे। आगत का हर क्षण अनेकानेक आशंकाओं से भरा हुआ था। थोड़ी देर बाद कंटक ने कहा था, "हम यह तो कर ही सकते हैं कि मथुराधिपति के राजनिवास में देवकीसुत को लेकर क्या कुछ खोजा-परखा जा सकता है, उसकी सूचनाएं लेते रहें?"

"उससे क्या होगा?" चंचला ने उदास होकर प्रश्न किया।

"हो सकता है कि आगे कभी हम भी कुछ करने का अवसर पा जाएं?" कंटक ने तर्क किया। चंचला चुप ही रही, किंतु वसुहोम और अनुराधा ने कंटक से सहमति व्यक्त की।

राजनिवास में केशी और उसकी गतिविधियों को लेकर कोई सूचना नहीं थी। मथुराधिपति तनावयुक्त देखे जाते थे। उससे कहीं अधिक प्रसन्न और निश्चिंत। मगधराज जरासंध की पुत्रियों से विवाह की तिथि तय हो चुकी थी। मथुरानगरी को तरह-तरह से सजाया जा रहा था। हर गतिविधि केवल हर्षोल्लास से भरी हुई थी। हर सेवक और राजकर्मचारी केवल विवाह-व्यवस्था से जुड हुआ।

केशी स्वयं भी समारोह के आयोजन का एक हिस्सा बना था, किंतु तनावमुक्त नहीं था वह। लगता था कि उसके सूत्र जहां-तहां गतिविधियों से तो जुड़े हैं, पर बहुत चौकन्ने और सावधान। किसी-न-किसी स्तर पर उनहें केशी की अन्य आज्ञा का पालन भी करना था। वह आज्ञा थी कारागार के सैनिक से मिली सूचना का सत्य परखने की।

पर उस समय तक ऐसा कोई संकेत नहीं मिला था, जिसके आधार पर निश्चयपूर्वक कहा जा सकता कि देवकीसुत को कारागार से कहीं अंयत्र भेज दिया गया है। केशी ने वसुदेव के हर मित्र, संबंधी और स्नेही को लेकर सूचनाएं एकत्र करवा ली थीं। अधिकतर लोग ऐसे थे, जिनका मथुरा में प्रभाव था। अधिकतर के यहां कोई सद्यःजात बालक भी नहीं था, जिनके

यहां हुआ, वह आयु की दृष्टि से उस तिथि का मेल नहीं पाता था, जिस तिथि में देवकी को संतान प्राप्त हुई थी।

केशी चाहता था कि सूचना मथुराधिपति तक पहुंचा दे, पर डरता भी था। कहीं ऐसा न हो कि कंस का क्रोध उसी पर टूट पड़े। विशेषकर मथुराधिपति की इस प्रसन्नता में ऐसा समाचार उनको क्रोधित ही नहीं, हिंस्न कर देता। ठीक तरह प्रमाण न पाकर केवल अनुमान जतलाने-भर से वह केशी पर ही बिगड़ सकते थे। केशी ने निश्चिय किया था कि विवाह समारोह पूर्ण हो जाने पर उन तक सूचना पहुंचाएगा। उस बीच यथाशक्ति प्रमाण भी एकत्र कर लेगा।

सैनिक ने खखोल-खखोलकर समाचार की हर तह निकाल ली थी। तहों से विचार गढ़े थे। पर कोई स्पष्ट बात नहीं बनी। बस, लगता था जैसे अनुमानों का शब्द महल सजा रहा है, जिसकी कोई बुनियाद नहीं। इस महल का कोई कंगूरा नहीं। कोरा एक कल्पना निवास!

सैनिक ने वसुदेव और वसुहोम को उस भयावह प्राकृतिक उत्पात से भरी रात्रि में यमुना की ओर जाते देखा था। शिशु उनकी गोद में था। सैनिक अपनी जान बचाने के लिए कारागार की टूटी दीवार के सहारे छिपा बैठा था उस समय। हर क्षण इस आतंक से भरा हुआ कि न जाने कब मृत्यु किसी शिला, वृक्ष अथवा तूफ़ानी वायु के रूप में ग्रस ले। रह-रहकर चमकती बिजली के बीच ही उसने उन्हें जाते देखा था, और फिर देर बाद लौटकर आते हुए। शिशु पूर्ववत् उनकी गोद में था।

केशी ने बीच में पूछा भी था, "तुमने उनका पीछा क्यों नहीं किया?"

भयातुर, कांपते सैनिक ने बतलाया था, "प्राणदान दें, सेनापति! यह विचार ही मेरे मन में नहीं आया। बहुत देर तक तो विश्वास करने की चेष्टा ही करता रहा था मैं कि क्या जो देख रहा हूं, वह सत्य है? एक बंदी और कारागार अधीक्षक इस मित्रभाव से साथ-साथ आ-जा सकते हैं? फिर सद्यःजात, कोमल शिशु को लिए हुए? वह सब विस्मयकारी था देव! मैं तुरंत सोच ही न सका कि क्या करूं, और क्या न करूं?"

केशी बेबसी से दांत भींचकर रह गया। सैनिक पर क्रोध करना व्यर्थ था। सच ही जैसी स्थिति थी, उसमें वह जो कुछ कह रहा था, वह सहजतः घटा होगा! फिर साधारण सैनिक ठहरा। इससे अधिक विचार-बुद्धि या निर्णायक शक्ति की उससे अपेक्षा करना भी व्यर्थ था। पूछा था, "और... ?"

"और कुछ नहीं, महाराज! बस।" सैनिक ने भिनभिनाकर बात समाप्त कर दी थी, "केवल इतना ही देखा-जाना, सो आप तक सूचना ले आया हूं।"

केशी ने विदा कर दिया था उसे। फिर सूचना के आधार पर विचार संजोए। कोरी कल्पना या प्रमाणहीन वार्ता मथुराधिपति तक पहुंचाना व्यर्थ था। केशी अपने विश्वस्त गुप्तचरों को बुलाकर केवल निर्देश ही दे सका था। वसुहोम कंटक, अनुराधा और चंचला पर कड़ी दृष्टि रखी जाए। उनकी हर गतिविधि, आवा-जाही की सूचनाएं तुरंत केशी तक लाई जाएं। फिर यह कि वसुदेव के हर परिचित और मित्र के यहां पता लगाया जाए कि क्या सद्यःजात शिशु उनके परिवारों में जन्मा है? यदि जन्मा है तो कब? इस समय क्या आयु है उसकी? उस बालक के जन्म को लेकर आस-पड़ोस में क्या कुछ कहा जा रहा है? कोई अद्भुत बात है क्या? क्या कहीं ऐसा कोई समाचार है कि किसी के यहां पुत्री हुई और बाद में पुत्र में परिवर्तित हो गई? आदि।

फिलहाल यही सब संभव था, यही किया जाने लगा।

मथुराधिपति कंस बड़ी धूमधाम के साथ मगधराज के जामाता बने। महाशक्तिशाली जरासंध की दोनों छोटी बेटियां, अस्ति-प्राप्ति मथुरा की पटरानियां बनीं। इस संबंध ने अनायास ही यादवेंद्र कंस को अभूतपूर्व शक्ति से संपन्न कर दिया। मथुरावासियों ने भी इस अवसर पर हर्षोल्लास मनाया। यादव, वृष्णि और अंधक वंशियों में से अनेक प्रमुख राजपुरुषों ने भी विवाह-समारोह में भाग लिया। पर वे उल्लसित नहीं थे। सभी को किसी-न-किसी स्तर पर वसुदेव और उग्रसेन की अनुपस्थिति अखरी, किंतु

कंस की अंधशक्ति के सामने बेबस वे चुप रहे। कानाफूसियां भी हुईं, किंतु बहुत दबी-मुंदी। भय से सिकुड़ी-सहमी। शब्द कुम्हलाए हुए।

आठ-दस दिनों मथुरा ही नहीं, संपूर्ण ब्रज क्षेत्र कंस के विवाहोत्सव के समारोहों में डूबा रहा, फिर सहज हुआ। केशी इस बीच निरंतर प्रयत्न करता रहा था कि सैनिक से मिली सूचनाओं पर कोई प्रमाण मिल जाए, किंतु असफलता हाथ आई। एकमात्र महत्त्वपूर्ण सूचना यह मिली थी कि वसुदेव के परममित्र नंद गोप को वृद्धावस्था में पुत्र प्राप्ति हुई है। गोकुल में आनंद मनाया जा रहा है। किंतु इस आनंद के बीच किसी तरह की विघ्न-बाधा नहीं डाली जा सकती थी। नंद गोप की पत्नी यशोदा गर्भवती थीं और उन्हें संतान-प्राप्ति हुई, इसके आंखों देखे अनेक प्रमाण थे। प्रमाण नहीं था तो केवल यह कि नंद की पत्नी यशोदा ने कन्या को जन्म दिया या पुत्र को? सभी ने यशोदा की गोद में पुत्र ही देखा था।

गोकुल के हर गली-कोने में केशी ने गुप्तचर फैलाए, किंतु ऐसी कोई सूचना नहीं पा सका जो यशोदा को लेकर किसी तरह की अफवाह के रूप में उपस्थित होती। पर जाने क्यों केशी का मन नंदसुत को लेकर निरंतर संदेहाकुल होता जा रहा था। नंद और वसुदेव की मैत्री जितना बड़ा कारण थी, उससे कहीं अधिक कारण था वह कल्पना जिसके आधार पर नंद और वसुदेव के बीच परस्पर संतानों को बदला गया होगा, यह संकेत मिलता था। गोकुल यमुना के पार और कारागार की दिशा में ही था। फिर सैनिक ने जो सूचना दी थी उसके अनुसार वसुदेव और वसुहोम उसी दिशा में जाते देखे गए थे, जिधर गोकुल स्थित था।

किंतु प्रमाण के अभाव में यह सब गपोड़पंथी ही कहलाती यों भी नंद गोप को छेड़ना, समूची गोप-जाति को चुनौती देने के समान था। नंद केवल गोकुल ही नहीं, दूर-दूरंत जनमानस के बीच प्रभावशाली व्यक्ति थे। उनकी सच्चरित्रता, दया, सेवा और मानवता को लेकर सभी के मन में गहरी निष्ठा और आस्था थी। कंस भी सहसा नंद के विरुद्ध कुछ सुनने को तैयार न होते। सुन भी लेते तो किसी तरह की कारवाई करने में हिचकते।

केशी विचार-भर से हिचकिचा गया। प्रधुम्न, चाणूर और मुष्टिक को बुलाकर अपनी सूचना पर विचार-विमर्श कर ही चुका था। सभी की सम्मति थी कि इस समय कंस को यह सूचना देना ठीक नहीं होगा। एक तो विवाह-सुख से संपन्न कंस इस अशुभ सूचना के कारण अस्त-व्यस्त हो सकते थे, दूसरे प्रमाणहीनता के अभाव में उल्टे सामंतों पर ही टूट पड़ते।

तब क्या किया जाए? सबने सोचा। निश्चय किया कि कुछ दिन बीत जाने के बाद सूचनाएं, संशय और आशंकाओं से राजा को परिचित किया जाए। वह भी किसी ऐसे अवसर पर जब मथुराधिपति संयत और सहज हों। वे सब समय की प्रतीक्षा करने लगे और वसुहोम, कंटक आदि समय की प्रतीक्षा कर ही रहे थे। सभी को उचित और अनुकूल अवसर की तलाश थी। अब नहीं तो कभी-न-कभी समाचार मिलना ही था। अवसर भी। पर वह अवसर किस पक्ष को पहले मिल जाएगा–यही महत्त्वपूर्ण था। यही होता है विधाता का चमत्कार!

और चमत्कार हुआ। चमत्कार न होता तो भला गोकुल के वृषभानु कारागार आ पहुंचते? किसी परिचित बंदी से मिलने आए थे वह। किसी अपराध के आरोप में दंड भोग रहा था वह।

कारागार की औपचारिकता के बीच ही कंटक से उनका परिचय हुआ था। बात-बात में तह निकाली थी कंटक ने। पूछा था, "गोकुल में नंद बाबा कैसे हैं? आप तो उनसे भेंट करते ही रहते होंगे?"

वृद्ध को प्रश्न पर अचरज हुआ। उत्तर में व्यंग्य करते हुए-से बोले, "कैसी विचित्र बात करते हैं उपाधीक्षक महोदय ? नंद गोप गोकुल के प्रमुख हैं और गोकुल कोई बड़ा नगर तो है नहीं? ग्राम है। रोज ही उनसे भेंट होती है। फिर वह तो मेरे विशेष मित्र हैं। उनकी पत्नी यशोदा मेरी पुत्री से बहुत स्नेह करती हैं।"

"सुनते हैं, वृद्ध नंद बड़े सरल मन और सहृदय व्यक्ति हैं?" कंटक ने और टटोला। जब तक पूरी तरह आश्वस्त न हो जाए कि वृषभानु रहस्य-वार्ता

के लिए उपयुक्त व्यक्ति हैं, तब तक उन्हें वसुहोम से मिलवाना उचित नहीं होगा।

"हां, बहुत सरल सहृदय, स्नेही और कृपालु!" वृषभानु ने कहा, "गोकुलवासी उन जैसा मुखिया पाकर अपने-आप को धन्य अनुभव करते हैं। ऐसा कोई घर, परिवार ग्राम में नहीं है, जिसके सुख-दुख में नंद बाबा भागीदार न रहे हों! वे और उनकी पत्नी यशोदा देवी, संपूर्ण ग्राम के लिए परिजन की तरह हैं।"

"आश्चर्य! इतना स्नेह करते हैं उनसे ग्रामवासी?" कंटक ने जैसे अविश्वास से भरकर कहा।

"इसमें आश्चर्य की कोई बात नहीं है, अधिकारी। नंद हैं ही ऐसे।" वृषभानु ने उत्तर दिया, "यदि तुम उनसे मिलोगे, तो तुम भी यही प्रभाव लोगे। सत्पुरुष सर्वत्र पूजित होते हैं।"

कंटक आश्वस्त हुआ। प्रसन्न भी। जिस व्यक्ति और अवसर की उसे प्रतीक्षा थी, आ पहुंचा था। कहा था, "आप अपने बंदी मित्र से भेंट के बाद अधीक्षक से भेंट अवश्य कर आइएगा। आप नंद गोप के मित्र हैं। हो सकता है कि उन्हें कोई संदेश देना चाहें। यदा-कदा नंद बाबा की प्रशंसा करते रहते हैं। मैं उन्हें सूचित किए देता हूं।"

कंटक ने वृषभानु को बंदी से भेंट का स्वीकृति-पत्र दिया, फिर उठ खड़ा हुआ। वृषभानु बोले थे, "अवश्य! मैं भेंट कर जाऊंगा।"

वृषभानु के जाते ही कंटक वसुहोम के पास जा पहुंचा। जो वार्ता हुई कह सुनाई थी। सुझाव दिया, "यही अवसर है वसुहोम, जब हम नंद गोप तक केशी को लेकर सावधान रहने की सूचना पहुंचा सकते हैं!"

वसुहोम भी सहमत हुए। तुरंत नंद के नाम पत्र लिखा, फिर वृषभानु की प्रतीक्षा करने लगे। वृषभानु को पत्र सौंपकर दोनों निश्चिंत हो गए थे।

उन्हें भी अवसर मिल गया था। कंस उस दिन बहुत प्रसन्न थे। विवाह समारोह में आए सभी अतिथि राजा ससम्मान मथुरा से अपने-अपने राज्यों

में वापस लौट चुके थे। मथुराधिपति ने एक बार पुनः राजकाज की ओर नियमित ध्यान देना प्रारंभ कर दिया था। विशेष भेंटकक्ष में केशी-प्रद्युम्न ने उनसे भेंट की। तनिक संकोच के साथ केशी ने वह समाचार कह सुनाया, जो उन्हें सैनिक से जानने को मिला था।

कंस ने सुना था। चकित हुए। विश्वास करना चाहकर भी विश्वास नहीं कर पा रहे थे। पर प्रद्युम्न और केशी ने दबाव डाला था। यादवेन्द्र बोले, "वसुहोम विश्वसनीय है, सेनापति! यदि ऐसा कुछ होता तो..."

"किंतु आप भूलते हैं राजन्! वसुहोम कभी, किसी समय वसुदेव का विशेष सेवक ही नहीं सर्वाधिक विश्वसनीय व्यक्ति रह चुका है।" प्रद्युम्न ने तर्क किया था, "हो सकता है कि कालांतर में वह पुनः वसुदेव के प्रति समर्पित हो गया हो। फिर यह भी कैसे भूला जा सकता है कि बालकों का वध किसी भी व्यक्ति के मन में भावुकतापूर्ण दया-भावना पैदा कर सकता है।"

कंस निरुत्तर हुए। प्रद्युम्न की बात में दम था। फिर याद आया। वसुदेव-देवकी के आठवीं संतति पुत्र होना ही कहा गया था, पुत्री नहीं। इसके साथ-साथ यह भी कैसे बिसरा सकते थे कंस कि योगशक्ति से पूर्ण जिस भविष्यवक्ता ने वह भविष्य बतलाया था, वह असत्य नहीं हो सकता था। एक बार पुनः भय और संत्रास ने ग्रस लिया था उन्हें।

"इस सबकी खोज-पड़ताल होनी चाहिए प्रभु!" केशी ने विनम्रतापूर्वक किंतु संदेहमिश्रित स्वर में कहा था, "उस सैनिक की सूचना संपूर्ण तो नहीं है, किंतु विचारणीय अवश्य है!"

"निस्संदेह!" प्रद्युम्न बोले।

कंस ने शंकित मन कहा, "सैनिक से प्राप्त सूचना के आधार पर तुमने कारागार अधीक्षक या किसी अन्य अधिकारी से बातचीत की है क्या?"

"वह सब किया जा चुका है, किंतु लगता है कि सभी षड्यंत्र में भागीदार बने हुए हैं राजन!" मंत्री प्रद्युम्न बोले थे, "और क्यों न हो? देवकी-वसुदेव कम प्रभावशाली नहीं हैं। फिर उनकी सरलता भी प्रभावित करती है।"

कंस कुछ पल चुप रहे, फिर व्यग्र हो उठे । वसुहोम पर बहुत विश्वास किया था उन्होंने। एक तरह से अपने-आप से अधिक, किंतु प्राप्त समाचार उस विश्वास को व्यर्थ साबित किए दे रहा था। एक-दो बार पहले भी ऐसा हुआ था कि केशी को इसी तरह की सूचनाएं मिली थीं। इन सूचनाओं की जांच-परख भी करवाई गई थी। अंत में वसुहोम ही सच साबित हुआ। कहीं इस बार भी तो... कहा, "सेनापति! राजनीति में कभी कोई विश्वसनीय नहीं होता, फिर भी विश्वास की मात्रा अवश्य होती है और उसी मात्रा पर व्यक्तियों का महत्त्व निर्धारित होता है। वसुहोम भी औरों की तरह ही है, किंतु उसने राजविश्वास अर्जित किया है। पहले भी अनेक बार उसे लेकर मिली सूचनाएं असत्य प्रमाणित हो चुकी हैं। कहीं ऐसा न हो कि इस बार भी..."

"किंतु महाराज, राजनीति का सिद्धांत यह भी तो है कि हर सूचना को जांचा-परखा जाए।" केशी ने विनम्रतापूर्वक किंतु डरते हुए उत्तर दिया था, "वसुहोम निस्संदेह विश्वासपात्र रहे हैं, किंतु जिस सैनिक ने सूचना दी है, उसे भी तो बिना जांच-परख के हम अवहेलित नहीं कर सकते! यह उपेक्षा नीति की दृष्टि से कहां तक उचित होगी, तनिक विचार करें।"

कंस पुनः कुछ पलों के लिए चुप हो गए। केशी और प्रद्युम्न चिंतातुर उनकी ओर देख रहे थे। थोड़ी देर बाद मथुराधिपति ने कहा था, "ठीक है। तब तो तुम ही बतलाओ, प्राप्त सूचना की खोज-परख किस तरह से की जाए?"

"वह संभव नहीं है, देव!" केशी ने उत्तर दिया था। आगे कुछ कहते, इससे पूर्व ही मथुराधिपति झुंझला पड़े। कहा, "यह भी संभव नहीं है, वह भी संभव नहीं है और आप लोग चाहते हैं कि एक व्यक्ति को बिना किसी प्रमाण के दोषी मान लिया जाए? यह कैसे हो सकता है? क्या यह उचित होगा सेनापति, कि आपकी सम्मति पर हम महामंत्री को अविश्वसनीय घोषित कर दें। या महामंत्री के कहने पर आपको विश्वासघाती समझ लें? ...यह कौन-सी नीति होगी?"

सहम गया था केशी, पर हारा नहीं। जानता था कि उग्र स्वभाव कंस इसी तरह उत्तेजित हो सकते हैं। तिस पर वसुहोम का मामला अपरोक्ष रूप से ही सही पर उनकी परख में त्रुटि निकालने का दुस्साहस था। स्वर को तनिक सहेजते हुए उत्तर दिया था सेनापति ने, "क्षमा करें राजन्! आपका विचार उचित ही है, किंतु जाने क्यों मेरा मन आशंकाग्रस्त हो उठता है। हो सकता है कि इसका कारण मेरी मानसिक कायरता हो, पर ऐसा हुआ है और मैं मानता हूं कि आशंकाग्रस्त मन को आशंकाहीन कर लेना ही सतर्कता है। इसी कारण एक प्रस्ताव लाया हूं–विचार करें।"

कंस ने चौंककर केशी को देखा । चाटुकारिता से चेहरा दमदमा रहा था उसका। बोला, "महाराज! एक उपचार है। कटु तो है, किंतु लगता है कि इस समय सावधानी और सतर्कता की दृष्टि से इस कठुता का ही आसरा लेना उचित होगा। आप धूष्टता न समझें तो निवेदन करूं।"

"कहो।" कंस आसन से उठे। व्यग्रतापूर्व एक ओर जा खड़े हुए। दृष्टि केशी-प्रद्युम्न पर टिका दी थी। विश्वास उन पर भी नहीं करते थे किंतु लगता था कि विश्वास जतलाए बिना उनके पास राह भी नहीं है।

केशी ने कहा था, "अभी देवकी को संतान-प्राप्ति हुए अधिक दिन नहीं हुए हैं! यही कोई दस दिन बीते हैं। यदि आपका आदेश हो तो शूरसेन जनपद के सभी क्षेत्रों और ग्रामों में दस दिन के भीतर-भीतर जन्मे सभी सद्यःजात शिशुओं का वध करवा दिया जाए?"

कंस हतप्रभ हो गए। जी हुआ था कि चीख पड़े–यह क्या कहते हो तुम? किंतु स्वर संयत रखा। सोचने लगे।

प्रधुम्न आगे बढ़ गए थे। केशी के शब्दों का समर्थन करते हुए सिर झुकाकर कहा था, "सेनापति की सम्मति उचित है राजेंद्र!"

कंस ने उन्हें भी विस्मय से भरकर देखा।

प्रधुम्न के चेहरे पर विचित्र-सी शांति थी। ऐसे जैसे पल-भर पहले लगे दावानल से धुआं निकल रहा हो, लपटें गुम। कहा था, "चकित न होइए महाराज! मैंने ठीक ही कहा है। राजनीति में पाप-पुण्य का विचार नहीं होता,

केवल सामयिक सफलता देखी जाती है। इस दृष्टि से सावधानी हेतु सेनापति का सुझाव उपयुक्त है। स्वीकृति दें।"

कंस को लगा कि बुद्धि, चेतना और माथा सभी कुछ जड़ हो गए हैं। सेनापति और महामंत्री उसकी बुद्धि भी थे, शक्ति भी। उनसे इतर न विचार कर पाना शेष था, न कार्यरूप में परिणत करना। कहा था, "यदि आप लोगों की सम्मति यही है, तब यही करें!"

केशी और प्रद्युम्न ने सिर झुकाया और विदा ली। लगता था कि राजा से जो आदेश ले आए हैं, वह क्रूरता ही नहीं, अमानवीयता और पशुता से भरा-पुरा है। जनपद में असंख्य बालकों ने जन्म लिया होगा। उन सभी का वध कर देना सावधानी होगी या निर्ममता? निश्चय कर पाना कठिन नहीं था, किंतु लगता था कि कायर मन इससे अधिक सोच-समझ नहीं पा रहा है? भयातुर व्यक्ति कितना कायर होता है? प्रद्युम्न ने सोचा, फिर विचार घोंट लिया।

वे चले गए, पर कंस पूर्ववत् बैठे हुए। उनके कानों में उस पल भी केशी और प्रद्युम्न की दी हुई सूचनाएं लग रही थीं, उससे जुड़ी हुई ज्योतिषियों की सूचनाएं, "महाराज! हमें क्षमा कर दें! अनेक बार सत्य इतना कटु होता है कि उसे कहते हुए भय लगता है।"

कंस चिढ़ उठे। उत्तेजित होकर कहा था, "आप निर्भय होकर कहें। यदि अशुभ भी हुआ तो हम उसे भी सुनेंगे। उसको शुभ में परिवर्तन का विचार करेंगे!"

ज्योतिषी एक-दूसरे का चेहरा देखने लगे जैसे सलाह कर रहे हों कि जो कुछ कहना है क्या कह डाला जाए?

"बोलिए!" कंस का आदेश पुनः गूंजा था।

और, उनमें से एक ने कह दिया था, "राजन्! देवकी की जिस संतान का वध करके आप स्वयं को कालमुक्त समझ रहे हैं, वह असत्य है।

आपका काल ब्रजभूमि में जन्म ले चुका है। ठीक उस समय, जिस समय आपने अपना काल समझकर उस निरीह बालिका का वध किया था।"

"क्या...?" कंस ने सुना। अविश्वास और अचरज से उन्हें देखा था, फिर अधिक कुछ बोल नहीं सके।

"हां, देव। यह सत्य है।"

नहीं मानना चाहता था। उस समय माना भी नहीं था, किंतु आज केशी और प्रद्युम्न की सूचना ने मानने के लिए बाध्य कर दिया है। ज्योतिष-गणित के आंकड़े और राज-सूचनाओं ने मिलकर सिद्ध किया है–वह सब असत्य था, जिसे सत्य समझकर मथुराधिपति कंस अपने विवाह-सुख में तल्लीन हो गए थे।

अस्त-व्यस्त हो उठे और व्यग्रतापूर्वक कक्ष में घूमने लगे। लगता था कि मन, उत्साह, आनंद सभी कुछ बिखर गए हैं। ऐसे कि उन्हें बटोरकर एकत्र कर पाना लगभग असंभव है।

सहसा जबड़े कस गए थे उनके। एक उग्र निश्चय जन्मा था उनके भीतर। यह उग्रता ही उनकी शक्ति थी। यह उग्रता ही कंस का संपूर्ण। अपने से ही बड़बड़ाकर कहा था उन्होंने, "असंभव! ऐसा नहीं होगा! वह कभी नहीं होने देंगे। कंस का काल बनकर जन्मा वह शिशु ब्रजभूमि में ही नहीं, पृथ्वी के किसी भी कोने में जन्म ले–कंस उसकी हत्या करवा डालेंगे!"

इस उग्र विचार ने तनिक देर के लिए सहजता प्रदान कर दी थी उन्हें। कैसा लगता है जब मनुष्य अपने ही भीतर जन्मे सत्य को केवल बौद्धिक कुतर्क की शिला के नीचे दबा ले? बहुत सुखद स्थिति होती है। अहं को आनंदपूर्ण शांति देने वाली इस शांतिपूर्ण निर्णय के बरगद तले कुछ पल के लिए सुलगते मन को विश्राम देंगे कंस। वही करने लगे। बैठे रहे। कुछ और सोचें, इसके पूर्व ही सूचना आ पहुंची थी रनिवास से, "महाराज की जय हो! महारानी स्मरण कर रही हैं।"

प्रश्न जन्मा था मन में–पूछें कौन-सी देवी? देवी अस्ति या प्राप्ति? पर नहीं पूछा। सुना और अंगुली के संकेत से सेविका को लौटा दिया।

देर तक सहज शांत होने का प्रयत्न करते हुए बैठे रहे। फिर उठे और रविनास की ओर चल पड़े। पर ज्योतिषियों द्वारा कभी पैदा किया गया संदेह अब निश्चित आशंका में बदल चुका था–उसे विस्मृत करने में स्वयं को असमर्थ पा रहे थे वह। चल रहे थे, किंतु यंत्रभाव से।

दोनों ही रानियां प्रतीक्षा कर रही थीं। दोनों ही बहिनें। दोनों महाशक्ति जरांसध की सुंदर पुत्रियां। दोनों गुणमयी और तेजस्वी। किंतु दोनों की रुचियों और स्वभाव में असामान्य अंतर।

अस्ति–पिता की ही तरह कूटजाल से पूर्ण थी। उतनी ही उग्र, उतनी ही शक्ति-साधिका, उतनी ही क्रोधी।

और प्राप्ति–जल-सी शांत। आकाशवत् गंभीरता से पूर्ण और विपरीत से विपरीत स्थिति में भी संयम न खोनेवाली। क्रोध और आवेश उसके स्वभाव में नहीं थे। पवित्र हंसी और निर्मल आचरण में उसकी गति।

दोनों ने ही मुसकुराकर राजा को प्रणाम किया। स्वागत में आगे बढ़ीं। कंस ने एक-एक कर दोनों के चेहरे देखे थे, फिर एक गहरा श्वास लेकर कहा था, "क्षमा करें देवियो, एक राजचिंता के कारण मन खिन्न है। इसी कारण समय इतना लगा।" वह आसन पर बैठे रहे।

अस्ति ने पूछा था, "जान सकती हूं महाराज, क्या चिंता है?"

"जान लोगी!" कंस ने उत्तर दिया, फिर प्राप्ति की ओर टकटकी लागए देखते रहे। समझते थे कि वह कुछ नहीं पूछेगी। एक बार ऐसी बात कंस स्वयं भी कहना चाहें तो उससे कतराने का प्रयत्न ही करेगी। कहेगी, "राजन्! अंतःपुर और राजसभा में अंतर होता है। आप अपनी व्यग्रता और चिंताओं को बुद्धिमान् और नीतिज्ञ मंत्रियों की सहायता से हल करें। स्त्रीधर्म केवल उद्विग्न मन पुरुष को सहजता और स्वाभाविकता देना है। इस क्षण वही आपका वांछित है।"

कंस ने गहरा श्वास लिया। कहा, "देवी! आप सभी के साथ से शक्ति मिलती है हमें, किंतु इस समय आप विश्राम करें।"

उन्होंने परस्पर देखा, फिर अपने-अपने कक्ष में समा गईं। कंस पुनः अकेले हो गए। सोचने लगे थे, इस असहज मन को लिए हुए किस पत्नी के नेह तले शांत हो सकेंगे? अस्ति या प्राप्ति? सहसा उठ पड़े थे वह। प्राप्ति के कक्ष की ओर बढ़ गए। द्वार में प्रवेश करते ही सेविका ने कपाट बंद कर दिए।

प्राप्ति जानती थी–वह आएंगे। जब-जब उखड़ाव और बेचैनी से भरे होते थे, प्राप्ति के पास ही आया करते थे। साथ ही प्राप्ति यह भी जानती थी कि वह अपने स्वभाव से बाध्य हैं। राजदंभ उन्हें स्वयं के अतिरिक्त विचार नहीं करने देता। यही स्थिति होती है जब वह उग्रता और क्रोध के दावानल में झुलस उठते हैं और दावानल किसी अन्य को जलाने के निर्णय के साथ-साथ बहुत कुछ उनका अपना भी स्वाहा कर डालता है। इस समय भी यही स्थिति है शायद।

कंस आगे बढ़े–महारानी के सामने जा खड़े हुए। क्लांत और थके हुए। प्राप्ति को लगा था कि मुस्कान ही इस थकन का उपचार है। नेह के साथ मुसकुराकर राजा को हाथ थामे हुए पलंग पर ले आई थी। बिठाकर कहा था, "महाराज किसी राजकारण से चिंतित हैं, किंतु चिंता किसी वांछित की प्राप्ति का उपचार नहीं बनती।"

कंस बोले नहीं। रानी की निर्मल दृष्टि को टकटकी बांधे देखते रहे। प्राप्ति झुककर उनके चरणों में बैठी रही। दासी की तरह पादुकाएं उतारीं। कंस देखते रहे। अस्ति कभी ऐसा व्यवहार नहीं करती। प्रति पल स्मरण रहता है उसे कि वह महाप्रतापी जरासंध की पुत्री है। जाने क्यों मन हुआ कि प्राप्ति को कंधों से थामकर अपने करीब बिठा लें, कहें, "नहीं देवी! यह कार्य तुम्हारा नहीं है।" पर नहीं कहा। वैसा किया भी नहीं। याद था, एक बार ऐसा करने पर प्राप्ति ने उत्तर दिया था, "तब मुझे ही बतलाइए, देव! क्या कार्य है मेरा? केवल श्रृंगार? केवल आकर्षण की आराधना? केवल राजवैभव? यह सब तो मुझे वस्तु बना देगा, राजन्!"

और कंस चुप हो रहे थे।

प्राप्ति ने पति की पादुकाएं उतारकर एक ओर रख दी थीं, फिर कहा था, "राजन्! मन को शांत कीजिए। व्यग्रता अक्सर मनुष्य को असहज निर्णयों की ओर ले जाती है। उचित यही होगा कि..."

कंस ने बात काट दी। बोले, "नहीं देवी! हम व्यग्र नहीं हैं, केवल चकित हैं। अपने ही विश्वस्तों के प्रति जुटाया गया विश्वास खंडित होते हुए देख रहे हैं। क्या यह दुख देने के लिए काफी नहीं?"

"राजनीति में विश्वास नहीं किया जाता राजन्। केवल परख होती है।" प्राप्ति बोली थी, "जिस क्षण परख पर कोई व्यक्ति खरा न उतरे, उसी क्षण उस व्यक्ति के प्रति सावधान हो जाना चाहिए। पूज्य पिता की कार्यप्रणाली में मैंने यही देखा है।"

"किंतु देवी! विश्वासघात के कारण हम कालचक्र में उलझ गए हैं।" कंस ने उत्तर दिया था, "ज्ञात हुआ है कि देवकी और वसुदेव की संतान गुप्त रूप से कारागार से बाहर निकाल दी गई है। अब वह कहां, किस स्थान पर, किसकी गोद में पल रही है–हमें ज्ञात नहीं। ज्योतिषी कहते हैं कि हम अपने काल को नष्ट नहीं कर सके।"

प्राप्ति ने उत्तर नहीं दिया। टकटकी बांधे हुए पति को देखती रही। महाराज कंस आसन पर लेट गए थे। पलके मूंद ली थीं उन्होंने। मुखाकृति पर उस समय भी तनाव अंकित था...प्राप्ति चुपचाप देखती रही। मन हुआ था, कहे, "राजन्! भला काल का नाश भी कोई कर सका है?" किंतु नहीं कहा। पति का स्वभाव जानती है। ईश्वर की सत्ता पर उन्हें तनिक भी विश्वास नहीं है...एक बार तर्क-वितर्क में ही समझ लिया था उसने–कंस किस तरह सोचते हैं। वही दिन याद हो आया।

महाराज कंस से उस दिन बात-बात में ही बात निकल आई थी। बोले थे, "मनुष्य से इतर कोई शक्ति नहीं है देवि! वह कालजयी हो सकता है–सभी कुछ उसके वश में है। बुद्धिमान लोग अपने लिए संदेह और आशंकाओं की धरती भी मिटा डालते हैं। हमारा विश्वास यही है।"

"किंतु मेरा विचार तनिक अलग है, राजन्!" प्राप्ति ने विनम्रता के साथ कहा था, "मनुष्य के वश में कवेल कर्म-आराधना है। वह भी संसार और जीवन के प्रति। इससे अधिक कुछ भी नहीं। इसी कर्म-आराधना में वह शुभाशभ का संयोजन करता है। यही कर्म-आराधना होती है जो उसे अमरत्व प्रदान करती है और यही यदि पथभ्रष्ट हो जाए तो उसका काल बन जाती है।

कंस के माथे पर बल पड़ गए थे। स्तब्ध देखने लगे थे पत्नी को। किंतु प्राप्ति निश्चिंत थी। अपने विचारों पर दृढ़। गिरिव्रज में जिन संतों, बुद्धिजीवियों का संगति लाभ किया था, उनसे यही कुछ सीखा था। यही कुछ समझा था। जैसे-जैसे अधिक विचारा, मन की अशांति दूर हुई। वही सब पति से कहे गई थी–नहीं जानती थी कि कंस पर क्या प्रतिक्रिया हो रही है?

और कंस पर उल्टी प्रतिक्रिया हुई थी...लगता है कि महाराज जरासंध ने बेटी को क्षत्रिय संस्कार देने के बजाय, ब्राह्मण संस्कार दे दिए हैं। तभी तो जीवन से इतर लोक की बातें करती है! प्राप्ति को और कुरेद दिया था उन्होंने, "देवी! हमारा विचार है कि मनुष्य अपने शुभाशुभ का निर्माता स्वयं है। पुण्य-पाप, हानि-लाभ, जीवन-मरण यह सारी बातें ब्राह्मणों और संतों के विचार की चीजें हैं–राजाओं की नहीं। राजा सदा ही उचित करता है। यही नहीं, हमारा विचार यह भी है कि राजा चाहे तो अपनी शक्ति, संपन्नता और साधनों से मृत्यु को भी जय कर सकता है!"

चकित हो गई थी प्राप्ति, पूछा था, "मैं समझी नहीं राजन्!"

"तो सुनो।" कंस प्राप्ति की गुणवत्ता समझे बिना, उसे किसी अबोध बालिका की तरह समझाने लगे थे, "ज्योतिष और विज्ञान ने मनुष्य को दैवी शक्तियां दी हैं। वह चाहे तो काल से भी अपनी रक्षा कर सकता है।"

"'वह कैसे महाराज?'

कंस ने कहा था, "ज्योतिष के माध्यम से यह ज्ञात करना कठिन नहीं है कि उसका काल किस रूप में आएगा। अतः वह चाहे तो ज्ञात करके उस काल को नष्ट कर सकता है।"

हंस पड़ी थी प्राप्ति। इस तरह जैसे मथुराधिपति मतिभ्रष्ट हो गए हों। कंस ने कुछ चिढ़कर पूछा था, "हंसती क्यों हो, महारानी ?"

"आपके विचार पर राजन्!" प्राप्ति ने सहज भाव से उत्तर दिया था, "काल नाश की कल्पना सुखद भले हो, स्वाभाविक नहीं है और न ही यथार्थ है। संसार में जो भी जड़ या चेतन है, सभी नाशवान् हैं। सभी का जन्म एक-दूसरे के माध्यम से हुआ है, सभी का नाश-कारण भी एक दूसरे ही होते हैं। अतः कालमुक्ति की कल्पना ही हास्यास्पद है। ठीक उसी तरह, जिस तरह मनुष्य आयु की गति को थाम नहीं सकता। बाल्यावस्था, यौवन और वृद्धावस्था यह सब क्रमबद्ध प्रकृति के नियम हैं। इनका अंतिम चरण है काल। उसका माध्यम कोई प्राकृतिक प्रकोप होता है या कि कोई घटना, शरीर रोग के कारण मृत्यु होती है। या अकाल मृत्यु–निश्चित नहीं, पर वह होना है–यह निश्चित है। अतः निश्चित को रोकने की चेष्टा केवल कूश्चेष्टा ही है। एक सीमा तक अधर्म भी। ऐसा विचार करना भी हास्यास्पद है।"

"पर देवी, तुम संभवतः यह नहीं जानतीं कि मैंने कालजय कर ली है।" कंस ने दंभोक्ति की थी। उत्तर में प्राप्ति केवल हंसकर रह गई थी। आज वही सब याद हो आया था उसे। कालमुक्ति का दंभ भरने वाले मथुराधिपति आज पुनः कालभय से आक्रांत उसके पास जा बैठे हैं। मन हुआ था कि उन्हें उस दिन की वार्ता का स्मरण करवा दे, पर चुप रहना उचित समझा। पति को क्लेश नहीं पहुंचाना चाहती थी वह। इस क्षण उन्हें सुबुद्धि देना ही उसका धर्म है।

कंस उसी तरह लेटे थे। पलकें मुंदी हुई थीं। प्राप्ति पति को देखती रही। पल-भर पहले अपनी चिंता का जो संकेत दिया था उन्होंने, प्राप्ति को सविवरण सब कुछ ज्ञात था। राजनिवास में रहते हुए भी वह यह नहीं भूली थी कि वह एक नीतिज्ञ सम्राट् की बेटी है। भीतर-बाहर से पूरी तरह सतर्क, सूचित और सावधान रहना उसका स्वभाव था। मगध से साथ आई सेविका

यही दायित्व संभाले हुए थी। विश्रांति नाम था उसका। दो दिन पूर्व वही समाचार ले आई थी वसुदेव देवकी की जिस संतान को लेकर महाराज कंस कालभय से आक्रांत हैं, वह गुप्तरूप से कारागार के बाहर पहुंच चुकी है। प्राप्ति ने जानना चाहा था, "कहां?" किंतु पूछा नहीं। कालमुक्ति हो सकती है। इस कुतर्क के प्रति उसके मन में तनिक भी विश्वास न था, अतः यह जानने पूछने की रुचि भी नहीं हुई।

विश्रांति ने बहुत कुछ सुनाया था। किस तरह महाराज कंस मगध राज की सहायता से सिंहासनारूढ़ हुए थे, किस तरह पिता को बंदी बनाया था और किस योजना के अनुसार वसुदेव और देवकी का विवाह करवाया था और यह भी तनिक–सी सूचना मिलने पर उन्होंने वसुदेव-देवकी को कारागार में डाल दिया था। प्राप्ति सब जान कर आहत हुई थी। सर्वाधिक आहत इस सूचना ने किया था कि कंस ने बड़ी निर्ममता के साथ देवकी की हर सद्यःजात संतति की हत्या कर दी थी। छिः, मन विचारमात्र से घृणा में डूब गया था। अबोध शिशुओं की हत्या! केवल कालभय के कारण?

सहानुभूति सहज स्त्रीत्व भावना के वशीभूत देवकी से जा जुड़ी थी। मन भी हुआ था उन्हें देखने का। कैसी अद्भुत नारी होंगी वह। वह जिन्होंने अनेक बार मरकर जिया है, या यह कि मृतभाव से जीवित हैं।

जब-जब कंस सामने आते थे, तब-तब मन अजीब-सी विरक्ति से भर उठता था। केवल संस्कार-भर थे कि यांत्रिक भाव से पति की यथाशक्ति सेवा करती। अनेक बार उन्हें सद्बुद्धि भी देनी चाही थी, यह सब अनुचित है महाराज! अधर्म तो हो चुका है, किंतु उसके लिए प्रायश्चित करना अब भी आपके हाथ है। पर जिस तरह सोचा, कह नहीं सकी। कहने योग्य कभी स्थिति भी नहीं बनी–समय भी नहीं आया और न ही पति को सहज देखा। विवाह के बाद जितनी वार्ता हुई थी, उसी से समझ लिया था कि वह मनुष्य रूप में यंत्र हैं। भावशून्य होकर केवल राजनीति के कटु पाषाण-पुरुष! उनसे कुछ कहना ऐसे ही है, जैसे शिला पर पानी के छींटे उछालकर उसे गलाने की चेष्टा की जाए।

जिस क्षण विश्रांति ने सूचना दी थी, उसी क्षण लगा था कि मन किसी अदृश्य कोने में इस समाचार को पाकर प्रसन्न हुआ है। देवकी सुत बच गया! किसी षड्यंत्र को सहायता से ही सही, किंतु उसकी प्राण रक्षा हुई!

पर वह भी मन ही था जो क्षुब्धता भी अनुभव करने लगा। देवकी सुत का जीवन उसके पति के लिए शुभकर नहीं है। निश्चय ही वह उनका काल–पुरुष होगा। और फिर तर्क-वितर्क उठ आए थे मन में। एक पक्ष था जो देवकी के मातृत्व में झुकता, लगता कि तर्क करने लगा है–"क्या किसी पतिरूपी व्यक्ति का काल होने के कारण ही मनुष्य को किसी स्त्री का अधिकार छीन लेने की कुश्चेष्टा और महापाप करना चाहिए? उसे तुम उचित समझती हो?"

"निस्संदेह नहीं!" अकुलाकर प्राप्ति अपने ही भीतर उत्तर देने लगी थी, "कदापि नहीं!" "तब देवकीसुत का बचना मनुष्यता की दृष्टि से उचित हुआ। उसके बचने से किसी का वध भले आशंकित हो, किंतु उसे बचने का अधिकार था। स्वाभाविक मानवीय अधिकार। उसका बचाव, स्त्रीत्व का बचाव है। साक्षात् ममता की रक्षा है।"

"किंतु..." अजाने ही यह छोटा-सा निषेध शब्द भी जनमता मन में, पर बहुत अशक्त था वह विचार। इतना अशक्त कि प्राप्ति अपने ही भीतर न चाहते हुए भी निरुत्तर हो जाती। कितनी चाहती थीं कि पति-पक्ष में तर्क करें। भले कुतर्क की सीमा तक पहुंचा हुआ केवल हठ ही हो। पर करें। किंतु न जाने किस अदृश्य संवेदन-शक्ति ने उन्हें यह सब न करने के लिए बाध्य कर दिया था। इतना बाध्य कि वह अपने आप को अशक्त अनुभव करने लगी थीं। उल्टे अनेक बार वह देवकी वसुदेव के पक्ष में ही निर्णय देने लगतीं। उस निर्णय को तर्क से भी शोभित करतीं! समाचार पाकर कहा था उन्होंने, "यह सब तो होना ही था। अधर्म की शक्ति है–पर सीमाओं में बंधीं हुई। धर्म आदि-शक्ति। उस पर अधर्म से जय पाना असंभव।"

विश्रांति चकित होकर देखने लगी थी महारानी को। क्या सच ही उसने जो सुना है, वह कूट और क्रूर राजनीति के पक्षधर जरासंध की बेटी का

कथन है? कंस जैसे उग्र शक्तिपूजक राजा की पत्नी का उत्तर है? निस्संदेह उन्हीं का उत्तर था। उन्हीं का तर्क लगता था कि दृष्टि से लेकर शरीर तक के हर अंग में तेज की एक जगमगाती हुई धारा दीखने लगी है। यह स्त्री नहीं है केवल तेज है। सत्य और सनातन का अदृश्य तेज।

विश्रांति मुग्ध भाव से देखे गई थी। सहसा उसे लगा था कि महारानी को कुरेदना चाहिए और कुरेद दिया था उसने। पूछा था, "क्षमा करें देवि! क्या सच ही आप ऐसा सोचती हैं? महाराज कंस के लिए वह बालक काल हो सकता है। यही नहीं, वह आपके वैभव, राजस और सम्मान के लिए भी नाशकारी है! आप उसके बच जाने पर हर्ष व्यक्त कर रही हैं?"

"नहीं, विश्रांति!" एक गहरा सांस लेकर प्राप्ति ने उत्तर दिया था, "मैं उसकी जीवनधारा पर नहीं, देवी देवकी के मातृत्व की रक्षा हो जाने पर प्रसन्न हूं। यह कैसे भूल सकती हूं कि देवकी भी स्त्री है। ममता और नारीत्व उनका सहज अधिकार है। एक स्त्री के सहज अधिकार हनन पर किसी अन्य स्त्री को प्रसन्नता कैसे हो सकती है? तनिक सोचो तो, यदि देवकी के स्थान पर मैं रही होती अथवा जीवित रहते हुए यह अनेक बार का मरण किसी अन्य स्त्री ने झेला होता तो क्या प्रतिक्रिया होती उस पर? अपने ही शरीर अंश को, अपनी ही दृष्टि के सामने हत होते देखना कितना वेदनादायक होगा?" आवाज़ रूंधने-सी लगी थी उनकी, "ओह, कल्पना ही कठिन है। विचार तक कष्टकर।" प्राप्ति ने दोनों आंखें मूंद ली थीं। सिर पीछे टिका दिया। लगा कि बेसुध-सी हो गई है।

विश्रांति कुछ पलों तक टकटकी बांधे उन्हें देखती रही। दृष्टि में सम्मान था, उससे भी कहीं आगे शायद पूजा-भाव की श्रद्धा। फिर बिना कुछ कहे–लौट गई थी वहां से।

फिर विश्रांति टूटे-फूटे समाचार सुनाती रही थी उन्हें। एक के बाद एक। पर किसी समाचार में यह नहीं ज्ञात हो सकता कि देवकीसुत है कहां। कोई कहता महावन में है, कोई कहता काम्य के किसी ग्राम में और किसी की राय थी कि बरसाने या गोकुल में। एकदम मथुरा के समीप। वृंदावन

क्षेत्र में। निश्चित कुछ नहीं था। और समाचार मिला था उसे कि महाराज कंस ने दस-बारह दिनों में जन्मे हर शिशु की हत्या करवाने के आदेश दे दिए हैं। अस्ति भी चकित हुई थीं–किंतु प्रतिक्रियाहीन रहीं। केवल प्राप्ति ने इस समाचार की घिन में मन को दावानल में झुलसते हुए महसूस किया था।

इसके बाद क्या कुछ होता रहा था, किस तरह होता रहा था, वह सब भी वेदनादायक। एक के बाद एक घटनाएं होने लगी थीं। हर दिन उत्तेजना से भरा हुआ। प्राप्ति सब कुछ पथराई दृष्टि से देखती रहती। मन आशंकाओं और चिंताओं से भरा बबूल वृक्ष बन गया। जिस करवट सोती, उसी करवट कांटों का अहसास होता। जाने क्यों लगता था कि इस सबका अंत बहुत भयावह होगा। इतना भयावह कि उसे झेल पाना मृत्यु से अधिक वेदनादायक होगा। हो सकता है कि महाराज कंस मृत्यु पाकर इन सभी कष्टों से मुक्त हो जाएं, किंतु प्राप्ति? वह जलेगी। निरंतर जलती रहेगी। पति की क्रूरता का दंड उसे सुलगाता रहेगा। असंख्य लपटें होंगी। असंख्य झुलसनें। और उन सबके बीच होगी प्राप्ति। वैधव्य की अधजली स्थिति में एक-न-एक दिन उस घिनौने आगत को झेलना होगा, जो महाराज कंस की क्रूरता संभावित ही नहीं निश्चित किए जा रही है।

कितना विचारती थी कि वह सब न हो। कितनी प्रार्थनाएं संजोती कि वह न घटे जो स्वप्नों तक में प्राप्ति के मन को झकझोरकर जगा देता है। पर वही मन था जो लगभग निश्चित किए जा रहा था कि वह बस होना है और होगा एक दिन प्राप्ति इस समूचे राजवैभव के बीच भी रिक्त भाव से भिक्षुणी बनी खड़ी होगी। उसके साथ-साथ अस्ति भी। जिस पति के राजतेज, शक्ति और वैभव ने उन्हें सत्ता, अधिकार और गरिमा के शिखर पर जा पहुंचाया है–वही पति होगा जिसकी घृणित चेष्टाएं और पाप एक दिन उन्हें असंख्य दृष्टियों के लिए केवल घृणा का पात्र बना देगी। एक विकृति भाव प्राप्ति को उसके अपने ही भीतर नाग की तरह डसने लगेगा। फिर यह विषय मन,

मस्तिष्क और आत्मा तक को ग्रसते चले गए। इतना ग्रसा कि प्राप्ति अस्तित्वहीन होने लगी। केवल अहसास बनकर रह गई। केवल अनुभव। और अनुभवों का यह दलदल गहरा...संपूर्ण अस्तित्व को निगलता हुआ। निगल भी लिया था उसने। कभी सुना था कि बालक को खोजा जा रहा है, फिर ज्ञात हुआ था कि बालक खोज लिया गया है। फिर उस बालक के वध की एक के बाद एक चेष्टाओं के समाचार मिले थे। फिर उसकी अद्भुत और दैवी शक्ति सुनी थी। एक बार फिर मन हुआ था कि पति को रोक ले, "बस, देव! बस! अब भी समय है–उस ईश्वरीय शक्ति को स्वीकार लो। पुण्य में दान की शक्ति भी होती है। आपको अभयदान मिलेगा।"

किंतु कंस? उन्हें समझाना असंभव! उनसे कुछ कहना ऐसे ही है जैसे मदांध गज को थामने की मूर्खतापूर्ण चेष्टा की जाए।

बहुत कुछ था जो अज्ञात रह जाता था। पर वह अज्ञात घट रहा है–किसी-न-किसी रूप-आकार में, प्राप्ति जानती थी। केवल प्राप्ति ही क्यों, कंस भी तो जानते थे। अंतर था तो मात्र इतना कि कंस उस अज्ञात पर भी वश करना चाहते थे–और प्राप्ति चाहती थी कि उस अज्ञात के प्रति समर्पण करके सब कुछ ज्ञात और सहज कर लिया जाए। उस सहजता में ही शांति होती। पर पति कंस नहीं माने।

आज यह रथ अस्ति और प्राप्ति को लिए हुए मगध-पथ पर दौड़ा जा रहा है, तब वही सब स्मरण आने लगा है। न चाहकर भी सब स्मरण होता हुआ। कितना तो था जो अज्ञात घटता रहा था। केवल विधिरचित सहज की तरह। कंस थे कि उस रचना को ही जय करना चाहते थे। विधाता को जय कर लेना चाहते थे–मूर्खतापूर्ण! बाद में सब कुछ ज्ञात हुआ था किंतु उस समय तक अस्ति और प्राप्ति सब कुछ खो चुकी थीं। ठीक माता देवकी की तरह। पाकर भी खोई हुई, जीवित होते हुए भी मृतवत्। अस्ति-प्राप्ति के साथ भी यही हुआ। जीवित थी, किंतु वैधव्य से मृत।

एक गहरा श्वास लेकर प्राप्ति पुनः विचारों से जुड़ गई। मगध की राह अभी दूर थी और लगता था कि राह ही नहीं दृष्टि के हर कोण में विगत ही बिखरा हुआ है। वह सब जो अज्ञात था–ज्ञात की तरह। अज्ञात–गोकुल! कौन जानता था कि मथुरा के एकदम सिरहाने कंस की आगत मृत्यु पर आनंदोत्सव किए जा रहे हैं।

गोकुल। वृंदावन का ग्राम। बहुत बड़ी बस्ती नहीं थी गोकुल में। जो बसे थे, गोप थे। जो गोप नहीं भी थे, वे भी गोकुल के गोप ही कहलाते थे। गोप और गोकुल जीवन-व्यवहार-व्यापार में एक हो चुके थे। उनसे इतर किसी एक का विचार कर पाना असंभव था।

एक तीसरा नाम और था, जो कर्म-धर्म के साथ एकाकार था–नंद का नाम। नंद बाबा, गोकुल और गोप। लगता था कि एक श्लोक के बोल हैं। किसी एक के बिना श्लोक संपूर्ण नहीं होता।

संपूर्ण गोकुल में प्रसन्नता व्याप्त थी। वृद्धावस्था में नंद गोप को संतान प्राप्त हुई। पिछले कई दिनों से हर्षोल्लास और आनंद का वातावरण व्याप्त था। पर कौन जानता था कि मथुरा गए हुए वृषभानु एक ऐसा समाचार ला रहे हैं, जिसकी सूचना कोहरे की तरह गोकुल ग्राम के जन-मानस को ढांप लेगी। मन सहम जाएंगे, इच्छाएं और आनंद-भावना बर्फीली सर्दी से झुलसकर रह जाएंगे।

गोकुल के मार्ग की ओर बढ़ते हुए वृषभानु का मन रह-रहकर इस विचार से उद्विग्न हो उठता था कि उन्हें अपने परममित्र को ऐसा समाचार देना है, जिसे सुनकर उसके आनंद उपवन जैसे मन में सहसा मरुस्थल बिखर जाएगा। फिर यह मरुस्थल समूचे गोकुलवासियों को ग्रस लेगा। इच्छा होती थी कि कुछ न कहें नंद से। लग रहा था जैसे वह सब कहकर नंद और यशोदा के ही नहीं, समूचे गोकुल के प्रति दोष करेंगे वृषभानु। पर न कहने पर अधिक दोष होगा। दोष ही नहीं, पाप। कारागृह अधीक्षक से मिली

सूचना खोखली नहीं हो सकती थी। फिर वृक्षभानु को स्मरण है वह स्वर। उस स्वर के साथ-साथ छलछलाई हुई पुतलियां।

वसुहोम ने कहा था, "'मित्रवर! केशी पशु की भांति है और महाराज कंस को राजलिप्सा ने पशुवृत्ति दे दी है। यही कारण है कि वे सब अंधविश्वासी हो गए हैं। इस सीमा तक कि किसी दुष्ट ज्योतिषी के यह कहने पर कि इधर पिछले दस-बारह दिनों के भीतर ब्रजभूमि में जन्मे सद्यःजात बालकों में ही उनका कोई काल है, वे सभी शिशुओं का वध करवा डालना चाहते हैं। हो सकता है कि गोकुल में भी ऐसा घृणित चक्र चले। अतः हमारी इच्छा है कि सरल मन नंद बाबा तक यह समाचार पहुंचा देना कि वह सावधान रहें। अपने क्षेत्र के सभी शिशुओं की रक्षा करें।"

हतप्रभ सुनते रहे थे वृषभानु। क्या सचमुच ऐसा संभव है? तर्क भी करना चाहा था। लगा था कि यह सब अस्वाभाविक और असहज है। कहा था, "विश्वास नहीं होता, अधीक्षक! महाराज ऐसा मूर्खतापूर्ण आदेश दे सकते हैं?"

"दिया नहीं है, भाई! पर महाराज को हम जानते हैं–उनके मुंह से कोई भी अस्वाभाविक निर्णय घोषित हो सकता है, वह कोई भी असहज निश्चय कर सकते हैं।" वसुहोम ने कहा था, "इस समय केवल यही सूचना मिली है कि किसी दुष्टबुद्धि ने कलुष से प्रेरित होकर उनको अशांत कर दिया है। उत्तेजना और आवेश में मथुराधिपति क्या कह डालें, क्या कर दें, निश्चित नहीं है। इसी कारण संभावना बतला रहा हूं मैं। हो सकता है कि वह ऐसा असहज आदेश भी दे बैठें! सुना है कि नंद गोप को हाल में ही संतान सुख मिला है। हम नहीं चाहते कि शांत-सरल नंद बाबा को महाराज के किसी आदेश या निर्णय के कारण व्यर्थ ही दुख और क्लेश भोगना पड़े। सुना है वह बहुत शांत स्वभाव व्यक्ति हैं। उनकी पत्नी भी बहुत ममतामयी हैं।"

वृषभानु हड़बड़ाए हुए-से खड़े रहे थे। ऐसे जैसे शिला बन गए हों। सुना और समझा सब कुछ, किंतु तुरंत कोई प्रतिक्रया नहीं दे पाए। या यों

कि प्रतिक्रियाहीन हो रहे! प्रतिक्रिया के नाम पर केवल घबराहट। इस घबराहट ने इतना असंयत कर दिया था कि संयम के नाम पर शिला हो गए।

कंटक ने उन्हें हौले से झकझोरा था, "क्या हुआ, बंधु?"

"हां?...कुछ नहीं। कुछ भी तो नहीं।" हड़बड़ाकर वृषभानु ने कहा था। जानते थे कि ऐसा कहने पर भी न उनका अपना स्वर संयत है, न शरीर, न भाव।

वसुहोम ने कहा था, "सहज हो जाइए और शांत होकर इस सूचना को नंद बाबा तक पहुंचा दीजिए। आपका उपकार होगा।"

सहेज लिया था स्वयं को। बहुत चेष्टा के बाद सहेज सके, किंतु सहेज गए। बोले, "आपका आभार अधीक्षक! मैं तो विचार भी नहीं कर सकता था कि राजनिर्णय ऐसी क्रूरता से भरे हो सकते हैं!"

"यह राजनिर्णय नहीं है वृषभानु!" कंटक ने कहा था, "यह मनुष्य की क्षुद्रता का सबसे घृणित उदाहरण है।"

वृषभानु ने देखा था–उपाधीक्षक का चेहरा संवाद के शब्दों के साथ ही विकृति और घिन से भर उठा है। कहा, "चलता हूं...आप सब आश्वस्त हों, यह सूचना पहुंचा दूंगा।"

"सूचना नहीं है, मित्र!" वसुहोम ने उन्हें पुन समझाया, "केवल आशंका है कि ऐसा हो सकता है। आवश्यक नहीं है कि ऐसा ही हो, पर सतर्कता बरतने में हानि नहीं है।"

"जैसी आपकी इच्छा।" वृक्षभानु ने उत्तर दिया, विदा हो गए। जाते समय एक दृष्टि कंटक और वसुहोम दोनों के ही चेहरों पर डाली थी, लगता था कि वे अधिक रहस्यमय हो उठे हैं।

गोकुल पहुंचते-पहुंचते गोधूलि वेला हो गई। पशुओं के रंभाने का स्वर दिशाओं में गूंज रहा था। वृषभानु की इच्छा थी, निवास तक लौटने की

प्रसन्नता अनुभव करें, किंतु लगता था–जिस दायित्व को मथुरा से ओढ़े चले आ रहे हैं, उसने उन्हें असहज ही नहीं असामान्य कर दिया है। गंभीरता शरीर में बोझ की तरह बिखर गई है। यह बोझ गहन चिंता और कष्ट से भरा हुआ है। मुक्ति उस सत्य तक संभव नहीं, जब तक कि शीघ्रातिशीघ्र समाचार नंद गोप तक न पहुंचा दें। किंतु यह समाचार पहुंचाकर भी क्या वह सहज हो लेंगे? बोझ मुक्त हो जाएंगे? असंभव। इसलिए असंभव, क्योंकि कहीं-न-कहीं उन्हें स्वयं भी लग रहा है जैसे नंद और यशोदा की चिंता उनकी अपनी हैं। मित्र की पीड़ा को भला अपनी पीड़ा से कैसे बिलग कर सकते हैं वृषभानु? या यह कि दूसरे की पीड़ा और दूसरे के सुख में संलग्न न हो पाना अमानवीय होता है–केवल इसी कारण वृषभानु स्वयं को सूचना की उस किसी भी प्रतिक्रिया से अलग नहीं कर पा रहे हैं जो समाचार मिलने पर नंद को होगी?

यही कुछ सोचते कब, किस समय नंद गोप के द्वार पर जा खड़े हुए थे–ज्ञात नहीं हुआ। लगा था कि बेसुध-से चले आए हैं। सुधि आई तब, जब आंगन में चारपाई पर बैठे नंद ही द्वार पर आ खड़े हुए, "अरे, वृषभानु तुम? कब आए मथुरा से? लगता है, चले ही आ रहे हो?"

वृषभानु तुरंत कुछ उत्तर नहीं दे सके। सूझा ही नहीं। मन कहीं कुछ इतना उलझा हुआ था कि उसी से नहीं सुलझ पाए थे। हकबकाए से खड़े रह गए।

नंद ने कंधे पर हाथ रखा, बोले, "भीतर आओ। राह में गरमी रही होगी।" फिर भीतर की ओर खींचते हुए-से पुकारने लगे थे, "अरे, यशोदा! तनिक छाछ तो लाना। वृक्षभानु मथुरा होकर लौटे हैं।"

वृषभानु सहज हो चुके थे इस बीच। कहा, "न-न, रहने दो। वह तो यूं ही इधर से निकला तो सोचा तुमसे भेंटता चलूं। तनिक सुस्ता भी लूंगा।"

यशोदा भीतर से घूंघट का एक पल्ला लिए हुए आईं। पात्र में छाछ था। लाकर वृषभानु की ओर बढ़ा दिया। धूप में लंबी यात्रा करके लौटे वृषभानु ने मित्र-पत्नी की ओर देखा। एक गहरा श्वास लिया। वसुहोम के शब्द जैसे भाले की नोकों की तरह अंतस् में लग उठे। गहरे, कुरेदते हुए।

यशोदा छाछ का पात्र रखकर लौट गई थीं। वृषभानु ने हौले से पात्र उठाया, होंठों से लगा लिया। सोचने लगे–बात कहां से प्रारंभ करें। सहसा सतर्क हुए। वह सब यशोदा सुनें–ठीक नहीं होगा। कहना चाहते थे नंद से कि उठें, उनके साथ चलें, पर नंद ने बात प्रारंभ कर दी। पूछा, "कुछ व्यग्र दीख रहे हो वृषभानु? क्या बात है?"

"कुछ नहीं, यूं ही। राह में बहुत गर्मी थी।" वृषभानु ने बात टाल दी। छाछ का पात्र खाली करके रख दिया, फिर उठने को हुए। नंद ने कहा था, "तनिक विश्राम कर लो, मित्र! उस आसन पर लेट जाओ।"

"नहीं।" वृषभानु बोले, फिर उस दिशा में देखा, जिधर अभी-अभी यशोदा गई थीं–फुसफुसाकर कहा, "सुनो, तुम मेरे साथ चलो।"

नंद ने चकित होकर उन्हें देखा। पूछा, "कहां?"

वृक्षभानु उठ चुके थे। नंद की बांह थामी, बोले–"आओ तो!"

"किंतु..." नंद को अवसर नहीं मिला। वृषभानु उन्हें उसी तरह खींचते हुए-से घर के बाहर की ओर ले गए, जिस तरह कुछ देर पहले उन्हें नंद घर में ले आए थे। द्वार के बाहर आकर वृषभानु ने कहा था, "तुमसे आवश्यक बात करनी है, नंद।"

कौनसी आवश्यक बात है या क्या हो सकती है? यह सब जानने-पूछने का अवसर ही नहीं दिया था वृषभानु ने। अपने घर और बस्ती से विपरीत दिशा की ओर ले गए थे नंद को।

और नंद भौचक्के। नासमझ भाव से उनके पीछे-पीछे चलते हुए। बुदबुदाए भी थे बीच में, "अरे, कहां लिए जा रहे हो?"

"आओ तो!" वृषभानु उसी तरह रहस्यमय बने रहे।

वे एकांत में आ गए थे। वृक्षों के झुरमुट तक। संध्या उतरने लगी थी। उसी के साथ हल्का अंधेरा भी आसमान पर बिखर आया था। यह अंधेरा नीचे गिरता हुआ। वे धीमे-धीमे एक-दूसरे के लिए छाया बनते जा रहे थे।

वृक्षभानु एक स्थान पर जाकर रुके तो नंद ने पूछा था, “तुम सहज तो हो? यहां किस लिए लाए हो मुझे ?”

“बतलाता हूं...बैठो।”

वे बैठ गए। वृषभानु इस बीच निश्चय कर चुके थे कि क्या कहेंगे, किस तरह प्रारंभ करेंगे। वही किया। कहा, “सुनो, बात ऐसी थी कि कन्हैया की माता के सामने कहना उचित न होता, अतः तुम्हें यहां लाया हूं।'”

नंद सहसा गंभीर हो गए। अनुमान कर पा रहे थे कि वृषभानु यूं ही उन्हें एकांत में नहीं खींच लाए होंगे। कोई-न-कोई कारण होगा, किंतु यह कारण होगा–कल्पना नहीं की थी। मन शंकाग्रस्त होकर भीतर-ही-भीतर प्रश्न करने लगा था नंद से–क्या वृषभानु कन्हैया के बदलाव की घटना जान चुके हैं? या फिर कोई अन्य बात है? पर ऐसी क्या बात हो सकती है जो कन्हैया की माता के सामने न कही जा सके? निश्चय ही कन्हैया से संबंधित कोई बात होगी। किंतु कन्हैया से संबंधित बात कन्हैया के बदलाव के अतिरिक्त क्या हो सकती है? चिंता ने मन भर दिया।

वृषभानु ने कहा, “मथुरा में कारागार अधीक्षक वसुहोम से भेंट हुई थी हमारी। उन्होंने तुम तक एक महत्त्वपूर्ण सूचना पहुंचाने को कहा। परिचित हो तुम उनसे ?”

“हां-हां,...मित्र हैं मेरे।” नंद बोले। आगे जान-बूझकर नहीं कहा। कुछ कहना अपने-आप को उजागर करना होगा। इस समय केवल वृषभानु से वृषभानु की बात सुनना ही उचित।

वृषभानु ने कहा, “एक संकट ब्रजभूमि पर आ पहुंचा है। उसी के लिए वसुहोम ने तुम्हें सजग और सावधान रहने को कहा है।”

“क्या ?...” नंद ने प्रश्न किया।

वसुहोम का कहा ज्यों-का-त्यों कह सुनाया था उन्हें। किस तरह भेंट हुई, किस तरह उपाधीक्षक उन तक ले गया, किस तरह बात प्रारंभ हुई, फिर क्या-क्या तर्क-वितर्क हुए, सब। नंद ने सुना, जबड़े कस लिए। बात निश्चिय ही कन्हैया से संबंधित थी, किंतु उस तरह नहीं–जिस तरह नंद ने

विचार किया था। बोल नहीं सके। चिंता और पीड़ा ने कुछ अस्त-व्यस्त कर दिया था उन्हें। उससे कहीं अधिक इस विचार ने मन को मथुराधिपति के प्रति घोर घृणा और वितृष्णा से भरा कि वह असंख्य शिशुओं का वध करने जैसा निर्णय ले सकते हैं।

वृषभानु ने पूछा था, "क्या सोचने लगे तुम?"

"कुछ नहीं, मित्र!" नंद ने उत्तर दिया। आवाज भर्राई हुई थी उनकी, "सोच रहा हूं कि क्या कोई मनुष्य वह सब कर सकता है जो कंस से आशंकित है?"

वृषभानु ने कहा, "मैंने भी यही पूछा था वसुहोम से...किंतु उसने कहा कि यादवेंद्र के लिए ऐसा करना आश्चर्यजनक नहीं है।"

नंद चुप रहे।

वृषभानु बोले थे, "जानता हूं कि तुम विश्वास नहीं कर पा रहे हो, किंतु मैं भी प्रारंभ में विश्वास नहीं कर पाया था, किंतु उपाधीक्षक के दिए तर्क से सहमत हुआ हूं। उसी तर्क के कारण विश्वास भी करता हूं कि ऐसा हो सकता है।"

"क्या तर्क था उनका?" नंद ने यांत्रिक स्वर में पूछा।

"उनका तर्क था कि भयातुर और कायर मनुष्य कोई भी अमानवीय निर्णय ले सकता है। ठीक उस मदांध व्यक्ति की तरह जो सत्ता, शक्ति, संपन्नता और भाग्य की प्रबलता के वशीभूत होकर अमानवीय निर्णय लेता है। दो चरम एक ही स्थिति पर पहुंचकर एक ही स्थिति को प्राप्त होते हैं।"

नंद ने सुना। शांत रहे...देर तक उस अंधकार को देखते रहे, जिसने प्रकृति का संपूर्ण सौंदर्य ग्रस लिया था। ठीक उसी तरह जिस तरह इस आशंका ने मन का सारा सुख और प्रसन्नता ग्रस ली।

थोड़ी देर दोनों बैठे रहे थे, फिर उठ पड़े। राह में नंद बाबा ने निर्णय सुनाया था, "इस संबंध में गोकुल के प्रमुख व्यक्तियों से चर्चा करनी होगी।"

वृषभानु ने सुना। समझने का प्रयत्न किया, फिर समझा। संभवतः नंद गोप गोकुलवासियों से सार्वजनिक चर्चा करके इस आशंकित के प्रति विचार-विमर्श करना चाहते हैं। पूछा, "क्या यह ठीक होगा नंद?"

"निश्चय ही यह उचित होगा।" नंद गोप ने उत्तर दिया था, "मुझे विश्वास है कि गोकुल में अब तक कलुष नहीं है।"

किंतु..." वृषभानु ने कहना चाहा, पर चुप हो रहे। नंद बरसों से गोकुल के मुखिया हैं। मथुरा के राजपरिवार में भी इसी कारण प्रभावी हैं। उनके विचार और विश्वास को तर्क-वितर्क से आहत नहीं करेंगे वृषभानु। उन्हें जितना करना चाहिए था, कर चुके। यही उनका अधिकार था, यही कर्तव्य, यही उनसे वांछित।

नंद गोप को उनके निवास तक छोड़कर वृषभानु अपने घर चले गए थे। थोड़ी देर बाद ही सूचना मिल गई थी उन्हें–"नंद गोप ने अर्ध रात्रि में सभी गृहस्वामियों को एक विशेष सभा में आमंत्रित किया है।" उनके लिए भी आमंत्रण था।

नंद गोप ने जो कुछ कहा, गोकुलवासियों ने शांत होकर सुना। फिर नंद ने सबका विचार पूछा, "यदि ऐसा कुछ होता है तब क्या करना उचित होगा?"

कुछ पल सन्नाटा रहा। फिर एकत्र भीड़ से एक स्वर उठा था, "गोकुल में किसी का जन्म ही नहीं हुआ, अतः विचार का प्रश्न कहां उठता है?"

एक अन्य स्वर आया, "किंतु यशोदासुत इसी बीच जन्मा है।"

पहले स्वर ने तुरंत मुड़कर पूछा था, "यशोदासुत जन्मा है? हमें तो ज्ञात नहीं। आप में से किसी अन्य को ज्ञात है क्या?"

एक साथ स्वर उठे थे, "नहीं! ऐसी तो कोई बात नहीं। यशोदासुत? विचित्र बात है। यशोदा के बेटा भी हो गया और ग्रामवासियों को पता नहीं चला! आश्चर्य!"

समवेत हंसी हुई। फिर एक आवाज़ आई, "इससे भी अधिक अचरज की बात तो यह है गोप बंधुओं, कि यशोदा के पुत्र हुआ और यशोदा को ही ज्ञात नहीं।"

एक बार पुनः ठहाके लगे। शंकित मन प्रश्न करने वाला गोप बैठ गया। ग्रामवासियों ने अपना सामूहिक निर्णय गोप को सुना दिया था, "हम सबका यही विचार है कि गोकुल में इस बीच कोई शिशु नहीं जन्मा और गोकुल के बालकों तक ऐसी कोई सूचना नहीं है।"

सबने एकमत सहमति व्यक्त की थी। वृषभानु चुपचाप सुनते रहे। सहमति उन्होंने भी व्यक्त की थी, किंतु मन सहम से भरा हुआ था। ईश्वर न करे, किसी तरह रहस्य कंस या उसके अधिकारियों तक पहुंचे। संपूर्ण गोकुल पर विपदा टूट पड़ेगी किंतु सार्वजनिक स्वरों के बीच एक अकेली आवाज़ उठाना अर्थहीन लगा था उन्हें। चुप हो गए।

देर रात्रि तक कंस और कंस के शासन को लेकर गोपों के बीच कटु आलोचनाएं होती रहीं, फिर सब अपने-अपने निवास पर गए। निश्चय कर गए थे–परिजनों को आशंकित अनिष्ट के प्रति सावधान कर देंगे। उस रात गोकुल के किसी घर में ठीक तरह कोई सो नहीं सका था। सार्वजनिक सभा से उठकर ग्रामवासी परिजनों से बातें करते रहे थे। वृषभानु ने बरसाना गांव की स्थिति संभाली।

नंद गोप सारी रात जागते रहे थे। जागती यशोदा भी थीं, किंतु इस जगाहट में अंतर था। यशोदा सारी रात मातृत्व की पुलक से भरी-भरी जागतीं। कभी शिशु कान्हा के कोमल-कोमल चरण हिलते, कभी लगता कि वह एक गुदगुदाहट और आंनद की शब्दहीन अभिव्यक्ति बनकर सीने से आ लगा है ..बहुत बुरी आदत थी बालक की। रात देर गए तक सोता न था। थोड़ी देर सोता, फिर जाग जाता। यशोदा पलकें मूंदती और बालक के किसी-न-किसी करतब से तंग आकर जाग जातीं। किसी बार लगता कि जंघा पर नन्हे-नन्हे पैर मार रहा है, किसी बार बिल्कुल बगल से सटा हुआ स्तन से खेलने

लगता। झुंझलाकर देखतीं और सारी झुंझलाहट गुम जाया करती। कान्हा बड़ी-बड़ी गोल आंखों से शरारत-भरी मुसकान में नहाया हुआ उन्हें ही देख रहा होता। ऐसे जैसे वह यशोदा की झुंझलाहट का आनंद ले रहा हो। प्यार से कहतीं, "दुष्ट! सो जा! सो जा! सो जा! अच्छा, बाबा! मैं तुझसे हाथ जोड़कर प्रार्थना करती हूं, सो जा!"

ऐसा कभी नहीं हुआ था कि माता की इस नेह-भरी बुदबुदाहट के बीच नंद बाबा बोल पड़ें। पर उस रात हुआ। नन्हे कान्हा को इसी तरह निवेदन करके सुलाना चाहती थीं कि नंद बाबा करवट बदलकर बोल पड़े थे, "क्यों, क्या कान्हा अब तक सोया नहीं?"

"हां।" यशोदा ने उत्तर दिया, किंतु व्यग्र होकर पूछा, "आज तुम इस समय तक जाग रहे हो?"

"ऐसे ही–नींद नहीं आई।" नंद बाबा को लगा कि बोलकर ठीक नहीं किया है। यशोदा का कोमल मन जानते हैं। तनिक-सी बात पर ही चिंतित हो उठेंगी। कुरेदन-भरे दस प्रश्न कर डालेंगी।

वही हुआ-यशोदा बड़बड़ाकर प्रश्न कर बैठीं, "क्या बात है!"

कई घंटों की चिंता और मन के भीतर हुई उलट-पलट ने सिर दुखा दिया था नंद का। उस तरह सहज होकर उत्तर नहीं दे सके भार्या को। कहा, "हां, ठीक है। तुम सो जाओ।"

उत्तर के संक्षिप्त रूप और स्वर की गरमाहट ने यशोदा को अधिक ही चिंताग्रस्त कर डाला। कान्हा को छोड़कर पलंग से उठ बैठीं, "क्या बात है? मन तो ठीक है ना तुम्हारा?"

नंद झुंझला गए, "कहा ना, ठीक है। सब ठीक है। अब तुम भी सो-ओ।"

सकुचा गईं यशोदा। स्वर रुआंसा हो आया। पूछा, "इस तरह चिंतित तो तुम्हें कभी देखा नहीं?"

"नहीं देखा तो क्या हुआ?" नंद बोले–स्वर पूर्वापेक्षा ज़्यादा ही रुखाई से भर गया था, "अब तो देख रही हो। सो जाओ।"

लेट गईं गहरा श्वास लेकर। कान्हा अब भी हाथ-पैर मार रहा था। पर लगा कि उसके स्पर्शों ने प्रभावहीन कर दिया है। सुख-दुख कुछ भी अनुभव होना बंद हो गया था। लग रहा था कि नंद बाबा के असहज व्यवहार के अतिरिक्त अन्य कोई प्रभाव लेना-समझना यशोदा के लिए सहज नहीं रह गया है। मन फिर प्रश्न से भर आया था। लगा कि होंठों पर आकर शब्द थमे रह गए हैं–कहना चाहती थीं, "क्या हुआ?" पर झूलते रह गए थे शब्द। नंद बाबा तक उछल नहीं सके। पति की अस्त-व्यस्तता ने बहुत आहत कर डाला था उन्हें।

नंद ने करवट बदली। यशोदा भी करवट बदलकर उसी ओर देखती रहीं। दीपक का प्रकाश धीमा और धीमा होता जा रहा था। रात क्रमशः क्षीण होती हुई और उसके साथ-साथ यशोदा का मन भी रीतता हुआ।

नंद ने पुनः करवट बदली थी। चादर के भीतर मुंह छिपाए यशोदा ने धीमे-से पलकें उठाकर देखा था उन्हें। वह उस समय भी जाग रहे थे। आश्चर्य! पलकें पुनः झपकीं। जाग रहे हैं या सो गए? आंखें बंद कर रखी थीं उन्होंने। किंतु यशोदा ने पहचान लिया था कि सोए नहीं हैं। नंद से बाल्यावस्था का साथ रहा है उनका। शरीर की हर मुद्रा, स्वर का हर आरोह-अवरोह, अपने-आप की तरह जानती-पहचानती हैं। उनसे छिपाव करना या अभिनय कर पाना असंभव है। और यशोदा समझ गई थीं कि किसी कारण मन उलझाव से भरा हुआ है। रात बिताने और यशोदा को सहेजे रखने भर के लिए सोने का अभिनय किए हुए हैं।

एक बार पुनः होंठ फड़कने को आकुल हुए। वही प्रश्न से सुलगते हुए–क्या हुआ है? तुम ऐसे अशांत क्यों हो? बतलाओगे नहीं मुझे? पर चुप के निर्देश ने अनचाहे ही उन्हें प्रश्न की सुलझान सहने को बाध्य कर दिया। होंठों पर जीभ फिराकर शांत रह गई।

रात बीत गई थी। प्रतिदिन की तरह दिनचर्या से जुड़ गए थे पति-पत्नी। नंद सदा की तरह उठकर यमुना तट की ओर निकल गए और यशोदा गो-सेवा में रत हुईं। बीच-बीच में बालक कन्हैया को सहेजती-संवारती हुई।

रात्रि-जागरण ने मन-शरीर सभी को गहरी थकन से भर डाला था, किंतु यशोदा की थकन अधिक अशांति से भरी हुई। कारण था पति को लेकर चिंता। मन रह-रहकर खौलते पानी की तरह उबलने-उछलने लगता...पूछें, जानें...किंतु वह बतलाएंगे? रात कितने असहज होकर डपटने लगे थे!

किंतु पूछना होगा। पूछे बिना यशोदा शांत नहीं हो सकेंगी। जानती हैं कि उनके सरल निर्णय या विचार से नंद की समस्या का हल नहीं होगा—यों भी नंद ठहरे गांव के मुखिया। बहुत बार उस कठोरता से काम लेना पड़ता है उन्हें जो यशोदा के नारी मन के लिए असहज है—असह्य भी। ऐसी स्थिति में पति की किस समस्या में वह कितनी सहायक हो सकेंगी—निश्चित नहीं। इसके बावजूद मन बेचैन है। जाने बिना सहजता असंभव। निश्चय कर लिया था कि पति के लौटते ही उनसे पूछेंगी, "क्या हुआ था रात को? बहुत बेचैन रहे तुम?"

ज्ञात नहीं कि वह क्या कहेंगे? पर यशोदा जान सकीं तो सहज होंगी। लगता है कि पति-पत्नी में से किसी एक का चुप समूचे घर-जीवन को जीवंत होते हुए भी मृतभाव से भर देता है। इस भाव से ही मुक्ति चाहती हैं यशोदा।

प्रतीक्षा करने लगी थीं नंद गोप की। पर बहुत समय बीता, वह नहीं आए। यशोदा का मन और असहज हो उठा। अधिक बेचैनी से भर उठीं। प्रतिदिन की चर्चा में यह एक और अवरोध आया था। लगा कि कोई बड़ा कारण है। भीतर का प्रश्न अधिक गहन हो उठा। अधिक कुरेदता हुआ। अधिक नुकीला। कितनी ही बार बाहर के द्वार तक आतीं। तनिक-सी आहट पाते ही चौंककर देखतीं दरवाजे की ओर। यांत्रिक भाव से दूध बिलोया, माखन उतारा। रोज इसी काम में कितना सुख मिलता था उन्हें। आनंद आता था। किस क्षण रई मथने में घूमती और उदधि दूध की सतह पर उतराता, लगता कि छोटा-सा आकाश उनके घड़े में भरने लगा है...मीठा,

सुखदाई और बादलों की तरह कोमल आकाश । पर आज लगा कि आकाश नहीं है–चिंताओं की एक धुंध है। भारहीन होते हुए भी भारयुक्त। इससे उस समय तक मुक्ति नहीं मिलेगी, जब तक कि वह पति से उनकी चिंता का कारण जान न लें।

देर बाद लौटे थे नंद। धूप माथे तक चढ़ आई थी। उस दिन न तो वह दूध पीकर गए थे, न माखन लिपटी रोटी का कलेवा किया था उन्होंने। हर काम नियम के विरुद्ध। ऐसा क्या हो गया था? वे कंधे का अंगोछा हौले से चारपाई पर रखकर बरामदे में ही लेट गए थे। बांह का तकिया लगा लिया था। पलकें मूंद लीं। चेहरा उसी तरह तनावग्रस्त रहा।

यशोदा धीमे-धीमे चलती हुई उनके पास आ खड़ी हुईं। पति की मनःस्थिति ने उनहें भी गहरी चिंता और अशांति से भर दिया। साहस जुटाकर पूछा, "सुनो!"

"हूं?" बड़ गुनगुनाते स्वर में बोले। पलकें उसी तरह बंद रहीं। शरीर उसी तरह निश्चल।

"क्रोध न करो तो एक बात पूछूं?" यशोदा ने मीठे पर सकपकाए स्वर में प्रश्न किया।

"कहो।" नंद ने पलकें खोल लीं।

"रात तुम सोए नहीं...जानती हूं..." यशोदा नजरें चुराकर कह गईं, "आज भोर से भी तुम्हें बहुत चिंतित और व्यग्र पा रही हूं...क्या बात है–बतलाओगे नहीं?"

नंद ने गहरा श्वास लिया। नियम-कर्म की नियमितता से गठित संयत शरीर था उनका। आयु बढ़ रही थी, किंतु स्वर, दृष्टि, शरीर किसी पर भी उसी तरह प्रभावी नहीं हो पा रही थी, जिस तरह हो जाती है। चारपाई से उठकर पत्नी को देखने लगे। न चाहते हुए भी पुतलियों की बेचैन थिरकन को थाम नहीं सके। कहा था, "मैं स्वयं तुम्हें बतलाना चाहता था। रात्रि को ही बतला देना चाहता था, पर समझ नहीं पा रहा था, किस तरह बतलाऊं। बार-बार संकोच होता था।"

“मुझसे संकोच?” यशोदा चकित हुईं। फिर जी हुआ हंसे, ठिठोली करके कह दें, “तुम पुरुष इतने संकोचग्रस्त कब से हो गए?” किंतु मन थाम लिया। इस क्षण ऐसी बात करके पति को व्यर्थ की आहत नहीं करेंगी।

नंद ने कहा, “हां, यशोदा। बात ही ऐसी है।” उन्होंने होंठों पर जीभ फिराई। एक दृष्टि पत्नी को देखा, फिर चुप हो रहे।

“क्या बात है?”

“पहले एक वचन दो।” नंद ने पूछा।

“क्या” यशोदा ने चकित होकर कहा, “तुम वचन क्यों मांग रहे हो मुझसे? तुम्हें तो आज्ञा देने का अधिकार है।”

“है, किंतु बात ऐसी है जिसके कारण तुमसे वचन लेने को बाध्य हुआ हूं।” नंद ने कहा, “तुम्हारा स्नेहिल, कोमल और सरल मन जानता हूं ना–इसी कारण। डर लगता है कि कहीं तुम अपने स्वभाव से बाध्य होकर रोने-धोने न लगो।”

अब यशोदा की चिंता बढ़ी। ऐसी क्या बात हो सकती है, जिसमें यशोदा को उतना आहत होना पड़े कि रुलाई आ जाए? आश्चर्य और बेबसी से होंठ खुले रह गए उनके। पति को टकटकी बांधे देखती रहीं।

“वचन दो।” नंद उन्हें ही देख रहे थे।

“किंतु...”

“केवल इतना चाहता हूं कि स्वयं को वश में रखोगी।” नंद ने कहा। यशोदा ने तनिक सोचा, फिर दृढ़ता बटोरी। बोलीं, “ठीक है। यही होगा। अब कहो।”

“मेरे ही नहीं, किसी के भी सामने स्वयं को वश में रखोगी।” नंद ने कहा, “यह अभिनय कठिन होगा यशोदा, पहले विचार कर लो। तुम्हारा स्वभाव जानता हूं, अतः तुमसे विशेष रूप से कह रहा हूं। तुम्हारे लिए बहुत कठिन होगा। तुम और माताओं जैसी नहीं हो ना?”

यशोदा पुनः हक्की-बक्की हुईं, फिर वज्रभाव से उत्तर दिया, “तुम कह डालो तुम्हारी आज्ञा के लिए मैं काल-समय पर भी संयम बरत सकती हूं।

मेरी सरलता देखी है तुमने–मेरा साहस देखने का अवसर ही कहां मिला है तुम्हें? कहो।"

"तो सुनो..." नंद ने कहा, "यहां बैठो और ध्यान से सुनो।"

यशोदा चारपाई की पाटी के पास पति के पैरों में बैठ गईं। दृष्टि चेहरे की ओर ठहरा दी। प्रतीक्षा करने लगीं उस रहस्य की, जिसने कई घंटों तक व्यग्रता से मन को उलीचे रखा था।

नंद ने कहा, "कल संध्या वृषभानु मथुरा से आए थे ना?"

"हां।" यशोदा बोलीं। ठीक उस बालक की तरह जो कहानी सुनते हुए हुंकारा" लगाता है।

"वृषभानु एक बुरा समाचार लाए हैं।" नंद ने कहा, फिर बतला दिया कि किस तरह ज्योतिषियों के गणित चक्र ने कंस की दुष्टबुद्धि में यह बात बिठा दी है कि गत दस दिनों के भीतर जन्मे शिशुओं में ही कोई एक उसका काल है। और कंस ने आज्ञा दी है कि उस दिनों के भीतर-भीतर जन्मे हर शिशु का वध कर दिया जाए।

"हे राम!" यशोदा हतप्रभ हो गई थीं। उससे कहीं अधिक आहत। कान्हा भी तो इन्हीं दस दिनों में जन्मा है। आज ठीक ग्यारह दिन का हुआ। न चाहकर भी आंखें छलछला आई थीं उनकी। हकलाते हुए पूछा था, "अब क्या होगा, गोपश्रेष्ठ ?"

"वहीं होगा जो विधाता की इच्छा होगी।" नंद बोले थे, "मैंने और गोकुलवासियों ने निर्णय लिया है कि ऐसा अवसर आया, तब सब कहेंगे– गोकुल में किसी शिशु का जन्म नहीं हुआ। तुम भी संयत रहना। व्याकुल हुईं तो अहित का भय है।"

यशोदा ने जबड़े कस लिए। लगा था कि विचित्र-सी शक्ति उनके भीतर जनम आई है। कहा, "चिंता न करो। मुझे सुदिन भोगने के साथ-साथ परमात्मा ने दुर्दिन सहने की भी शक्ति दी है।"

नंद चकित होकर पत्नी को देखने लगे थे। आश्चर्य! लग रहा था कि जिसे देख रहे हैं वह कोमलमना उनकी पत्नी नहीं है–पाषाण-हृदया कोई

शक्ति है। यशोदा की दृष्टि बदली हुई थी, स्वर, चेहरा, यहां तक कि समूचे भाव भी अजब-सी दृढ़ता संजोए हुए किसी भित्ति-चित्र-से दीख रहे थे– जिस पर केवल अंकन दीखता है, एकमात्र भावना नहीं।

संपूर्ण ग्राम में सहज जीवनचर्या चलती रही थी। अंतर कुछ था तो केवल यह कि हर दिन की तरह इस दिनचर्या में आह्लाद नहीं था। केवल यांत्रिकता थी। बालक यमुना-तट पर खेलते रहे थे। स्त्रियां गृहकार्य में जुट रही थीं। गोप-बालाएं सहम-संकोच से भरी रही थीं और पुरुष पशु-सेवा में व्यस्त रहे थे। पशु भी जैसे चुप्पी संजोए हुए। संपूर्ण ग्रामजीवन उत्साहहीनता से ग्रस्त। ऐसे जैसे नई, कोमल सद्यः जन्मा कोंपलों पर तुषार बरस पड़ा हो। इस तुषार को केवल ग्रामवासी ही जानते थे। अन्य कोई नहीं। उन सैनिकों के लिए तो बिलकुल ही अनजाना था यह भाव, जो केशी की आज्ञानुसार कर्तव्य की यांत्रिकता से बंधे हुए खड्ग लिए धीमे-धीमे संपूर्ण ब्रजक्षेत्र में बिखर चुके थे। अनेक ग्रामों में अनेक दुधमुंहे शिशुओं का वध किया गया। माता-पिता, सगे-संबंधियों को रोते-बिलखते छोड़कर क्रूरकर्मा सैनिकों का जत्था एक ग्राम से दूसरे ग्राम की ओर बढ़ता गया।

एक जत्था आया गोकुल की ओर। सबसे पहले बालकों से भेंट हुई थी उनकी। वे यमुना तट पर खेल रहे थे। सैनिक पास आए तो भी बालकों ने खेलना जारी रखा।

नायक ने साथियों को रुकने के लिए कहा, स्वयं अश्व की लगाम थामी। बालकों के बीच रुककर पूछा, "सुनो। यहां के मुखिया नंद गोप ही हैं ना?"

एक बालक आगे बढ़ आया, "हां, हैं तो...क्या काम है तुम्हें?"

"हमें उनसे भेंट करनी है।"

"उस झुरमुट के पार बस्ती में प्रवेश करते ही तीसरा, सबसे सुंदर भवन उन्हीं का है–चले जाओ।"

बालक पुनः खेलने के लिए मुड़ा। पर सेनानायक हटा नहीं, घोड़े की रास थामे उसी तरह खड़ा रहा। बालकों ने प्रश्नातुर कभी सैनिकों को और कभी एक-दूसरे को देखा, फिर उनमें से सबसे बड़ी आयु का बालक बोल पड़ा, "अब स्थान छोड़ो ना। हम लोग खेलेंगे।"

नायक मुसकुराया, बोला, "देखता हूं तुम सबसे समझदार बालक हो। इसी ग्राम के हो ना?"

"हां-हैं।"

"बतलाओ तो, क्या तुम्हारे गांव में पिछले दिनों किसी बालक का जन्म हुआ है?"

"बालक का जन्म!" बड़ा बालक चकित हुआ–इस तरह जैसे सवाल ही बेतुका लगा हो उसे, फिर साथियों की ओर हंसकर बोला, "सुनो मित्रो! सेनानायक पूछते हैं कि इस ग्राम में पिछले दिनों कोई बालक जन्मा क्या?" फिर वह नायक की ओर मुड़कर उपहास से देखते हुए बड़बड़ाया, "अगर बालक ही न जन्मे होते तो हम कहां से आए? महाराज कंस के कोषागार से?" सहसा वह ठहाका मारकर हंसा। अन्य बच्चे भी हंसने लगे।

नायक सिटपिटा गया, फिर क्रोध आया उसे। चीखकर कहा, "चुप हो जाओ। मैं केवल यह पूछ रहा हूं कि इधर पिछले दस-बारह दिनों में कोई बालक किसी घर में जन्मा है क्या?"

"अच्छा-अच्छा...पिछले दस-बारह दिनों में?" बड़े बच्चे ने समझते हुए कहा।

"हां"

बालक ने होंठ भींचे जैसे कुछ याद किया, फिर बड़बड़ाया, "दस-बारह दिनों में तो नहीं–हां, तीन महीने पहले वह जो कर्णिका खड़ा है ना..." उसने साथ के एक बच्चे की ओर संकेत किया, "इसके भाई अवश्य हुआ है।"

"यानी दस-बारह दिनों के भीतर गोकुल में कोई बालक नहीं जन्मा?" नायक ने जेसे चकित होकर प्रश्न किया। अपने साथी सैनिकों को देखा। वे जैसे निराश होने लगे थे।

"नहीं..." एक साथ कई बच्चे बोल पड़े। सैनिक ने गहरा श्वास लिया। नायक ने रास ढीली की, अश्व की गर्दन पर हौले से थपकी दी। आगे बढ़ा। सैनिक उसके पीछे हो लिए।

बालक ने नायक को पुकारा, "सुनिए।"

वे सब थम गए। उत्सुकता से बच्चों को देखने लगे। बड़े गोप बालक ने आगे बढ़कर पूछा, "क्या बात है नायक जी?...क्या जिस गांव में दस-बारह दिनों के भीतर बालक जन्मा हो, उसे महाराज कंस की ओर से पुरस्कृत किया जाएगा?"

"हां!" नायक ने कुछ घृणामिश्रित स्वर में उत्तर दिया, फिर व्यंग्य किया, "बहुत बड़ा पुरस्कार मिलेगा उस बालक को।"

सभी सैनिक हंसे। गोप बालक ने मुंह बिचकाया, कहा, "तब तो गोकुल वाले रह गए। पता नहीं गोपों को क्या हुआ है? दस-बारह दिन के भीतर किसी बालक को पैदा कर दिया होता तो पूरे जनपद में हमारा ग्राम पिछड़ता तो न!"

"हां-अ् बड़ी हानि हुई ग्राम की।" एक और बालक ने कहा, फिर वे खेलने लगे। सैनिक आगे बढ़ गए। इस बीच झाड़ियों की ओट लेता एक बालक ग्राम की ओर दौड़ गया था। सैनिकों को भनक भी नहीं लगी।

विद्युत्-तरंग की तरह सैनिकों की अगुवाई का समाचार बस्ती में बिखर गया और उसके साथ ही वे सब तुरंत स्थिति का सामना करने के लिए तत्पर और सहज हो गए। सैनिकों की वह छोटी-सी टुकड़ी सीधी नंद गोप के निवास पर ही पहुंची थी। नायक अश्व से उतरा, रौबदार चाल में द्वार के भीतर समा गया। नंद और यशोदा आंगन में ही बैठे हुए थे। सैनिक को आया देखकर चकित भाव से उसे देखते हुए उठ पड़े। नंद ने तनिक कठोर स्वर में प्रश्न किया था, "क्या बात है नायक? क्या किसी के गृह में प्रवेश के लिए आज्ञा लेना राज-शिष्टाचार नहीं है?"

सेनानायक जिस दृढ़ता को संजोए आया था, वह कुछ हिल गई। संकोच के साथ रुककर प्रश्न किया, "क्षमा करें, गोपश्रेष्ठ! भूल हुई मुझसे। कृपया मुझे गृह-प्रवेश की आज्ञा दें।"

"स्वागत है।" नंद बोले। एक दृष्टि पत्नी पर डाली, फिर कहा, "यशोदा, राजसेना के अधिकारी आए हैं...कुछ दूध आदि... ।"

"नहीं-नहीं, नंद बाबा! हम लोग अभी-अभी बरसाने से आ रहे हैं। वहां वृषभानु के यहां भोजन प्राप्त हुआ। अब इच्छा नहीं है। आप कष्ट न करें।"

"तो कालिंदी-जल ही लीजिए, नायक!" बड़े संयत स्वर में शिष्टाचार निर्वाह किया नंद ने। उससे कहीं अधिक लगा कि सहज-स्वाभाविक यशोदा हैं। तुरंत दृष्टि में स्वागत की मुसकान भरकर भीतर चली गईं।

नायक की दृष्टि घर में यहां-वहां खोजती हुई-सी घूम रही थी। औपचारिकता के साथ बात तो करता जा रहा था वह, किंतु प्रतिपल सतर्क और सावधान। नंद बाबा देखते रहे, फिर प्रश्न किया, "कैसे आना हुआ? मथुरा में सब कुशल तो है? महाराज कंस अच्छी तरह हैं? पिछले दिनों उनके विवाह-समारोह में जाने का अवसर मिला था। बहुत आनंद हुआ। गौरव भी अनुभव किया मैंने।"

"हां, सभी प्रसन्न थे।" नायक ने जैसे कुछ कहने के लिए कह दिया। दृष्टि उसी खोजी भाव से घूमती हुई।

नंद ने बात पुनः जोड़ दी, "प्रसन्नता की बात है भाई। मगधपति से संबंध होना क्या छोटी-मोटी बात है? संपूर्ण मथुरा राज्य इससे प्रसन्न हुआ है।"

"हांऽ... । " एक गहरा श्वास लिया नायक ने, जैसे ऊब झेली हो।

यशोदा पात्र में जल ले आई थीं। सेनानायक की ओर बढ़ाते हुए अतिथि-स्वागत में हौले से मुसकुरा भी दीं। बहुत सहज, सरल मुसकान थी उनके होंठों पर। नंद उनकी अभिनय-शक्ति पर चमत्कृत होकर देखते ही रह गए। यशोदा एक ओर घूंघट खींचकर जा खड़ी हुई। सेना नायक ने जल के

कुछ घूंट गले उतारे, फिर कुछ संकोच के साथ कहा, "एक राजाज्ञा के निर्वाह हेतु मुझे आना पड़ा है, गोपश्रेष्ठ! मुझे विश्वास है, आप सहायता देंगे।"

"कैसी बात करते हैं नायक?" आश्चर्य व्यक्त करते हुए नंद ने उत्तर दिया था, "राजाज्ञा का निर्वाह प्रजाजनों का धर्म होता है। कहें, क्या बात है?"

"मुझे सूचना मिली है कि पिछले दस-बारह दिनों के भीतर गोकुल के किसी गोप-कुल में संतानोत्पत्ति हुई है।"

"गोकुल में!" चकित हुए नंद...फिर बड़बड़ाए, "आश्चर्य की बात है। मेरे ग्राम के किसी घर में ऐसी सुखकारी घटना हो और मुझे सूचना ही न मिले! न, असंभव है। आपको असत्य सूचना मिली है सेनानायक।"

"किंतु...।"

नायक कुछ कह सके, इसके पूर्व ही यशोदा इस तरह हंसी, जैसे उपहास कर रही हो, नायक सिटपिटा गया। लज्जा भी हुई उसे। लगा कि मूर्खता की है। कालिंदी-तट पर बालकों ने जो बतलाया था, उसके बाद यहां तक आकर पूछताछ करना ही व्यर्थ था। नंद पत्नी की हंसी का पात्र व्यर्थ ही बना। उठ पड़ा, कहा, "क्षमा करें, नंद बाबा। मुझसे भूल हुई। ऐसी मूर्खतापूर्ण सूचना देने वाले को मैं अवश्य ही दंडित करूंगा।" वह बात समाप्त करते ही द्वार की ओर बढ़ गया। नंद पीछे हो लिए, बड़बड़ाते हुए।

ऊब और झुंझलाहट से भरा हुआ नायक अपने-आप को अपमानित ही नहीं, मूर्ख भी अनुभव कर रहा था। एक झटके के साथ सेनानायक अश्वारूढ़ हुआ, फिर सैनिकों से बोला था, "चलो! गोकुल-यात्रा समाप्त हुई। अब किसी अन्य ग्राम में मूर्ख बनेंगे।"

नंद और आसपास घिर आए गोप खड़े देखते रह गए थे। सैनिक टुकड़ी वायुगति से ग्राम के बाहर निकल गई। गहरा श्वास लेकर यशोदा जैसे थकी-सी टिकी रह गई थीं द्वार पर। आंखें मूंदे हुए। ऐसे जैसे बरसों की यातना भोगकर मुक्त हुई हों।

बहुत संत्रास के दिन थे वे। शक्ति-मद में चूर कंस काल-भय से आक्रांत होकर हर उस शिशु का शत्रु बन गया था, जिसने देवकी की आठवीं संतान के जन्म समय पर कहीं भी जन्म लिया हो। उग्र केशी का क्रूरतापूर्ण चक्र ब्रजभूमि में साक्षात् मृत्यु बनकर बरस पड़ा था। आए दिन जहा-तहां के ग्रामों से समाचार मिलते। सैनिकों ने न जाने कितने दुधमुंहे बच्चों को खडग से काट डाला था, कितने ही कुलों के दीपक बुझा दिए गए। अनेक माताओं को जीवन-भर के लिए मृत्यु से अधिक पीड़ादायक कष्ट-अग्नि में झोंक दिया गया। एक दुःसह पागलपन ने समूचे शूरसेन जनपद में "त्राहिमाम्' मचा दिया। बहुत-से लोग इस भय से नगर ग्राम छोड़कर भाग निकले कि कहीं कंस के सैनिकों को उनके यहां संतति जन्म की सूचना न मिल जाए।

सैकड़ों बच्चों को अकालमृत्यु के मुख में धकेलने के बाद भी मृत्युभय से भयभीत राजा निश्चिंत नहीं हो सका था।...आए दिन गणितज्ञों और ज्योतिषियों को बुला भेजता, पूछता, "अब बतलाइए, काल टला या नहीं ?"

गणितज्ञ ग्रहों का हिसाब-किताब लगाते, ज्योतिषी पोथे फैलाते... लंबे विचार-विमर्श के बाद सूचना देते, "नहीं महाराज! आपका काल नहीं टला है।...वह किसी-न-किसी स्थान पर बाल-क्रीड़ाएं कर रहा है।"

"पर कहां?" कंस अधिक बेचैन हो जाते। लगता कि या तो ज्योतिषी और भविष्यवक्ता ही उन्हें ठग रहे हैं, अथवा वह स्वयं किसी अंधविश्वास में उलझकर मूर्खतापूर्ण क्रिया किए जा रहे हैं।

स्थान कोई न बतला पाता। कंस अपने काल की दिशा अथवा किसी अन्य संकेत को लेकर ज्ञात करने के लिए कहते। पर ज्योतिषियों का शास्त्र सहम जाया करता।

अब क्या हो? व्यग्र होकर कंस अपने से ही बेकाबू होने लगते। तांत्रिकों का सहारा लिया था उन्होंने। उन्हीं से सूचना मिली थी। सूचना भी पूरी नहीं मात्र संकेत। एक ने कहा था, "राजन्! जिस ग्राम में देवकी के गर्भ से जन्मा बालक पालन-पोषण पा रहा है, उसका प्रारंभ ग शब्द से होता है। व्यवसाय से भी वह बालक किसी ऐसे वंश में है जिनका व्यवाय भी ग शब्द से प्रारंभ होता है। आप वहीं ज्ञात करें।"

"ग शब्द?" कंस अधिक व्यग्र हो उठे थे। ग से प्रारंभ क्या कुछ हो सकता है? केशी और प्रद्युम्न भी विचारने लगे। तांत्रिक का कहना था, इससे अधिक कुछ भी बतला पाना उसके लिए असंभव है।

इस सूत्र पर विचार-विमर्श होने लगा। कल्पना के घोड़े दौड़ाए जाने लगे। अंत में निष्कर्ष निकला–गोकुल! और गोकुल से ग्वाल! ज्ञात हुआ। सैनिक हर ग्राम की तरह गोकुल भी गए थे। पर वहां किसी बालक ने उस समय जन्म नहीं लिया था। सेनानायक ने टुकड़ी सहित ग्राम का दौरा भी किया था। गोप नंद से भेंट करके भी ज्ञात किया था। सहसा प्रद्युम्न बोल पड़े थे, "तनिक थमिए, सेनापति! मुझे विचार करने दीजिए ।"

कंस और केशी, महामंत्री को देखने लगे। थोड़ी देर होंठ भींचे रहकर प्रद्युम्न ने कहा था, "जहां तक मुझे स्मरण आता है, गोकुल का नंद गोप वसुदेव का बहुत पुराना मित्र है। यही नहीं, वसुदेव का बड़ा पुत्र, जो रोहिणी से जन्मा है, नंद के यहां ही रहता है। उसका नाम...उन्होंने माथे पर सलवटें डालीं, फिर याद कर लिया, "कर संकर्षण! हां, यही नाम है उसका।"

नंद गोप को महाराज कंस भी जानते थे। बहुत शांत और विनम्र गोप प्रमुख गोकुल की ओर से प्रतिनिधि के रूप में बहुत बार, बहुतेक समस्याएं लेकर उनसे भेंट-वार्त्ताएं भी कर चुके हैं। किंतु वह तो बहुत सरल और सहृदया व्यक्ति हैं–वह भला इस षड्यंत्र में भागीदार होने का दुस्साहस करेंगे–विश्वास नहीं हो रहा था। बोले, "न...न, नंद उस तरह के व्यक्ति नहीं हैं। खूब जानता हूं उन्हें ।"

प्रद्युम्न ने उत्तर दिया था, "क्षमा करें राजन! षड़यंत्र सदा उन्हीं स्थानों पर पलता-पनपता है जो देखने में बहुत सपाट लगते हैं। अन्यथा षड्यंत्र ही कैसा? यदि कांटों की झाड़ी में ही कांटा दीखा तब कांटा पहचानने में किसी को क्या समस्या होगी? समस्या तो उस समय होगी, जब झाड़ी न हो और कांटा उपस्थित रहे। निस्संदेह नंद जैसे व्यक्ति ही हो सकते हैं जो वसुदेव की सहायता करने में समर्थ हैं।"

"तब नंद गोप को पकड़ लाया जाए।" कंस ने स्वभावतः सहज भाव से राजाज्ञा दे दी थी।

प्रधुम्न ने रोका, "नहीं यादवेंद्र! ऐसा करना भी संभव नहीं है।"

"सो क्यों?"

"नंद गोप साधारण व्यक्ति नहीं हैं राजन।" प्रद्युम्न ने शांत स्वर में, किंतु बड़ी गंभीरता के साथ कहा था, "वह गोकुल के प्रमुख हैं। गोपों के लिए ईश्वर की तरह पूजित। यों भी ब्रज के अनेक ग्रामों में उनका व्यापक प्रभाव है। सामान्य जन उनके प्रति श्रद्धालु और निष्ठावान् हैं। ऐसे व्यक्ति से सीधे उलझ जाना राजहित में नहीं होगा।"

"तब?"

"तब एक ही मार्ग है महाराज!" प्रद्युम्न ने कहा था, "कूटजाल। इस कूटजाल से ही इस षड्यंत्र का नाश संभव है। यों भी कहा गया है, षड्यंत्र का सामना दुस्साहस और उद्दंडता से नहीं, षड्यंत्र से ही किया जाना नीति है। हमें वही करना होगा।"

"किंतु किस तरह?" कंस व्यग्र थे।

"उसी को लेकर विचार करना होगा।" प्रद्युम्न ने उत्तर दिया था, "आप निश्चिंत हों। मैं कोई-न-कोई राह खोज निकालूंगा ।"

कंस ने कह दिया था, "ठीक है महामंत्री! आप जो उचित समझें, करें। इस संदर्भ में राज्यादेश की आवश्यकता नहीं पड़नी चाहिए। सब कुछ इस तरह हो कि सहज और स्वाभाविक लगे।" आदेश देकर कंस रनिवास की ओर बढ़ गए। रात्रि बहुत हो चुकी थी।

केशी और प्रद्युम्न विचार करने लगे। नंद को लेकर सूचना जुटाना आवश्यक होगा। सबसे पहले वही किया गया था। पता लगाया कि क्या कर संकर्षण के अतिरिक्त भी नंद गोप की कोई संतान है? और अगले दिन ही समाचार मिल गया था उन्हें। है! एक बालक, अति सुंदर और कोमल। दोनों ने समझ लिया था–वही है, जिसकी उन्हें तलाश थी। कंस को सूचना पहुंचा दी गई थी। गोकुल के नन्द ने एक बालक को छिपा रखा है। यही

बालक संभवतः देवकीसुत है। और रनिवास से महाराज का आदेश मिल गया था, "उसे किसी भी तरह समाप्त कर दिया जाए।"

गोकुलवासियों ने समझा था–किस्सा समाप्त हुआ। नंद गोप भी निश्चित हुए थे, यशोदा भी। कंस अपनी क्रूरता का चरम नाट्य रचने के बाद अब कुछ शांत हो चुका था।

कान्हा की मुसकानों में वृद्ध दंपती को सुबह-शाम के भेद से परे एकमात्र रसानंद से भर रखा था। चंचलतापूर्ण दृष्टि और मोहक मुसकान से युक्त कृष्णदेह बालक जिस क्षण मुसकुराता, लगता कि समूचा वातावरण ही हंसने–खिलखिलाने लगा है। घुटनों-घुटनों चलने लगा था वह। कभी तीव्रगति चलते हुए फिसल जाता और रोता। यशोदा तुरंत बांहों में भरकर सीने से लगा लिया करतीं। बदन को जहां-तहां से टटोलतीं, अकुलाई दृष्टि से निहारतीं–कहीं बालक को चोट तो नहीं लगी। किंतु माता की गोद में आते ही वह पुनः चंचल होकर पृथ्वी पर उतरने की ज़िद करने लगता।

पर यशोदा उसे सीने से ही चिपकाए रखना चाहतीं। कितना गुदगुदा लगता है वह? अनुभव होता है जैसे समग्र को बांहों में भरे होती हैं। उसे छोड़ने का मन नहीं करता, किंतु वह है कि कभी आकुल पैर गोद के बाहर निकालेगा और किसी क्षण कोमल-कोमल हथेलियों से माता की कमर में गुदगुदी-सी करने लगेगा।

नंद देखते और कह देते, "उसे छोड़ दो, यशोदा। खेलना चाहता है।"

यशोदा कुछ उदास होकर हौले से उसे पृथ्वी पर उतार देतीं। धरती पर पैर आए नहीं कि उसने कुलांचें भरीं। पल-भर में आंगन तक और अगले ही पल ओसारे से बंधी रई की ओर। विद्युत्-सी गति थी उसमें। चपलता और चतुरता इतनी कि लगता था वृद्ध माता-पिता से छिवाछिवऊअल खेलता था। कभी दाएं मुड़ता, कभी बाएं। अनेक बार तो लगता कि अब गिरेगा, किंतु आश्चर्यजनक संयम से शरीर संभालने की कला भी थी बालक के

पास। चमत्कृत होकर नंद बाबा और यशोदा देखते ही रह जाते। ऐसे ही एक दिन देखते रह गए तो यशोदा को लगा था कि नंद बाबा की दृष्टि में स्नेह और कौतूहल दोनों ही एकसाथ हैं, तभी पलकों ने उठकर दरवाजे की ओर देखा। अरे? वहां पड़ोस की एक स्त्री खड़ी उसी तरह चमत्कृत दृष्टि से कान्हा को घूरे जा रही है।

यशोदा अनजाने ही घबराहट और क्रोध से भर गईं। कैसी दृष्टि थी उस स्त्री की? लगता था कि बालक की हर चेष्टा को निगले ले रही है। झपटकर कृष्ण को गोद में उठाया और दौड़कर भीतर समा गईं। हांफने लगीं। मन के भीतर शब्द कुनमुनाते हुए, "मरी, कैसे देख रही थी कान्हा को? निश्चय ही नजर लगी होगी उसे।"

सहज होकर बार-बार बालक को चूमने लगी। नेह-भरी कोने में पहुंची और कालिख से एक अंगुली भरकर माथे पर चंद्र बना दिया। किसी ने सुना था–यह क्रिया करने से बालक को किसी अप्रिय की दृष्टि नहीं लगती। उसी से बचाव।

वह कभी-कभार पुकारने भी लगा था–म-मईया! यशोदा को लगता कि आत्मा तक स्वर जा पहुंचता है। किसी श्लोक की तरह पवित्र शब्द। शांति और नेह से सराबोर। मुग्ध भाव से देखती ही रह जातीं उसे। जाने क्यों उसकी दृष्टि देखकर लगता था जैसे साक्षात् ईश्वर के दर्शन कर रही हों। अनुभव होता जैसे मन के हर कोने में प्रकाश की असंख्य किरणें उग जाती हैं। बहुत बार सोचतीं–ऐसा क्यों होता है? किस कारण? बहुतेक बालकों को देखती हैं वह, उनकी बाल-लीलाएं अनानंदकर भी होती हैं–किंतु वैसी तृप्ति क्यों नहीं होती उसके दर्शन से?

तुरंत मन उत्तर खोज लेता, "इसीलिए कि यशोदा का अपना जाया है। अपना आत्मांश। यही कारण है कि मोह के अतिरेक में उन्हें वह अन्य बालकों जैसा नहीं लगता।"

पर संतुष्ट नहीं होतीं अपने ही उत्तर से। ना, केवल यह कारण नहीं है। कुछ और है। कुछ और क्या हो सकता है? प्रश्न उठता। यशोदा नहीं

जानतीं, पर इतना जानती हैं कि कुछ अतिरिक्त ही है–जो अजाना है। सृष्टि, ईश्वर और ब्रह्मांड के रहस्यों की तरह अजाना। पर इस अजाने की लीला विचित्र। कभी लगता है कि बहुत जाना-पहचाना है, कभी बिलकुल अजाना। जिस पल उनके हृदय से जुड़कर सहज बालभाव से मन को आह्लादित करता है, लगता है कि यशोदा का बेटा है। पर जिस पल उनसे अलग होकर उन्हें देखने लगता है–नेह के साथ-साथ श्रद्धा भी उपजाता है मन में। ऐसा क्यों?

किंतु इस क्यों के फेरे में बहुत समय माथा नहीं लगा पातीं। कान्हा इस विचार की इस भूलभुलैया में भटकने का अवसर ही नहीं देता। हर पल को अपनी नटखटताओं से भरे रहता है। यशोदा कुछ न करते हुए भी व्यस्त रहती हैं। इतनी कि अनेक बार अस्त-व्यस्त हो उठती हैं। अनेक बार यशोदा को क्रोध भी आ जाता है उस पर। इतना ऊंधम! भला इस आयु में बालक ऐसे क्रोधी और उत्पाती होते हैं? जाने कैसी अदृश्य शक्ति पाई है उसने? वह करेगा, जो उसकी आयु में संभव नहीं। कितनी बार बांह पकड़कर थप्पड़ मारने को हाथ उठा लिया है उन्होंने, पर लगता है कि हवा में कोई उनकी हथेली को हौले से थाम लेता है–कौन? यही दुष्ट कान्हा।

यशोदा मुसकुराती है। कैसे देखने लगता है वह? कैसी निरीह दृष्टि हो जाती है उसकी? तब कैसा भोला लगता है उन्हें? उलटे मारने की चेष्टा में उठाकर सीने से भर लेती हैं। चूम-चूमकर उसके सांवले रंग को भी ललामी से भर डालती हैं। इतना प्यार करती हैं कि स्वयं ही थक जाएं।

पर कान्हा?...थकामन और उसका तो जैसे संबंध ही नहीं। गहरा श्वास लेकर एक ओर बैठ जाती हैं। कहती हैं, "ठीक है। कर, जो तेरी समझ में आए। मैं तो हार गई तुझसे।"

पर फिर वह कुछ भी नहीं करता। चुपचाप माता की गोद में सिर डालकर अंगूठा चूसने लगता है। टकटकी बांधे मुसकुराती हुई देखती जाती हैं उसे। लगता है कि उसके अतिरिक्त सब अनदेखा है, अनुपस्थित, अनजाना। और जिसे वह मिल जाए उसे और कुछ जानने की आवश्यकता

ही क्या है? यही कुछ सोचती हैं यशोदा। तभी एक स्वर धीमे से किसी संगीत धारा की तरह कानों में बरसता है...नेहरस से भरा हुआ चाशनी-सा मीठा। म-ई-या...?

थकी होती हैं, फिर भी उसे बांहों में उठा लेती हैं, "कान्हा? मेरा कन्हैया, मेरा लाल।"

एक बार फिर से चुम्बनों की बौछार शुरू हो जाती है और वह कुनमुनाता हुआ, मीठा विरोध करता हुआ, स्वीकृत अस्वीकार करता-सा।

बहुत बार पति को लेकर दोनों बहिनों में तर्क-वितर्क भी हो जाते थे। लगता था कि दो विपरीत दिशाएं एक-दूसरे से जुड़ना चाहती हैं, किंतु जुड़ नहीं सकतीं । कैसे जुड़ सकती थीं? प्राप्ति सोचती है–भला कभी दो दिशाएं भी जुड़ी हैं? एक जो सूर्य को जनम देती है, दूसरी जो अंधकार की जन्मदायिनी है।...दोनों के स्वभाव, रुचि, व्यवहार, विचार किसी में भी तो समानता नहीं। समानता थी, केवल उसके दिशा होने में। वे दिशाएं थीं–आकाश भी एक था उनका, कंस। धरती भी एक, मथुरा के राजगृह, किंतु शेष कुछ भी ऐसा नहीं था जो मिले।

प्राप्ति पुनः गत-आगत और विगत के बीच झकझोले खाती हुई वर्तमान से आ जुड़ी है। वर्तमान, जो वैधव्य है। विगत, जो सुख-समृद्धि से पूर्ण राजस से भरा हुआ सौभाग्य था। आगत, जो केवल दया होगा। पितागृह में दयायाचिका की एक स्थिति।

रथ-गति में हिलते-जुलते हुए धीमे से दृष्टि उठाई थी प्राप्ति ने–देखा, अस्ति नींद के झोंके ने लपेट ली है। आश्चर्य हुआ था उसे। भला इस स्थिति में भी किसी को नींद आ सकती है? क्या अस्ति के भीतर वैसा कुछ नहीं घट रहा जैसा प्राप्ति के भीतर है? मथुरा का विगत और वर्तमान। उनका अपना वर्तमान। और आगत? किसी को लेकर कोई सोच नहीं है उसकी बहिन के मन में?

एक गहरा निःश्वास लेकर सोच छोड़ दिया था प्राप्ति ने। जानती है अस्ति के भीतर वैसा कुछ नहीं होगा। द्वंद्व-मुक्त है वह। एक सीमा तक बौद्धिक क्षमता में भी कम। भावानाहीन जड़ शिला-सी नारी।

नारी? सहमा उसे लगा कि ग़लत सोच गई है। भला नारीत्व जैसा कुछ है भी अस्ति में? होता तो क्या देवकी के प्रति उसकी तरह दयार्द्र नहीं हुई होती, जिस तरह प्राप्ति हुई थी? चाहती तो पति कंस को दोनों ही मिलकर धीमे-धीमे बहुत कुछ समझा-बुझा सकती थीं। रोक न भी पातीं तो उस सीमा तक न जाने देतीं, जिस सीमा तक वह जा चुके थे?

सीमा-जहां छल-प्रपंच और हत्याओं का एक सिलसिला ही लग गया था राजनीति के नाम पर। राजनीति नहीं स्वार्थ। स्वार्थ भी मूर्खतापूर्ण। कालमुक्ति का विक्षिप्त विचार।

पर अस्ति ने उसे कभी सहयोग नहीं दिया। यहां तक कि वह उसी तरह उग्र और दंभी उस क्षण भी सिद्ध हुई थी, जब राजा उग्रसेन ने अपने पुत्र और अस्ति-प्राप्ति के पति के वधोपरांत राजनिवास में रहने का आग्रह किया था। प्राप्ति संयत रही, किंतु अस्ति ने जैसे विस्फोटक स्वर में कहा था, "क्षमा करें। जरासंध की बेटियों को दया की आवश्यकता कभी नहीं पड़ेगी।"

विशेष कक्ष में पहुंचकर अस्ति ने सेविकाओं को आदेश दिए थे। वस्त्रादि रखें। रथ तैयार करवाने के लिए चालकों को सूचना दें। लगता था कि कंस के बाद सहसा ही अस्ति–अस्तित्वहीन हो गई है। सेविकाएं आदेश निबाह रही थीं। तनिक-सा स्वर होते ही आज्ञा में शीश झुकाए आ खड़ी होतीं, पर फिर अस्ति को अपने अनस्तित्व का अनुभव होने लगता।

ऐसा क्यों होता है? कारण पर विचार किया था, पर लगा था कि व्यर्थ हैं। मथुरा में किसी भी अर्थ को पाना अब असंभव हो चुका है उसके लिए। अब जो भी अर्थ मिलेगा केवल गिरिव्रज में। शक्तिसाधक पिता के गृह पहुंचकर।

प्राप्ति से जितना कुछ कहा था, उसके लिए भी अस्ति को असंतोष हुआ। उससे कहीं अधिक खेद। किसलिए उतनी बात की? प्राप्ति सदा ही इस घटित की आशंका व्यक्त करती रही थी। अस्ति जब-जब सुनती उसे अच्छा नहीं लगता था। वह पति को पीड़ित करती महसूस होती। मन अपनी ही बहिन के प्रति घृणामिश्रित खिन्नता से भर उठता। और अब लगता है कि कंस-वध का कारण कृष्ण कम हैं, प्राप्ति के समय-समय पर कंस से कहे गए वे शब्द अधिक हैं, जो चेतावनी के नाम पर केवल अपशकुन-भर रहे। विचारते हुए अस्ति क्रोध से भर उठी...घिनौनी! पत्नी का धर्म पति का शुभ विचारना होता है, अथवा अशुभ? किंतु लगा था कि मन में अस्ति का अपना ही विरोध करती हुई कोई कमज़ोर सही, पर कोई शक्ति बैठी है। बुदबुदाकर कहती हुई–"व्यर्थ ही मन जलाती हो, महारानी! सच तो यह है कि पत्नी-धर्म तुमने कभी पूरा नहीं किया। जब-जब कंस ने उन्मत्त भाव से निर्दोष यशोदापुत्र के वध हेतु साधन जुटाए, तब-तब तुमने उसे प्रोत्साहित ही किया। ऐसे, जैसे स्वयं ही इस अशुभ आगत के निमंत्रण-पत्र पर कंस के अतिरिक्त तुम भी हस्ताक्षर कर रही हो।"

"पर यशोदासुत कृष्ण और बलराम मेरे पति के राज्य में व्यर्थ ही आतंक फैला रहे थे।" अस्ति ने जैसे-तैसे अपने हारते साहस को संजोकर स्वयं को ही उत्तर दिया था, "राजनीति का धर्म था कि ऐसे व्यक्तियों के नाश-हेतु राजा उपाय करे।"

लगा था कि कोई हंस पड़ा है अस्ति के भीतर से, "सच? क्या राजनीति का धर्म केवल किसी को हत करना ही होता है? क्या वह भी राजनीति-धर्म था, जब तुम्हारे पति ने अपने ही वृद्ध, कृशकाय पिता को राजपद से हटाकर बंदी बनाया? क्या वह भी राजनीति-धर्म था, जब निर्दोष देवकी और वसुदेव को कारावास में डाला? नहीं-नहीं, अस्ति! अब तो न्याय करो। वह सब रीत-बीत चुका है। कम-से-कम अब तो सत्य के प्रति समर्पण कर दो।...प्राप्ति ने ही सच में स्त्री-धर्म पूरा किया पर तुम? तुम तो मात्र कंस की दुनीर्ति बन गईं।...यही नहीं, उसकी राजलिप्सा और कटुता को

बढ़ाने में सहायक भी हुई। प्राप्ति को दोषी ठहराने का तुम्हें कोई अधिकार नहीं है।"

अस्ति अपने ही भीतर घुटकर रह गई थी। इसी तरह घुटे रहना होगा। उत्तर जो नहीं है। या कि उत्तर कभी था ही नहीं? संभवतः यही सत्य है। अस्ति के पास सदा प्रश्न ही रहे। बुद्धिहिनता की एक ऐसी स्थिति, जब मनुष्य केवल प्रश्नों का झुंड बन जाता है। उत्तर-विचार से शून्य। और अस्ति वही है। न होती तो उसी क्षण् कंस का विरोध न करती, जब कंस ने पूतना को गोकुल भिजवाया था? अपने विश्वसनीय सामंत की पत्नी पूतना। छलमयी दुष्टबुद्धि पूतना।

वह सारी योजना अस्ति और प्राप्ति के सामने ही तो बनी थी? अस्ति निरुत्तर, स्तब्ध, अपने ही थप्पड़ों से बदहवास-सी बैठी, उस पल को याद करने लगी है–विचित्र है यह आत्म। पल के किसी हजावें हिस्से में ही मनुष्य को अपने गुण-दोषों का दर्शन याद दिला देता है। हर पल, पल की परतें, परतों पर परतें। वह क्षण स्मृति-सागर से सहसा उबलकर बाहर उभर आया है। पुरातत्व की किसी खोज जैसा। मूर्तिमंत।

अस्ति इस स्मृति-सागर के अतल से उठ आए चित्र को सामने पा रही है। इसके साथ ही प्रश्न है, "उत्तर दो अस्ति, क्या उस क्षण भी घुटनों चलते नंदपुत्र ने कुछ अशुभ किया था कंस का? कोई अपराध? कोई दोष?"

अस्ति और प्राप्ति–दोनों ही रानियां उस समय कंस के विशेष विचार-कक्ष में थीं। सामने थी वह दुष्टा राक्षसी! पूतना!

किस सूत्र, किस आधार पर कंस ने उस अबोध बालक में अपना मृत्यु-दर्शन किया था अस्ति को ज्ञात नहीं है। बस, इतना जानती है कि कंस किसी भी तरह छल-बल से नंद गोप और यशोदा के बालक की हत्या करवाना चाहता था। तर्क केवल यह कि वह बालक ही कंस का वध कर डालेगा।

मृत्यु को मिटाकर सदा जीवित रहने की वह इच्छा क्या मूर्खतापूर्ण नहीं थी? अमरत्व की यह चाहना ही क्या अपने-आप में मृत्यु नहीं थी? पर तब, न कंस ने यह सोचा था, न बड़ी महारानी अस्ति ने।

पूतना कह रही थी, "आप निश्चित हों, महाप्रभु! उस बालक का वध इस तरह होगा कि सबके बीच रहकर भी कोई जान न सके कि हत्या किसने की? मैं समूची योजना बना चुकी हूं। मारक विष से लिपटे हुए स्तन जिस पल बालक के होंठों को छुएंगे उसी क्षण उसकी मृत्यु हो जाएगी।"

कंस के साथ-साथ अस्ति और प्राप्ति–दोनों ने ही सुना, किंतु मात्र प्राप्ति ही थी जो सहसा बोल पड़ी थी, "मुझे आज्ञा दें, महाराज! मैं विश्राम करना चाहती हूं।" अस्ति को ही नहीं, कंस को भी लगा था कि प्राप्ति के उस स्वर में इस सबसे असहमति मात्र ही नहीं, इस सबका मौन प्रतिकार भी है, विरोध भी। चेहरा आक्रोश से भरा हुआ था प्राप्ति का, आंखें असमर्थन व्यक्त करती हुई।

प्राप्ति का वह व्यवहार उस समय न तो कंस को अच्छा लगा था, न अस्ति को। प्राप्ति ने मथुराधिपति के उत्तर की प्रतीक्षा भी नहीं की थी। तेज़ी से बाहर चली गई। एक क्षण के लिए कंस, सामंत, अस्ति और पूतना सभी सकपकाए-से बैठे रह गए थे, फिर कंस ने आदेश दिया था पूतना को, "हम तुम्हारे ऋणी रहेंगे देवि! जाओ, इस नीति धर्म को पूरा करो।" और पूतना चली गई थी।

स्मृति-चित्र डूब गया है। उससे भी कहीं अधिक डूब गई थी अस्ति। पर अपने दोष स्वीकारना अस्ति के उद्दंड स्वभाव में कभी नहीं रहा। जो रहा है वह है–अजेय जरासंध की बड़ी पुत्री होने का अहंकार। उससे भी अधिक मथुराधिपति कंस की पटरानी होने का सत्य। जीवन–यात्रा में क्या उचित हुआ था, क्या अनुचित–यह विचारना भी अस्ति के लिए संभव नहीं। कैसे संभव होगा? स्वीकार के लिए मन में कहीं तनिक-सा रिक्त स्थान चाहिए,

संवेदन का स्थान। और उस स्थान को घेर रखा है राजगरिमा और उद्दंड, अनियंत्रित शक्ति के गर्व-गौरव ने।

अस्ति ने नहीं स्वीकारा था। कभी स्वीकारेगी भी नहीं! प्राप्ति के किसी भी अकाट्य तर्क ने अस्ति को थकाया नहीं है, न ही कभी पराजित किया है। क्यों थके या पराजित हो? कुतर्क की महाशक्ति जो है उसके पास।

सेविका ने सूचना दी थी, "देवि, रथ तैयार है।"

अस्ति ने आदेश दिया, "हमारी सभी आवश्यक वस्तुएं उसमें रखो। हम इसी क्षण मथुरा छोड़ रहे हैं।"

सेविका चुपचाप शीश नवाए चली गई। जिस क्षण अस्ति स्वयं जाने को उद्यत हुई उसी क्षण प्राप्ति भी आ पहुंची थी, "मैं तुम्हारे साथ ही चल रही हूं, बहिन ।"

"अस्ति ने घूरकर देखा था उसे। कहा कुछ नहीं। आगे चल पड़ी– पीछे-पीछे प्राप्ति ।

रथ तैयार था। जिस क्षण कंस की विधवा रानियों ने उस ओर क़दम बढ़ाए, एक ओर से महाराज उग्रसेन, देवकी, वसुदेव आदि आ खड़े हुए थे। सब उदास, सब दुखी। वृद्ध श्वसुर की आंखें भरी हुई थीं। उतने ही भर्राए गले से कहा था उन्होंने, "कुलवधुओं का गृह से इस तरह जाना शोभाजनक नहीं होगा। यों भी मैं पुत्रहीन हुआ हूं, अस्ति। तुम्हारे पिता की ही तरह हूं। इस अवस्था में मुझे अधिक शोकाकुल मत करो। मथुरा तुम्हारी ही है। उसका सत्ता-सुख, शक्ति, वैभव, सभी कुछ तुम्हारे दास रहेंगे।"

अस्ति ने सुना–उत्तर नहीं दिया। घोर अवहेलना और तिरस्कार की दृष्टि से उन सभी को देखा। लगा था कि पलकों के भीतर से अंगारे उलीच डाले हैं उन सब पर। एक गहरा श्वास लेकर उद्दंड भाव से रथ में चढ़ गई थी। पर प्राप्ति? अस्ति को अनुभव हुआ था कि उसने एक बार पुनः पति का वध होते देखा है। छिः, घृणा से मुंह मोड़ लिया था अस्ति ने। प्राप्ति ने

कुछ कहा तो नहीं था महाराज उग्रसेन से, बस झुककर क्रमशः सभी के चरण छू लिए थे। फिर रथ में सवार हो गई। इसके बाद कोई किसी से कुछ नहीं बोला था। केवल आदेश दिया था अस्ति ने, "चलो सारथी।"

रथ दौड़ पड़ा था। धीमे-धीमे मथुरा ओझल होती गई थी दृष्टि से। फिर एकदम गुम गया पति की महाशक्ति का आकाश।

और अब एक नया आकाश सामने है–मगध के विशाल साम्राज्य का आकाश। जरासंध की महाशक्ति का उल्काक्षेत्र। अस्ति और प्राप्ति का पितृगृह। वह धरती जहां उनकी बाल्यावस्था ने किशोर आयु की कुलांचें भरी हैं। वे उद्यान और सरोवर जिनकी महक और बहाव ने किशोरावस्था को यौवन के उद्दाम वेग से भरा है।

सारथी ने मुड़कर कहा था, "देवि, रथ गिरिव्रज क्षेत्र में प्रवेश कर चुका है।"

दोनों ने सुना। पर बहुत ध्यान नहीं दिया। वे देख रही थीं–दूर, गिरिव्रज के उभरते उन विशाल नगर को, जो मथुरा से कई गुना बड़ा और वैभवपूर्ण था। और फिर रथ ने उस विशाल क्षेत्र में प्रवेश कर लिया था। मथुरा राज्य की पताका ने सभी ओर जैसे एक सकपकाहट बिखरा दी थी। अस्ति और प्राप्ति ने पाया था कि रथ को देखने के लिए असंख्य स्त्री-पुरुष, वृद्ध और बालक मार्गों, छतों और अपने-अपने घरों के झरोखों पर निकल आए हैं।

वे समझ रहे होंगे कि कौन आया है? अस्ति ने सोचा। मगधराज की विधवा बेटियां। सम्राट् जरासंध के सीने पर मारे गए वे असंख्य घूंसे जो बेटियों के वैधव्य का बहाना लेकर कृष्ण-बलराम ने जड़े हैं। उन सभी आंखों में विस्मय था। उससे कहीं अधिक चिन्ता और कोनों पर बैठा सहानुभूति और दया का ऐसा भाव जो अनायास ही दोनों को आहत कर गया।

एक कराह अस्ति के भीतर से उठी और मन तक को हिला गई। इस सहानुभूति और दया के पल भी उनके जीवन में कभी आएंगे कहां जानती

थी? अपने-आप को गहरी ग्लानि और अधिक पीड़ा भोगते अनुभव किया था उसने। अजाने ही अस्ति बोल पड़ी थी सारथी से, "रथ की गति तीव्र करो, सारथी।"

और गति तीव्र हो गई। गति के साथ ही दृष्टियों की ऐसी दौड़ जो पल-पल रथ से पिछड़ती जा रही थी। अस्ति ने दृष्टि झुका ली थी। गति जानकर संतोष अनुभव हुआ था उसे। इस तरह दया और सहानुभूति व्यक्त करती प्रजा की आंखों से बचकर उसने विचित्र-सा संतोष अनुभव किया है। कैसा लगता है जब आदमी अपने-आप से ही चोरी कर रहा हो? पर लगा था, व्यर्थ हैं। इस तरह कब-कब, कहां तक और किस-किस नजर से चोरी की जा सकेगी? संभवतः किसी से भी नहीं। कुछ पलों बाद जब वह महाराजाधिराज जरासंध के सामने होंगी, तब भी तो ऐसी ही दृष्टियां घेरे होंगी उन्हें? उनसे किस तरह बचाव हो सकेगा?

हो भी गया तो स्वयं से किस तरह बच सकेंगी अस्ति और प्राप्ति? किस तरह भूल पाएंगी कि दो उद्दंड बालकों के कारण वे विधवा ही नहीं हुईं संपूर्ण के सामने–यहां तक कि अपने-आप में भी याचिकाएं बनकर रह गई हैं। महान् जरासंध की बेटियां और शक्ति संपन्न मथुरा की महारानियां–याचिकाएं ?

छिः अपने ही भीतर धिक्कार भोगा था अस्ति और प्राप्ति ने। पर बेबस। नियति चक्र के इस जाल के सामने बेबस। असहाय और व्यर्थ।

रथ की गति सहसा कम होने लगी। अस्ति ने जैसे सुधि में आकर देखा–वह राजभवन के मुख्यद्वार तक आ पहुंची हैं और फिर रथ थम गया था। सारथी सबसे पहले उतरा। सिर झुकाकर एक ओर खड़ा हो गया।

दोनों रानियां, श्रृंगारहीन स्थिति में छलछलाए नेत्रों से मातृगृह की विशाल अट्टालिकाओं को देखती हुई हौले-हौले रथ से बाहर आईं। द्वार पर पिता स्वयं खड़े थे। पीछे अनेक सेवक-सेविकाएं और मगध के सामंत। उन सभी ने शोकसूचक वस्त्र धारण कर रखे थे। कैसे, किस तरह क़दमों को सम्हालते

हुए पिता के पास तक बढ़ सकी थीं–यह भी ज्ञात नहीं। केवल इतना ज्ञात है कि उनके पास पहुंचते ही चरणस्पर्श के लिए बढ़े बदन में आया झुकाव अनायास ही बेसुधी बन गया था। वे बिलख उठी थीं–बिलकुल छोटे बच्चों की तरह उनके करुण क्रंदन ने कितनों की ही आंखें भर दी थीं। पलकों से बह आए थे आंसू और पिताकी वज्रदेह पर दोनों लतावत् झूलकर रह गई थीं–विशाल भुजाओं ने उन्हें स्नेह से कस लिया था।

न कुछ पिता ने कहा था–न ही पुत्रियां कह सकीं। जो कुछ कहा-सुना, वह उन सिसकनों ने जो असंख्य झरनों की तरह अस्ति और प्राप्ति के होंठों से झर उठी थीं।

जरासंध स्वयं ही उन्हें सहारा दिए हुए उनके कक्ष तक पहुंचा गए थे। सहेलियों ने घेर लिया था अस्ति और प्राप्ति को। पर वे पुनः बेसुध सी हो उठीं। निराश्रित भाव की वेदना के बाद सहमा आश्रय की छांह पा जाने पर जो बेसुधी आ जाती है–वही बेसुधी थी यह।

कल, कितने समय बाद सुधि आ सकी–अनुमान नहीं। केवल इतना अनुमान कर सकी थीं कि वे मगधराज आ रहे हैं–संदेश मिला था। उस क्षण तक कुछ सहज हो गई थीं दोनों बहनें। भीतर समुद्रवत् भरे रहे पीड़ा के आंसुओं का एक तट रिता लिया था उन्होंने। इसी खाली धरती की रेत पर संयत हुई लहरों की तरह उत्तर दे सकेंगी।

स्वर्णजटित आभूषणों से सुसज्जित जरासंध आ खड़े हुए थे उनके सामने। लगा था कि पिता वे शब्द खोज रहे हैं, जिनकी बैसाखी लगाकर स्वयं की भावना व्यक्त कर सकेंगे। वे ठिठकी व ठहरी दृष्टियों से उन्हें देख रही थीं।

अस्ति और प्राप्ति से भी कुछ कहते नहीं बना। या कहने की आवश्यकता ही क्या थी? अस्ति ने विचार किया था। सम्राट् की तीव्र, दिशाभेदी दृष्टि से उतनी बड़ी राजनीतिक उथल-पुथल-भरा कांड अनजाना, अनदेखा रहा हो–यह कैसे संभव है? जिस पल बेटियों के चमकते भालों पर वैधव्य का

ग्रहण लगा होगा–उसी पल के अगले पलों में मगधराज तक सारी सूचनाएं, सविस्तार पहुंच चुकी होंगी। उन सबको दोहराना व्यर्थ। अब कहना न होगा, केवल सुनेंगी वह।

और जरासंध को केवल कहना है। कहना-भर नहीं है–सूचना देनी है कि अपने मित्र, संबंधी और जामाता के वध-दोष पर मथुराधिपति उग्रसेन और कृष्ण-बलराम को किस तरह दंडित करेंगे वह! देर बाद बोले थे सम्राट् जरासंध, "पुत्रियो, तुम्हारा यह सूना माथा बहुतों के माथों का शून्य बनेगा। मैं तुम्हें आश्वस्त करता हूं कि उन गोप बालकों का वध किए बिना मगध की तप्त धरा शांत नहीं होगी।"

सहसा चुप हो गए थे वह। ऐसे जेसे किसी शून्य में भटक गए हों। शब्द रिक्त। लौट पड़े।

अस्ति और प्राप्ति उसी तरह शोकाकुल बैठी रह गई थीं। मगधराज की क्रोधित मुद्रा और पदचापों के वज्र स्वर ने उन्हें संतोष दिया था। पर क्या सचमुच इस प्रतिशोध से सुख पा सकेंगी वे? विचार कौंधता, किंतु लगा व्यर्थ है। इस क्षण यह विचारणीय ही नहीं।

मगधराज जरासंध ने भी अपनी पदचाप अनुभव की है। उसका अजब-सा भारीपन भी अपने ही भीतर धमक की तरह अनुभव किया है किंतु शून्य का भटकाव ज्यों-का-त्यों। विशेष सभा का आयोजन करके उन्होंने तुरंत ही विज्ञान-कक्ष के विशेषज्ञों को बुला भेजा था। बोले थे, "मैं मथुरा का संहार चाहता हूं। यही मेरा एकमात्र लक्ष्य और अभीष्ट होगा।"

वृद्ध मंत्री सत्यव्रत उठे। चकित होकर देखने लगे थे सभासद्। जरासंध की उपस्थिति में सम्मति का दुस्साहस करना ऐसा ही है जैसे पलीते को अग्नि शिखा दिखाई जाए। कई हृदय धड़के, अनेक गलों से थूक गटका गया। सत्यव्रत ने विनीत, किंतु मृदु शब्दों में कहा था, "मगधपति की जय हो! धृष्टता न समझें तो मैं एक प्रार्थना करूं।"

जरासंध ने केवल उन्हें देखा–कहा कुछ भी नहीं। आंखें अंगारों की तरह धधक रही थीं। इस धधकन ने समूचे सभाजनों को झुलसन का अहसास कराया। पर सत्यव्रत अडिग। श्वेत केशराशि से भरे, तपस्वी जैसे चेहरे पर वही शांति बिखरी रही। कहा, "राजन्! दोषी कृष्ण और कर संकर्षण हैं–संपूर्ण मथुरा अथवा यादव गणसंघ के निर्दोषों को दंडित करना क्या उचित होगा? महाराज, वे तो आपके स्वर्गीय जामाता की ही प्रजा रहे हैं।

जरासंध ने उपहास की वक्र दृष्टि से वृद्ध मंत्री को देखा, फिर उसी तरह कौंधती बिजली जैसी आवाज में उत्तर दिया था, "श्रेष्ठ सम्मति का हम सदा ही आदर करते आए हैं मंत्रिवर। किंतु वीर कंस के क्रूरतापूर्ण वधिकों के अतिरिक्त इस क्षण दोषी समूचा यादव गणसंघ है, जिससे अपरोक्ष समर्थन पाकर ही यह सब हुआ है।"

"किंतु राजन्! नीति..." वृद्ध ने पुन कहना चाहा था, पर जरासंध ने उन्हें टोक दिया, "आप आसन ग्रहण कीजिए। नीति-अनीति का विचार राजनीति के लिए किया जाता है, वृद्धवर। संबंधियों, मित्रों को लेकर हुए कष्ट के समय नहीं। आपकी सम्मति के लिए आभारी हूं।"

सत्यव्रत बैठे रहे। जरासंध ने उनकी ओर से दृष्टि मोड़ दी। एक ओर सेवा भाव में नतमस्तक खड़े विज्ञान-विशेषज्ञों से कहा था, "मथुरा पर गदा-प्रहार होगा! इस तरह कि उन दुष्ट गोप बालकों के साथ-साथ यादव गणसंघ की संपूर्ण शक्ति जर्जरित हो जाए।"

"जैसी आपकी इच्छा, देव!" विशेषज्ञों ने शीश झुका लिया था।

जरासंध ने जैसे औपचारिकता के लिए सभागृह में उपस्थित सभी सभाजनों को देखा था, फिर झुके सिरों, चुराई गई दृष्टियों को अनुमोदन मानकर आज्ञा का अगला चरण प्रसारित किया, "प्रहार की तैयारियां की जाएं।"

शब्द गूंजा, फिर गुंबदों से लौट-लौटकर समूची सभा पर बरसने लगा। सम्राट् जरासंध उठे और उसी गति से अपने निवास-कक्ष की ओर बढ़ गए।

वैज्ञानिक–विशेषज्ञ आदेश-पालन में तत्पर हुए। सभा विसर्जित हुई। सब जानते थे–यह गदा-प्रहार मथुरा का ही नहीं उस विशाल गणसंघ का भी नाश कर डालेगा–जहां इस समय नए राजा के राज्यारोहण की तैयारियां चल रही होंगी।

प्राप्ति को भी समाचार मिला था–मगधराज ने क्रोधित होकर मथुरा पर गदा-प्रहार के आदेश दे दिए हैं। मन हुआ था कि इसी क्षण उठें और जाकर महाक्रोधी पिता की सेवा में उपस्थित हों। निवेदन करें–"पितृ, ऐसा अनर्थ न कीजिए। उन असंख्य निर्दोषों का क्या दोष है, जिन्हें आप दोषी मानते हैं? वे तो कृष्ण-बलराम हैं। उन्हीं को दंडित कीजिए।" किंतु मन थाम लेना पड़ा। जानती थीं–अपमान होगा। क्रोधोन्मत्त जरासंध कुछ भी नहीं सुनेंगे।

क्रोधी व्यक्ति नीति-अनीति, पुण्य-पाप, गुण-दोष कुछ भी सोचने में असमर्थ केवल एक जड़ वस्तु बन जाता है। वस्तु जिसका न व्यक्तित्व होता है, न कर्तृत्व। किसी के हाथों से यहां से वहां और वहां से यहां रखा जाने वाला जड़ पदार्थ। प्राप्ति को सहसा पुनः कंस याद हो आए थे–वह भी तो क्रोधोन्मत्त होकर कभी-कभी इस तरह जड़ हो जाया करते थे। जिस दिन पूतना को पठाया और परीक्षार्थ उसे अपने दुष्ट साथियों तक भिजवाया उस दिन तो जड़ ही हो गए थे। वह दिन।

प्रधूम्न ने टकटकी लगाए हुए उस स्त्री का चेहरा देखा। लगता था कि साक्षात् छल को सचमुच नारीदेह दे दी गई है। नाम बतलाया गया था–"पूतना!" विशेषताएं–अद्भुत शरीर शक्ति, भरी-भरी नारीदेह, सुंदर-सौष्ठवयुक्त शरीर और उससे कहीं आगे घोर षड़यंत्र बुद्धि! मुसकान किसी को भी मोह सकती थी। दृष्टि विचित्र-सा आकर्षण लिए हुए। ऐसी पूतना के लिए कुछ भी असंभव नहीं!

विशिष्ट प्रकार के घातक–मारक विषों की जानकार थी पूतना। स्वभाव से बहुत दुष्कर! दीखने में आश्चर्यजनक ढंग से प्रभावित करने वाली सुंदरी और कर्तृत्व में साक्षात् मृत्युदेवी! ऐसी पूतना को कृष्णवध के लिए चुना

गया था। उसने आश्वस्त किया था उन सभी को, "निश्चिंत हों! बालक कृष्ण का वध बहुत सहज है। मुझे तो आश्चर्य यह हो रहा है कि आप जैसे लोगों को इस वध के लिए इतना व्यग्र और चिंतातुर देख रही हूं।"

"किंतु गुणमयी, तुम किसी तरह उस बालक का वध कर पाओगी–यही नहीं समझ पा रहा हूं।" प्रद्युम्न बोले थे, "बालक बहुत छोटा है। ज्ञात है न तुम्हें ?"

"हां, मंत्रिवर! जानती हूं।" पूतना ने उत्तर दिया था, "सारी सूचनाएं मुझे मिल चुकी हैं। यह भी ज्ञात हो चुका है कि यशोदासुत गोकाल ग्राम में सभी का प्रिय है। सभी उसके प्रति अतिरिक्त मोह से भरे हुए हैं।"

प्रधूम्न चुप हो रहे । पूतना कहे गई थी, "मुझे गोकुल ग्राम तक पहुंचाने का प्रबंध कर दें। शेष सभी कुछ मुझ पर छोड़ दें! कार्य पूरा करके मैं तुरंत मथुरा लौट आऊंगी।"

"वह सारी व्यवस्था की जा चुकी है, पूतना!" प्रद्युम्न बोले थे, गोकुल तक पहुंचाकर तुम्हें विशेष गुप्तचर यमुना तट पर मछुआरों के वेश में तुम्हारी प्रतीक्षा भी करेंगे। किसी आगत संकट के समय वे तुम्हारी रक्षार्थ तत्पर भी रहेंगे! तुम निश्चित होकर प्रस्थान करो!

पूतना ने अभिवादन करके विदा ली। महामंत्री ने स्वंय अपनी देख-रेख में विश्वसनीय व्यक्तियों के साथ उसे गोकुल की ओर रवाना कर दिया।

ज्ञात हुआ था–पूतना चली गई है! उस दिन भी मन हुआ था कि प्राप्ति का, जाए और महाराज कंस से कहे, "आर्य! रोकिए उस दुष्टा को! अबोध शिशु को मातृत्व और स्नेह के छलजाल में हत करनेवाली वह दुष्टा स्त्री नहीं हो सकती–निश्चय ही राक्षसी है!" उठ भी पड़ी थी प्राप्ति। उठकर तीव्रगति से महाराज कंस तक जा भी पहुंची थी, किंतु सहसा क़दम थमे रह गए थे। टकटकी बांधे हुए ओट से पति को देखती रही थी। लगता था कि राक्षसत्व पूतना या उन माध्यमों, साधनों में नहीं है–राक्षसत्व है उस क्रूर मस्तिष्क में,

जिसके संचालन में ऐसे अनेक लोग चल रहे हैं। भले केशी हो या चाणूर, प्रद्युम्न हो या मुष्टिक, वत्सासुर हो या कोई अन्य!

व्यर्थ होगा! प्राप्ति पूतना को रोकने की अपेक्षा उससे कर रही है जो पूतना के पोषक हैं! भला बांबी से कहा जाता है कि वह नाग को स्थान न दे? लौट आई थी प्राप्ति! समझ लिया था कि पाप हर दिन के हर पल में बढ़ता जा रहा है। एक दिन गले तक पहुंच जाएगा। पहुंच भी गया! पर उससे पहले क्या कुछ नहीं हुआ था? पूतना कांड ही क्या कम भयावह और रोमांचक था! कितना अच्छा होता कंस उसी से समझ सके होते? वह अद्भुत बालक!

ज्ञात हुआ था कि गोकुल में गोप नंद के गृह पर कोई उत्सव हो रहा है। आस-पास के अनेक ग्रामों से आमंत्रित स्त्री-पुरुष उसमें भाग ले रहे हैं। इससे अधिक उपयुक्त अवसर पूतना के लिए कोई नहीं हो सकता था।

पूतना प्रसनन्नतापूर्वक गोकुल रवाना हुई। उसने बालक कृष्ण का वध करने के लिए स्वयं ही योजना बनाई थी। योजना को लेकर किस से कुछ नहीं कहा था। यहां तक कि प्रद्युम्न के यह पूछने पर कि कैसे क्या होगा? बोली थी, "आपको अपने कार्य से संबंध रखना चाहिए, उसकी क्रिया से नहीं! वह निश्चित करने का अधिकार मुझ पर ही छोड़ दीजिए!"

प्रदुम्न ने तर्क नहीं किया था। पूतना को लेकर जो कुछ सुन-जान रखा था, उसके बाद तर्क करने की आवश्यकता नहीं थी। केवल इतना जानते थे कि वह जो भी कार्य करेगी, बड़ी सहजता और स्वाभाविकता के साथ पूरा करके मथुरा लौट आएगी! उसे लेकर यही कुछ बतलाया गया था उन्हें! अतः निश्चिंत हुए! जानने के लिए केवल इतना जान लिया था उन्होंने "देवी, तुम यशोदासुत को पहचानोगी कैसे ?"

हंसी थी पूतना। इस तरह जैसे महामंत्री की बुद्धि पर तरस खा रही हो।

जिस समय बालक को देखा–पहचानने में बहुत कठिनाई नहीं हुई। स्त्रियों के समूह के बीच वह अन्य बालकों के साथ खेल रहा था। सभी ओर आनंद और उल्लास का वातावरण, सभी ओर व्यस्तता!

उत्सव नंद गोप ने ही आयोजित किया था। आस-पास बहुतेक ग्रामों की स्त्रियां आई थीं। एकजुट होकर आनंदोत्सव में भाग ले रही थीं। नृत्य, गान और हास-परिहास का अद्भुत वातावरण था!

पूतना[1] भी अन्य स्त्रियों की तरह समूह के बीच जा बैठी! दृष्टि बालक कृष्ण पर टिकी हुई है! ऐसे जैसे आमंत्रण दे रही हो उसे! रह-रहकर बालक की चपल दौड़ को यशोदा थामने का भी प्रयत्न करतीं। उसे गोद में समेटे रहना चाहती, किंतु वह था कि बार-बार किसी-न-किसी स्त्री की गोद में जा बैठता! पूतना टकटकी बांधे उसकी ओर देखे जा रही थी। सहसा बालक उसकी ओर बढ़ा। एक दृष्टि उसे देखा। पूतना मुसकुराई। और बालक अजब–से आकर्षण में बंधा हुआ कई महिलाओं के बीच से घुटनों-घुटनों गुजरता हुआ पूतना तक जा पहुंचा। अगले ही क्षण वह पूतना की बांहों में था। खिलखिलाता हुआ! फिर गोद में!

यशोदा ने उठकर कहा भी था, "लाओ बहन, कान्हा को मुझे दे दो! बहुत चंचल है।"

"नहीं बहना! यहीं रहने दो।" स्नेहमिश्रित स्वर में पूतना ने उत्तर दिया था, "बड़ा सुखकारी बालक है!"

यशोदा आनंद और गौरव से भरी-भरी अपने स्थान पर जा बैठीं। कान्हा पूतना की गोद में बहुत प्रसन्नता अनुभव कर रहा था।

कुछ समय बीता। पूतना उसे दुलारती रही, फिर दृष्टि चुराकर हौले से आंचल के भीतर समेटने लगी। बालक भी सहज भाव से आंचल में समा गया। अगले ही क्षण पूतना ने स्तन बालक के मुख में दे दिया! बस, कुछ

---

1. पूतना : महाभारत में इसे बालघातिनी राक्षसी कहा गया है। श्रीमद्भागवत के 10वें स्कंध में पूतना को बकासुर और अघासुर की बहन बतलाया गया है। संभवतः मथुरा में असुर (असीरियन) विदेशी काफी संख्या में बसे थे।

क्षण और फिर स्तनों पर लिपटा तीव्र मारक विष बालक के हलक़ से नीचे जा पहुंचेगा!

बालक ने भी स्तन होंठों में समो लिया! हौले-हौले उसे चूसने लगा, पूतना ने अदृश्य आनंद और राजकार्य में उपलब्धि का सुख अनुभव किया। सहसा बालक ने स्तन को जोरों से दबाया! इस ज़ोर से कि पूतना के होंठों से एक तीव्र कराह निकली!

सबने चौंककर उसकी ओर देखा! समारोह में विघ्न पड़ गया! यह क्या? पूतना बालक को अपनी गोद से दूर धकेलने की चेष्टा कर रही थी और बालक था कि जैसे उसकी गोद में चिपककर ही रह गया था! पूतना ज़ोरों से चीख रही थी। और बालक पूर्ववत् स्तन से होंठ चिपकाए हुए! वह तड़पती हुई-सी उठ पड़ी। बालक चिपका ही रहा!

हे ईश्वर! अनेक स्त्री-पुरुषों ने घबराकर वह दृश्य देखा। यशोदा हक्की-बक्की-सी कुछ पल देखती रहीं, फिर उस ओर लपकी; किंतु इस बीच दृश्य इतनी विचित्रता ले चुका था कि पूतना पागलों की तरह चीखती, कराहती उसे अपने-आप से खींचकर परे कर देने की कोशिश करती उछलने-कूदने लगी थी! पर बालक पूर्ववत्!

"कान्हा!" यशोदा चिल्लाई, पर कान्हा पूतना के स्तन से लगभग झूला हुआ। ऐसे जैसे पूतना के ही शरीर का अविभाजित अंग हो! यह कैसा चमत्कार! एक स्त्री अपने स्तन से बालक को हटा नहीं पा रही है! आश्चर्य! अविश्वसनीय!

स्तब्ध नर-नारी देखते रह गए! पूतना भागने लगी, लड़खड़ाती और गिरती-पड़ती, किंतु बालक लटका हुआ। पूतना के केश खुल गए, आंखें उबलने को हो आई, यहां तक कि अब उसकी चीखें भी सिसकियां बनने लगीं और कान्हा पहले की ही तरह! जोंक-सा चिपका हुआ! कुछ लोग दौड़ पड़े थे कान्हा को अलग करने की चेष्टा में; किंतु उस बीच भागती हुई पूतना समारोह स्थल से काफी आगे यमुना तट तक जा पहुंची थी! उसकी रक्षार्थ आए गुप्तचर भी यह अद्भुत दृश्य देखकर हक्के-बक्के रह गए थे। केवल किसी चमत्कार के दर्शक की तरह!

सहसा वह गिर पड़ी। यहां-वहां करवटें लीं। मर्मांतक वेदना से कराही, कलपी और तड़पती रही। फिर उसकी आंखें बाहर को उबलने लगीं! भयावह, वीभत्स दृश्य था वह! विभिन्न स्वर्णभूषणों और सुंदर वस्त्रों से सजी नारी सहसा राक्षसी की तरह कुरूप होने लगी थी। प्राणहीन!

कान्हा पूर्ववत् उसके स्तन से चिपका हुआ था। लहू की एक बड़ी धार पूतना के स्तन और कान्हा के होंठ के पास से होती हुई पूतना के समूचे बदन पर बह आई थी। कई लोग मिलकर उसे खींचने, अलग करने का प्रयत्न करने लगे थे! फिर खींच भी लिया था उन्होंने–आश्चर्य! कान्हा के होंठों पर लहू नहीं था, किंतु पूतना का स्तन फटा हुआ! उस समय तक प्राणहीन हो चुकी थी वह!

एक खलबली मच गई थी। तरह-तरह की बातें, तरह-तरह की टिप्पणियां। मथुरा से पूतना के साथ आए गुप्तचर तीव्रगति से मथुरा की ओर भाग खड़े हुए! रोमांचित, कंपित!

कभी ऐसा भी हो सकता है? एक छोटा-सा बालक स्त्री के स्तन से चिपके और फिर उस समय तक न हटाया जा सके, जब तक कि स्त्री प्राणहीन न हो जाए! संपूर्ण जीवनशक्ति खींच ली थी यशोदासुत ने!

थूक निगलते, कांपते-थर्राते हुए काफी राह पार की थी उन्होंने। अपने ही भीतर हचमचाए सवालों से भरे हुए। वे एक-दूसरे को देख भी रहे थे, किंतु लगता था कि उनके पास बोलने की शक्ति नहीं रही है! वह रोमांचक दृश्य देखने के बाद भला कौन बोल सकता है?

किंतु वह सब विश्वसनीय तो नहीं था? देर बाद उनमें से एक सहज हुआ। गोकुल से मथुरा तक की बहुत राह पर कर आए थे दोनों। कहा था, "तूने देखा था दुरुधर? वह बालक पूतना से किस तरह चिपक गया? ऐसा कि प्राणहीन हो गई? नहीं-नहीं, कोई अन्य कारण रहा होगा!"

बौखला पड़ा था दूसरा, "अन्य कारण क्या हो सकता है?...स्पष्ट तो है कि उसने पूतना के प्राण केवल स्तन से खींच लिए! राह में बतला भी तो

रही थी वह कि उसने स्तन में विष लगा रखा है। बालक को स्तनपान कराएगी और बस! यही किया होगा उसने, पर नंद के बेटे में अद्भुत शक्ति है। उसने इस तरह स्तन को होंठों में थामा कि बस! कथा समाप्त हो गई!"

"ऊं हुं! मैं नहीं मानता।" पहला बोला, "यह असंभव है!"

किंतु यह सब हुआ है! अगले शब्द उसके अपने मन ने नहीं बोलने दिए थे। लगा था कि भीतर से ही आवाज़ आने लगी है–"देखकर भी अनदेखा कैसे कर सकते हो तुम?"

सच ही तो! देखकर अनदेखा कौन कर सकता था! यशोदा सीने से लगाए खड़ी थीं कान्हा को! वह पूर्ववत् मुसकुराता हुआ, उतना ही सहज और उतना ही स्वाभाविक। सरल भी। पर न वे सहज रहे थे, न स्थिति स्वाभाविक थी। घटना भी सरल नहीं।

पूतना बीभत्स और डरावनी दीख रही थी। कुछ समय पूर्व जिस चेहरे पर सौंदर्य की आभा बिखरी हुई थी, जिन पुतिलयों में जीवन हरियाली की तरह लहलहा रहा था–अब वे ही मरुस्थल के सीमाहीन सन्नाटे की तरह सामने बिखरी थीं!

कई ने थूक के घूंट निगले। अनेक ने भयभीत होकर दृष्टि घुमा ली। स्त्रियां घबराई, सहमी दूर जा खड़ी हुईं। यशोदा पल-पल बालक को देखती हुई। कहीं उसे तो कुछ नहीं हुआ? पर कान्हा प्रभावहीन था। वैसा ही सलोना, सुकुमार और सुंदर! पर इस सलोनी, सुकुमार देह ने एक शक्तिशाली, सुगठित देहवाली नारी की समूची प्राणशक्ति हर ली?

कोई बोला था, "विश्वास नहीं होता! इसके मृत होने का कोई और कारण है।"

"और क्या कारण है?" किसी गोप ने तर्क किया।

"कोई नहीं है! केवल कान्हा है! उसी ने इसका वध किया।"

तीसरी आवाज़ समाप्त हो, इसके पूर्व ही एक प्रश्न उठा दिया था किसी ने, "पर यह स्त्री है कौन? कहां से आई? कोई परिचित है इससे ?"

महत्त्वपूर्ण बात थी। सभी ने मुड़कर एक-दूसरे की ओर प्रश्नातुर देखा। स्त्रियों ने भी आकर पूतना का चेहरा देखा। अनजान, अपरिचित चेहरा! एक रहस्य बिखर गया सब ओर। संशय भी। सवाल उठा कि यदि इस स्त्री को कोई नहीं जानता तो यह आई कहां से? क्यों आई? कान्हा को गोद में बिठाकर इसने स्तनपान क्यों कराया? कौन है वह? क्यों है? आई किसलिए? कोई पहचानता है उसे? कभी, कहीं देखा है? अनेक प्रश्न थे, अनेक जिज्ञासाएं, किंतु उत्तर में सब ओर एक सपाट खालीपन बिखरा हुआ। हर चेहरा उत्तरहीनता के कारण निराश, हर आंख केवल संशयों के छोटे-छोटे सागर अपने भीतर समोए हुए!

रहस्य का कोहरा और सघन हो गया था! उससे कहीं अधिक सघन हो गई थी कान्हा को लेकर चिंता! स्पष्ट था–षड्यंत्र है! कुल मिलाकर गोकुलवासी ही नहीं, आस-पास के अनेक ग्रामीण महिलाएं और पुरुष उस घटना के कारण हतप्रभ हो गए थे। समारोह समय-पूर्व समाप्त हो गया। देर रात्रि गए तक अनेक लोग चर्चाएं करते रहे। शंका-कुशंका से पूर्ण बातें! नंद गोप और यशोदा घर में समा गए थे।

यशोदा की रुलाई नहीं थम रही थी! हे ईश्वर! कान्हा को कुछ हो जाता तो? चूम-चूमकर उसके गाल सुर्ख कर दिए थे माता ने। बालक कुनमुनाकर अब माता के नेह का निषेध करने लगा था! यशोदा मुख उसकी ओर बढ़ातीं तो घबराकर चेहरा मोड़ लेता। कभी इस ओर, कभी उस ओर!

टकटकी बांधे देख रहे थे नंद गोप। सहसा झुंझला उठे थे, “अब बस भी करो। देखती नहीं। बालक थक गया है! उसके शरीर में जलन होने लगी होगी!”

यशोदा थम गई थीं, कुछ पलों के लिए फिर भूल गईं। दोबारा चूमा। किंतु इस बार नंद बाबा का उस ओर ध्यान नहीं था, वह विचारों में भटक गए थे–दूर, बहुत दूर तक!

इसका अर्थ था कि वसुदेव-देवकी के पुत्र का वध करने के षड़यंत्र होने लगे हैं। और कान्हा उनकी दृष्टि में आ चुका है! मन जितना चिंतातुर हुआ, उससे कहीं अधिक व्यग्र हो उठा। जानते थे कि षड्यंत्र यहीं समाप्त नहीं हो जाएंगे, किंतु यशोदा भोली। वह समूची घटना को अब भी मात्र संयोग समझे हुए थीं। सहसा नंद उठ खड़े हुए। द्वार की ओर बढ़े। यशोदा ने उसकी ओर ध्यान भी नहीं दिया था। वह कान्हा को सीने से लगाए हुए जैसे उसी के अंतस् में समा गई थीं! या उसे अंतस् में समो लिया था! नंद बाबा मुख्यद्वार के बाहर आ गए।

मन कई-कई उलझनों और सवालों से भरा हुआ था। कान्हा ने उस तरह स्तन को क्यों चूमा? और उस दुष्ट महिला ने कान्हा को स्तनपान क्यों कराया? ऐसा क्या रहस्य था स्तनपान कराने के पीछे? अकेला कान्हा ही तो नहीं था, जिसके प्रति उसे इतना ममतालु होना चाहिए था? कान्हा की आयु के बहुत बालक थे। चंचल, नटखट और लुभावने भी। तब कान्हा को ही क्यों चुना था उसने? इस रहस्य को सुलटाए बिना नंद बाबा चैन नहीं ले सकेंगे! जिस समय घटना घटी, उस समय एक वही नहीं, सभी हकबका गए थे। इस हकबकाहट में यह सब विचारने का समय ही नहीं मिला, जो अब मन में आया है।

उसी का निराकरण करेंगे नंद! यंत्रवत् चलते हुए गांव की सन्नाटे भरी राह पार करते गए थे। अगले ही क्षण वह एक घर के सामने खड़े थे। हौले से द्वार खटखटाया, भीतर से प्रश्न कौंधा, "कौन है?"

"मैं–नंद गोप! द्वार खोलेंगे वैद्यवर!" वृद्ध बोले।

अगले ही क्षण द्वार खुल गया। श्वेत दाढ़ी से भरा एक कृशकाय शरीर सामने था। चकित भाव से नंद को देखता हुआ, "इस समय? कुशल तो है? देवी यशोदा और कान्हा?"

नंद गोप ने बात काट दी, कहा, "वे सब ठीक हैं वैद्यराज! मैं एक अन्य कार्य से आपको कष्ट देने आया हूं।"

"कहो ?"

नंद गोप ने मन का संशय बतला दिया, फिर बोले, "मेरी इच्छा है कि उस अपरिचित महिला की शव परीक्षा कर लें आप! उसने स्तनपान कराया तो क्यों? यही रहस्य नहीं समझ पा रहा हूं।"

वृद्ध वैद्य को भी लगा कि नंद का संशय उचित है। सहमत हुए। बोले, "तुम तनिक देर यहीं रुको! मैं अभी आया।" बात समाप्त करके वह भीतर चले गए। लौटे तो उनके हाथों में कुछ औषधियां थीं। बोले, "आओ, मेरे साथ!"

आस-पास के घरों में भी जाग हो गई थी। यों भी कान्हा के साथ घटी घटना ने सभी को चर्चाओं से भर रखा था। वे भी साथ हो लिए। सात-आठ ग्रामीणों से घिरे गोप-प्रमुख वैद्य को साथ लिए पुनः यमुना तट की ओर बढ़ चले!

शव उसी तरह पड़ा हुआ था। अच्छा ही हुआ कि ग्रामीणों ने उसे उसी समय यमुना में विसर्जित नहीं कर दिया। यह संशय सदा के लिए रहस्य बना रह जाता! पर अब? अब कुछ नहीं छिप सकेगा।

जिस क्षण वैद्यराज ने पूतना के शरीर की परीक्षा प्रारंभ की, विभिन्न औषधियां स्तनों और होंठों पर लगाईं–दर्शक गोपों के मन में एक रहस्यपूर्ण सनसनी बिखरी हुई थी। क्या कहेंगे वह?

लगभग दस-पंद्रह पलों तक वैद्य परीक्षा करते रहे। स्तनों के गिर्द की चमड़ी देखी। लहू पर औषधि की कुछ बूंदें डालकर परीक्षण किया! उनका चेहरा तनाव से भरता जा रहा था। उससे कहीं अधिक वह व्याकुल दीखने लगे थे! थोड़ी देर थमे हुए उस परीक्षा के बाद शव को देखते रहे। सहसा पुनः वही परीक्षण प्रक्रिया दोहराने लगे!

उनके चेहरें की चिंता, तनाव और बेचैनी ने दर्शक गोप समुदाय और नंद को भी बेचैन कर दिया था। क्या समझे वह और कहां तक परिणाम निकला है? जानने की तीव्र उत्कंठा होने लगी। सहसा वैद्य उठ खड़े हुए थे। स्वर रहस्यमय था उनका, "शीघ्रता से अपने गृह चलो, नंद! कान्हा की भी परीक्षा करनी होगी।"

"किंतु वैद्यवर!" नंद ने जानना चाहा था, "बात क्या है? तनिक सुनूं तो ?"

"बाद में सुनाऊंगा!" वैद्य ने कहा था। स्वर में चिंता घुली हुई थी। उससे कहीं अधिक उतावली। बोले थे, "अभी समय नहीं है। घर चलो!" इसके पूर्व कोई कुछ जानना चाहे या पूछे—वृद्ध वैद्य पुनः बस्ती की ओर चल पड़े। इस बार चलने में दौड़ने-सा भाव था! वे सब भी अकुलाए हुए पीछे।

थोड़ी देर बाद वे सब नंद के घर थे। अनेक लोगों की आवाजाही और शोर का परिणाम यह हुआ कि कुछ और लोग भी घरों से बाहर निकल आए। अब वे सब नंद गोप के आंगन में खड़े हुए थे। वृद्ध वैद्य, नंद और गोकुल के एक-दो अन्य व्यक्ति शयन-कक्ष में।

यशोदा उन सभी को देखकर चौंक गई थीं। भयभीत होकर उस छोटे से समूह को देखने लगीं। उन सभी ने एक-दूसरे को देखा, फिर नंद बोले थे, "देवी! वैद्यराज कान्हा को देखना चाहते हैं!"

"क्यों ?"

इस क्यों का क्या उत्तर दें नंद? निरुत्तर होकर वैद्य को देखा। वृद्ध वैद्य बोलने लगे थे, "देवी! कान्हा को उस दुष्टा ने स्तनपान कराया था, परखना चाहता हूं कि उसके दुग्ध में कोई दोष तो नहीं था, जिसका बालक पर कुप्रभाव हुआ हो?"

यशोदा पुनः डर गईं। सहमती हुई-सी एक ओर हुईं। वैद्य बालक पर झुक गए। कान्हा जाग रहा था। वैद्य की ओर इस तरह मुसकुराया जैसे उन्हीं का उपहास कर रहा है। वैद्य ने जीभ देखी, आंखें परखीं। फिर हाथ-पैरों को परीक्षा के लिए मोड़ना-जोड़ना चाहा, कान्हा ने ज़ोरों से हाथ-पैर मारने प्रारंभ कर दिए। गति इतनी तीव्र थी कि वैद्य को अवसर ही नहीं मिला—हाथ या पैर छू सकें! एक गहरा श्वास लेकर मुसकुराते हुए वैद्य खड़े हो गए थे, "आश्चर्य!" उनके होंठों से बोल फूटे।

कैसा आश्चर्य! सभी ने चौंककर उन्हें देखा। आश्चर्य क्यों है? रहस्य खोल दिया था वैद्य ने। कहा था, "अपने संपूर्ण जीवन में मैंने ऐसा चमत्कार नहीं देखा! निश्चय ही यह बालक अलौकिक है!"

"पर ऐसा हुआ क्या है वैद्यराज?" अकुलाए स्वर में यशोदा ने प्रश्न किया।

"यों कहो, देवि, कि सब कुछ अलौकिक ही हुआ है!" वैद्य ने उत्तर दिया था, "मनुष्य के लिए यह असंभव था! किंतु यदि मनुष्य से यह संभव हुआ है तो निस्संदेह ईश्वरीय है! केवल चमत्कार!"

यशोदा की समझ में कुछ नहीं आया। वैद्य मुड़े और बाहर चल पड़े। पीछे-पीछे सभी। अब तक सब कुछ रहस्यमय था।

जाते-जाते यशोदा से कह गए थे वृद्ध वैद्यराज, "अब निश्चिंत होकर बालक के साथ रहो देवि! कान्हा निश्चय ही अद्भुत है!"

यशोदा सकपकाई-सी खड़ी रह गईं।

वैधराज बाहर आए। नंद और अन्य गोपों ने घेर लिया था उन्हें। वृद्ध वैद्य बड़बड़ाए जा रहे थे, "जो हुआ, असंभव था! मनुष्य के लिए नितांत असंभव!"

"किंतु क्या हुआ महानुभाव?" अकुलाकर एक गोप ने पूछ ही लिया था।

खीझ आने लगी थी बूढ़े पर। बोल ही नहीं रहा है। केवल पहेलियां बुझाए जा रहा है।

वैद्य ने इर्द-गिर्द देखा। आश्वस्त हो लिया कि कोई महिला नहीं है, फिर कहा, "उस राक्षसी के स्तनों पर मारक विष लगा हुआ था! इतना संहारक कि स्पर्श मात्र से किसी भी जीव के प्राण जा सकते थे, किंतु कान्हा ने न केवल उस मारक विष का होंठों से स्पर्श किया है, अपितु उस विषधारिणी के प्राण भी वहीं से हर लिए हैं! नितांत आश्चर्य!"

"किंतु कान्हा..." अब नंद की आवाज़ रुआंसी हो उठी थी।

वैद्य ने सहसा कंधे पर हाथ रखकर उन्हें सांत्वना दी थी, "घबराओ मत गोप! तुम्हारा बालक स्वस्थ ही नहीं, अति स्वस्थ है! उसपर उस विष का तनिक भी प्रभाव नहीं हुआ है! इसीलिए तो कहता हूं कि वह अलौकिक है! मनुष्य नहीं..."

वे सब हक्के-बक्के खड़े रह गए! कुछ स्वर भी बहे थे, "परमात्मन्! कैसी विचित्र लीला है तुम्हारी! बालक को यह शक्ति दी!"

"निश्चय ही शक्ति मिली है उसे! कोई चमत्कारिक, अलौकिक शक्ति!" वृद्ध बोले थे, "उसकी पूजा करो! वह पूजनीय ही है! मैं तो नतमस्तक हुआ। जीवन का संपूर्ण वैद्यक ज्ञान जिसने झुठला दिया हो, उसे अलौकिक न कहूं तो क्या कहूं?"

वे सब सुनते रहे–कान्हा मन में इस तरह उभरने लगा था, जैसे रात्रि के अंधकार को चीरते हुए घुटनों-घुटनों हंसता हुआ उन्हीं की ओर बढ़ा आ रहा हो! मन आनंद और उत्साह की अजब उमंगों से भरा हुआ! अलौकिक! अनजाना! शक्तिस्वरूप! यशोदासुत! रात्रि का अंधकार भी जैसे प्रकाशित लगने लगा था...

किंतु केशी को लगा था कि अंधकार हो गया है! राजभवन में असंख्य दीप जल रहे हैं। रंगीन रोशनियां जहां-तहां फौवारों की तरह छूट रही हैं, किंतु जो देख-सुन रहा है, वह घोर अंधकार की तरह प्रभावी है! रौशन पुतलियों को बेरौशन कर देने वाला!

वे हांफते हुए सामने खड़े हैं–दोनों सैनिक! पूतना के साथ भेजा गया था उन्हें। कुछ ऐसा-वैसा हुआ तो पूतना की सहायता कर सकेंगे, किंतु उसकी सहायता करना दरकिनार, वे स्वयं सहायता-सहारे के आश्रित!

हांफ रहे थे वे! जब आए, तब सहसा शब्द ही नहीं फूटे थे उनके। शरीर गले कपड़े की तरह जहां-तहां से लटकता हुआ-सा लग रहा था।

घबराहट में न दृष्टि सहज रह गई थी, न स्वर। केशी और प्रद्युम्न भौचक्के होकर उन्हें देखने लगे थे। द्वारपालों ने दोनों को सामने ला पहुंचाया था।

वे धरती पर बिछ गए थे। सेनापति और महामंत्री चकित होकर उन्हें देखते हुए। अर्धरात्रि की नींद से जगाया गया था उन्हें। सूचना दी गई थी कि गोकुल से भागे आए मथुरा के विशेष सैनिक भेंट करना चाहते हैं दोनों से! दोनों एक ही सभागार में पहुंचे!

"कुछ बोलो तो!" चीख पड़े थे केशी! पर वे रुआंसे। एक की पलकों से आंसू ढलक आए थे, दूसरे की पलकें खाली–मरुस्थल-सी सपाट!

झल्ला उठे थे प्रधूम्न। चीखकर प्रश्न किया, "कुछ बोलोगे भी तुम लोग?"

जैसे-तैसे उनमें से एक बोल सका था, "चमत्कार हुआ महाराज! वह बलिष्ठ स्त्री उस घुटनों चलते बालक द्वारा हत हुई!"

"क्याऽ!..." केशी का मुंह खुला रह गया! लगा कि ग़लत सुना है उन्होंने। भला यह कैसे हो सकता है कि उस दुधमुंहे बालक ने पूतना को मार डाला हो! लगा कि सैनिक पागल हो गए हैं। बौखलाकर बोले, "तुम लोगों का मस्तिष्क तो ठीक है ना ? ऐसा भी हो सकता है भला ?"

"प्पर...पर हुआ यही है सेनापति!" एक सैनिक ने कहा। फिर धरती पर बिछने लगा–ऐसे जैसे चक्कर आ रहे हों!

सेनापति और महामंत्री ने परस्पर एक-दूसरे को देखकर निश्चय किया था कि किसी घटना के कारण सैनिक भयाक्रांत हो उठे हैं। मन-मस्तिष्क विचलित हो गया है उनका। निश्चय किया था–कुछ विश्राम मिलने के बाद सहज हो सकेंगे। सेनापति ने आदेश दे दिया, "तुम लोग इस समय विश्राम करो! जब सहज हो लो, तब प्रातः राजसभा में उपस्थित होना!"

"किंतु देव..." सैनिक ने कहना चाहा कि सहज हैं वे किंतु सेनापति और प्रद्युम्न ने अवसर ही नहीं दिया। उठे और अपने-अपने निवास की ओर चले गए।

सैनिकों को अन्य सैनिकों की देख-रेख में एक तरह से बंदी ही बना लिया गया था। सोने के लिए कहा गया, किंतु न जाने कितनी रात्रि तक

जागते रहे थे वे। भोर हुए पुनः महामंत्री तक संदेश भिजवाया था–भेंट का निवेदन!

आदेश मिला कि विशेष भेंटकक्ष में महाराज कंस के सामने उपस्थित हों। निश्चित समय पर दोनों सैनिक कक्ष में जा पहुंचे। सहज उस समय भी नहीं हो सके थे। अंतर केवल यह हुआ था कि स्वर, शरीर और शब्द एक सीमा तक संयत हो गए थे, हालांकि चेहरों पर अब भी हवाइयां उड़ रही थीं। आंखों में उस समय भी तनाव था।

लगता है कि वह क्षण स्मरण-संदर्भ के सिलसिले में दृष्टि के सामने चित्रवत् उभर आया है। सभा में जाने के पूर्व ही विशेष दूत ने समाचार दिया महाराज को, "राजन्! महामंत्री प्रधुम्न और सेनापति केशी किसी विशेष राजचर्चा के लिए आपसे भेंट करना चाहते हैं।"

प्राप्ति ने भी सुना था–अस्ति ने भी। दोनों पास-पास खड़ी थीं। जब कंस सभा की ओर प्रस्थान करते थे, दोनों महारानियां उन्हें मुसकुराते हुए विदा करने आती थीं। उस दिन भी पहुंची थीं।

कंस सुनकर चकित हुए थे, "सभा समय के पूर्व भेंट करना चाहते हैं? आश्चर्य! ऐसी क्या विशेष बात हुई ?"वह बुदबुदाए, फिर दूत को जाने का संकेत कर दिया था। प्राप्ति और अस्ति भी चकित भाव से देखती-सुनती रही थीं बात, फिर राजा विशेष कक्ष की ओर चले। पीछे-पीछे महारानियां!

वे सहमे हुए-से खड़े थे। महाराज कंस को कक्ष में प्रवेश करते देखकर ही प्रणाम में झुक गए, फिर प्रद्युम्न ने पहल की थी, "क्षमा करें राजन्, पर कार्य ही ऐसा था, कि हम लोगों को सभा पूर्व आपसे निर्देश लेने आना पड़ा।"

प्राप्ति और अस्ति महामंत्री के चिंताग्ररत चेहरे पर दृष्टि गड़ाए हुए थीं। मन कह रहा था कि कोई अशुभ समाचार है। राजा ने आज्ञा दी तो सेनापति बोल पड़े थे, "एक विस्मयकारी घटना हुई है देव! जिस

बालघातिनी स्त्री को नंदसुत के वध हेतु भेजा गया था, उसके प्राण बालक ने ही हर लिए!"

"बालक ने?"

अस्ति-प्राप्ति ने चकित होकर एक-दूसरे को देखा। लगा कि सेनापति कुछ गलत बोल गए हैं। पूतना-वध और उस गोद के बालक द्वारा? असंभव!

राजा ने भी यही कहा था, "असंभव!" सहसा हंसने लगे थे वह, "आप जैसे समझदार लोग भी ऐसी हास्यास्पद सूचना पर विश्वास कर सकते हैं? आश्चर्य!"

"सूचना पाकर हमें भी यही लगा था राजन्!" प्रद्युम्न ने जैसे अपमान से तिलमिलाकर उत्तर दिया था, "किंतु सत्य यही है! प्रमाण साथ लाए हैं हम लोग!" इसके पूर्व कि कंस कुछ कह सकें, उन्होंने प्रहरी को संकेत कर दिया था। अगले ही क्षण गोकुल भेजे गए, उन दो भयभीत सैनिकों को लेकर प्रहरी उपस्थित हुआ। सेनापति बोले थे, "यह पूतना के साथ भेजे गए थे राजन्! उसकी सुरक्षार्थ! इन्हीं से सारी कथा सुन लीजिए!"

कंस ने आज्ञा दी थी। सैनिकों में से एक ने असहज स्वर और भयभीत मुद्रा में पूतना-वध की घटना सुनाई। सुनकर कंस, अस्ति और प्राप्ति सभी अचरज और अविश्वास के सागर में गहरे और गहरे उतरते चले गए। उस बालक को दूर तक पूतना के स्तन से शरीर के अविभाज्य अंग की तरह जुड़े देखा था उन्होंने। वह देर तक उसे छुड़ाने के प्रयत्न में दौड़ती, उछलती, चीखती हुई करुण पुकारें लगाती रही थी। किंतु बालक था कि हट ही नहीं पा रहा था। लगता था कि किसी चमत्कार को देख रहे हैं सैनिक। ठगे, सहमे और कांपते हुए खड़े रह गए थे। फिर पाया था कि पूतना के स्तनों से लहू की अनेक धाराएं बहने लगी हैं। वह पृथ्वी पर गिर पड़ी है। हाथ-पैर मार रही है, छटपटा रही है, किंतु बालक फिर भी चिपका हुआ है!

विवरण के हर शब्द के साथ गहरे और गहरे अथाह सागर में उतरते हुए! एक-दूसरे को देखा भी था उन्होंने। प्राप्ति ने पाया था कि महाराज कंस

के उज्ज्वल चेहरे को सहसा किसी काली, अमावसी रात्रि के अंधकार ने ग्रसना प्रारंभ कर दिया है। वह अपने-आप को अपने से ही छुपाने का प्रयास कर रहे हैं। अस्ति अस्त-व्यस्त, स्तब्ध खड़ी हुई उन सैनिकों को देखे जा रही है!

स्वयं प्राप्ति? उसकी भी तो यही स्थिति थी? रोमांचक घटना का वह क्रूर स्मरण इस समय भी प्राप्ति के मन को हिलाए हुए है। जब-जब स्मरण करती है, इसी तरह मन हिल उठता है! जी हुआ था कि अविश्वास कर ले! उस समय सब ने यही कहा था–कंस, अस्ति और स्वयं प्राप्ति! यही माना था उन्होंने! राजा बोले थे, "नहीं-नहीं, यह असंभव है! नितांत अस्वाभाविक! इतनी विचित्र शक्ति उस साधारण बालक में कैसे और कहां से आ सकती है? निश्चय ही इन सैनिकों को भ्रम हुआ होगा। पूतना की मृत्यु का कारण कोई और हो सकता है! हो सकता है कि जिस मारक विष को उसने अपने शरीर से लगाया था, वही उसके लिए घातक सिद्ध हुआ हो!"

"किंतु यादवेंद्र..." प्रधुम्न ने बोलना चाहा था कुछ। कंस ने उन्हें ही नहीं, उस सारी स्थिति को अस्वीकार दिया–आसन से उठ खड़े हुए थे, "महामंत्री! क्या आप जैसा अनुभवी और बुद्धिमान व्यक्ति भी इस तरह के चमत्कार पर विश्वास कर सकता है ? मानने का मन नहीं होता। यह सब संयोग है! उसे चमत्कार कहकर अपने-आप को आतंकग्रस्त मत कीजिए!"

"निस्संदेह!" अस्ति ने उनके विचार में सहयोग दिया था। प्राप्ति की भी इच्छा हुई थी कि उस असहज और स्वभाविक लगने वाली घटना को नकार दे, किंतु होंठ नहीं खुले। केवल गहरा श्वास लेकर बोली थी वह, "बहुत विश्वास नहीं होता, महाराज! यह कैसे हो सकता है कि वह अबोध शिशु, एक शक्तिशाली स्त्री को इस तरह हत करे, जिस तरह वर्णित किया जा रहा है?"

कंस ने अपने विचार पर रानियों की सहमति पाकर जैसे बिखरा हुआ-साहस संजो लिया, बोले, "इन मूर्ख सैनिकों को सेवा मुक्त कर दें,

सेनापति! ऐसे लोग राज्य, सुरक्षा, नीति और सेवा सभी के लिए व्यर्थ हैं, हटाइए इन्हें हमारे सामने से!"

केशी ने गहरा श्वास लिया। फिर सैनिकों को बाहर जाने का संकेत कर दिया। प्रद्युम्न चुप हो चुके थे। महाराज कंस सभागार की ओर बढ़ गए। अस्ति और प्राप्ति ने अंतःपुर के मुख्यद्वार से उनकी विदाई के समय मुसकुराना चाहा था, किंतु लगा था कि मुसकुरा नहीं सकी हैं।

कम-से-कम अस्ति जानती है कि वह नहीं मुसकुराई थी। कैसे मुसकुराती ? इस पल भी स्मरण है उसे। पूतना-वध की अद्भुत घटना को अस्वीकार देने के बाद भी मन उसे अस्वीकार नहीं सका था!

किंतु आज लगता है कि वह अस्वीकार ही बहुत बड़ी भूल थी! और केवल वही क्यों अनेक बार, जिस तरह की घटनाओं के समाचार गोकुल से मिलते रहते थे। नंदसुत को लेकर चमत्कारिक घटनाएं सुनने में आती रही थीं–तब भी प्राप्ति वही भूल किए गई। और जब तक भूल सुधारी, तब तक बहुत कुछ घट चुका था! महाराज कंस, अपने क्रोध, उद्दंडता, दमन और अनाचार की उस सीमा पर जा पहुंचे थे, जहां से उनकी वापसी असंभव हो चुकी थी। वापसी तो दूर, वापसी का विचार भी असंभव हो गया था! बस, लगता था कि काल-निमंत्रण हर घटना के पास और पास आता जा रहा है।

निस्संदेह काल-निमंत्रण ही था वह! गोकुल के उस असामान्य गोप-बालक को लेकर जो कुछ सुनने-जानने को मिला था–उसी ने प्राप्ति के मन में यह विश्वास गहराया था कि वह बालक जन-क्रांति का कारण बनेगा! अस्वाभाविक शक्ति, असामान्य क्रीड़ाएं, असहज क्रियाएं, अतिमानवीय व्यवहार और आश्चर्यजनक कथाएं...यही सब यशोदासुत की थीं! देखा नहीं था उसे, किंतु सुना बहुत था उसे लेकर–सुनने की इच्छा उस समय हुई थी, जब पूतना वध ही नहीं, क्रमशः तृणासुर (तृणावर्त), बकासुर और वत्सासुर मारे गए।

पूतना वध को लेकर जो सुनने-जागने को मिला था, कुछ उसी तरह

उन सबके वध-समाचारों की सूचना मथुरा तक आई थी। उस समय तक ये सूचनाएं नहीं रह गई थीं। जनसूचनाएं और चर्चाएं बन चुकी थीं। कहा जाने लगा था कि यशोदा का पुत्र असामान्य है! उसमें ईश्वरीय शक्तियां उपस्थित हैं! वह मनुष्य नहीं है! मानवीय लीलाएं कर रहा है!

प्राप्ति के भीतर भी तो विश्वास गहन होने लगा था। कैसे न होता, उन घटनाओं का हर शब्द, हर अंश निरंतर चकित कर देनेवाला था। वर्णन की गई बातों के अतिरिक्त हर घटना के बीच उस बालक की सहजता किसी भी मनुष्य को असहज कर सकती थी।

किंतु अस्ति? वह उस तरह विचारने को तैयार न थी। किसी क्षण भूल नहीं पाती थी कि वह जरासंध की पुत्री और मथुराधिपति की महारानी है! किसी पल मन शांत रहकर सोचता नहीं था। सोच पाती होती तो प्राप्ति के प्रस्ताव को क्यों अस्वीकार करती?

केवल यही तो कहा था प्राप्ति ने, "बहन! गोकुल के उस गोप बालक को लेकर जितना कुछ सुनने-जानने को मिल रहा है, उससे प्रकट होता है कि वह असाधारण है! महाराज कंस चाहें तो इस समय भी उस बालक को बुलाकर वार्ता कर सकते हैं!"

"कैसी वार्ता?" अस्ति ने कुछ तीखे, लगते हुए शब्दों में पूछा। प्राप्ति समझ गई थी। बहन को उसका प्रस्ताव तनिक भी नहीं रुचा है। फिर भी मन में आई बात कह डालना ही उचित समझा था उसने। कहा भी, "देवी! यशोदासुत अपनी अद्भुत क्रियाओं से जितनी चर्चा पा चुका है, उससे सावधान हो जाना नीति है। मथुराधिपति के लिए यही उचित होगा कि वह पुनः गणतंत्र की व्यवस्था की रचना करें! महामंत्री वसुदेव और देवकी को कारावास से मुक्ति दें और पूज्य उग्रसेन को उनका आसन सौंप दें! इस तरह संभव है कि उस बालक के प्रति जनमानस के झुकाव में कमी आ जाए!"

अस्ति ने उत्तर में केवल थूकती हुई हंसी के साथ "उंह" का उच्चारण किया और अपने भवन की ओर चली गई! प्राप्ति जानती थी यही होगा! न

बुरा लगा था उसे, न अस्वाभाविक। संतोष अवश्य हुआ था कि उसने जो कुछ कहा है, वह कहकर उचित किया है।

कभी सोचा था कि कंस संभवतः स्वयं भी उन असामान्य घटनाओं के कारण विचार करने के लिए बाध्य हो जाएंगे। हो सकता है कि एक दिन वह उस बालक को हत करने की दुश्चेष्टा से मन को मुक्त कर लें! आत्मानुभव ही उन्हें सावधान करे कि वह उस बालक से नहीं जूझ रहे हैं, भाग्य से जूझ रहे हैं! पर वैसा समय कभी नहीं आया। कंस पूर्ववत् वही सब करते गए थे। प्राप्ति को लगता था कि वह अपनी आंखों से कम, दुष्ट केशी और दुर्बुद्धि प्रधुम्न की आंखों से अधिक देखते हैं। एक बार उन्हें समझाने का प्रयत्न भी कर बैठी थी वह। ज्ञात नहीं था कि कंस भी अस्ति जैसी 'ऊंह' के साथ दो शब्दों में उसके सुझाव को ठुकरा देंगे! जानती तो अपने-आप को उस तरह अपमानित कभी न करवाती!

वह दिन भी स्मरण है प्राप्ति को। महाराज कंस उस दिन बहुत व्यग्र थे। बकासुर-वध की सूचना ने अत्यधिक खिन्न कर दिया था उन्हें। स्वभाव में विचित्र-सा परिवर्तन आने लगा था। लगता था कि हर प्रयत्न की असफलता उन्हें उत्तेजित ही नहीं, अनियंत्रित किए जा रही है, स्वयं से अनियंत्रित!

और केशी था कि हर दिन नया षड्यंत्र, नई परियोजना लेकर उपस्थित हो जाता। हर बार विश्वास दिलाता हुआ, "निश्चिंत हो, यादवराज! इस बार अवश्य ही वह दुष्ट यशोदासुत मारा जाएगा! असल में वह योद्धा नहीं है, छली है!"

कंस उसे नए षड़यंत्र की आज्ञा दे देते। असफलता मिलती, उद्विग्न हो जाते! बकासुर-वध की घटना ने भी उन्हें इसी तरह उद्विग्न किया। संयोग ही था कि वह अस्ति के शयन-कक्ष में न जाकर प्राप्ति के पास जा पहुंचे थे। प्राप्ति ने निश्चय कर रखा था, राजा को अपने सौंदर्य, व्यवहार और

वाणी से तृप्त करके मन की बात कहेगी। विश्वास था महाराज कंस बहुत नहीं तो अंशरूप में उसकी बात का सम्मान करेंगे! यही किया था।

दिव्य भोजन से तुष्ट कर पति को शय्या-सुख दिया था प्राप्ति ने, फिर जब वह तनिक सहज हुए तब बोली थी, "आज्ञा दें तो एक निवेदन करूं, महाराज?"

"कहो, देवि?" कंस करवट लिए हुए थे!

"देखती हूं कि सेनापति केशी और प्रद्युम्न प्रतिदिन ही गोकुल के उस छली बालक को लेकर कोई-न-कोई अशुभ समाचार ले आते हैं। क्या राज्य में अन्य कोई कार्य शेष नहीं रहा है उनके पास?" प्राप्ति ने कहा था।

अलसाए हुए कंस ने पलकें खोल दीं। राज्य, सत्ता और नीति की बात उन्हें कभी किसी पल अलस नहीं रख पाती थी। पूछा, "मैं समझा नहीं प्राप्ति! कहना क्या चाहती हो?"

प्राप्ति ने बात सीधी और सपाट कर दी, "राजन्! क्या मथुरा गणसंघ में अन्य कोई समस्या शेष नहीं रही है जो सेनापति और महामंत्री की चिंता का कारण बने? उस छली बालक को इतना महत्त्व क्यों दिया जा रहा है?"

कंस सहसा उठ बैठे। पत्नी की ओर टकटकी लगाए कुछ क्षण देखते रहे, फिर उदासीनता व्यक्त करते हुए उठ पड़े। कहा था, "देवि! हम तुम्हारे पास कुछ पल शांति पाने की इच्छा से आए थे। किंतु हमें लगता है कि तुम स्वयं ही अशांत हो! तुम्हारे लिए शांतिदान संभव नहीं।"

"देव!" अकुलाकर प्राप्ति ने कहा था, किंतु राजा उस बीच द्वार तक जा पहुंचे थे। प्राप्ति रुआंसी हो गई थी, "मुझे क्षमा करें, प्रभु! भूल हुई!" किंतु कंस ने नहीं सुना-चले गए।

प्राप्ति को स्मरण है, उस दिन रोती-सिसकती रह गई थी वह। और केवल उसी दिन क्यों, अनेक बार इसी तरह पति के उद्दंड, क्रोधी स्वभाव ने उसे दुख दिया था। पर इस दुख से अधिक बड़ा दुख था यह कि मथुराधिपति उस असामान्य बालक के वधहेतु निरंतर प्रयत्न किए जा रहे थे। हर असफलता ने उन्हें अधिक क्रूर बनाया था। हर पराजय उनके भीतर

कुंठा जगाती गई थी। हर घटना की अद्भुतता उन्हें विश्वास दिलाती गई थी कि गोकुल का वह बालक ही उनका काल है!

प्राप्ति ने भी धीमे-धीमे समझ लिया था। मन को बहुत दबाया था कि यह अशुभ विचार न करे, किंतु जाने कौन-सी शक्ति थी जो बार-बार विश्वास दिलाने लगी थी–वह बालक ही कंस का काल है! तेरा पतिहंता!

प्राप्ति को सौभाग्य की चिंता हुई थी। उससे कहीं अधिक इस स्थिति ने उसे चिंतित किया था कि कंस निरंतर कालमुक्ति की चेष्टा में काल को आमंत्रित किए जा रहे हैं। आश्चर्य होता था पति पर! कैसी विचित्र कल्पना थी। कल्पना या दुस्साहस? दुस्साहस भी कहां–लगता है कि महाराज कंस अमानवीय हो गए थे। मानवीय नियति को अस्वीकारने की धृष्टता करने वाले व्यक्ति! व्यक्ति ही नहीं केवल उद्दंडता! कालमुक्त करना चाहते थे स्वयं को।

स्मरण हो आया है प्राप्ति को। एक ऋषि आ पहुंचे थे मथुरा में–वेदव्यास! कृष्ण द्वैपायन नाम था उनका। वेद-संपादन ने उन्हें व्यास नाम दिया। ऋषि के स्वागत हेतु राज्य की ओर से व्यवस्था की गई थी। मथुराधिपति ईश्वर की सत्ता पर अविश्वास करते थे। किंतु अधिकतर यादववंशी ईश्वरवादी! स्वयं प्राप्ति ने भी व्यास के स्वागत का समर्थन किया था। महाराज कंस ने मान लिया। कहा था, "ठीक है! यदि सभी की इच्छा है तो श्रद्धा के कारण नहीं, राजनीति की दृष्टि से वेदव्यास का मथुरा में यथोचित स्वागत होगा!"

वही हुआ। ऋषि की पूजा-अर्चना के बाद भोजवंशी सम्मानित स्त्री-पुरुष उन्हें घेरकर धर्म-चर्चा करने बैठ गए थे। न चाहते हुए भी महाराज कंस को उपस्थित रहना पड़ा था और कोई बोल पड़ा, "देव! शूरसेन जनपद में बड़ी अशांति हैं। महाराज कंस भी बहुत चिंतित हैं।"

ऋषि ने आश्चर्य से राजा की ओर देखा। पूछा, "क्यों, ऐसा क्या हुआ?"

किसी अन्य ने कहा, "गोकुल के गोप प्रमुख नंद के पुत्र ने बहुत उत्पात मचा रखा है। राज्य के अनेक योद्धा मार डाले हैं। ऐसा छली, धूर्त

और षड्यंत्रकारी बालक है कि लोग उसके नामस्मरण-भर से चौंक जाते हैं! मथुराधिपति उसी को लेकर बहुत चिंतित और व्यग्र हैं!"

उत्तर में ऋषि ने राजा को पुनः देखा। मुसकुरा पड़े। कहा था, "विचित्र बात है! जिस बालक के जन्म को लेकर मथुरावासियों को प्रसन्न होना चाहिए, उसी को लेकर दुखी हो रहे हैं!"

चकित हुए लोग। अक्रूर ने प्रश्न किया, "वह कैसे महाराज?"

"वह ईश्वर है![1]" वेदव्यास बोल पड़े थे। स्वर इस तरह गुंजा था जैसे ओंकार का उच्चारण किया हो उन्होंने। लगा था कि समूचे वातावरण ने उस स्वर को संगीत दिया है!

कंस ने जबड़े कस लिए। उद्दंडतापूर्वक उठकर ऋषि की अवहेलना करनी चाही थी, किंतु व्यास ने टोक दिया था उन्हें, "मुझसे कहा गया है यादवेंद्र कि नंदसुत ने उत्पात मचा रखा है। अनेक योद्धाओं का वध कर दिया है। क्या यह सत्य है ?"

मथुराधिपति ने उत्तर में नकार के भाव से देखा था उन्हें।

ऋषि अप्रभावित रहे। कहा, "संकोच न करो, राजन्! कहो कि यह असत्य है। सत्य यह है कि उन दुष्टबुद्धि योद्धाओं ने उस बालक का वध करना चाहा था। वे अपनी दुचेष्टाओं के कारण ही हत हुए!"

मथुराधिपति चले गए थे। वेदव्यास हंस दिए। बात आई-गई हो गई थी। पर प्राप्ति के लिए आई-गई नहीं। न उस क्षण आई-गई हुई थी, न अब हो सकी है। लगता है कि ऋषि के वे शांत शब्द और उसके बाद उनकी रहस्यमय हंसी इस समय भी प्राप्ति के कानों में गूंज रही है। वह हंसी ही थी या मथुराधिपति के दुर्दभ पर व्यंग्य? निस्संदेह व्यंग्य ही था। ऐसे हर

---

1. महर्षि वेदव्यास ने 'महाभारत' के आदिपर्व (63वें अध्याय, श्लोक क्रम 98 से 102 के बीच) में श्री कृष्ण को ईश्वर स्वीकारते हुए लिखा है–'त्रिलोक-पूजित भगवान नारायण संसार की भलाई के लिए वसुदेव के यहां देवकी के गर्भ से प्रकट हुए। उन्हीं को सब लोग अनादि, अनंत, देवदेव,जगत्स्वामी, अव्यक्त, अक्षर-ब्रह्म, त्रिगुणमय प्रधान तत्त्व, मायारूप, प्रभु पुरुष, विश्वकर्मा, हंस,नारायण, विधाता, परमात्मा आदि अनेक नामों से पुकारते हैं। वे ही धर्म-स्थापनार्थ अंधक-वृष्णि वंश में उत्पन्न होकर कृष्ण नाम से प्रसिद्ध हुए।' यों व्यास ने जहां-जहां श्री कृष्ण-संबंधी कोई घटना कही है उन्हें ईश्वर ही कहा है।

समय भी यही हंसी प्राप्ति ने सुनी है, जब कान्हा कहे जाने वाले उस बालक की कोई अद्भुत लीला सुनी है।

सच ही कहा था ऋषि ने। मनुष्य नहीं है वह बालक–मानवेतर शक्ति है! उनके शब्दों में ईश्वर! वैसा न होता तो वैसी अद्भुत घटनाओं का क्रम बंधता?

अनचाहे ही प्राप्ति पुनः पूतना-वध के बाद की घटनाओं को याद करने लगी है। एक के बाद एक अद्भुत घटनाएं। एक के बाद एक असामान्य कथाएं। पहली बार की घटना संयोग कहकर बिसरा दी गई थी, फिर दूसरी घटना हुई! तृणावर्त वध की घटना!

कब, कैसे, किसने भेजा था तृणावर्त को–प्राप्ति नहीं जानती, किंतु सब यही कहते थे कि महाराजा कंस का पठाया हुआ था वह। नाम कुछ और था उसका, किंतु अपनी विशिष्टताओं ने उसे तृणावर्त नाम दिया था।

प्राप्ति की सारी घटना सुनने को मिली थी विश्रांति से। वही तो थी जो राजभवन से बाहर तक की घटनाओं और जन-चर्चाओं को उस तक ले आती थी। उस दिन संध्या समय सहमती हुई-सी आकर प्राप्ति के सामने खड़ी हो गई थी। चेहरे पर चिंता और भय लिखा हुआ था। आंखों में आतंक अंकित!

---

1. तृणावर्त असुर–श्रीमद्भागवत पुराण के दशम स्कंध में इस असुर की चर्चा इस प्रकार आई है– '... उस असुर को घसीटकर यमुना में डाल दिया गया और बहुत-सा दान-पुण्य किया।' तृणावर्त को मायावी कहा गया है।' भागवत के ही अनुसार कृष्णवध के लिए वह वायु के बगूले का स्वरूप बनाकर आया और कृष्ण को हवा में ले उड़ा। इस समूचे संदर्भ में कुछ एक ऐतिहासिक पक्षों पर ध्यान देना आवश्यक है। तत्कालीन भारत को लेकर शोधकार्य में जो तथ्य सामने आ रहे हैं, उनके अनुसार उस समय भारत में असीरियन, पर्शियन, फोनेशियन आदि अनेक विदेशी लोगों का आना-जाना था। असीरियनों (असुरों) को लेकर अनेक अंग्रेज़ी ग्रंथों में चर्चा आती है कि वे लोग ईसा के लगभग 5000 वर्ष पूर्व ज्ञान-विज्ञान, चित्रकला आदि में बहुत बढ़े-चढ़े थे। असुर सभ्यता-काल के जो चित्र-मूर्तियां आदि मिले हैं (ब्रिटिश म्यूजियम) उसमें असुर देवताओं-राजाओं की पक्षियों की तरह पंखों वाला चित्रित किया गया है। यह संभवतः उनकी वैज्ञानिक अथवा तांत्रिक शक्तियों का प्रतीक है। अनुमानतः तृणावर्त असुर ने इसी मायावी शक्ति से बालक श्री कृष्ण का हरण करके वध करना चाहा था, जिसे श्री कृष्ण ने अपनी अलौकिक शक्ति से असफल कर दिया।

प्राप्ति कुछ समय पूर्व ही साज-शृंगार भवन से आई थी। सुना था कि महाराज कंस संभवतः अंतःपुर की ओर आएं और उनका अंतःपुर की ओर आना–उल्लासजनक समाचार था! जब आते थे, अस्ति या प्राप्ति, दोनों से ही भेंट करते थे। उन्हीं के स्वागतार्थ विशेष तैयारी की थी प्राप्ति ने। और तैयारी के तुरंत बाद ही विश्रांति ने वह दुःखद समाचार सुनाया था। उसे, "देवि! संभवतः महाराज अब नहीं आ सकेंगे।"

"क्यों?" प्राप्ति कुछ बौखलाई हुई-सी बोल पड़ी थी।

"असुर तृणावर्त[1] का वध हो गया है महारानी!" विश्रांति ने सिटपिटाते हुए उत्तर दिया था, "कहते हैं कि मथुराधिपति ने नंदपुत्र के वध हेतु विशेष रूप से बुलवाया था! असामान्य शक्ति और मायावी शक्ति से संपन्न उस असुर का वध यादवराज के लिए क्षोभदायक समाचार है!"

तृणावर्त असुर! नाम सुना-जाना हुआ था प्राप्ति का। किंतु मायाबी शक्तियों से पूर्ण उस दुःसह असुर का वध किसने किया होगा? और कैसे? सुनने की अजब-सी चाह मन में उभर आई। पूछा, "किसने हत किया उसे ?"

"जिसने हत किया देवि, उसका नाम सुनकर विश्वास नहीं होता, किंतु यही सत्य है! गोकुल से सैनिक यही समाचार लाए हैं!" विश्रांति ने उत्तर दिया। लगा कि उत्तर देते समय वह भी घोर विस्मय के सागर में डूब-उतरा रही थी।

"पर किसने?" जोर से पूछ बैठी थी प्राप्ति!

"उसी बालक ने देवि, जिसने पूतना का वध किया था!" विश्रांति ने उत्तर दिया। बैठी नहीं थी, पर प्राप्ति को लगा कि बैठकर अविश्वासपूर्ण शब्दों में गुनगुनाई है।

प्राप्ति बोल नहीं सकी। या बोलने की मनस्थिति ही नहीं रही थी? एक बार फिर अवश्विसनीय घट गया था। नितांत अमानवीय! अथवा अति- मानवीय! माया पर एक और माया! असुर का वध उसी दुधमुंहे बालक द्वारा। कुछ पल अपने-आप को सहेजने-संवारने और संयत करने में लगे। फिर पूछा था, "मुझे सारा विवरण सुना विश्रांति! उस बालक ने विशालदेह, शक्तिसंपन्न असुर को कैसे मारा होगा? या कि वह मर ही गया?"

"नहीं, देवी! उसे बालक ने ही मारा है!" विश्रांति ने उत्तर दिया था–"सभी यह कह रहे हैं; गोकुल से आए सैनिकों ने भी यही सूचना दी है! जिस तरह दी है, वह भी अपने-आप में कम विस्मयकारी नहीं है।"

"मुझे सुना!" प्राप्ति जैसे ऊबने लगी थी विश्रांति की भूमिका से। और विश्रांति ने कह सुनाया था। सैनिकों की सूचना का शब्दशः वर्णन करने लगी थी वह। प्राप्ति को लगा था कि सारी घटना चित्रांकित हुई जा रही है। हर शब्द के साथ अविश्वास से खूब-खूब भरती हुई। हर पल अपने ही भीतर उस सब पर विश्वास करने की चेष्टा करती हुई।

विश्रांति ने प्रारंभ किया था, "महाराज कंस ने विशेष रूप से असुर तृणावर्त को गोकुल भिजवाया था। वह कैसे क्या कुछ करता है, वह देखने-जानने के लिए। पीछे सैनिक भी लगा दिए थे। तृणावर्त अपनी मायाशक्ति के साथ गोकुल पहुंचा।"

उस रात्रि तेज़ आंधी-तूफ़ान था। मथुरा से रवाना हुआ असुर तृणावर्त निश्चिंत। विशालदेह पुरुष था वह। बहुत समय से मथुरा में बसा हुआ था उसका परिवार। जब यहां आया, तब कल्पना लेकर आया था कि व्यवसाय करेगा, पर जल्दी ही समझ लिया था–धन, वैभव और सुख-शांति की कमी नहीं है आर्यावर्त में लगा कि यहीं बस जाना उपयुक्त रहेगा। यही किया। विशिष्ट मायावी शक्तियां उसके पास थीं। सभी ने उसे सम्मान दिया। मथुराधिपति ने राज सेवा में ले लिया।

इसी राजसेवा के अंतर्गत उसे आदेश मिला था–उस अद्भुत बालक के वध का! बालक को लेकर जो सुना-जाना था उसने उसे भी कम चमत्कृत नहीं किया था, किंतु बाद में अनुभव हुआ कि मात्र संयोग रहे हैं, जिन्होंने बालक से जुड़ी घटनाओं को अद्भुत बना दिया है। यही कारण था कि जब उसे बालकृष्ण के वध का दायित्व सौंपा गया तो हंसकर कहा था उसने, "आश्चर्य है सेनापति! आप मुझे उस बालक के वध हेतु भेजना चाहते हैं ?"

केशी ने उत्तर दिया था, "वह बालक ईश्वर कहा जाता है!"

"पर वह ईश्वर नहीं है!" तृणावर्त ने उत्तर दिया था, "यों भी आर्यों का देवता विष्णु भी ईश्वर नहीं है। ईश्वर असुर है। उसे नीबो भी कहते हैं![1] वह आश्चर्यजनक शक्तियों का स्वामी है!"

केशी ने अरुचि प्रकट की थी। बोला, "तृणावर्त! यहां हमने तुम्हें ईश्वर कौन है और कौन नहीं है–यह तर्क-वितर्क करने नहीं बुलाया, केवल राजसेवा सौंपने के लिए बुलाया है। महाराज कंस चाहते हैं कि उस बालक का वध तुम करो!"

"जैसी आपकी इच्छा, सेनापति!" तृणावर्त ने दंभपूर्वक सिर हिलाते हुए स्वीकार किया, फिर चल पड़ा था।

यमुना पार करके तृणावर्त ने निश्चित भाव से बस्ती की दिशा पकड़ी। वायुवेग तीव्र था। रात्रि का समय। तृणावर्त ने एक विशाल वृक्ष की ओट में बैठकर वह रात्रि बिताई। भोर हुए बस्ती में पहुंचा। आंधी-पानी उस समय भी जन-जीवन को अस्त-व्यस्त किए हुए थे, किंतु ग्राम जीवन की गति में अंतर नहीं पड़ा था। प्रकृत के सहज व्यवहार के आदी थे सब। हर दिन की तरह वे नियमित जीवन जुटाए हुए थे।

गोप प्रमुख के घर का पता ज्ञात करने में बहुत असुविधा नहीं हुई। सभी ग्रामवासी अपने-अपने कामों में इतने व्यस्त थे कि असुर की ओर किसी ने भी ध्यान नहीं दिया। यों भी नगर, ग्राम, जंगलों से विजातीय विदेशियों का आना-जाना, निकलना, कोई नई बात नहीं थी। आर्यावर्त में अनेक देशों के लोग व्यापार हेतु आते-जाते रहते थे। उनका आवागमन सहज हो चुका था।

महाराज कंस के भेजे गुप्तचर निरंतर ग्रामीण वेश में तृणावर्त के पीछे रहे थे। यह कार्य बहुत रुचिकर नहीं था, किंतु अरुचि भी नहीं हुई थी

---

1. अशूर और नीबो। द एजुकेशन बुक कंपनी लि., लंदन द्वारा प्रकाशित एनसाइक्लोपीडिया, खंड-6 में वर्णित है कि असुर (विष्णु के नहीं) जिन देवताओं के पूजक थे उनमें अशूर, जो पंखवाले गरूड़ जैसा है, उनका मुख्य देवता था। एक अन्य देवता का नाम नीबो बतलाया गया है। इसे भी भगवान् ही कहा गया है। नीबो और अशूर दोनों के ही भित्तिचित्र असीरियन सभ्यता में मिले हैं। ये चित्र "ब्रिटिश म्यूज़ियम ऑफ एशिएंट आर्ट' में सुरक्षित है।

इससे। सुना बहुत था नंद के अद्भुत बालक को लेकर! अब देखना था कि असुर की आसुरी शक्ति के सामने वह बालक क्या कर पाता है ?

एक का नाम था अभिजीत। साधारण सैनिक था वह, किंतु चतुरता, चपलता और वाक्पटुता के कारण गुप्तचर धर्म निबाहने के लिए प्रसिद्ध था। जिस क्षण तृणावर्त ने नंद गोप के घर पहुंचकर विनीत स्वर में पुकारा था, "कोई है ? मुझे शरण चाहिए।" उस क्षण दूर एक ओर खड़ा अभिजीत साथी को बांह से थामकर रुक गया था।

आंगन में एक स्त्री-मूर्ति प्रकट हुई। दृष्टि, भाव, मुद्रा सभी से प्रकट हुआ कि गृह-स्वामिनी हैं। अभिजीत ने याद किया था नंद पत्नी का नाम– यशोदा! यही कहते हैं उन्हें! सुना भी था कि बहुत सरलहृदया नारी हैं। देखते ही समझ लिया वही होंगी।

यशोदा आंगन से बढ़कर बाहर द्वार तक आईं। तृणावर्त के सामने खड़ी हो गई। पूछा, "कौन हैं आप?"

"मैं विदेशी हूं, देवि!" तृणावर्त का रूखा स्वर आश्चर्यजनक रूप से मिठास से भर उठा था अभिजीत को हैरानी हुई। आश्चर्य! मायावी असुर स्वर बदलने में भी पारंगत हैं। वह कह रहा था, "प्रकृति विपरीत है और मुझे आगे जाना है। क्या कुछ समय के लिए शरण देंगी देवि ?"

यशोदा ने स्वागत के स्वर में कहा था, "आओ, अतिथि! स्वागत है। आपकी सेवा करके प्रसन्नता होगी।"

तृणातर्व देवी यशोदा के पीछे-पीछे चला। अभिजीत और साथी सैनिक सरककर आगे बढ़ आए। ऐसी जगह खड़े हो गए, जहां से नंदगृह के आंगन का दृश्य स्पष्ट देख सकें। बस्ती के गोप पुरुष गौएं चराने निकल चुके थे। वृद्ध और बालक घरों में बंद थे। स्त्रियां गृहकार्य में व्यस्त। मार्ग सन्नाटे से भरे हुए। इस सन्नाटे को यदि कोई अनवरत स्वर तोड़े हुए था तो वह थी वर्षा। हवा कम थी, किंतु पानी लगातार बरस रहा था। धरती जहां-तहां छोटे-छोटे जलकुंडों में बदली हुई।

तृणावर्त को बरामदे में आदरपूर्वक बिठा दिया था यशोदा ने। एक ओर सुंदर झूला टंगा था। हौलै-हौले हिलता हुआ। अभिजीत ने अनुमान लगा लिया–वह अद्भुत बालक संभवतः झूले में ही है। अनुमान दृढ़ उस समय हुआ जब यशोदा भीतर जाते हुए हौले से झूले को हिला गईं।

असुर झूले को टकटकी बांधे देखने लगा। अभिजीत और उसका साथी सैनिक उत्सुकता से दृष्टि गड़ाए रहे–अब क्या होता है? असुर किस तरह उस बालक का वध करेगा? वर्षा की फुहारें कुछ हलकी होने लगी थीं। तभी अभिजीत ने देखा था कि यशोदा भीतर से पात्र में कुछ लेकर आई–आदरपूर्वक असुर के सामने रख दिया। असुर प्रसन्न हुआ। पात्र ग्रहण करके उसने उसका तरल पदार्थ उदरस्थ किया, फिर निश्चिंत होकर बैठ रहा। यशोदा पुनः भीतर चली गईं।

अभिजीत के हृदय की धड़कन बढ़ती जा रही थी। बस अब असुर सक्रिय होगा। इस विचार से मन कुछ बिगड़ भी जाता कि वह एक अबोध शिशु का वध करेगा! किसी भोले और अति-सुंदर बालक का वध देखना अपने-आप में एक घिनौनी कल्पना है–दर्शन तो दूर! किंतु बेबसी। यह करना अभिजीत और उसके साथी की सेवा का अंग है। उनका दायित्व! एक तरह से धर्म!

अभी और कुछ सोचें, तभी चौंक गया था वह। असुर तृणावर्त अपने स्थान से उठा–उसने चोर दृष्टि से यहां-वहां देखो, फिर झूले के पास जा पहुंचा। बालक को उसने हाथों में उठाया और अगले ही पल तेज़ आंधी चलने लगी। असुर तृणावर्त की दृष्टि अस्वाभाविक रूप से बदल गई थी। लगता था कि वह अंगारों की तरह जलने लगी है। अभिजीत का हृदय ज़ोरों से धड़कने लगा। तेज़ और तेज़। सहसा तृणावर्त के गिर्द तीव्रगति हवा का एक चक्र बनना प्रारंभ हुआ। तृणावर्त की विशालदेह इस चक्र में धुंधलाने लगी। और उसी क्षण यशोदा भीतर से बाहर आईं। हड़बड़ाकर वह पालने की ओर बढ़ीं–चीखीं, “कन्हैया!” पर वायुचक्र इतना तीव्र था कि एक ज़ोरदार धक्का खाकर एक ओर गिर पड़ीं!

"हे ईश्वर! कैसी भयावह माया!" अजाने ही अभिजीत के होंठों से बुदबुदाहट फूट पड़ी।

तृणावर्त की विशाल देह धुंधलाती-धुंधलाती आकाश की ओर उठने लगी थी। उसी के साथ बालक कृष्ण भी हवा में उठता हुआ।[1]

यशोदा ऊपर की ओर देखती हुई बांहें फैलाए चीख रही थीं और चक्र वात में उलझी तृणावर्त की धुंधलाती देह कन्हैया को ऊपर और ऊपर उठाए ले गई! अनेक घरों के द्वार खुले। यशोदा की चीखें सुनकर बहुत-सी गोपियां बाहर निकल आईं! उन्होंने भी वही दृश्य देखा। उरी तरह भयातुर। जिस तरह अभिजीत और उनका साथी देख रहे थे!

क्या करेगा वह दुष्ट असुर? अभिजीत ने घबराहट के साथ सोचा था–क्या वह बालक को आकाश से नीचे फेंक देगा? किसी विशाल शिला पर? अथवा वृक्ष पर? जो भी होगा, उसकी कल्पना ही सिहरा डालने वाली थी।

"कन्हैया! मेरे कान्हा को कोई बचाओ! हे भगवान्! रक्षा करो उसकी! यह कैसी माया है? कौन दुष्ट था वह जो अतिथि बनकर आया और बालक का अपहरण किए जा रहा है ? कोई है?" यशोदा चीखते-चीखते रोते-कलपते अब सिर धुनने लगी थीं। न वस्त्रों का ध्यान रहा था उन्हें, न ही अपने शरीर का!

तृणावर्त बालक को लेकर ओझल हो चुका था! दूर तक गोपियां उसका पीछा करती गई थीं–किंतु चक्रवात उनका आंखों से परे हो गया, बहुत ऊपर! असुर अपने मायाजाल में बालक कृष्ण को लेकर गुम चुका था। एक वृक्ष की ओट में खड़े अभिजीत और सैनिक देखते रह गए थे। जबड़े कसे हुए! अब आगे क्या होगा? या कुछ होना ही नहीं है? उनके इर्द-गिर्द गोपियों की आकुल पुकारें और रोदन बिखरा हुआ था। वर्षा की तरह निरंतर। "कन्हैया! कन्हैया! गोपाल!" पर स्वर खोखला! अनंत आकाश

---

1. श्रीमद्भागवत (दशम स्कंध) में वर्णन है– 'कंस का भेजा हुआ तृणावर्त नामक असुर वायु के बगूले का स्वरूप बनाकर आया और कन्हैया को उठा ले गया।' आगे वर्णित है, 'पवन चलने से रुक गई, वर्षावेग शांत हो गया, तो भी श्री कृष्ण नहीं मिले।'

में उसी तरह गुमता हुआ, जिस तरह कान्हा उस असुर के साथ गुम चुका था।

हक्के-बक्के, भयभीत से वे सभी आकाश में देख रहे थे। वर्षा बंद हो चुकी थी। आंधी भी। किंतु कान्हा कहीं नहीं? गोपियां समूचे गोकुल में चीखती दौड़ रही थीं। सब ओर हाहाकार मच गया था। स्वयं अभिजीत और साथी सैनिक भी इस घटना से बहुत विचलित हुए!...

आकाश एक लंबे सन्नाटे से भरा हुआ। कुछ नहीं था वहां! प्रकट था कि मायावी असुर यशोदासुत को लेकर गायब हो चुका है! अवश्य कोई षड्यंत्र था वह! समाचार गोपों तक भी जा पहुंचा था। हकबकाए हुए वे भी आ पहुंचे। यशोदा रोते-रोते बेसुध हुई जा रही थीं। नंद आए, तो उनका अंगवस्त्र खींचती हुई विलाप करने लगीं, "मेरे कान्हा को लाओ! मेरा कन्हैया?"

अभिजीत और सैनिक भागे-भागे बस्ती से एक ओर लगभग दुबक गए। गोपों में इस घटना के कारण बढ़ते रोष से भयभीत हो गए थे वे। कहीं उनके हाथ पड़ गए तो वे चिथड़े कर डालेंगे! प्रकट था कि समूचे गोकुल पर केवल नंद ही प्रभावी नहीं हैं, बल्कि वे सभी उस बालक के प्रति अनुरक्ति से भरे हुए हैं।

और तभी एक चकित करने वाली घटना घटी! सहसा लगा था कि आकाश में विस्फोट स्वर उठा है। अगले ही क्षण आकाश के सन्नाटे में धरती की ओर गिरती हुई विशालदेह असुर की आकृति उभरी! अवाक् होकर सांस साधे अभिजीत और उसके साथी ने देखा कि असुर तृणावर्त एक वज़नी शिला की तरह धरती की ओर गिरता आ रहा है। और उसके वक्ष पर चढ़ा बालक आश्चर्यजनक ढंग से पैर मार रहा है! स्वर भी नहीं फूट सका था होंठों से।

अगले ही क्षण असुर विशाल शिला पर किसी तिनके की तरह आ गिरा। एक भयंकर आर्त्तनाद उभरा उसके मुंह से, फिर कराहने लगा। केवल स्वर रह गया था चेष्टाओं के नाम पर। बदन में शक्तिहीनता।

अभिजीत और सैनिक भागे हुए उस ओर पहुंचे। देखा कि बालक विशाल शरीर असुर की देह पर एकदम ऊपर है। मंद-मंद मुसकुराता हुआ।

असुर कराह रहा था। बदन कई जगह से टूट चुका था। कानों और आंखों से लहू रिसता हुआ।

अभिजीत ने यहां-वहां देखा–कोई नहीं था। हौले से बालक को हटाने के लिए हाथ बढ़ाए। पर यह क्या? बालक इतना वज़नी कैसे हो गया? हटाना तो दूर, उसे हिला पाने में भी अभिजीत ने अपने-आप को अक्षम अनुभव किया। निश्चय ही अद्भुत![1]

असुर तृणावर्त के होंठों से स्वर फूटे थे। बिखरे-बिखरे ऐसे, जैसे स्वर भी गिर रहे हो, "यह...यह बालक अद्भुत ही है! महाराज कंस से कहना, इसके अहित की चेष्टा...आह! ओ..." शब्द पूरे किए थे उसने, "ना करें!" असुर श्वासहीन हो गया! ...

अभी अभिजीत कुछ सोच-समझ पाए कि तीव्र शोर से घबराकर उसने एक ओर देखा। गोप-गोपियां दौड़े चले आ रहे थे।

अभिजीत और उसका साथी गिरते-पड़ते तुरंत वृक्षों की ओट में हो गए! भाग खड़े हुए! पर भागने से पूर्व एक और चमत्कार भी देखा था उन्होंने!

उसी की तरह किसी गोप ने कान्हा कहे जाने वाले उस अद्भुत बालक को उठाने का प्रयत्न किया था। लगा कि खींचने का प्रयत्न कर रहा है। फिर जैसे शिला को धकेलने-सी चेष्टा। सहसा हांफने लगा था गोप। बड़बड़ाया था, "कान्हा शिलावत् वज़नी हो गया है! उसे उठाना असंभव।"

हारकर हाथ खींच लिए थे उसने! अन्य गोपों ने भी वैसा ही किया। फिर आश्चर्य और अविश्वास से बालक को देखते हुए खड़े रह गए थे। तभी दूसरा झुंड दौड़ा हुआ आ पहुंचा। उसमें नंद और यशोदा थे। यशोदा ने

1. श्रीमद्भागवत (दशम स्कंध) में वर्णन आया है कि श्री कृष्ण के भार को न सह सकने के कारण ही असुर तृणावर्त आकाश से उन्हें लिए हुए पृथ्वी पर गिरा। यह भी कहा गया है कि बालक श्री कृष्ण असामान्य रूप से वजनी हो गए थे–ठीक किसी शिला की तरह।

बालक को देखते ही बांहें बढ़ा दी थी और अगले ही क्षण फूल की तरह उठाकर उसे हृदय से लगा लिया!

अभिजीत अनायास ही बुदबुदा उठा था, "निस्संदेह अद्भुत। अलौकिक!" थर्राते-कांपते हुए वे मथुरा की ओर लपक पड़े थे। यथाशीघ्र वे मथुरा पहुंच जाना चाहते थे। वह समूची घटना किसी अन्य लोक की घटना की तरह सुना देना चाहते थे। उतावली ने उनके पैरों को आश्चर्यजनक गति दे दी थी।

पूतना-वध का दृश्य देखकर आए सैनिकों की ही तरह हड़बड़ाए हुए वे हुए थे! प्राप्ति को वह स्मरण भी है। उन सैनिकों से अधिक भयभीत थे वे। कारण भी था। असुर तृणावर्त का मृत्युपूर्व कथन भी सुना था उन्होंने।

प्राप्ति और अस्ति दोनों मूक भाव से एक ओर बैठी सुनती रही थीं। केशी और प्रद्युम्न महाराज कंस के आसन से दूर खड़े हुए थे! उनसे कुछ परे वे भयभीत, चिंतित थके हुए बदहवास सैनिक।

अभिजीत ने कहा था, "महाराज! वह बालक, जिसे सब कान्हा या कन्हैया कहते हैं, सभी गोकुलवासियों में प्रिय है! विलक्षणताएं भी उसमें हैं। जिस क्षण तृणावर्त उसे लेकर वायुमार्ग से आकाश में चला गया था, उस समय हम लोग यही समझते थे कि बालक हत हुआ, किंतु थोड़े ही समय बाद वह तृणावर्त सहित पृथ्वी की ओर गिरने लगा!"

"हां, महाराज!" बात की अगली कड़ी सैनिक ने छीन ली थी, "वह तृणावर्त के सीने पर सवार था और तृणावर्त किसी शिला की तरह तेज़ गति से पृथ्वी की ओर आता हुआ–अगले ही क्षण–"

"ओह! वह दृश्य रोंगटे खड़े कर देने वाला था महाराज!" अभिजीत जैसे बिलबिलाकर बोला था, "मृत्युपूर्व कैसा वीभत्स हो गया था असुर का मुख! उसका अंग-प्रत्यंक टूट चुका था और बालक उसके हृदय पर खेलता

हुआ। कुछ नहीं हुआ था उसे! तिलमात्र चोट नहीं आई! विलक्षणता तो यह थी कि मैंने जब असुर के शरीर से उस बालक को अलग करना चाहा तो उसे उठाना असंभव हो गया! वह एक विशाल पर्वत सदृश भारी लगा! मैं उसे हिला भी न सका!"

प्राप्ति ने देखा कि भोजराज कंस उत्तेजित होते जा रहे हैं। ऐसे जैसे अग्नि में घृत का आचमन किया जा रहा हो और अपने ही भीतर सब कुछ कह डालने को उत्सुक सैनिक हड़बड़ाता हुआ–"मैं ही नहीं, राजन्! अन्य गोपों से भी नहीं हिल सका था बालक! वह तो उस समय हटाया जा सका जब यशोदा ने उसे गोद में लिया।"

"यानी उस समय बालक हलका हो गया?" प्रद्युम्न चकित होकर पूछ बैठे।

सैनिक ने कहा, "हां, महाराज!"

सहसा कंस उत्तेजित होकर उठ पड़े थे, "बंद करो यह अनर्गल प्रलाप!"

सैनिक ही नहीं सभी सहमकर चुप हो रहे। प्राप्ति को अच्छा नहीं लगा था। अनुभव हुआ जैसे कंस अपनी किसी भी चेष्टा, व्यवहार, संवाद, विचार आदि में सहज नहीं रह गए हैं।

मथुराधिपति ने उग्र स्वर में कहा था, "इन मूर्खों को बाहर निकालो!" फिर जब लगभग धकियाते हुए वे बाहर ले जाए जाने लगे, तब अभिजीत ने सुनाया था तृणावर्त का मृत्युपूर्व संवाद।

"महाराज!" वह चीखने लगा था। सैनिक उसे बाहर की ओर लिए जा रहे थे। प्रद्युम्न का चेहरा पिटा हुआ। केशी तमतमाए हुए और कंस जबड़े कसते हुए। सैनिक बोला था, "मरने से पहले तृणावर्त ने आपको सूचना दी थी राजन्! उस बालक के वध का या किसी भी तरह के अहित का प्रयत्न न करें!"

किंतु कंस ने नहीं सुना। सैनिक बाहर कर दिए गए। उत्तेजित राजा ने सेनापति और महामंत्री को भी जाने के लिए संकेत कर दिया। बौखलाए

हुए-से बैठे रहे। हड़बड़ाते हुए, "मूर्ख हैं सब! उस गोप बालक को लेकर चमत्कार की तरह चर्चा करते हैं! बकवास!" प्राप्ति का मन हुआ था कि बोले, उनको समझाने की चेष्टा करे—पर व्यर्थ था। अस्ति की उपस्थिति में कुछ भी कहना व्यर्थ था। कंस कभी न मानते। न मानने का एक और बड़ा कारण होता अस्ति का संवाद-सहयोग। प्राप्ति जानती थी कि अस्ति भी उन्हीं की तरह बालक को लेकर ही नहीं, किसी को भी लेकर ईश्वरीय सत्ता पर विश्वास नहीं कर सकती थी! शक्तिदंभ ने सदा ही उसे नास्तिक बनाए रखा था।

केवल शक्तिपूजा! शक्तिपूजा भी दंभ से पूर्ण!

यही थे मथुराधिपति कंस और यही हैं अस्ति! और संभवतः यही हैं मगधराज जरासंध। अस्ति और प्राप्ति के पिता। प्राप्ति को सूचना मिली थी कि मथुरा पर गदा प्रहार की तैयारियां प्रारंभ हो चुकी हैं! गदाप्रहार। असंख्य स्त्री-पुरुषों, बालकों का निर्मम संहार! उग्र राजक्रोध का अंधा परिणाम! जिस क्षण सूचना मिली थी, उसी क्षण से मन उद्वेलित है। कितनी बार विचार आया है कि मगधराज को रोके। उन्हें समझाने की चेष्टा करे कि निरपराध मथुरावासी उनके जामाता वध के कारण नहीं—स्वयं उनके अपने जामाता महाराज कंस ही हैं! पर जानती है प्राप्ति व्यर्थ होगी चेष्टा। उससे भी अधिक व्यर्थ होगा प्रयत्न! मगधराज शक्तिदंभ में कंस की अपेक्षा कहीं अधिक मदोन्मत्त हैं! उन्हें थामना असंभव!

मन मसोस लिया है प्राप्ति ने। ठीक उसी तरह जिस तरह पतिगृह में सैंकड़ों ही बार मन के भीतर आई बात दबाने के लिए अपने-आप को रौंदा था।

भोजपति कंस किसी भी बार विश्वास नहीं कर सके थे कि बालक अद्भुत है। अद्भुत यानी अलौकिकताओं से पूर्ण! यदि वह सब संयोग ही था तो निरंतर संयोग कैसे हो सकता था? निस्संदेह यशोदासुत अलौकिक ही था।

पूतना और तृणावर्त! यहीं कंस को बहुत कुछ समझ लेना चाहिए था, किंतु वह किसी बार नहीं समझे! उलटे रुष्ट होकर हर बार एक के बाद एक साधनों से बालक वध की चेष्टा करवाते गए थे। ज्योतिषियों ने बतलाया था, "देवकीसुत वही कन्हैया है!"

और देवकीसुत की हत्या मथुराधिपति का जीवन! कैसी हास्यास्पद स्थिति थी वह? मनुष्य कालजय की असंभव चेष्टा कर रहा था! या यह कि इस चेष्टा के कारण ही काल उसके समीप आने लगा था!

प्राप्ति विगत से जुड़ी हुई सोचती चली जाती है। लगता है कि कृष्ण महाराज कंस के काल नहीं थे–कालप्रेरित बुद्धि के कारण कंस ने ही उन्हें कालरूप बना डाला! अत्याचार और अनाचार की सभी सीमाएं तोड़ डाली थीं उन्होंने। उस सबको नाम दिया था नीति और राजधर्म! अगली बार पुनः विश्रांति समाचार ले आई थी प्राप्ति के पास। इस बार बकासुर को भेजा गया है कृष्ण-वध हेतु! प्राप्ति बोली नहीं थी कुछ केवल दुर्भाग्य और दुर्मति पर एक गहरा निःश्वास लेकर चुप हो रही थी। दृष्टि शून्य में टिका दी। यह शून्य ही सत्य! कितना अच्छा होता कि पति कंस इस शून्य के सत्य को समझ पाते!

गोकुलवासी पूतना और तृणावर्त वध के बाद निश्चित रूप से समझ चुके थे कि नंदपुत्र की हत्या का प्रयत्न सुनियोजित ढंग से हो रहा है। एक के बाद एक षड्यंत्र! वे सभी चिंताग्रस्त हो उठे थे। सुरक्षा के लिए तरह-तरह के उपाय सोचे-सुझाए गए, अंत में सभी एकमत होकर इस निष्कर्ष पर पहुंचे कि महाराज कंस से ही वार्ता की जाए। बरसाने वाले भी साथ थे। उनकी भी यही सम्मति।

नंद गोप चुप बैठे सुनते रहे थे तर्क-वितर्क। अंत में कहा था, "आप सभी कहते तो ठीक हैं, किंतु यदि महाराज कंस ने यह उत्तर दिया कि कन्हैया संबंधी सारी घटनाओं से उनका कोई संबंध नहीं है–तब क्या कहा जाएगा?"

तर्क में दम था। सब चुप हो रहे। एक-दूसरे का मुंह ताकते हुए। सच ही तो। मथुराधिपति यह सब करवा रहे हैं; किंतु करवा रहे हैं–इसका कोई प्रमाण उनके सामने न था। तब क्या किया जाए? प्रश्न चर्चा जहां से प्रारंभ हुई थी, वहीं फिर जा पहुंची।

गोप स्त्रियां सर्वाधिक घबराई हुईं। सबके मन में घृणा और आवेश भी था राजा के प्रति। एक नन्हे से बालक को जिस तरह हत करने का कुप्रयास कंस कर रहे थे, वह अपने आप में बहुत घृणित और ओछा काम था। वृषभानु बोले थे, "महाराज कंस की इस कुचेष्टा को लेकर समूचे जनपद में आक्रोश है! अक्रूर, श्वफलक, शिनि, देवक किसी को भी यह सब अच्छा नहीं लगा है!"

एक गोप ने उत्तेजित स्वर में कहा था, "किंतु किया क्या इन सबने? यही ना कि सब चोरभाव से बैठे हुए हैं। एक-दूसरे के आंचल में काले मुंह छिपाए हुए! धिक्कार है इन यदुवंशियों पर! एक अनाचारी राजा का वध भी नहीं कर सकते!"

दूसरे ने कहा, "वध करना एक ओर, ये लोग तो विरोध में स्वर भी नहीं निकाल रहे हैं! लगता है सब पुंसत्वहीन हो गए!"

घोर घृणा थी सामान्य जन में। इससे अधिक घृणा भोजवंशी, अंधक और वृष्णि सामंतों में थी। महाराज उग्रसेन को बंदी बनाकर जिस भाव से कंस ने जरासंध की आधीनता स्वीकारी, उसी ने प्रजा को रुष्ट कर दिया था। तिस पर वसुदेव-देवकी को कारावास दिया जाना, उनके सद्यःजात बालकों की हत्या–और फिर यशोदासुत को देवकीपुत्र समझ कर किए जा रहे हत्याप्रयास! छिः! एक विचित्र-सी विकृतिपूर्ण मनःस्थिति बनने लगी थी नागरिकों की।

वे कई प्रहर चर्चा करते रहे। और केवल वही क्यों, मथुरा में भी गुपचुप चर्चा बिखरने लगी थी! यह चर्चा स्वयं प्राप्ति ने भी सुनी थी। दुःख और चिढ़ से कहीं ज्यादा वह आशंकित अनिष्ट के प्रति घबराहट से भर गई थी।

संयोग ही था कि प्राप्ति उस दिशा से निकल पड़ी; जिधर सेविकाएं एकत्र रहा करती थी! कदम आगे बढ़ता, इसके पूर्व ही ठिठककर रह गया था–महाराज कंस का नाम सुना था उसने! स्वर जाना-पहचाना। अंतःपुर की ही एक सेविका थी वह। प्राप्ति ने न चाहते हुए भी रुककर सुनना आवश्यक समझा था।

वह कह रही थी, "महाराज कायर हैं! समग्र नगर में चर्चा है कि गोकुल के एक गोप बालक से आक्रांत हो गए हैं। समझते हैं कि वह उनका काल है! यह भी शंका हो गई है उन्हें कि वह देवकी और वसुदेव की संतान है! यही कारण है कि विभिन्न षड्यंत्र करके उस अबोध शिशु का वध करवाना चाहते हैं!"

"छिः!" धिक्कृत भाव से किसी अन्य सेविका ने कहा था, "एक शिशु के वध का षड़यंत्र महाशक्ति संपन्न राजा करे, धिक्कार है!"

"आश्चर्य की बात तो यह है कि वह बालक है भी अद्भुत!" एक और सेविका ने कहा था। वे झुंड में थीं। सभी के स्वर में कंस के प्रति घृणा का भाव। सभी का आरोह-अवरोह तिरस्कार में डूबा हुआ।

सहमकर लौट पड़ी थी प्राप्ति। समझ लिया था कि महाराज कंस के प्रति साधारण जन में लोकप्रियता के स्थान पर घृणा जन्मने लगी है। यदि चुप्पियां बिखरी दीखती है तो केवल सत्ता और शक्ति के भय से।

क्या यह अनुभव सुनाना चाहिए भोजपति को? हो सकता है कि यह सब सुन-जानकर ही वह चैतन्य हो? आगतभय को समझ सकें! यही सोचकर महाराज से भेंट की थी मगधसुता ने। निवेदन किया था, "राजन्! जानती हूं कि आप सदा ही अशुभ समाचारों से घिरे हुए हैं। अपार शक्ति, स्वास्थ्य, संपन्नता और सत्ता होते हुए भी किसी आप उस सबके आनंदोपभोग का समय नहीं पा सके हैं! सदा ही राजनीति ने व्यस्त रखा है आपको।"

कंस जितने उद्दंड थे, उससे कहीं अधिक उद्दंड बना डाला था उनकी अपनी जुटाई परिस्थितियों ने। टोक दिया था रानी को। पूछा, "जो कहना चाहती हो देवी, वही कहो। इतनी लंबी भूमिका की आवश्यकता नहीं है।"

प्राप्ति ने भी निश्चय किया कि जिस तरह साफ-सपाट पूछा जा रहा है, उसी तरह सपाट ढंग से बता डालेगी! यही किया भी। किंतु काल बुद्धि कंस सदा की तरह उत्तेजित होकर मानसिक संतुलन खो बैठे। चीखे थे, "कौन हैं वे दुष्टाएं जो ऐसा राजद्रोह कर रही हैं?"

"किंतु देव..." प्राप्ति ने घबराकर उन्हें सहेजना चाहा था। कंस ने बाजुओं से रानी को झकझोर डाला था, "कौन? मुझे बतलाओ! ऐसे शब्द सुनना राजा के लिए मर्यादाहीनता सहना है! उनके नाम दो मुझे?"

बाध्य होकर, प्राप्ति ने सेविकाओं के नाम सुना दिए थे। कंस चले गए! प्राप्ति बिलखने लगी थीं! समझ लिया था कि यह सब विधिरचित है! शुभ को अशुभ में बदलने की कालबुद्धि! महाराज कंस कर्मों में ही नहीं विचारों में भी दूषित हो चुके हैं!

यही हुआ था! प्राप्ति को जो आशंका थी, वही। संध्या समय ही समाचार मिला था उन्हें। महाराज कंस ने उन सभी सेविकाओं को केवल सेवा से ही अलग नहीं किया, कारागृह भेज दिया था! नितांत दुर्बुद्धि!

उसी दिन प्राप्ति ने निर्णय किया था कि अब कभी पति को शुभोन्मुख करने का दुस्साहस नहीं करेगी! ऐसा करने का अर्थ होगा, उन्हें अधिक कुपथगामी बनाना!

वह केवल दर्शक रहेगी! घटनाओं की श्रोता! मथुरा में जो कुछ घटता, उसे उसी श्रोताभाव से सुनती थी प्राप्ति। अप्रभावित रहने का अभिनय करती। किंतु लगता था कि हो नहीं पाता है। इसके विपरीत होता यह था कि मन के भीतर ही शब्द उमड़ते–फिर उन्हें पचाती। निश्चय ही काल प्रेरित होकर मथुराधिपति कंस वह सब किए जा रहे थे, जो अशोभनीय ही नहीं–घृणित था!

एक और अशोभनीय घटना थी वह जो विश्रांति ने सुनाई। बकासुर को गोकुल भेजा गया है! प्राप्ति ने जबड़े कस लिए थे। बकासुर! एक और

मायावी राक्षस! धन, पद के मोह में वह क्या कुछ करेगा वहां जाकर? बाद में सब ज्ञात हुआ! जो ज्ञात हुआ, उसने भी सिहरनों से भर दिया प्राप्ति को! ज्ञात हुआ था कि बालक ने बकासुर को भी मार डाला है! एक और अलौकिक, अतिमानवीय कृत्य! एक और चेतावनी!

पर प्राप्ति इन चेतावनियों से अधिक जन-असंतोष से भयभीत थी! यह जन-असंतोष ही उसके पति के लिए घातक सिद्ध होगा! एक दिन आएगा जब वह साधारण गोप-बालक समग्र जनपद की सहानुभूति अर्जित करके स्वाभाविक रूप से लोकप्रिय हो जाएगा! महाराज कंस अरुचि के पात्र हो चुके होंगे!

किंतु प्राप्ति के वश में सोचने और मन-ही-मन सुलगते रहने के अतिरिक्त था भी क्या? यही हुआ। कंस निरंतर एक के बाद एक ऐसी घटनाओं का संयोजन करते गए थे जो उन्हें आलोकप्रिय बनाती जाएं और प्राप्ति चुपचाप वह सब देखती रही थी। मूक होना उसकी बेबसी थी। सन्नाटों को सहते रहना कुल का अनुशासन और छटपटाहट को झेलते रहना नियति!

बकासुर और वत्सासुर साथ-साथ गए थे। बहुत सतर्क और सावधान भी थे। बालक श्री कृष्ण उनसे पूर्व दो आसुरी शक्तियों का वध कर चुका है! सहज ही था कि दोनों अधिक चपलता और चंचलता से काम लें!

दोनों ने परस्पर निश्चय किया कि एक-एक कर बालक को हत करने जाएंगे। जाते समय छल से काम लेंगे! सदा की तरह राजकीय गुप्तचर उनके पीछे भी थे। जिस समय उनके गोकुल-प्रस्थान का समाचार मिला था, उसी समय प्राप्ति के भीतर से अजाना स्वर निकलकर आंतों में ही गुम गया था! ठीक किसी गूंज की तरह! लगा था कि आगत आशंकाएं प्राप्ति के अंतर से निकलने लगी हैं!

स्वयं प्राप्ति ने सुना था स्वर, “वह भी मारे जाएंगे!” अब तक स्मरण है उसे। हां, यही उमड़ा था उसके भीतर। और फिर यही हुआ! इसके बाद तो जैसे प्राप्ति के भीतर का यह स्वर भविष्यवाणी की तरह हर बार उबलने

लगा था! उस समय भी उबल आया था, जब अक्रूर के माध्यम से महाराज कंस ने बलराम और श्री कृष्ण को गोकुल से बुलवाया था!

पर वह बहुत बाद की बात है...क्रम में वत्सासुर और बकासुर को लेकर ही स्मरण आ रहा है। सदा की तरह उनके निधन को सूचना लेकर भी मथुरा के सैनिक आए थे। किस तरह क्या कुछ किया था दोनों असुरों ने सब सुना डाला था। असहज ढंग से घटी सहज घटना।

गोकुल वासियों ने आए दिन नंदसुत को लेकर घटने वाली आक्रामक घटनाओं से व्यथित होकर स्थान-परिवर्तन कर लिया था।[1] समूची गोप बस्ती के इस निर्णय को लेकर नंद बोले थे, "इस सबसे होगा क्या? यदि मथुराधिपति कान्हा का वध ही कराना चाहते हैं, तब क्या वह वृंदावन में नहीं करवा सकेंगे?"

पर गोकुल के स्त्री-पुरुषों ने जिद पकड़ ली। कहा, "वृंदावन में घने वृक्ष और कुंज हैं, वहां छिपने-बचने के भी अतिरिक्त साधन हैं। गौओं के लिए चारे की भी कमी नहीं है। हर दृष्टि से वृंदावन अधिक उपयुक्त है!"

गोकुल-वृंदावन में विशेष फासला नहीं था, किंतु बहुमत के सामने नंद ने स्वीकार लिया। बोले, "हरिइच्छा! तुम लोग यही उचित समझते हो तो मुझे उज्र नहीं!"

वे चल पड़े...स्त्री, पुरुष, वृद्ध, वृद्धाएं और बालक। बड़ी मात्रा में पशुओं को साथ लिया, गाड़ियां सजाई, सामान रखा और चल पड़े। रोहिणी अपने पुत्र सहित यशोदा के साथ ही रहती थीं। कर संकर्षण का पालन-पोषण भी यशोदा ने ही किया था। यशोदा के पौष्यपुत्र कहलाते थे कर-संकर्षण! बलिष्ठ थे वह, सरल स्वभाव। श्रीकृष्ण से केवल एक वर्ष अधिक थे आयु में। किंतु बालक कृष्ण उनसे सहमते थे। उनकी गंभीरता और क्रोध का

1. श्रीमद्भागवत के (दशम स्कंथ) में वर्णन आया है कि वत्सासुर और बकासुर के आने के पूर्व गोकुलवासियों ने गाड़ियों में सामान रखकर वृंदावन जाने का विचार किया था और गए। वत्सासुर और बकासुर का वध श्री कृष्ण ने वृंदावन क्षेत्र में गोवर्धन पर्वत के पास ही किया था।

सम्मान करते। उस समय तक सात वर्ष के हो चुके थे वह। ग्वालों के साथ खेलते। कभी-कभी युवा गोपों के साथ वन में भी चले जाया करते। ग्वाल बालों से आयु में छोटे होते हुए भी अपनी चपलता, मृदुता, बुद्धि और चमत्कारपूर्ण शक्ति से उन सभी को अनुगामी बना रखा था। उनकी हठ स्नेह से भरी होती, ठिठोली मन को आनंद देने वाली, बोलते तो लगता कि स्वर में मिश्री घुली हुई है। देखते तो चपल पुतिलयां क्षण-क्षण मोहतीं। दृष्टि पहली बार में ही किसी को भी बांध लेने वाली! विचित्र-सा मोहमय आकर्षण था बालकृष्ण में! स्फूर्ति विद्युत् की तरह थी। चंचलता लहरों के अनवरत क्रम की तरह बाल-व्यक्तित्व में गुंथी हुई थी। सौंदर्य तेजपूर्ण था और व्यक्तित्व का एक बड़ा हिस्सा असामान्यता का बोध कराता हुआ!

जो देखता, मन करता था कि बांहों में भरकर चूम लें। स्पर्श तक आह्लादपूर्ण अनुभव देता। यशोदा पल-पल चिंतित और अधिक चिंतित होती जाती थीं। लगता था कि बालक का यह मोहमय रूप ही उसका शत्रु हुआ जाता है! तनिक देर को दृष्टि से ओझल होते कृष्ण तो अकुलाई हुई जहां-तहां खोजने लगतीं, "किसी ने देखा कान्हा को? कहां है वह?"

सब जानते थे कि यशोदा के प्राण कान्हा में बसे हैं और सब जानते थे कि उनका अपना भी बहुत कुछ कान्हा में ही है। या यह कि कान्हा है इसलिए वे सब हैं। उनका सुख, आनंद, उल्लास और अपना आप है! कान्हा से विलग केवल यशोदा ही नहीं रह सकतीं, गोकुल के ग्वाल-बाल, पशु-पक्षी तक जुड़े हुए हैं! उनसे बिछुड़न की कल्पना जीवनहीन हो जाने की कल्पना जैसा है! इस मोह-नेह ने वह निर्णय करवा दिया था। गोकुल से वृंदावन!

क्या अंतर पड़ना था? निहत्थे, निर्मल, सरल गोपों के लिए कंस के दुष्टतापूर्ण षड्यंत्रों से कान्हा को बचा पाना असंभव था। सब जानते थे। मन-ही-मन बुझे भी रहते, फिर मन-ही-मन निश्चिंत भी रहते! कान्हा में स्वयं ही अपनी रक्षा करने की शक्ति है!

फिर कन्हैया सौभाग्य बनकर भी आया गोकुल में। सबने गत चार बरसों में अनुभव किया था कि जब से कन्हैया उन्हें मिला है, तब से

पशु-धन दोगुना हो गया है। प्रकृति भी अधिक ममतामयी होकर ब्रजवासियों को समृद्ध कर रही है। सुख और आनंद भी द्विगुणित हो उठे हैं। निश्चय ही कान्हा में कोई अदृश्य शक्ति थी। अथवा कान्हा ही कोई शक्ति है! वत्सासुर और बकासुर भी जानते थे कि जिसे समाप्त करने जा रहे हैं–वह विशिष्ट शक्ति से पूर्ण हैं। अथवा स्वयं ही शक्ति है! सतर्क थे! इस सतर्कता के लिए छलजाल भी बहुत बड़ा बुना था उन्होंने!

गोकुलवासी वृंदावन क्षेत्र में पहुंचकर बस चुके थे। नियमित ग्राम जीवन और कर्म-धर्म प्रारंभ हो गया था।

वत्सासुर और बकासुर ने अंधेरी रात्रि में गोप-बस्ती को देखा-भाला। सभी दिशाएं, अपने बचाव की स्थितियों और वातावरण को जांचा-परखा। फिर रात गहन अंधकार के बीच वन क्षेत्र में काटी।

दूर, एक ओर गोवर्धन पर्वत था। एक ओर यमुना तट। प्रकृति जैसे पृथ्वी के आंचल में हरीतिमा को भरे हुए। गोपों ने जहां-तहां अपने-अपने निवास बना लिए थे। सबके पशु, सबके आंगनों में एक ओर बंधे हुए!

दूध, दधि और माखन उनका जीवन था। पशुसेवा से प्राप्त इस धन से उनकी आजीविका चलती थी। अनेक गोप गाड़ियों में प्रतिदिन बड़ी मात्रा में दूध, दही और माखन मथुरा पहुंचाया करते। वहां समग्र रूप से आढ़तिए उनकी खरीद करते, जीवन की आवश्यक वस्तुएं उन्हें प्रदान करते। उसी से ग्रामवासियों का भरण-पोषण होता। गोप-स्त्रियां दिन-रात श्रम करके दही और मक्खन बनातीं–गोप पुरुष पशुओं की सेवा शुश्रूषा में जुटे रहते। बहुत शांत जीवन था उनका। किंतु कान्हा के जन्मते ही यह जीवन राजनीतिक उथल-पुथल से भर उठा। पर वह उथल-पुथल उन शांतिप्रिय लोगों को अनायास ही अधिक साहसी और थधैर्यवान बनाती चली गई।

वे सभी सतर्क रहने लगे। स्त्रियां हों या पुरुष, बालक हों या वृद्ध सभी के मन में कन्हैया के प्रति जितना नेह था, वही सहसा उनकी शक्ति बन गई! षड्यंत्रों से घिकर भी वे शांत थे। सहज और सरल थे। पर निश्चय शक्ति दृढ़ हो गई थी!

यही निश्चय शक्ति थी, जिसने ब्रजक्षेत्र में नई बस्ती बसाते हुए भी कठिनाई अनुभव नहीं की। गोकुल की ही तरह इस नई बस्ती में भी उल्लास, उत्साह और उमंगों का आकाश बिछ गया! और तभी इस आकाश पर नया धूमकेतु उदय हुआ! कंस के षड़यंत्र का धूमकेतु! वत्सासुर और बकासुर का वृंदावन पहुंचना!

वृंदावन की हरीतिमा ने यदि गोपों को सुरक्षा दी थी, तो उतनी ही षड़्यंत्रकारियों को सुविधा भी दे दी थी। अनेक वन-निकुंजों में आसानी से छिपा जा सकता था। वत्सासुर और बकासुर ने भी यही किया। वत्सासुर वज्रदेह था। मायावी भी। योजना बनी कि जब बालक कृष्ण ग्वाल-बालों के साथ खेल रहे होंगे, तब वह आस-पास ही पशुझुंड में समाकर छलपूर्वक बालक पर आक्रमण करेगा! घातक सींग उसके सहायक बनेंगे। सब समझेंगे कि नंदसुत को किसी बत्स बैल ने हत किया है। यों भी पशुओं के झुंड में सहसा उसे देखा जाना संभव न था। उसी झुंड का लाभ उठाकर उसे भाग भी निकलना था!

बकासुर ने पूछा, "वह सब तो ठीक है, किंतु यशोदापुत्र है कौन-सा? यह तो जान-समझ लेना आवश्यक है! ऐसा न हो कि हम कृष्ण के बदले किसी अन्य गोपपुत्र की हत्या कर डालें!"

वत्सासुर भी सहमत हुआ। निश्चय किया गया कि भोर हुए ही नंद गृह पर पहुंचकर पहले बालक को पहचान लेंगे। गोप बस्ती के पुरुष गौओं को चराने भोर हुए ही निकल जाया करते थे। ग्राम में शेष रह जाती थी स्त्रियां, बालक और वृद्धायु पुरुष! कठिनाई नहीं थी!

सूर्योदय पूर्व ही गोप पशुओं को वन क्षेत्र की ओर ले गए। वत्सासुर और बकासुर साधारण नगरवासी के वेश में जा पहुंचे नंद-गृह। दोनों ने ही साधुओं के वस्त्र पहन रखे थे। मुद्रा, स्वर, दृष्टि सभी क्रियाओं में आश्चर्यजनक परिवर्तन कर लिया था। छली, अक्सर अच्छे अभिनेता भी होते हैं। वत्सासुर

ने इसी अभिनय से काम लिया। नंद-गृह के मुख्यद्वार पर पहुंचकर दाएं-बाएं झांका और जब निश्चिंत हुए कि कोई नहीं है, तब भीतर दृष्टि डाली।

आंगन में पीली कछौटी पहने हुए एक चपल बालक खेल रहा था। सांवला रंग, मोहिनी मूरत। क्या यह कृष्ण है? दोनों ने एक-दूसरे को देखा। पर उत्तर में भीतर से स्त्री-स्वर में पुकार उठी, "कन्हैया? ओ कन्हैया? कहां गया रे तू?" और बालक 'आया मैया!' कहता हुआ भीतर की ओर लपका। जाते समय बालक ने बड़ी मोहक मुसकान के साथ दोनों को देख लिया था।

कन्हैया!

वे एक-दूसरे को देखने के बाद वापस हो गए थे। चकित थे। इस छोटे-से बालक के वध हेतु उन्हें भेजा गया है? किंतु तुरंत ही मन में सकपकाहट बिखर गई थी। स्मरण आया था कि इसी के हाथों पूतना और तृणावर्त मारे जा चुके हैं! विचार ने पल-भर के लिए उन्हें सिहरा भी दिया! अवश्य ही कुछ विशिष्ट होगा उस बालक में। वह दृष्टि?

लगा था कि अब भी आंखों के सामने है। चपल दृष्टि! किंतु विद्युत् की तरह कौंधती हुई! केवल उस पल की प्रतीक्षा थी, जब बालक ग्वालों के साथ मिले। पास ही कहीं पशुओं का झुरमुट हो।

प्रतिदिन की तरह वे सब खेलने निकले! उद्धव को पल-भर पूर्व उनके घर से बुला लाए थे श्री कृष्ण। फिर दोनों ने मिलकर अन्य गोपों को एकत्र किया था। थोड़ी देर बाद वे सब युमना तट की ओर जा पहुंचे!

बहुत टोकती थीं यशोदा, किंतु बालक ठहरे! नंद कहा करते थे–उसे बांधकर तो नहीं रखा जा सकता! सहज है कि बच्चों में खेलेगा! फिर भी डरी रहतीं।

कुछ समय पूर्व जब कृष्ण ने माता रो अनुमति मांगी थी, तब साफ नट गई थीं वह। "नहीं, तू कहीं नहीं जाएगा! यहीं खेल!"

"यहां कहां खेलूं मैया?" मीठी, उलाहने भरी आवाज़ में कान्हा ने कहा

था, "देख तो कितनी थोड़ी-सी जगह है?" फिर आंगन में एक कोने से दूसरे कोने तक दौड़कर पल-भर में जतला दिया था–आंगन छोटा है!

यशोदा अपनी ओर से कठोर रहना चाहती थीं। अनेक बार की तरह इस बार भी निश्चय किए हुए थीं कि कन्हैया बस्ती या तट-क्षेत्र में खेलने जाने की जिद पकड़ेगा तो डपट देंगी उसे! किंतु हर बार की तरह इस बार भी न जाने कैसी मोहिनी में बांध लिया था उसने। यशोदा अस्वीकार नहीं सकीं। लगा कि निश्चय बर्फ की तरह पिघल गया है! नेहपूर्वक सोचा–दुष्ट कहता ही इस सम्मोहन-ध्वनि में है कि होंठों पर अस्वीकार का शब्द होते हुए भी स्वीकार ही निकलता है! अनेक बार तो शब्द ही नहीं फूटते थे उनके मुंह से। टकटकी बांधे उसे देखती रह जाया करतीं। ऐसे जैसे चमत्कार को देख रही है नेह, श्रद्धा और पवित्रता का अजब-सा भाव होता मन में!

कान्हा कह रहा था, "चला जाऊं मैयां?" यहीं, पास ही तट पर खेलूंगा और बालक भी तो जा रहे हैं। मुझसे भी बड़े-बड़े। सहसा वह यशोदा के गले से झूल गया था, "जाऊं ना?"

अनजाने ही कह बैठी थीं, "जा, पर शीघ्र आना!"

"हां, मैया!" शब्द पूरे होते-न-होते तो कृष्ण बाहर पहुंच गए थे। और उसी गति से गोप बालकों का एक पूरा दल यमुना तट पर!

यशोदा ने रोहिणीसुत को बुलाया, फिर कहा था, "तू भी जा! देखना कहीं कान्हा कुछ उपद्रव न करे!"

बलराम भी तट-क्षेत्र की ओर लपक लिए।

दोनों असुर राह जोह रहे थे। प्रसन्न हुए। यह संयोग ही था कि जिस तरह, जो सुविधा चाहते थे–वही मिल गई है! गोप बालकों से घिरा कान्हा सबसे छोटा था, किंतु पल-भर में समझ लिया था दोनों ने कि वही प्रभावी है। उसी के निर्देशों पर खेल चल रहा था। प्रकट था कि वही सबसे तीव्र बुद्धि भी होगा, दबंग भी।

एक ओर बछड़ों का एक झुंड था। वत्सासुर ने कहा था, "मैं इसी झुंड में मिलकर कान्हा तक पहुंचूंगा।"

बकासुर ने उत्तर नहीं दिया। वह कान्हा को दृष्टि लगाए देख रहा था। लम्बोदरा मुंह था उसका। ठीक किसी बक पक्षी की तरह। इसीलिए नाम पड़ा था बकासुर। तट-क्षेत्र के इस एकांत में छुपे हुए दोनों ही अपने को निरापद समझ रहे थे।

निश्चित योजनानुसार वत्सासुर धीमे-धीमे सरका और पशुओं के झुंड में जा समाया। अगले ही क्षण झुंड में समाए हुए ही उसने पशुओं को उस दिशा में हकालना प्रारंभ किया, जिस दिशा में बालक खेल रहे थे।

मथुरा से पीछे लगे राज-गुप्तचर दूर से सारा दृश्य अरुचि के साथ देखते रहे। लगता था कि विशालकाय असुर बचकाना हरकतें कर रहे हैं। भला उस छोटे से शिशु को लेकर इतनी योजना बनाना क्या आवश्यक है! सीधे जाएं और पल-भर में गला भींच डालें! फिर ध्यान आया पूतना और तृणावर्त का! उसके साथ-साथ जन-प्रचलित कहानी भी। देखने में साधारण लगने वाला वह शिशु असामान्य और अलौकिक शक्तियों वाला है! उसे छल-जाल में फंसाकर ही मारा जा सकेगा! उसके मरने में ही महाराज कंस का जीवन निहित है!

पशुओं का वह छोटा-सा रेला धीमे-धीमे खिसकता हुआ क्षेत्र तट की ओर बढ़ा। वह बालकों के पास जा पहुंचा। अगले ही क्षण उसने बालकों को अपने बीच ले लिया। सब चीखते-चिल्लाते, हांफते हुए एक-दूसरे से पास होकर भी अलग हो गए। अवरोधों की तरह अनेक पशु उनके बीच आ पहुंचे थे। वत्सासुर तीव्रगति से बालक कान्हा की ओर बढ़ा, अगले ही क्षण वह उसके एकदम पास था!

नन्हें कान्हा ने विद्युत् कौंध की तरह उसे देखा, फिर वत्सासुर उसके समीप पहुंचकर आक्रमण का अवसर पाए, इसके पूर्व ही असामान्य गति से छिटका। पलक मारते ही वत्सासुर के पिछली ओर जा पहुंचा। वत्सासुर संभले, मुड़े या पशुओं के जत्थे में अपने मुड़ने की जगह बना सके, इसके

पहले ही कान्हा के छोटे-छोटे हाथों ने उसके पैर थाम लिए। फिर वह चक्रवात की तरह हवा में घूमने लगा, ज़ोरों से–इस तरह की शरीराकार भी वायुमंडल में घूमने लगे। एक आकुल स्वर उसके होंठों से बाहर निकल रहा था। वह भी खंडित! बालक के हाथ इस तेज़ी से घूम रहे थे कि स्वर, शरीर, आकार सभी कुछ अस्त-व्यस्त हो उठे। अगले ही क्षण वह धरती पर आ गिरा! बालकों से दूर वह ऐसी जगह गिरा था, जहां ठोस धरती थी।

चकित गोप बालकों ने ही नहीं सैनिकों ने भी देखा! कान्हा पूर्ववत् सहज और शांतभाव से पशुओं के झुंड में खड़ा था और वत्सासुर के बदन में कोई हरकत नहीं थी!

देर बाद सोच सके थे वे। संभवतः असुर मारा गया! सहमते हुए गोप बालक आगे बढ़े और धरती पर पड़े वत्सासुर को देखा! बदन कई जगह से फट गया था उसका। आंखें उबलकर बाहर निकल आई थीं। लगता था कि इस समय भी मृत्युभय का वही चकित भाव उसके चेहरे पर है, जो पैर पकड़कर घुमाते हुए उभरा था।

सैनिकों ने माथे का पसीना पोंछा। विश्वास करने को जी नहीं कर रहा था, किंतु सत्य सामने था! वीभत्स और डरावना सत्य!

बलदाऊ झुके हुए थे वत्सासुर के मृत शरीर पर! बड़बड़ाए थे–"मर गया!"

अविश्वास, आश्चर्य और भय से उन्होंने एक-दूसरे को देखा। बोले नहीं। बोल कहीं गायब हो चुके थे। आतंक ने बदन कंपकंपी से भर दिया था उनका। बालक की ओर देख रहे थे, फिर दृष्टि मोड़ते–निर्जीव वत्सासुर की ओर! एक सहसा मुड़कर भागने को हुआ, किंतु दूसरे ने थर्राते कमज़ोर हाथ से ही सही, पर बांह थाम ली। डरकर वह जैसे-तैस बोल सका था, "क्या हुआ?"

"वह देख!" उतनी ही थर्राती आवाज़ में दूसरे सैनिक ने उत्तर दिया था–जिस ओरे दृष्टि मोड़ी–उस ओर देखने पर चिंतापूर्ण जिज्ञासा ने अवाक् कर दिया। इस बार बकमुख बकासुर तदक्षेत्र की ओर बढ़ रहा था। लगता था कि विशालकाय पक्षी है। किंतु था मनुष्य! दीर्घदेह असुर!

"इस बार अवश्य ही यह दुर्जेय बालक मारा जाएगा!" सैनिक ने बड़बड़ाकर अपने साथी से कहा था।

"हां! संभवतः तुम सच ही कहते हो!" दूसरा बोला, "पर लगा कि बोल गले में ही कहीं उलझे रह गए हैं! आश्चर्य और विमूढ़ता ने मन के भीतर एक जंगल जन्म दिया है। ऐसा जंगल, जिसमें शब्द अटक जाते हैं। दोनों उसी ओर देखने लगे।"

बहुत खूंखार हो उठा था वह असुर! और उससे कहीं अधिक सहज-सामान्य दीख रहा था कान्हा! एक बार पुनः अविश्वास की स्थिति बन गई थी। ऐसा छोटा-सा बालक भला कैसे किसी का वध कर सकता है। यह आयु तो पंछियों को मारने की भी नहीं, पर उन्हीं आंखों से उन सबने वत्सासुर का वध देखा था! एक आश्चर्यजनक किंतु दुरह और अविश्वसनीय सत्य!

गोप बालकों की टुकड़ी के साथ कान्हा वापस हो चुका था बस्ती की ओर! बकासुर उसे जाते हुए घूर रहा था। लगता था कि उत्तेजना और क्रोध के कारण रह-रहकर कुछ असंयत-सा हो उठता है, किंतु संयत रहना उसकी बेबसी बन चुकी थी। सैनिकों ने सोचा। संभवतः यह दूसरा दुर्दम्य असुर भी समझ चुका है कि उस बालक के सामने सीधे-सीधे पड़ना उचित नहीं होगा। दर्शक भाव से उस सबको देखते रह गए थे वे लोग। गोप बालक बस्ती की दिशा में जाकर अलोप हो चुके थे।

सैनिकों ने समझ लिया था कि यह दिन बीत चुका है। एक ने कहा था, "तुम मथुरा पहुंचकर महाराज और सेनापति को वत्सासुर-वध की सूचना पहुंचा दो! मैं यहां रुककर यह दूसरा असुर क्या करता है–देखूंगा।"

"किंतु..." सैनिक सकपकाया। वह अधिक भयग्रस्त था। व्याकुल दृष्टि से साथी को देखकर कहा था उसने, "इतना सारा मार्ग मैं अकेले पार करूंगा!

"क्यों...इसमें क्या है?"

"है तो कुछ नहीं, किंतु...फिर तुम्हारा भी तो यहां अकेले रहना उचित नहीं है?" सैनिक ने अपना भय पहले के मस्तिष्क में उतारा।

दूसरा सैनिक कहना चाहता था कि वह अकेले रह सकता है किंतु जो कुछ देखा था, उसने उसे भी कम नहीं डराया था–बोला, "हां, संभवतः तुम उचित ही कहते हो! ठीक है, हम इस दूसरे असुर का कारनामा भी देखकर चलेंगे! वैसे मुझे नहीं लगता कि उस बालक का वध संभव है। फिर भी..."

"यह अधिक छली है, भाई!" सैनिक ने कहा था। संदेहकर्ता सैनिक चुप हो गया।

निःसंदेह दूसरा अधिक छली था! वृत्सासुर की अपेक्षा अधिक लंबा-चौड़ा भी था वह। देह सौष्ठव भले ही वैसा न रहा हो, किंतु असहज लंबाई ने उसे विचित्र बना दिया था। जिस तरह जल में समा जाता था, उससे यह समझना भी कठिन नहीं था कि वह तैराक़ भी बढ़िया है।

गुप्तचर सैनिक उत्सुकता से बकासुर के प्रयत्न की प्रतीक्षा करते रहे थे। क्या करता है वह? लगता था कि कान्हा को वह जल-जीव का छल देकर हत करेगा!

गोपों की छोटी-सी बस्ती ने उस सारी रात वत्सासुर-वध पर उत्साह मनाया था। सभी ने एकमत स्वीकार किया था कि कान्हा अतुलनीय और अस्वाभाविक शक्तियों से संपन्न है! मथुराधिपति के प्रति एक होकर सभी ने घोर वितृष्णा प्रकट की थी। उससे कहीं अधिक वह अपने प्रति विश्वस्त हुए थे। चिंताग्रस्त थे केवल नंद और यशोदा। जिस तरह एक के बाद एक षड्यंत्र करके महाराज कंस नन्हे कन्हैया का वध करना चाहते थे–उन घटनाओं को लेकर, वे उस तरह विश्वास नहीं कर पा रहे थे, जिस तरह सामान्य गोपों का था। वे सोचते थे कि कन्हैया ईश्वरीय शक्तियों से पूर्ण है।

किंतु नंद और यशोदा के लिए वह प्राणप्रिय संतान! उसे लेकर जब सोचते तब स्मरण रहता था कि बालक को किसी-न-किसी सुरक्षित स्थान पर भेज देना उचित होगा। सारी रात्रि यही कुछ विचार-विमर्श चलता रहा

था। और कन्हैया सदा की तरह अपने अद्भुत कर्मों से अनजान बना हुआ बाल-क्रीड़ाओं में रत। कभी इस गोप स्त्री का नेह जुड़ाता, कभी किसी गोप-बालिका के साथ खेलने लगता।

सैनिक इस छोटी-सी सभा और उल्लास-समारोह के चकित दर्शक रहे। अगले दिन कान्हा की हत्या का एक और षड्यंत्र आयोजित है–जानते थे!

जब मथुरा से दोनों असुरों का पीछा करते हुए चले थे, तब लगा था कि संयोगमात्र के कारण उस बालक को लेकर असाधारण किंवदंतियां प्रसिद्ध हो गई हैं, किंतु अब लग रहा था कि अनुमान से अधिक असाधारण स्थिति को देख-भोग रहे हैं।

कभी मन करता था कि असुर सफल होगा–इस विचार पर विश्वास कर लें, कभी मन होता कि व्यर्थ हैं जो देख चुके हैं, उसके बाद सुर-असुर किसी के कर्तृत्व पर विश्वास करने का मन नहीं होता।

रात बीत गई। अगले दिन सूर्योदय के साथ ही गोप पुरुष नित्य क्रमानुसार पशुओं को चराने अपने-अपने घरों से निकल पड़े। तनिक दिन चढ़ते ही गोप बालकों की टोली पुनः सक्रिय हुई। इस बार वे सब खेलते-कूदते एक जलाशय की ओर बढ़ चले थे। सैनिकों ने देखा था कि बकासुर भी लुकता-छिपता उसी दिशा में चल पड़ा है।

झाड़ियों की ओट में छिपे वे प्रतिक्षण उत्सुक भाव से उस ओर देखे जा रहे थे, जिस ओर बालक गोपों की टोली आ रुकी थी। नन्हे कन्हैया ने वहीं रुककर आदेशपूर्ण स्वर में कहा था, "बस! यही स्थान उपयुक्त है!"

---

1. श्रीमद्भागवत के दशम स्कंध में वर्णन आया है– 'एक दिन वे जलाशय के पास पहुंचे–वहां उन ग्वाल-बालों ने मुख फैलाए हुए एक पक्षी को देखा। इतने में ही श्री कृष्ण के पास आकर वह शीघ्रतापूर्वक चोंच उठाकर भगवान् को निगल गया–श्री कृष्ण को बकासुर से निगला जानकर सब ग्वाल-बाल रो-रोकर विलाप करने लगे–ग्वाल-बालों को विकल जानकर श्री कृष्ण ने अपने को अंगारे के समान जलाया, तब उसने श्री कृष्ण को तुरंत उगल दिया और क्रोध करके चोंच से श्री कृष्ण को मारने के लिए दौड़ा–तब श्री कृष्ण ने उसकी चोंच के दोनों भागों को दोनों हाथों से पकड़कर तृण के समान चीर डाला!

Cont. Next page…

सैनिक को लगा कि विधाता सचमुच ही विनाश-काल में मतिभ्रष्ट कर देता है। बालक ने जान-बूझकर वह स्थान चुन लिया था, जिस स्थान पर जलाशय में बकासुर समा चुका था![1]

वे खेलने लगे। गेंद थी उनके पास। गेंदमार खेल आरंभ किया था उन्होंने। एक-दूसरे को मारते, बचते, ठहाके लगाते! जिसे गेंद लग जाती वह खेल से हटकर एक ओर खड़ा कर दिया जाता। सैनिकों ने देखा था कि सबसे चपल कान्हा ही था जिसे गेंद नहीं लग पा रही थी। लगा था कि छोटा होने का खेल में भी बहुत लाभ मिल रहा है उसे। जिस क्षण मन खेल से जुड़ जाता, हृदय की गति सहज हो जाती, किंतु जब-जब स्मरण आता कि कुछ ही पलों में वह बालक एक असुर के हाथों हत होने वाला है, तब-तब हृदय -गति बढ़ जाती! इसी तरह दोपहर बीतने लगी थी।

गोप बालक अब खेलते-खेलते थक गए थे। एक ओर वे जहां-तहां बिखरकर बैठे रहे। ऐसे जैसे सुस्ता रहे हों। केवल कान्हा ही चपलता के साथ कभी इधर और कभी उधर दौड़ता नजर आ रहा था।

उसी क्षण वह दृश्य आया, जिसकी प्रतीक्षा संभवतः सैनिकों को भी थी, और बकासुर को भी।

गोप बालक बातें कर रहे थे। उद्धव, बलराम, मनसुखा, अनेक... सहसा गठीले बदन के बलराम चिल्लाए थे, "ए कान्हा! उस ओर नहीं। जलाशय बहुत गहरा है! दूर रह उससे!"

दशम स्कंध में ही बकासुर को असुर भी कहा गया है, दैत्य भी। इस संदर्भ में यह ध्यान दिया जाना चाहिए कि मथुरा के म्यूजियम में (मथुरा के आस-पास की गई ख़ुदाई से जो अवशेष मिले हैं, उनमें) पर्शियन सैनिक और नागरिकों की भी मूर्तियां हैं। द एजुकेशनल बुक कंपनी ऑफ लंदन द्वारा प्रकाशित इनसाइक्लोपीडिया के चौथे भाग में कहा है कि–"भारतीय सभ्यता संभवतः मिस्री, सीरियन और चीनी सभ्यता से भी पुरानी है।' इसी एनसाइक्लोपीडिया के अन्य भागों में तत्कालीन भारतीय सभ्यता के व्यापारिक संबंध फिनीशियन, पार्शियन, असीरियन, बेबीलोनियन और अन्य सभ्यताओं से होना भी स्वीकारा गया है।

संभवतः दैत्य, राक्षस, असुर और दानव सभी से संबोधित ये विदेशी व्यापारी और सैनिक ही थे जो भारत में जहां-तहां बिखरे हुए थे। इन्हीं के माध्यम से कंस ने कृष्ण का वध करवाने की चेष्टाएं की। बकासुर, वत्सासुर (बकअसुर) उन्हीं में से रहे होंगे।

पर सैनिकों ने देखा कि बालक ने कुछ सुना ही नहीं। यदि सुना भी तो बाल बुद्धि से अनसुना करता हुआ, उसी ओर बढ़ने लगा जिस ओर बकासुर छिपा बैठा था। जल में डुबकी मारकर कुछ ही क्षण पहले समा गया था वह जलाशय के भीतर।

"कान्हा!" कुछ गोप बालक डरकर चीखे। फिर सभी उठे और जलाशय की ओर दौड़ पड़े। पुकार सुन-समझ पाने के पहले ही सैनिकों ने जलाशय की ओर बढ़ा हुआ कन्हैया का छोटा-सा पैर देखा, फिर अगले ही क्षण जल में खबलबली हुई। बकासुर का नुकीला मुंह बाहर निकला।[1] लगा कि उसने किसी मगर की तरह पंजे भी उछाले हैं और बालक कन्हैया घुप्प जल के भीतर गायब हो गया!

सैनिकों को लगा कि हृदयगति इतनी तीव्र हो गई है, जिसे थामना असंभव है! जो देखो, उसके अनुसार तो लगता था कि कन्हैया समाप्त हुआ! मन घृणा से भी भर उठा था उनका। धिक्कार! ऐसे नन्हे बालक को शत्रुभाव रखकर इस निर्दयतापूर्वक हत करवाना! छिः!

जल में हलकी हलचल अब भी हो रही थी। लगता था कि बालक विशालदेह असुर की घिनौनी चेष्टा का ज़बरदस्त प्रतिकार कर रहा है। एक तरह से बराबर की शक्ति के साथ मुकाबला भी। किंतु अगले ही क्षण जल की सतह एकदम शांत हो गई! संभवत वह तल में पहुंच चुका था। सब समाप्त! महाराज कंस का जीवन सुरक्षित हुआ!

किंतु बकासुर कहां है? चकित होकर जलाशय की सतह पर दूर-दूर तक दृष्टि बिखरा दी थी सैनिकों ने। क्या वह भी बालक ने अपने साथ ही समाधिस्थ कर लिया? डर बिखरने लगा था मन में! कहां वह नन्हा बालक और कहां वज्र बकासुर! जल की सतह शांत थी।

---

1. बकासुर वध का जो वर्णन श्रीमद्भागवत में आया है, वह प्रतीकात्मक है। संभवतः बक-वतरूप वाला यह असुर श्री कृष्ण को जलाशय में खींच ले गया और बलपूर्वक उससे छूटकर श्री कृष्ण तट तक आए। तकढक्षेत्र पर हिंस्न असुर ने उन्हें पुनः हत करने की चेष्टा की और श्री कृष्ण ने उसके मुंह के जबड़ों को पकड़कर अद्भुत शक्ति से उसे चीर डाला!

गोप बालकों में खलबली मच चुकी थी! "कान्हा! कन्हैया! गोपाल!" वे चीख रहे थे। सभी के चहरों पर हवाइयां उड़ी हुई। सभी भयातुर एक-दूसरे को देखते हुए। पागलों की तरह दृष्टि से जलाशय की शांत सतह खखोलते हुए! कान्हा दूर-दूर तक नहीं दीख रहा था। सब जानते थे कि न कन्हैया को जल में तैरना आता है न ही कभी जल के बीच उतरा है वह? निश्चय ही उसे कुछ हो गया था!

कुछ रुआंसे हुए और कुछ रो ही पड़े! कुछ आकुल स्वर में पुकारने लगे थे–"तुम कहां हो कृष्ण? बाहर आओ!"

सैनिकों की दृष्टि जल पर ठहरी हुई थी। सहसा जल-क्षेत्र में तट की ओर फिर उथल-पुथल होने लगी। अगले ही क्षण नन्हा कान्हा तल से किसी मछली की तरह उछलकर बाहर निकल आया!

सैनिक भयभीत हो गए! हे ईश्वर! इसे तो कुछ हुआ ही नहीं है! ऐसी अद्भुत स्फूर्ति!

अधिक सोचने-देखने से पहले ही किसी चमत्कार की तरह घोर गर्जना करता हुआ विशालाकार दैत्य बकासुर जलाशय से बाहर आया और तट क्षेत्र की ओर लपका। गोप बालक हड़बड़ी में गिरते-पड़ते पीछे डटे! कैसा अद्भुत था वह दृश्य! लगता था कि एक पहाड़ बढ़ा जा रहा है बालक की ओर! जल उसके बदन से रिस रहा था। जल के साथ-साथ अनेक जगह से लहू भी।

तो क्या बालक ने ही बकासुर को चोट पहुंचा दी। वह भी जल के भीतर? किंतु अधिक सोचने-समझने का समय ही नहीं मिल सका था उन्हें! एक और चमत्कार देखा था उन्होंने! बालक उछलकर दैत्य के कंधों पर सवार हो गया था! वह झूमा-झटकी करता हुआ उसे दूर उछाल देने को पागल और बालक ने बकवत् चौड़े मुंह को अपने नन्हें हाथों में थामकर उसे फाड़ना शुरू कर दिया!

भयातुर आंखें फटी रह गई थी सैनिकों की। ऐसे जैसे प्रतिपल चमत्कार को चरम तक देख रहे हों! सब इतने स्तब्ध हो रहे थे कि

सोचने-समझने का अवसर भी नहीं मिला। जब तक सोच-समझ पाते, तब तक धरती पर गिरकर बकासुर ज़ोरों से छटपटाने लगा था। वह छटपटाहट भी अधिक देर नहीं चली थी। बालक ने जबड़ों के मुहानों पर कसे अपने पंजों में आश्चर्यजनक हरक़त पैदा की और सभी को लगा कि किसी विशाल वृक्ष को आरे ने चीर डाला है!

बालक ने बकासुर को बीचोंबीच से चीर दिया था! बहुत भयावह और बीभत्स दृश्य था वह! रक्त से धरती रंग गई थी। दैत्य के शरीर पर तनिक देर हलचल हुई, फिर वह शांत हो गया!

सैनिक ने देखा कि बालक ने दोनों हाथ इस तरह पोंछे जैसे माटी से सन गए हों। फिर आराम के साथ जलाशय के किनारे पहुंचकर हाथ धोने लगा!

लगा था कि विश्वास न करें। जो आंखें देख रही हैं उसको अस्वीकार दें! अस्वीकारने के अनेक तर्क भी थे! वह दैत्य और छोटा-सा बालक! असंभव!

किंतु उस असंभव को संभव होते देखा था उन्होंने! एक स्वप्न की तरह! और सत्य–सामने पड़ी बकासुर की क्षतविक्षत देह!

रोमांच के कारण कुछ पलों तक जीवंतता का अहसास ही नहीं हुआ। जब हुआ, तब तक गोप बालक नन्हे कान्हा को कंधों पर उठा जय-जयकार करते हुए बस्ती की ओर बढ़ चुके थे!

कांपते, थरथराते, सहमते सैनिक देर बाद उठ सके। लगता था कि शरीर उनके भी निर्जीव हो गए हैं! निःसंदेह सत्य सुना था उन्होंने। वह बालक मनुष्य नहीं है!

तब क्या है? पहले ने दूसरे की ओर देखा था। पसीने से लथपथ हो चुके थे चेहरे! देवता! नहीं-ईश्वर! जो, जितना और जैसा देखा था उन्होंने वह निश्चय ही मनुष्य-कर्म नहीं था! अतिमानवीय!

भूख-प्यास सब कुछ भूल-भालकर पागलों की तरह दौड़ पड़े थे मथुरा की ओर। अर्धरात्रि नगर में पहुंचकर सेनापति और महामंत्री को सूचना दी थी। भोर हुए ही दोनों सैनिक पुनः कंस के सामने लाए गए।

समझ लिया था प्राप्ति ने–वे क्या कहेंगे? बोलने से पहले ही उनके चेहरों, भयभीत आंखों और थरथराते पैरों ने सब कुछ जतला दिया था। सब अनकहा, कहा हुआ!

सेनापति ने संक्षेप में सारी कहानी कह सुनाई थी। कंस सुनते रहे। महारानियां आस-पास बैठी रहीं। प्राप्ति पल-पल पति के चेहरे पर आती व्यग्रता और क्रोध को पढ़ती हुई। कितना अच्छा हो कि महाराज कंस अब भी अपनी षड्यंत्र-रचनाओं से मन को मुक्त कर सकें?

सब सुनने के बाद कंस ने कहा था, "तो अतिमानव है वह!" सहसा वह हंस पड़े थे, "आश्चर्य! एक बालक और अतिमानव! निश्चय ही किसी माया शक्ति को ईश्वर निरूपित करने की दुश्चेष्टा की जा रही है!" उन्होंने सेनापति को आदेश दिया था, "इन सैनिकों को विदा करें!"

सैनिक जिस तरह थर्राते-सहमते आए थे, उसी तरह लौट गए। राजा ने पल-भर चुप रहने के बाद कहा था, "मुझे लगता है केशी! बालक की ओट में जनपद के भीतर अवश्य ही हमारे विरुद्ध कोई षड़यंत्र पनप रहा है! इसका नाश किए बिना हम सहज नहीं हो सकेंगे!"

केशी ने महामंत्री को देखा। वह चुप थे। चिंतित भी। प्राप्ति को लगा कि वृद्ध प्रद्युम्न का कुम्हलाया चेहरा उनके टूटते साहस को जतला रहा है। किंतु केशी ?–पूर्ववत् घृणा और आक्रोश से भरा चेहरा! असफलता ने अधिक ही उत्तेजित और अशांत कर दिया था उसे। यह उत्तेजना और अशांति यादवपति के स्वभाव से मेल खाती हैं। लगता है कि अग्नि में घृतवत् केशी की यह दृष्टि, कार्य कर रही है। प्राप्ति के भीतर कुछ पसीजने लगा था। क्या है यह? क्या प्राप्ति भयभीत है? या बालक को लेकर वह भी

साधारण व्यक्तियों की तरह यह मानने तैयार हो गई कि वह अलौकिक शक्तियों से संपन्न मायाधारी है? या उसे अपने-आप पर विश्वास नहीं रहा है?

निश्चित नहीं कि क्या था वह? कम-से-कम उस समय, उस क्षण प्राप्ति की समझ नहीं आया था कि वह क्या है? और जब आया, तब तक बहुत देर हो चुकी है! सब नष्ट हो चुका है! महाराज कंस स्वप्नवत् हो गए हैं! केवल विचार-शेष! इस विचार से जुड़ा रह गया है मात्र पछतावा!

यह पछतावा स्मरण दिलाता है, प्रतिपल दिलाता रहा है! चीखते हुए नींद तोड़ देता है प्राप्ति की। लगता है कि सन्नाटे के किसी पल को चीरता हुआ यही पछतावा स्वर बनकर प्रश्न उछालने लगता है कितना अच्छा होता, प्राप्ति! तू उसी क्षण महाराज कंस की दुर्गति पर अंकुश लगा सकी होती! किसी तरह–उन्हें रोक सकी होती! किसी भी कीमत पर उन्हें उन दुश्चेष्टाओं से हटा सकी होती जो अपरोक्ष रूप से उनकी मृत्यु का कारण बनी! रूठकर, रुष्ट होकर ही सही, किंतु उन्हें रोकती। किंतु क्या वे चेष्टाएं ही महाराज के वध का कारण थीं? प्राप्ति अनायास ही स्वयं से प्रश्न कर उठती है? केवल उस बालक के वध की चेष्टाएं?

संभवतः नहीं! बालक के वध की नहीं, निरंतर अनियंत्रित शक्ति प्रदर्शन की चेष्टाएं कंश-वध का कारण हुई! एक नहीं अनेक चेष्टाएं!

शक्ति और सामर्थ्य के थोथे दंभ में उन्मत्त मथुराधिपति युवराज काल से ही ऐसी चेष्टाएं करते रहे थे, जिन्होंने अपरोक्ष रूप से मथुरावासियों-भर के भीतर ही नहीं, समूचे शूरसेन जनपद में वातावरण उनके विरुद्ध बना दिया था!

इस विचार के साथ ही प्राप्ति को लगता है कि किसी-न-किसी रूप में उसके वैधव्य का कारण उसके शक्ति-लोलुप पिता भी हैं! महाशक्तिमान सम्राट् जरासंध! वह, जिसके मांस-मज्जा से उनका शरीर बना है, वही तो हैं,

जिन्होंने विभिन्न राज्यों, सत्ताओं को अधीनस्थ करने के लिए कूटनीति का वह घृणित जाल बिखराया था? वही तो हैं, जिन्होंने कंस जैसे सत्तालोलुपों की वृत्ति का लाभ उठाकर उन्हें मृत्युमुख में धकेला? स्मरण आता है कि महाराज कंस से विवाह करने के लिए अपनी बेटियों को प्रस्तुत करते हुए जरासंध ने कहा था–"यह राजपुत्रियों का नहीं, राजनीति का संबंध है! दो महाशक्तियों का संबंध है! इससे मगध की महाशक्ति अधिक बलशाली होगी! कुरुवंशी भीष्म की शक्ति के लिए चुनौती!"

प्राप्ति स्मरण-भर से आवेश में सुलगने लगी है! संबंध! लगता है कि उसके अपने भीतर से विरक्ति और घृणा का एक समुद्र उफ़नने लगा है। यह समुद्र पिता को ही निगल जाना चाहता है! सत्तालोलुपता और शक्ति प्राप्ति की ज्वाला में संपूर्ण जीवन स्वयं सुलगते और परिजनों, परिचितों को सुलगाते रहे महाराज जरासंध ही अपने जामाता-वध के दोषी हैं! घोर घृणा से मन भर आया है।

किंतु कर क्या सकती है प्राप्ति? क्या कर पाना उसके वश में है? दुर्जेय जरासंध से विद्रोह करेगी प्राप्ति! उनके विचारों का निषेध करने की दुश्चेष्टा करेगी वह? असंभव! थक जाती है इस विचार से। अनुशासन, पितृ के प्रति पुत्री धर्म और व्यवस्था ने उसे वह सारे अधिकार नहीं दिए! उसका अधिकार है मात्र चुपचाप सुलगते रहना! नियति-चक्र में चलते घिनौने राजतंत्रों की राजनीति को दर्शक भाव से देखते रहना!

मथुरा में भी तो यही कुछ करती रही प्राप्ति! इससे अधिक करने का न तो समाज ने उसे अधिकार दिया था, न ही पत्नी धर्म ने स्वतंत्रता! पुरुष-शक्ति के सामने उसकी इसके अतिरिक्त नियति ही क्या है? लगा था कि मन के भीतर से कोई विद्रोही स्वर, धीमे ही सही, किंतु विरोध में उठा है। उसके अपने विचार को नकारता हुआ! उसकी अपनी निराशा को धिक्कारता हुआ! नहीं! बहुत कुछ है प्राप्ति के वश में! निषेध है उसके वश में। वह चाहे तो कर सकती है! किंतु प्राप्ति के भीतर ही एक संस्कारित, विशिष्ट ढंग से संस्कारों की आग में पकाई गई एक ऐसी राजसुता भी है जो यह सब नहीं कर सकती! करेगी भी नहीं!

प्राप्ति को यह विचार करने से पूर्व यह स्मरण रखना होगा कि वह केवल नारी नहीं–राजपुत्री है! और राजपरिवारों, कुलीन घरों में जन्मने वाली केवल नारियां नहीं होतीं–वे राजकन्याएं होती हैं, राजनीति और राजधर्म के प्रति समर्पण उनकी नियति होती है। कुल-नीति के अनुसार चलना उनका भाग्य!

किंतु नीति? उसके अनुचित-उचित ठहराने या उसे लेकर निर्णय करने का अधिकार भी राजकन्या को नहीं। उसका अधिकार होता है राजपुरुषों को! गुरुओं, ब्राह्मणों और मंत्रियों को! ऐसा न होता तो प्राप्ति ने उसी क्षण अपना विद्रोह क्यों न मुखर किया होता, जिस क्षण मथुराधिपति कंस से संबंध जोड़ते हुए जरासंध ने उसे स्त्री-पुरुष का संबंध नहीं, राजनीति का संबंध बताया था?

तब प्राप्ति नहीं बोली थी! प्राप्ति उस समय भी नहीं बोली, जब महाराज कंस राजनीति के नाम पर केवल अत्याचार करते गए थे! न निषेध किया था उसने, न अस्वीकार किया। तब अभी ही क्यों अस्वीकार कर सकती है उस व्यवस्था को?

कितने अवसर नहीं आए थे, जब प्राप्ति चाहती तो निषेध कर सकती थी? पिता का नहीं तो पति की अत्याचारी गतिविधियों का ही करती। किंतु कुछ नहीं किया उसने। उलटे एक तरह से समर्पण किया था! समर्पण करती चली गई थी।

और कंस थे कि निरंतर षड्यंत्रों का क्रम जुटाते हुए। अनचाहे ही प्राप्ति विगत से पुनः जुड़ने लगती है! कितना मन होता है कि उस सबको अस्वीकार दे! कितना चाहती है कि नकार दे विगत को! पर क्या कोई अपने-आप को नकार सका है? प्राप्ति भी नहीं नकार सकेगी। इस सुंदर वैभवशाली राजनिवास में वैधव्य के कोहरे से ढकी शृंगारहिन प्राप्ति प्रतिपल अपने विगत से जुड़ी रहेगी। उसका स्मरण ही उसका प्रायश्चित होगा! और यह प्रायश्चित-स्मरण एक लंबी कथा।

सोचते-सोचते थक गई है प्राप्ति! मथुरा पर गदा-प्रहार की तैयारियां चल रही हैं। और प्राप्ति है कि दिन के हर पल यह गदा-प्रहार अपने आत्म पर सहती है! विगत के कटु-स्मरणों का गदा-प्रहार! रात ढलती है और लगता है कि मन मुक्त हुआ, पर भोर के साथ पुनः वही झेलने का क्रम!

प्राप्ति ने बहुत सोचा है। लगा है कि विगत को विस्मृत करने में ही सुख मिलेगा, किंतु तुरंत ही मन कहता है–नहीं प्राप्ति, विगत स्मरण तुम्हारा प्रायश्चित है! संभवतः वह भी तुम्हारी नियति!

यह नियति मनुष्य मात्र की है! इस नियति से न तो राजपुत्रियां मुक्त हैं न जन-पुत्रियां। यही नियति सत्यासत्य का अन्वेषण है! और प्राप्ति सत्य खोज रही है। अपने-आप को लहू-लुहान कर लेने की शर्त पर ही सही, किंतु खोज रही है।

•••

कर्मयज्ञ

कंस उग्र होते जा रहे हैं। लगता है कि किसी दिन उत्तेजना में स्वजनों के प्रति ही हिंसक हो उठेंगे। प्राप्ति से जब-जब भेंट हुई है, तब-तब उन्हें असहज ही पाया है। लगता है कि सहजता कभी उनके साथ रही ही नहीं। प्राप्ति सोचती है और तुरंत ही अनुभव होता है कि दोषी पति नहीं, प्राप्ति का अपना भाग्य है। भाग्य न होता, तब क्या बाल्यावस्था से लेकर किशोरायु और अब यौवन भी इस तरह अशांति और क्रोध की ज्वालाओं से घिरा रहता?

निस्संदेह नियति चक्र ही है यह। पितृगृह से प्रारंभ हुई यात्रा पुनः पितृगृह पर आकर समाप्त हो गई है। इस समूची यात्रा में प्राप्ति को कोई ऐसा पल स्मरण नहीं, जब अशांति और व्यग्रता ने उसे सर्प की भांति डसा न हो, कोई ऐसी घटना नहीं, जो सहज ढंग से घटी हो। यह कहा जाए तो अधिक उपयुक्त होगा कि प्राप्ति इस समूचे काल खंड में उस निष्क्रिय जड़ वस्तु के बोध से भरी रही है, जो मात्र देख सकती है, जिसके वश में किसी तरह की प्रतिक्रिया व्यक्त करना नहीं होता।

मगधपति जरासंध की पुत्री के नाते विशाल साम्राज्य और सुख-वैभव सभी कुछ देखा-भोगा है प्राप्ति ने, किंतु लगता है कि सुख, वैभव और आनंद की वह जलधारा न उसके शरीर को आनंद दे सकी है, न मन को तृप्ति। कैसी विचित्र स्थिति है यह! जल प्रभावहीन हो गया है। कैसा दुख कि धन, वैभव, समृद्धि और सत्ता निर्जीवता से भरे हुए है।

महाराज जरासंध की जीवन कथा सफलताओं, जयों और जय-जयकारों से भरी हुई है, पर मगध के राजभवन में गुड़ियों से खेलती प्राप्ति और अस्ति के लिए निरंतर खोखली रही। बालक को चाहिए सरल स्नेहिल मुस्कान, पिता का मधुर स्पर्श और स्नेहपूर्ण शब्द। वह सब कभी नहीं मिला। संपूर्ण के भीतर यह कैसा अनोखा असंपूर्ण है! समृद्धि के बीच यह कंगाली और जीवंतता में घोर जड़ता!

फिर वह महारानी बनी। विशाल मथुरा गणसंघ की गौरवगरिमा! मथुराधिपति कंस की अंकशायिनी! जिस क्षण गिरिव्रज से विदा हुई थी, सोचा था कि पतिगृह में मन को आनंद और भराव मिलेगा, किंतु कुछ ही समय में समझ लिया था, व्यर्थ है। लगा था कि एक और जरासंध के मगध में आ पहुंची है। पिता की ही तरह पति भी प्रतिक्षण राजनीति और युद्ध के तानों-बानों को बुनते-उघेड़ते हुए। वैसे ही उग्र स्वभाव, वैसे ही कोधी और उनसे कहीं अधिक शाक्तिमद में चूर!

एक बार पुनः नई तरह, नई जगह, नई किस्म के खोखलेपन ने प्राप्ति के मन-शरीर को जकड़ लिया था! लगता था कि भीड़ के बीच रहकर भी अकेली हैं! वही जड़बोध, निष्क्रियता और खोखली खिल-खिलाहटें।

मथुरा के राजभवन में पहुंचकर कुछ ही समय बाद जान लिया था कि नियति ने कौमार्य से विवाहिता का रूप देकर केवल केंचुल बदली है, विष नहीं त्यागा। ना ही रूप-आकार में कोई अन्तर पड़ा।

चाहा था कि महाराज कंस का कुछ समय मिले। खंड-खंड ही सही, किंतु कुछ पल पा जाएं, पर जल्दी ही समझ लिया था असंभव है। किसी बार महाराज गणसंध की बाह्य राजनीति से रक्षा के उपायों में व्यस्त रहते, किसी बार आन्तरिक कलह उन्हें अशांत किए रहता। फिर आया कृष्ण काल! उसने जिस तरह भूकंपवत् कंस का जीवन झकझोर डाला, उस तरह तो कंस, कंस होकर भी कंस नहीं रहे!

पूतना, तृणावर्त, वत्सासुर, बकासुर, एक के बाद एक का संहार करके उस बालक ने किसी चमत्कार की तरह महाराज कंस को असहज बना

छोड़ा। प्राप्ति मूक भाव से सब कुछ देखती सुनती और सोचती रही थीं। मथुरा के एक-एक शक्तिस्तंभ को गिराता हुआ वह बालक पल-पल पति की व्यग्रता के कारण से कहीं अधिक प्राप्ति को उनके नाश की सूचना देता जा रहा था। तब भी चाहा था प्राप्ति ने, पति को समझाएं। कहें कि नीति से उस ईश्वरीय शक्ति को समझें। उसी तरह उसकी पूजा-आराधना करके उसे प्रसन्न कर लें और गृह-कलह से निष्कंटक हों।

पर चाहना चाहना ही रही। कंस उग्र और उदग्र होते गए। इतने हुए कि लगने लगा जैसे यह भी नियति-चक्र में घिर गए हैं। यह नियति-चक्र ही तो है कि निरंतर दुर्बुद्धिपूर्ण सम्मतियों और चेष्टाओं में व्यस्त हो रहे।

कितना अच्छा होता, उस समय मथुराधिपति को रोका-टोका होता, प्राप्ति सोचती हैं। मन कहता है, टोका तो था उन्हें, किंतु वह ......?

फिर जैसे होंठ इनकार कर देते हैं, नहीं, उस तरह नहीं, जिस तरह टोकना चाहिए था। पत्नी अर्द्धांगिनी होती है। कुमति के समय सुमति देना उसका धर्म! यों भी नीति और योग्यता केवल पुरुष में ही तो नहीं होती, स्त्री भी बहुत कुछ सुझा-समझा सकती हैं, सम्मति दे सकती है, दबाव डाल सकती है, पर तुमने तो वैसा कुछ भी नहीं किया प्राप्ति?

सम्मति दी थी। क्या वह सम्मति ही थी? मन उबलकर सवाल करने लगता है। लगता है कि प्राप्ति को धिक्कारने लगी है आत्मा। नहीं, वह सम्मति नहीं, केवल प्रार्थना थी। और शक्तिशाली लोगों से प्रार्थनाएं नहीं की जाती, उन पर कहीं किसी तरह दबाव भी डाला जाता है। प्राप्ति चाहतीं, तो वह कर सकती थीं।

निस्संदेह! प्राप्ति अपने ही भीतर दोषी भाव से भर उठती हैं। सच है। वह चाहती तो कर सकती थी, किंतु उन्होंने की प्रार्थना, एक दया-याचना की मुद्रा में डूबी हुई कायर अभिव्यक्ति।

वह दिन अब भी स्मरण में अंकित है। महाराज कंस वत्सासुर और बकासुर के वध की बात सुनकर बहुत असहज हो उठे थे, किंतु प्रद्युम्न को बुलाकर आदेश दिया था, “जैसे भी हो, हमें उस दुष्ट बालक का शव चाहिए।”

केशी ने सिर झुकाकर निवेदन किया, "आज्ञा हो तो धेनुकासुर और अधघासुर से वार्ता करूं महाराज, दोनों ही असुरराज न केवल शक्तिशाली है, उसके साथ बड़ी मात्रा में असुर योद्धा भी हैं।"

"जैसा आप लोग उचित समझें।" कंस जबड़े कसे हुए, उन्मत्त स्वर में बोले थे, फिर आसन छोड़कर प्राप्ति के कक्ष की ओर बढ़ चले। केशी और प्रधुम्न वापस हुए।

प्राप्ति पति के पीछे-पीछे चलती हुई कक्ष में पहुंची। मन ही मन निश्चय कर लिया था कि पति के तनिक सहज होते ही उनसे निवेदन करेंगी, क्या नंदसुत से वार्ता नहीं की जा सकती? गोकुल के गोप उसी के प्रभाव में हैं। निश्चय ही वह प्रभावी बालक अद्भुत है और अद्भुत व्यक्तियों से शत्रुता के बजाय मैत्री करना अधिक हितकर है।

मथुराधिपति ने आसन ग्रहण किया, किंतु उत्तेजना के कारण वह स्वाभाविक नहीं दीख रहे थे। उनसे कहीं अधिक अस्वाभाविक थी उनकी दृष्टि। प्राप्ति एक क्षण उनकी उद्धिग्नता को किसी ज्वाला की तरह सहती हुई शांत रही थीं, फिर मीठे और धीमें स्वर में कहा था उसने "राजन्, रुष्ट न हों तो निवेदन करूं।"

कंस बोले नहीं, केवल दृष्टि उठाकर पत्नी को देखा। यह देखना ही स्वीकृति थी। किंतु यह स्वीकृति भी असहज। ऐसे जैसे विषय से अतिरिक्त न कुछ सुनना चाहते हैं, न ही समझने की इच्छा है उनमें।

पर प्राप्ति ने तय कर लिया था कि कहेंगी अवश्य। इसीलिए कहा, "आपकी व्यग्रता और चिंता का कारण समझती हूं। वह मेरी भी चिंता है। इसी कारण सोचती हूं कि उस अद्भुत बालक को आप स्वंय देखें-परखें। मुझे विश्वास है कि स्नेहिल व्यवहार और राज-अनुग्रह से वह तो प्रसन्न होगा ही, उसे ईश्वर मानने वाले गोप भी प्रसन्न होंगे।"

कंस ने पत्नी को देखा। कुछ कहा नहीं, किंतु मुद्रा में आए जकड़ाव और आंखों के क्रोध ने प्रकट किया कि उन्हें पत्नी का सुझाव रुचा नहीं है।

प्राप्ति ने अपनी बात को तर्क से अधिक जोड़ा, बोली, "अशिष्टता न समझें देव, जिस तरह वत्सासुर और बकासुर का उसने संहार किया है, जिस अभूतपूर्व और अविश्वसनीय शक्ति से उसने संहारक विष से भरे स्तनों का पान किया है, उससे यह सिद्ध है कि वह अतिमानवीय शक्तियों से पूर्ण है।"

"यानी तुम कहना चाहती हो कि वह बालक साक्षात् देव है?" कंस ने कुछ कुढ़ते स्वर में प्रश्न किया, "ईश्वर।"

"नहीं-नहीं, स्वामी, नहीं।" तुरंत ही प्राप्ति को अनुभव हुआ कि जिस तरह कहा-समझाया जाना चाहिए, उस तरह कह नहीं सकी हैं। अतः बोली, "मेरे कहने का यह अर्थ कदापि नहीं था। मैं तो केवल यह कहना चाहती थी कि एक बार स्वयं तो देख ले उसे; आखिर उस बालक में अद्भुतता क्या है? है भी या नहीं? अथवा पूतना, तृणावर्त, वत्सासुर और बकासुर का वध केवल संयोग मात्र है?"

संयोग नहीं, देवी, षड़यंत्र!" कंस आसन से उठ बैठे थें कठोर स्वर में उत्तर दिया था, "तुम राजनीतिक षड़यंत्रों को नहीं जानतीं, राजमहिषी, इसी कारण ऐसा सोचती हो। निस्संदेह यह सब वसुदेव समर्थक कर रहे हैं। जिन वीरों का संहार किया गया है वह असामान्य बल, शक्ति और बुद्धि के स्वामी थे एक पांच-छह वर्ष का दुध-मुंहा बालक उनका संहार नहीं कर सकता । जो कुछ हुआ या हो रहा है वह सामान्य जन को चमत्कृत करने की एक दुश्चेष्टा-भर है और कंस ऐसी दुश्चेष्टाओं का नाश करना जानते है।"

किंतु राजन।" प्राप्ति ने पुनः कुछ कहना चाहा था। कंस ने बात तोड़ दी थी, "तुम निश्चिन्त रहो, प्राप्ति, शीघ्र ही सब सहज हो लेगा। सब शांत हो जाएगा। षड़्यंत्र क्षणक रूप से अवश्य मनुष्य और समाज को प्रभावित करते हैं, किंतु बुद्धि, शक्ति और योग्यता के रहते वे सफल नहीं हो पाते।" प्राप्ति चुप हो रही थीं।

यह चुप उनकी भूल हुई या प्राप्ति को चुप कर देना कंस की भूल हुई? कौन जाने? कौन है? किंतु इतना सत्य है, उस समय चुप होना या चुप कर

देना ही अहितकार हुआ। इतना कि मथुराधिपति की मृत्यु मात्र नहीं बना, प्राप्ति का वैधव्य बन गया। जीवित होते हुए भी मृतवत् जीवन जीना कितना कष्टकर हो सकता है, इसकी कल्पना केवल विधवा ही कर सकती है। प्राप्ति कर रही है।

मन होता है कि विगत को, जो किसी विषमय फोड़े की तरह आत्मा पर बिखरा हुआ है, शारीरिक चेष्टा से उलीच फेंकें किंतु वैसा हो नहीं पाता। इसके विपरीत होता यह है कि फोड़ा पल-पल टीसने लगता है। ये टीसें एकान्तों में चीखें बन जाती हैं। ऐसी चीखें, जिनमें विगत की एक-एक घटना भरी हुई है। किसी चित्र की तरह।

महाराज कंस ने प्राप्ति का यह निवेदन ठुकरा दिया था। उसी मिठास और स्नेहपूर्ण स्वर के साथ, जिस तरह निवेदन किया गया था और प्राप्ति आगे घटता रहा सब कुछ, हर घटना, हर षड्यंत्र इस तरह देखती गई थीं, जैसे भित्तिचित्र में अंकित कोई राजकुमारी हों।

हां, यही स्थिति हुई थी प्राप्ति की। केवल प्राप्ति की ही क्यों, उन सबकी यही स्थिति थी, जो कह भले न पा रहे हों, किंतु जान रहे थे कि महाराज कंस अकारण ही किसी ज्वालमुखी को कुरेदे जा रहे हैं। एक के बाद एक टीस देते हुए। एक के बाद एक कष्ट पहुंचाते हुए।

अघासुर से सम्पर्क साधा गया था। सेनापति केशी महाराज कंस का आदेश पाते ही सक्रिय हो गए थे। असुरों की एक बस्ती ही बसी हुई थी मथुरा में। रहन-सहन, आचार-विचार, धर्म-व्यवहार, पूजा-अनुष्ठान कुछ भी आर्यों से नहीं मिलते थे, किंतु बहुत समय से आर्यावर्त में उनके आने-जाने और बहुतों के स्थायी रूप से रहने के कारण सामान्य मानवीय संबंध बने हुए थे।

बहुतेक असुरों को मथुराधिपति ही नहीं, अनेक आर्य राजाओं ने केवल शरण ही नहीं दी थी, अपितु उन्हें व्यवसाय की सुविधाएं भी प्रदान की थीं। बहुतेक असुर शासकीय सेवा में भी थे। राजाओं के विश्वासपात्र भी। अनेक

असुर सुन्दरियां राजमहलों से लेकर जन-सामान्य तक अपने सौन्दर्य, व्यवहार और आकर्षक रूप के कारण गहरे तक समाई हुई थी। वे कलाप्रेमी भी थे, गुणी भी। युद्ध की दृष्टि से भी पर्याप्त कुशल थे वे। अनेक ऐसे अस्त्रास्त्र उनके पास थे, जो आर्यों के पास नहीं थे। आर्यावर्त के राजाओं ने सभ्यता और संस्कृति के आदान-प्रदान से बहुत कुछ उनसे पाया था, बहुत कुछ उन्हें दिया था।

सागर तटों पर असुर बड़ी मात्रा में थे। वे दूर असीरिया से आते थे। कब आने शुरू हुए, इसका समय-काल निश्चित नहीं था, किंतु अनुमान था कि वे और अन्य देशों के व्यापारी आर्यावर्त में युगों पूर्व आने प्रारंभ हुए थे। ठीक उसी तरह, जेसे आर्य भी समुद्र-यात्राएं करते हुए दूर-दूरंत विदेशों तक जाते रहते थे।

यों असुरों में केवल असीरियन ही नहीं थे, अन्य देशों के लोग भी थे, किंतु उन सभी को मथुरा में एक क्षेत्र विशेष दे दिया गया था, ताकि आर्यों के रहन-सहन और जीवन पर उनका प्रभाव न हो। एक आशंका यह भी सदा रहती थी कि परस्पर विरोधी आचार-विचार, रहन-सहन और धार्मिक रीति-रिवाजों और मान्यताओं के कारण देशी-विदेशी लोगों में टकराव न हो जाए। परिणाम यह हुआ था कि ऐसे लोग, जो बस्तियों और झुंडों की शक्ल में जहां-तहां बिखर गए थे, अपने-आप में संगठित नहीं हुए थे, बल्कि बहुत सीमा तक शक्तिशाली भी हो गए थे। हालांकि वह सदा ही इस बात से सतर्क रहते थे कि आयों से टकराव न होने पाए। उन्हें आर्यों की अद्भुत क्षमताओं, वैज्ञानिक उपलब्धियों और शक्ति के बारें में बहुत कुछ जानकारियां भी थी, अनुमान भी थे।

पूतना और बकासुर का छोटा भाई था अघासुर। राजकार्य के लिए अपनी बहिन और भाई के वध से उत्तेजित भी था, क्रोधित भी। शक्तिशाली और समृद्धि ने उसके क्रोध और उत्तेजना को गोकुल, गोप और बालक कृष्ण-बलराम के प्रति घृणा से भर रखा था। जिस क्षण बहिन की मृत्यु का समाचार मिला, उसी क्षण अघासुर बहुत चीखने-दहाड़ने लगा था, किंतु

जाति भाइयों के समझाने-बुझाने पर सहज हुआ। फिर पता चला कि बालक ने बकासुर का भी बड़ी निर्ममता से वध कर डाला है। घृणा और क्रोध ने अघासुर को प्रतिशोध की ज्वाला से झुलसा दिया। वैसे में ही होम की तरह केशी का बुलावा उसे मिला।

अघासुर तुरंत सेनापति के समक्ष उपस्थित हुआ। आकार-प्रकार से बहिन और भाई की ही तरह भीमकाय था। अपने देश की विशिष्ट वेशभूषा उसने पहन रखी थी। आंखें सुर्ख थी उसकी। बाल घुंघराले और चमकते हुए। विशिष्ट ढंग से उन्हें उसने कन्धों तक बिछा रखा था। केशी के सामने उपस्थित होकर उसने आदरपूर्वक अभिवादन किया और पूछा, "आज्ञा, सेनापति।"

केशी ने शांत स्वर में कहा था, "तुम्हें देखकर प्रसन्नता हुई अघासुर, अब हमें विश्वास है कि वह दुष्ट और छली बालक मथुराधिपति की व्यग्रता का कारण नहीं रहेगा। यों भी हमने तुम्हें इस कारण बुलाया है, ताकि तुम पूतना और वीर बकासुर की कूर और षड्यंत्रपूर्ण हत्याओं का बदला दुष्ट कृष्ण से ले सको।"

"आपकी कृपा है सेनापति।" अघासुर ने प्रसन्न होकर सिर झुकाया था, "बहुत इच्छा थी कि उस नीच बालक का वध मेरे हाथों हो। आपने अवसर देकर मुझे सुखी किया।"

"कृष्ण बहुत छली है, अघासुर, फिर हमारा अनुमान है कि जिन असुर वीरों का उसने वध किया है, वह स्वाभाविक ढंग से नहीं, अपितु गोकुल के गोपों के सहयोग-षड़यंत्र से संभव हुआ है। स्मरण रहे कि ऐसे दुष्टों को मारने के पूर्व तुम पूरी तरह सतर्क ही न रहो, पर्याप्त रक्षा-व्यवस्था भी करो। हम बुद्धिमती पूतना और पराक्रमी बकासुर के वध से बहुत दुखी हुए है असुर, अतः चाहते हैं कि आगत के प्रति तुम्हें ही नहीं, उन सभी को सावधान करें जो कृष्ण-बलराम जैसे दुष्टों से मथुराधिपति का मार्ग निष्कंटक करना चाहते हैं।"

"आश्वस्त हों, राजन्! मैं जानता हूं मुझे वध पूर्व किस तरह छल रचना करनी होगी!" अघासुर ने सिर झुकाकर उत्तर दिया। वह प्रसन्न था,

गौरवान्वित भी। जानता था कि मथुराधिपति की कृपा प्राप्त करने का अवसर कितना बहुमूल्य है और वही उसे मिल रहा था।

केशी ने आज्ञा दी थी, "तब प्रातः ही तुम गोकुल प्रस्थान करो।"

अघासुर प्रणाम करके विदा हुआ।

पूतना, तृणावर्त, वत्सासुर और बकासुर! एक के बाद एक षड़यंत्र। यशोदा और नंद गोप जान रहे थे कि कृष्ण का गोकुल में रहना सुरक्षित नहीं है। न केवल कृष्ण के लिए, अपितु गोकुलवासियों के लिए भी। वृंदावन क्षेत्र की ओर आकर भी गोपों को शांति नहीं मिली थी। प्रतिक्षण असुरक्षा का भाव मन में समाया रहता। बार-बार कृष्ण-बलराम पर दृष्टि जाती, मन भर आता। नंद बाबा अपनी सरलता, सहृदयता के लिए सभी के प्रिय थे। उनसे अधिक प्रिय हो गए थे कृष्ण। क्यों न हों? कितनी बार असंभव को संभव जो कर दिखाया था उन्होंने। एक निश्चित धारणा मन में घर कर गई थी, नंदलाल निश्चय ही असामान्य है। दैवीय, अलौकिक! ईश्वर अथवा ईश्वरवत्!

नेह धीमे-धीमे श्रद्धा में बदलने लगा था। श्रद्धा उन्मुख हो रही थी भक्ति की ओर। यह भक्ति ही साहस और शक्ति बनकर मन-शरीर को जुटाए हुए थी।

बालक कृष्ण की नटखट चपलता और सहज हास्य स्त्रियों के लिए मोह बनने लगा था। इस मोह का आदि-अंत नहीं। आयु और शरीर से परे। यशोदा को लगता कि हर नारी दृष्टि कन्हैया को दुलराती रहती है। डर जाया करतीं। कभी डिठौना लगातीं माथे पर, किसी बार पूजा-अर्चना करके ईश्वर से प्रार्थना किया करती, "कन्हैया को इन स्त्रियों की दृष्टि से बचाना, भगवन्! कैसे-कैसे तो घूरती रहती है।" फिर बालक पर ही क्रोध आने लगता। झुंझलाकर तरह-तरह से उसे घर में ही बांधे रखना चाहती। खीजती, कहती, "तू कहीं नहीं जाएगा। यही बैठ।"

"पर माता।" कन्हैया कुनमुनाता, किसी बार रूठता। भोजन अस्वीकार कर देता। कहता, "मैं नहीं खाऊंगा।"

"खाएगा क्यों नहीं? इतना तो बनाया है। तुझे खीर भाती है ना? वह भी है।" यशोदा दुलराती, चूम लेतीं। वह गाल पोंछकर कहता, "नहीं मुझे कुछ नहीं खाना। तुम मुझे खेलने नहीं जाने देती। मैं कुछ नहीं खाऊंगा। सब यमुना तट पर खेलने जाते हैं। गेंद खेलते है, कुश्ती लड़ते हैं और मुझे तुम यहां बिठाले रहती हो? बस खा-खा! कब तक खाऊं? अब नहीं खाऊंगा।"

यशोदा समझातीं, "वे सब तो उद्दंड हैं, इसीलिए नहीं मानते, पर तू तो अच्छा बेटा है न मेरा। खा और यहीं बैठ। यहां घर में खेलने को क्या कुछ नहीं हैं? देख।" फिर तरह-तरह के खिलौने ले आतीं, कहतीं, "यह देख राजा की मूरत, सैनिक अस्त्र सहित, यह लुभावनी गुड़िया और कैसे-कैसे जीव? कितनी मूरतें तो हैं। इन्हीं से खेल! अभी तू इतना बड़ा नहीं हुआ कि नदी तट पर जाकर खेले। इन सबसे खेलना, पहले खाले।"

कृष्ण रूठा ही रहता। यशोदा समझा-समझाकर जब हारने लगती तो रूआंसी हो जाती। एक ओर खड़े नंद बाबा हंसते, कहते, "तुम व्यर्थ ही उसे रोकने का प्रयत्न करती हो, यशोदा, भला हवा को कोई बांध पाया है? जलस्रोत हथेली के थामें थमते हैं कहीं? उसे खेलने की आज्ञा दे दो।"

मन मारकर आज्ञा देनी पड़ती उसे, पर जी धक्-धक् करता रहता। कन्हैया भोजन करते ही वायुवेग से बाहर निकल भागता। यशोदा चिंताग्रस्त बैठी रह जाती।

नंद सांत्वना देते, "देवी, बालक है, फिर बहुत चंचल। भला उसे घर में कैसे बंद रख सकती हो?"

उत्तर में यशोदा के पास केवल छलछलाई आंखें होतीं, चिंताग्रस्त चेहरा। पति स्नेह से समझाते, "आश्वस्त रहो, तुम्हारा पुत्र सुरक्षित रहेगा। ईश्वर की कृपा है उस पर।"

यशोदा गहरी सास लेकर चुप हो जाया करतीं। इस तरह समय बीत रहा था।

यशोदा को समझा-बुझा देते थे, पर स्वयं के मन में भी चिंता लगी रहती। यह चिंता स्त्रियों की नज़र लग जाने की नहीं थी, अपितु चिंता थी कि मथुराधिपति कंस किसी-न-किसी तरह बालक का वध करना चाहते है। नंद

का मन होता था कि स्वयं महाराज के सामने उपस्थित होकर कारण पूछें, भरी सभा में उन्हें धिक्कृत करें किंतु वैसा कोई प्रमाण नहीं था। राजा पर दोष लगाना बहुत बड़ा अपराध हो जाता, पर सब जान रहे थे कि कृष्ण की हत्या के जितने प्रयत्न किए गए हैं, वे सब राज्यायोजित हैं, किंतु प्रमाण?

गोप सभा बुलाकर अनेक बार विचार-विमर्श भी किया, किंतु कोई राह नहीं सूझी। बरसाना पास था। वहां से भी गाहे-बगाहे मित्र आया करते। वृषभानु से विशेष मित्रता थी नंद बाबा की। उन्हीं से परामर्श किया जा सकता था। यही विचार कर निश्चय किया था, बरसाना जाकर वृषभानु से भेंट करेगे। कन्हैया गोप बालकों के साथ खेलने चला गया, तो नंद बाबा ने भोजनोपरांत यशोदा से कहा, "सोचता हूं बरसाना जाकर मित्र वृषभानु से मिल आऊं?"

यशोदा जानती थीं वृषभानु से विशेष स्नेह है। मुस्कुराकर बोली थीं, "अवश्य जाओ, पर सांझ ढले तक लौट आना।"

नंद गोप ने काली कमरी कंधे पर रखी और चल पड़े बरसाना की ओर। मार्ग में बालकों को खेलते देखा था उन्होंनें कृष्ण-बलराम भी थे। गोएं चर रही थीं और बालक एकत्र होकर खेलने में लगे थे। धूप चढ़ने से पहले ही तेज़-तेज़ कदम रखते हुए नंद गोप बरसाना की राह जा पहुंचे।

प्राप्ति वह सब तो जानती थी, जो उस समय मथुरा और राजनिवास में घटता रहा था, किंतु यह नहीं जानती थी कि उससे इतर उस बालक के पक्ष में क्या कुछ घट रहा है। समाचार मिला करता था सेविका से। गोकुल वासिनी थी वह। कृष्ण को लेकर बहुत कुछ बतलाया-सुनाया करती। उसी ने कहा था, "देवी, यशोदा के कन्हैया का वध करना तो दूर उसका बाल बांका करना भी कठिन है। महाराज व्यर्थ ही प्रयत्न कर रहे हैं। वह साकार होकर भी निराकार जैसा लगता है। साक्षात् मोहधारी होते हुए भी निर्मोह।"

"सो कैसे?" प्राप्ति इधर-उधर देखतीं। इस तरह पूछती जैसे चोरी कर रही हों। जाने क्यों यही चोर भाव अनुभव होने लगा था राजनिवास में।

महाराज कंस के प्रति पूर्ण समर्पित होते हुए भी लगता था कि कृष्ण को लेकर जो कुछ सुनाती-बतियाती हैं, वह सब अपरोक्ष रूप से राजद्रोह हो जाता है। अनेक बार अपने-आप को थामना भी चाहा था उन्होंने। न पूछें प्रश्न, न करें जिज्ञासा, किंतु विचित्र स्थिति थी। बालक को लेकर वातावरण में जो अलौकिक कथाएं बिखरी हुई थी, वह उसे लेकर जानने, समझने और सुनने को उकसाया करती।

सेविका का गोप बंधु प्रतिदिन वृंदावन से मथुरा आकर दूध-दधि लाया करता था। वही सब कुछ सुनाता। इस तरह जैसे कृष्ण ने जादू कर दिया हो और ऋतु नामक वह सेविका सुनती भी उसी तरह मंत्रमुग्ध होकर, आकर स्वामिनी को सुना देती।

उसी से कृष्ण को लेकर बहुत कुछ सुनने-जानने को मिला था। कैसा है रूप-रंग। कैसी हैं देह। कैसा स्वर है और क्या-क्या विशिष्टताएं हैं। ऋतु ने इस तरह सुनाया था जैसे किसी श्लोक का उच्चारण कर रही हो। स्वर संगीत और लय से घुलामिला स्वर्गिक अनुभव देता हुआ श्लोक! प्राप्ति को लगा था कि सचमुच किसी अदृश्य लोक के चमत्कार का वर्णन सुन रही हैं। जिसके श्रवण मात्र में ऐसा सम्मोहन हैं, वह साक्षात् कैसा होगा!

और मथराधिपति हैं कि उसी सम्मोहन को षड्यंत्रों से मिटा डालना चाहते हैं। ऋतु ने ही प्राप्ति को सुनाई थी अघासुर वध की घटना और वही क्यों, अनेक घटनाएं। राजनिवास से अघासुर के वृंदावन प्रस्थान की सूचना मिलते ही प्राप्ति ने सेविका को बुलाकर प्रश्न किया था, "कैसा है तुम्हारा कन्हैया?"

"देवी, हाल ही में एक और चमत्कार किया उसने।" सेविका ने बालक के प्रति श्रद्धायुक्त स्वर में सुनाना प्रारंभ कर दिया था "यशोदा से लड़-झगड़कर गोप बालकों में खेलने के लिए जा पहुंचा था वह। पिता बरसाना गए हुए थें। तभी वह चमत्कार घटा।"

"कौन-सा चमत्कार?" प्राप्ति ने जान-बूझकर अनजान बनते हुए प्रश्न किया था।

"एक राक्षस जा पहुंचा था गोप बालकों के बीच।" ऋतु बताने लगी थी, "उसी का वध कर दिया उस बालक ने ।"

समझ गई थीं प्राप्ति। अघासुर समाप्त हुआ, पर जानने की उत्सुकता थी। किस तरह मारा गया होगा वह दैत्य शक्ति असुर? ऋतु ने संक्षेप में बतलाया था सब। बोली थी, "महारानी मेरा भाई बतला रहा था कि सारी कहानी गोप बालकों से ही सुनने को मिली। बड़ा तो कोई था ही नहीं। बालक पशुधन के साथ वन में घूम रहे थे। उन्हीं के साथ था कन्हैया। नंद बाबा बरसाना से लौटे, तब तक यशोदासुत उस दुष्ट असुर का वध कर चुका था।"

"वही तो, बतला कैसे?"

"जो सुना वही सुनाए देती हूं देवी।" ऋतु बोली थी, "छली था असुर। केवल कन्हैया का ही नहीं सम्पूर्ण गोपों का जीवनाश्रय समाप्त करने गया था। अपने साथ ले गया था एक विशाल अजगर।"

"अजगर! सो किसलिए?"

"गोपों का जीवन तो उनके पशु हैं देवी," ऋतु ने उत्तर दिया था, "उस दुष्ट असुर ने अजगर को इसी विचार से साथ ले लिया था ताकि उस सर्प की कठोर जकड़ में अनेक गौओं के प्राण चले जाएं और स्वयं एक गुफा में छिपकर बैठ रहा। बालक कन्हैया पर दृष्टि लगाए हुए।"

"फिर?"

"फिर क्या? यशोदासुत तो अंतर्यामी है ना?" ऋतु ने श्रद्धापूर्वक सुनाया था, "क्षण मात्र में उसने ज्ञात कर लिया कि असुर कहां है और उसने क्या छल संजो रखा है।" सेविका सुनाए चली गई और प्राप्ति मंत्र-मुग्ध श्रोता की तरह टकटकी लगाए उसे देखती रही।

वे सब भोजन कर रहे थे। कन्हैया उनके बीचों-बीच। पल-भर पहले पास की पगडण्डी से नंद बाबा बरसाना की ओर निकल गए थे। जाते-जाते सभी

गोपों को हिदायत की थी उन्होंने, "सावधान रहना बच्चों, इस निपट वन मे जीव-जंतुओं का भय बहुत है।"

कर संकर्षण ने विनम्रता से कहा था, "आश्वस्त हों, बाबा! हम सभी सतर्क हैं।"

मनसुखा, उद्धव, मणिमय और कर संकर्षण। अनेक गोप बालक विभिन्न स्वभाव, विभिन्न गुणावगुण, पर सबका आकर्षण केन्द्र सबसे छोटा कन्हैया। वह सभी के भोजन से कुछ न कुछ खाता जाता। सभी की ओर मुस्कानें फेंकता, इठलाता हुआ। दूर एक ओर गौओं का झुण्ड हरी घास चरकर गुफ़ा के पास बैठा जुगाली करता हुआ। इक्का-दुक्की गौएं जहां-तहां इस समय भी घास चर रही थीं। उन्हीमें कुछ गुफ़ाद्वार की ओर बढ़ गई।

वे सब वार्तलाप में व्यस्त थे। मनसुखा ने कहा था, "कन्हैया ने एक बांस छीलकर विचित्र-सा वाद्ययंत्र बनाया है। कहता है, उससे इतनी सुमधुर ध्वनि निकलेगी, जिसके प्रभाव से वह दिशाओं और वातावरण को प्रभावित कर सकेगा। क्यों, कन्हैया?"

"हूं!" कन्हैया ने उत्तर दिया। छोटी-छोटी अंगुलियां साथ लाए गए माखन से लिपटी हुई थीं। भोजन में अन्न कम ले रहा था वह। सीधे-सीधे कभी इस गोप के हिस्से से और कभी उस गोप के हिस्से से माखन लेता, मुंह में डाल लेता। लगता था कि वार्तालाप में कोई रूचि ही नहीं उसकी। याद कुछ है तो केवल माखन में है।

उद्धव ने प्रश्न किया, "कन्हैया, बताओं तो कौन-सा वाद्ययंत्र है वह? कहां है?"

कन्हैया के उत्तरपूर्व मनसुखा पुनः बोल पड़ा, "लटका तो है कमर में, देख लो।"

उद्धव ने दृष्टि डाली। एक लम्बी बांस की डण्डी दीखी उसे। हंसकर कहा, "यह? यह कैसा वाद्ययंत्र?"

वे सभी हंसे, मनसुखा ने कहा, "ऐसा ही है।"

"पर इसका स्वर तो सुना नहीं? बजाकर बतलाओं ना कन्हैया?" उद्धव ने जिद की।

कन्हैया ने कुछ हकलाते स्वर में उत्तर दिया, "अभी नहीं, यह पूरी तरह बना थोड़े ही। जब बन जाएगा, तब सुनना। मैं स्वयं सुनाऊंगा तुम लोगों को। एक गोप ने कमर पर हाथ डाल दिया। कन्हैया ने झुंझलाकर कहा, "परे हटा हाथ। उसे छूना मत।"

सहमकर उसने हाथ हटाया। सहसा कन्हैया की दृष्टि कहीं और जा टिकी। लगा कि वह गौओं को देखने लगा है। माखन में रुचि हट गई।

"कन्हैया!" उद्धव ने उसे पुकारा, पर कन्हैया ने जैसे सुना ही नहीं। उठा और तेज़ी से उस ओर चल पड़ा, जिधर गौएं बैठी थीं और कुछ गुफाद्वार में समा चुकी थी। कर संकर्षण ने ज़ोर से पुकारा उसे, "कान्हा! कहां चला रे?"

"आता हूं भइयां। अभी आता हूं।" कहता हुआ वह आगे बढ़ता गया। वे सब भोजन छोड़कर कन्हैया को उस दिशा की ओर जाते देखने लगे। सहसा कर संकर्षण लपके थे उसकी ओर। चीखते हुए, "रुक जा कान्हा। उस गुफा में कहां जा रहा है? देखता नहीं, कितना सघन अंधकार है भीतर?" फिर उन्होंने कृष्ण को लपक भी लिया। बांह थामकर टोका था, "न जाने उसमें कितने विषधर जीव-जंतु होंगे। मत जा।"

"पर भइया, बहुत-सी गौएं चली गईं हैं उसमें और वह ... वह देखते हो?" कृष्ण ने संकेत किया था, "मुझे लगता है कोई नाग है भीतर ...।" शब्द पूरे भी नहीं हो पाए थे कि अजगर ने जोर की श्वास ली। लगा था कि हवा किसी रस्सी की तरह उनके पास तक सरकती हुई पहुंची, फिर लौटने लगी। पांव उखड़ने लगे थे उनके। अन्य गोप बालक भी इस बीच एकत्र हो गए थे। सभी चकित, सभी भयग्रस्त। अनेक आशंकित स्वर उठे, "रुको कन्हैया, कहीं कोई छल न हो इसके पीछे।"

किंतु इस बीच कृष्ण ने अवसर पाकर बलराम से बांह छुड़ाई और लपककर गुफ़ा के भीतर समा गए।

"कन्हैया! कन्हैया!" अनेक बालकों के स्वर उठे, फिर भयग्रस्त होकर वे गुफ़ा द्वार को देखने लगे, जिस पर अब कन्हैया नहीं, केवल सन्नाटा दीख

रहा था। कन्हैया गहन अंधकार में घुसकर गायब हो चुका था। सभी के हृदयों की धड़कने बढ़ गईं। आशंकाग्रस्त होकर रुआंसे हो आए। कर संकर्षण तीव्रगति से गुफ़ा की ओर बढ़े। छोटे भाई की दुस्साहसपूर्ण चेष्टा ने उन्हें बौखला दिया था, किंतु गुफ़ाद्धार तक पहुंचते-पहुंचते उन्होंने कृष्ण को बाहर की ओर आते देखा। वह पसीने से सराबोर था, पर होंठ मुस्कान से रंगे हुए। पीछे-पीछे गौएं चलीं आ रही थी।

"क्या था भीतर?" कर संकर्षण ने प्रश्न किया।

कन्हैया ने पीताम्बर से मुंह पोंछा, उत्तर दिया, "कुछ नहीं, एक दुष्ट अजगर था। उसके साथ एक असुर। दोनों ही मर गए।"

"क्या!" इस बीच गोप बालक भी एकत्र हो आए थे। हक्के-बक्के-से खड़े गुफ़ाद्वार की ओर देख रहे थे। कन्हैया ने कहा था, "अब चलो, व्यर्थ ही यहां खड़े रहने से क्या लाभ? वह पशुभक्षी तो मर चुका है!..." इसके पूर्व कि कोई कुछ कह पाए, वे सब तीव्रगति से लौट पड़े... गउओं को साथ लिए।

परस्पर देर तक बातचीत नहीं हुई थी। तभी सकपकाए-से कभी गुफा को देखते, कभी कन्हैया को... जो एकदम सहज चाल में आगे-आगे चला जा रहा था... वह वही था जो हल्की-फुल्की बातें भी कर रहा था... पर उनमें से सब मन से भारी हो उठे थे!

एक बार पुनः गोकुल-वृंदावन में हलचल हुई। कन्हैया तो सदा की तरह स्वाभाविक बना रहा, पर सारी बस्ती अस्वाभाविक स्थिति झेलने लगी। यशोदा ने उसे बांहों में भर रखा था। गोप पुरुष और स्त्रियां बालकों से कन्हैया का नाग-कौतुक सुन नंद के निवास पर एकत्र हो गए थे। कर संकर्षण शांत भाव से एक ओर बैठे हुए। वे तरह-तरह की बातें कर रहे थे। कभी कहते कि यह कंस की एक और दुश्चेष्टा है, कभी कहते कि मात्र संयोग है, पर एकमात्र कृष्ण ही थे, जिन्होंने न कुछ कहा, न सुना।

बरसाना से लौटकर आए नंद गोप ने घर पर गोपों की भीड़ एकत्र देखी। कुछ घबरा उठे थे, किंतु जब सब कुछ सुना, तब लगा कि एक बार पुनः कृष्ण कंस के षड्यंत्र से बच गए हैं।

यशोदा एकांत पाते ही झगड़ पड़ी थीं उनसे, "देखो, तुम कहते थे कि बालक को जाने दूं? और जाते ही यह सब हो गया।"

नंद चुप थे। उससे कहीं अधिक चिंतित। समझ चुके थे कि कृष्ण इस क्षेत्र में सुरक्षित नहीं। आए दिन किसी-न-किसी रूप में विपदा आती ही रहती थी। बरसाना में भी यही कुछ पूछा-जाना था वृषभानु से। उनका कहना भी था कि कृष्ण को किसी अन्य स्थान पर भेज दो।

किंतु कहां भेजें? सारी रात्रि सो नहीं सके । एक वही क्यों, यशोदा भी उनींदी, पर जागृत रहीं। समूची बस्ती में रह-रहकर उसी घटना का स्मरण होता रहा। निश्चित हो चुका था कि कृष्ण वृन्दावन क्षेत्र में रहकर तनिक भी सुरक्षित नहीं है।

प्राप्ति को स्मरण है कि अघासुर वध ने मथुराधिपति को किस तरह अस्त-व्यस्त कर डाला था। केशी और प्रद्युम्न को बुरी तरह धिक्कारा था उन्होंने, पर सबसे चौंकाने वाली सूचना उन्हें यह मिली थी कि कृष्ण-बलराम अब वृंदावन या गोकुल क्षेत्र में कहीं नहीं हैं।

"तब कहां गए?" राजा उत्तेजित स्वर में चीख पड़े थे।

सेनापति और महामंत्री नतमस्तक होकर सामने खड़े थे। उत्तरहीन। जैसे-तैसे बोल सके थे वह, "कहते हैं कि नंद गोप ने अपने विश्वस्त व्यक्तियों की सहायता से उन्हें अन्यत्र भिजवा दिया है।"

"किंतु कहां?" कंस का प्रश्न पुनः कौंध गया था। ऐसे जैसे बिजली कड़की हो।

"यह तो ज्ञात नहीं हो सका, राजन्" महामंत्री ने उत्तर दिया, "पर ज्ञात किया जा रहा है। गुप्तचरों को यह दायित्व सौंप दिया गया है।"

"ज्ञात करो!" कंस आदेश देकर अपने विशेष कक्ष में चले गए थे। न प्राप्ति की ओर ध्यान दिया था उन्होंने, न अस्ति की ओर। लगता था कि गोकुल वासियों से कहीं अधिक मथुराधिपति व्यग्र हैं।

प्राप्ति का मन हंसने को हो आता। कैसी विडम्बना! महाशक्तिशाली कंस इतने भयभीत और शक्तिहीन तो कभी नहीं दीखे, पर लगता था कि बालक कृष्ण से जुड़ी घटनाओं ने उन्हें भयभीत कर दिया है। भयभीत या कि भयातुर? किंतु महाबली कंस और भय? इनकी एक साथ कल्पना बहुत विचित्र लगती थी। कुछ-कुछ अस्वाभाविक किंतु शीघ्र ही समझ लिया था प्राप्ति ने। यही स्वाभाविक है। स्वाभाविक ही नहीं, सत्य!

उस समय कितना झुठलाया करती थीं अपने-आप को? ऐसे न सोचें। पति वीर हैं, दूर-दूरंत उनके पराक्रम की चर्चाएं होती हैं, स्तुतियां गाई जाती हैं। भला वह भगयग्रस्त कैसे हो सकते हैं? कंस और भय का परस्पर कोई संबंध नहीं!

पर संबंध था। जल्दी ही इस सत्य को समझ लिया था प्राप्ति ने। कृष्ण-बलराम को लेकर गुप्तचर कुछ भी ज्ञात नहीं कर सके। कैसे ज्ञात होता? लगता था कि गोपों को भी कुछ ज्ञात नहीं है। केवल इतना ही ज्ञात है कि अघासुर वध के तुरन्त बाद नंद गोप कृष्ण-बलराम को लेकर किसी अज्ञात स्थान की यात्रा पर चल पड़े थे। जब लौटे, तब उनके साथ दोनों बालक नहीं थे।

कहीं किसी विश्वस्त के पास छोड़ दिया गया था उन्हें और कंस थे कि उस अजानी स्थिति से हर क्षण भयग्रस्त होते हुए। लगता था कि कोई रोग उन्हें लग गया है। शरीर और मन को तिल-तिल जलाता हुआ।

गुप्तचरों को लगातार दौड़ाया जा रहा था। कभी यहां-कभी वहां। कहीं किसी जगह से सूचना मिले। पर बरस बीतने लगे थे, कोई सूचना या संकेत नहीं। ऋतु भी कुछ नहीं जानती थी। प्राप्ति ने कुरेद-कुरेदकर जानपूछ लिया

था। सबकी तरह एक ही समाचार था उसके पास। वे कहीं नहीं हैं। उन्हें लेकर नंद गोप के अतिरिक्त किसी को कुछ भी ज्ञात नहीं है। यहां तक कि माता यशोदा को भी खबर नहीं है। किंतु जहां भी है वे, सुरक्षित है।

और उनका होना महाराज कंस की घोर असुरक्षा है। तभी सूचना मिली थी। महीनों बाद लौटा एक गुप्तचर वह सूचना लाया था। केशी तक अर्द्धरात्रि को उसकी अगवाई का समाचार सुनाया गया और सेनापति उसी समय महाराज के सम्मुख उपस्थित हुए। प्राप्ति को वह दिन याद है।

मथुराधिपति विश्राम के लिए पलकें झपकने को ही थे कि द्वार पर हलकी आहट हुई। झपकी पलकें खुल गईं। प्राप्ति ने उस ओर देखा। सेविका सिर झुकाए हुए उपस्थित हुई।

"क्षमा करें, देवि," सेविका ने थर्राते, सहमे शब्दों में निवेदन किया था, "सेनापति इसी क्षण उपस्थिति की आज्ञा चाहते हैं।"

प्राप्ति ने बेबसी के साथ पति की ओर देखा। महाराज कंस उठ पड़े थे। प्राप्ति कुछ कहे, इसके पूर्व ही बोल पड़े थे वह, "उनसे कहो, आते हैं।"

"जो आज्ञा देव।" दासी चली गई।

कंस ने पत्नी की ओर मुड़कर भी नहीं देखा था। तीव्रगति से भेंट कक्ष की ओर चल पड़े। महारानी सहमी चाल में उनके पीछे-पीछे गईं।

केशी राजा को सामने पाते ही उठ खड़े हुए। क्षमायाचना के साथ निवेदन किया, "सूचना ही ऐसी थी राजन् कि मुझे इस अनुचित अवसर पर उपस्थित होना पड़ा।"

"कहो, क्या बात है?"

केशी ने साथ खड़े हुए व्यक्ति की ओर देखा और बोला, "यह गुप्तचर सूचना लाया है मथुराधिपति, कृष्ण-बलराम संदीपनि के आश्रम में थे। अब वह शीघ्र ही जनपद क्षेत्र की ओर लौटने वाले हैं।"

"संदीपनि के आश्रम में!" चकित हुए कंस, फिर प्रसन्नता व्यक्त की। कहा, "इसे उपयुक्त पुरस्कार दो सेनापति, और कल सभा में उपस्थित रहो। सभा के पश्चात् विचार करेंगे कि उन दुष्ट गोप बालकों का क्या किया जाए!"

"जैसी आपकी इच्छा महाराज!" सेनापति ने सिर झुकाया, बाहर निकल गए। कंस पुनः शयन कक्ष की ओर लौट पड़े। प्राप्ति ने पहली ही दृष्टि में समझ लिया था। पति सूचना पाकर कितने प्रसन्न हैं, उससे कहीं अधिक इस चिंता से जुड़ गए हैं कि अब कृष्ण-बलराम से किस तरह मुक्ति पा सकेंगे?

राजा शय्या पर पहुंचे, पर मन कहीं और जुड़ा हुआ था। प्राप्ति करवट बदलकर लेट रही थीं। बहुत चाहा था, सो जाएं, पर लगा था कि वह कंस से जुड़ी हुई है। कंस से भी कहीं अधिक कंस के भयग्रस्त पुरुष से। उस पुरुष से, जिसे बल, पराक्रम, वीरता और नीति के क्षेत्र में दुस्साहसी और वीर कहा जाता था, पर प्राप्ति जान चुकी थी कि यह वीरता, सच में कायरता पर लिपटा हुआ आवरण है। सोचकर जितना दुख होता था, उससे कहीं अधिक क्लेश। अपने पर ही चिढ़ आती थी उन्हें।

चिढ़ी उस दिन भी थीं। हर उस पल चिढ़ से भर जाती हैं, जब कंस की वीरता की चर्चा की जाती है। महाराज जरासंध ने जब दोनों बहनों का संबंध मथुराधिपति कंस से निश्चित किया, उस समय भी वीर ही कहा था उन्हें! बोले थे, "मथुराधिपति कंस महावीर हैं। अभूतपूर्व साहस, बल और पराक्रम के धनी। निस्संदेह उन जैसा वर पाकर हमारी पुत्रियां गौरवान्वित होंगी। उससे कहीं अधिक गौरवशाली होगा मगध साम्राज्य, जिसके जामाता रूप में कंस उसकी शक्ति, वैभव और सम्पन्न्ता में वृद्धि के कारण बनेंगे।"

कंस को लेकर बहुत कुछ सुना-जाना था प्राप्ति ने। जितना सुना-जाना था, उससे प्रसन्न होती थीं। वह वीरपत्नी बनने जा रही हैं। महाशक्ति की पुत्री, महाशक्ति की भार्या। कैसी सौभाग्यशालिनी हैं प्राप्ति!

किंतु मथुरा में कुछ समय रहने के बाद ही समझ लिया था कि वह केवल राजनीति की बलिवेदी पर बलि दी गई एक स्त्री हैं। इससे अधिक कुछ नहीं। पति की समूची शक्ति, वीरता, साहस और पराक्रम केवल छल है, वीरत्व नहीं। वस्तुसत्य है कायरता। कायरता न होती, तो उन अबोध बालकों के भय से कंस उतने उद्विग्न, भयभीत और चिंताग्रस्त रहते?

निस्संदेह कायर! केवल उसी रात्रि नहीं सोचा था प्राप्ति ने। बहुत बार सोचा, विचार का नीर-क्षीर किया और अंत में यही निर्णय मिला, कंस कायर हैं, भयभीत और कमजोर पुरुष।

इस विचार के साथ ही बहुत बार प्राप्ति के भीतर बहुत अरुचि उत्पन्न हुई थी मथुराधिपति के लिए, किंतु पत्नीधर्म ने शब्द, इच्छा, मन, चेष्टा यहां तक कि विचार भी बंदी बना लिए थे। अब यही बंदी भाव भोगते जाना प्राप्ति की नियति!

मन डराता था। कायर कभी नहीं जीते। जीते भी रहें तो मृतवत् जीते हैं। और प्राप्ति आज अनुभव करती है कि कंस केवल उसी समय नहीं मरे, जब कृष्ण ने उन्हें मारा था, अपितु वह तो बहुत बार मृत हुए। यही नहीं, हर उस क्षण मृतवत् ही थे, जब बालकों को लेकर प्रतिपल भयग्रस्त रहते थे। छाया तक से भय लगने लगा था उन्हें। किसी व्यक्ति पर तनिक-सा संदेह होते ही उसे अपदस्थ कर दिया करते थे। हर क्षण सत्ता से विरत हो जाने का डर उन्हें व्यग्र और असहज बनाए रहता था।

व्यग्र या भयभीत? भयभीत शब्द ही उचित होगा। ऐसे लोग भयभीत और कायर तो होते ही हैं, जो प्रतिपल आशंकित रहते हों और कंस वही थे।

---

* "पिता का राज्य पाकर जरासंध भी अपने पराक्रम और बाहुबल से सब राजाओं का वश में करके एकछत्र राज्य स्थापित करने का प्रयत्न करने लगा। उसी समय मथुरा का राजा कंस, जरासंध का मित्र और संबंधी हो गया।" : महाभारत, सभापर्व, अध्याय 18, श्लोक-क्रम 18 से 22। सिद्ध है कि जरासंध ने कंस से अपनी पुत्रियों का विवाह राजनीति की दृष्टि से किया। कंस ने भी यह संबंध उसी अर्थ में स्वीकारा।

कृष्ण द्वारा कंस का वध किए जाने के बाद वैधव्य का श्वेत सन्नाटा भोगती हुई दोनों बहनें मगध लौटीं, तो जरासंध केवल उद्विग्न ही नहीं हुए थे, अपितु उत्तेजना और क्रोध में कांप उठे थे। वह क्षण उस समय भी प्राप्ति को याद है। पिता ने उन्हें हृदय से लगाकर परे करते ही घनगर्जना की थी, "उन दुष्ट गोप बालकों को ही नहीं, सम्पूर्ण मथुरा को इस कुकृत्य का परिणाम झेलना होगा। मथुरा का नाश कर डालेंगे हम।"

और फिर नाश की प्रक्रिया प्रारम्भ हुई थी। एक के बाद एक मथुरा पर प्रहार किए जाने लगे थे। प्रहारपूर्व ज़बरदस्त तैयारियां की जाती थी। प्राप्ति का मन होता था कि पिता को टोकें, "इस सबसे हमारा सौभाग्य तो नहीं लौट सकेगा, पूज्य पिता, आप शांत हों।"

पर लगता था कि यह कहकर पिता को अधिक उत्तेजित कर देंगी। फिर अस्ति का विचार आता। वह पति-वध के कारण विचित्र से हिंस्र भाव में भरी हुई थी। घायल बाधिन की तरह। जब-जब महाराज कंस को लेकर उससे चर्चा होती थी, तब-तब प्राप्ति को लगता था कि अस्ति की मनः शांति बालक कृष्ण और बलराम के वध से ही होगी।

एक-दो बार तर्क-वितर्क करने की चेष्टा भी की थी प्राप्ति ने। कहा था, "बहिन, इस तरह की चेष्टा से तुम विगत को बार-बार उधेड़ रही हो। जैसे-जेसे प्रतिशोध की ज्वालाएं कौंधेगीं, वैसे-वैसे आत्म-कष्ट और पीड़ा सघन ही होगी। वह सब स्मरण आएगा, जो मथुरा की महारानियों के नाते हमने भोगा है। इस सबको बिसरा देना ही उचित है बहिन, इसी में शांति है।"

"हुंह!" अस्ति ने घृणा से मुंह बिचका दिया था बहिन की ओर, "यह विचार तुम्हें ही शोभा देते हैं प्राप्ति, मैं राजपुत्री हूं और राजस मेरा स्वभाव है। यह संतों की भाषा तुम्हें ही शुभ हो।"

प्राप्ति ने आगे कुछ नहीं कहा था। जानती थी कि बहिन से तर्क वितर्क करके केवल क्लेश और पीड़ा को ही आमंत्रित करेगी। चुपचाप अपने कक्ष में चली गई थी और कक्ष में आते ही लगता था कि विगत उधेड़ने लगता है। समय बिताने के लिए यहां-वहां जा पहुंचती। इसी तरह पहुंच जाया करती थी पितृकक्ष की ओर।

जामाता-वध के कारण महाराज जरासंध कितने उत्तेजित थे, कितने नहीं, यह तो नहीं कहा जा सकता था, किंतु इतना निश्चित था कि उनके आहत होने का सबसे बड़ा कारण कृष्ण-बलराम की वह दुश्चेष्टा थी, जिसने मगधपति की शक्ति को चुनौती दे डाली थी।

इस चुनौती के लिए और बड़ी चुनौती बनी मथुरा पर जरासंध के आक्रमण की विफलता। एक के बाद अनेक आक्रमण मथुरा के अंधक, वृष्णि और यादव वंशियों ने असफल कर दिए थे। हर बार मगधराज को मुंहतोड़ जवाब मिला था। एक बार पुनः समाचार आया था कि मगधराज का आक्रमण विफल हुआ। प्राप्ति उस समय सभागृह के नारीकक्ष में ही बैठी हुई थी।

सबकुछ अविश्वसनीय लगता है। केवल अविश्वसनीय नहीं, अलौकिक, पर पूर्णतः लौकिक। लौकिक न होता तो इस तरह अपमानित, पराजित और कुंठा भाव झेलते हुए मगधराज जरासंध हतप्रभ बैठे रह जाते? वे बैठे थे आश्चर्य से होंठ खुले हुए। दृष्टि पथराई हुई। जो कुछ संदेशवाहक सुना रहे थे, शब्दशः सुना था उन्होंने, पर लगा था कि समझ नहीं पा रहे हैं। समझने जैसी बात हो तब ना? भला जरासंध जैसे शक्तिसम्पन्न सम्राट् के लिए वह सब समझने वाली बात है?

किंतु समझना होगा। केवल समझना ही नहीं, मानना ही होगा। उस अल्पायु किशोर के नेतृत्व में मथुरा के उन जड़े-जकड़े यादव, वृष्णि और अंधकों ने केवल जरासंध की विशाल सेना को उखाड़ ही नहीं दिया है, बल्कि उलीचकर मगध की ओर इस तरह फेंक दिया है जैसे चुल्लुओं से समुद्र खाली कर दिया हो।

कितने हत हुए, कितने अर्द्धमृत स्थिति में मथुरा से मगध मार्ग के बीच पड़े रह गए और कितने लौट पाए हैं यह अनुमान करना भी कठिन हो गया है। अद्भूत और अविजेय अस्त्रों से सुसज्जित सेना पतझर के बाद आंधी की चपेट में आकर धूलि-धूसरित हो गई है। टुकुर-टुकुर देखे जा रहे थे

जरासंध। भावहीन। न दृष्टि में भय था, न चेहरे पर चिंता। बस, लगता था कि श्वास अटक-अटककर चलने लगी है।

ऐसा अटकाव जरासंध के जीवन में कभी नहीं आया। उस समय भी नहीं जब उन्होंने संपूर्ण पृथ्वी जय करने, स्वप्न में भीष्म की अभूतपूर्व शक्ति को लेकर जानकारियां जुटाई थीं, कुशों और पणियों को लेकर सूचनाएं पाई थीं। समुद्र-पार यमपुरी को लेकर जाना-समझा था। यह कल्पना भी नहीं की थी कि उन्हें भारत खंड में ही ऐसी अद्भुत शक्ति और विरोध का सामना करना पड़ेगा। यही नहीं, उस शक्ति से एक-दो बार नहीं निरंतर पराजय झेलनी होगी।

कितनी बार हुआ है यह सब? अनायास ही जरासंध के माथे में प्रश्न कौंध आया था। उनके अपने ही भीतर को उकेरता हुआ एक, दो, तीन, चार, पांच... बहुत बार। संभवतः तेरह, चौदह बार और यह सब भी उस मथुरा से, जिसका रोम-रोम कांप उठता था जरासंध का नाम सुनकर। भला ऐसा क्या हुआ कि वही मथुरा का यादव गणसंघ अचानक संजीवनी शक्ति पाकर सम्राट् जरासंध के लिए चुनौती बन गया?

मन फिर-फिर अविश्वास से भर उठता है, पर इस अविश्वास को सहेजे रहना मगधराज का कोरा मिथ्याभिमान होगा, यथार्थ नहीं। जो यथार्थ है, वह सामने है। पराजय का एक निरंतर क्रम। इस क्रम ने जरासंध को जितना थकाया है, उससे कहीं अधिक अपमानित कर दिया है।

अनजाने ही एक गहरा, उबलता श्वास लिया था विशालदेह सम्राट् ने। जबड़े कस उठे थे, कृष्ण! वसुदेवसुत कृष्ण! इस बालक को हत किए बिना जरासंध सहज नहीं हो सकेंगे। सहज ही क्यों, उन्हें शांति नहीं मिलेगी। इस सहजता और शक्ति को पाए बिना जरासंध की प्रतिष्ठा, सम्मान, राजगरिमा, मगध का अविजित व्यक्तित्व और बहुत सीमा तक विश्व-जय का वह स्वप्न, जिसे जरासंध ने मगध का राजसिंहासन सम्हालते ही सजा लिया था। वह सब जरासंध का अभीष्ट। एकमात्र लक्ष्य।

दृष्टि उसी भावहीनता को सहेजे हुए रक्तरंजित उन सेना-नायकों को देखे जा रही थी, जो उनके सामने जैसे-तैसे अपने-आपको सहेजे हुए खड़े थे। रुआंसे, थके और हांफते हुए। सभाभवन में ऐसा सन्नाटा था, जैसे सम्राट् जरासंध के अतिरिक्त सब अनुपस्थित हों। केवल शरीर। अनेक राजा थे, अनेक मंत्री, पर सभी ऐसे चुप जैसे अस्तित्व शेष हो गए हों।

सम्राट् जरासंध की सेना को हर बार की तरह एक बार फिर पराजय का कांटों-जड़ा मुकुट सिर पर लिए हुए मगध की ओर लौटना पड़ा है। समाचार बहुत पहले मिल गया था, किंतु उस समय जरासंध ने खौलता लोहा कानों में आ गिरते हुए भी पीड़ा झेल ली थी, किंतु अब, जब पराजित सेना के नायक सामने उपस्थित हुए है,, तब यह सब झेल पाना असंभव हो गया है। विस्फोट होगा। अवश्य होगा। जरासंध नहीं सहेंगे। कभी नहीं सह सकेंगे। अचानक वह राजसिंहासन से उठे थे। चौड़ी छाती से वज्र-गर्जना करते हुए शब्द दगे और समूचे सभागृह में बिखर गए–"मथुरा का सर्वनाश करना होगा। उस मूर्ख, दुस्साहसी बालक का संहार करना होगा, जिसने केवल मगध को ही चुनौती नहीं दी है, मगधराज की बेटियों का सौभाग्य-नाश भी किया है।

शब्द गर्जन हुआ और देर तक राजभवन के कूल-कगारे हिलाता-थर-थराता हुआ गूंजता रहा। आहत, पराजित और रक्तरंजित सेनानायकों को उपचार के लिए जाने का आदेश दिया गया। सभाभवन में किसी को न आने की हिदायतें हुई और मगधराज ने विशेष मंत्रियों को रुकने के लिए कहकर अन्य सभी को जाने की आज्ञा दी।

सन्नाटा और गहरा हो गया। इस सन्नाटे के साथ-साथ जरासंध की क्रोधाग्नि और तीव्र हुईं। अपने ही भीतर झुलसते-जलते मगधराज कुछ पल वर्तमान के लावे से बाहर आने की चेष्टा करते रहे, फिर होंठ भीचते हुए उन्होंने मंत्रियों की ओर दृष्टि उठाई, धीमे, किंतु सधे शब्दों में प्रश्न किया, "यह...यह सब कैसे हो रहा है, मंत्रिगण, मैं तो समझ भी नही पा रहा हूं?"

मंत्रियो ने परस्पर देखा, फिर उनमें से सर्वाधिक वृद्ध और मुखर मंत्री उठे। मगधराज जरासंध ही नहीं, उनके वीर पिता बृहद्रथ के समय से राजनीतिक-सामरिक उलटेफेंरों को देखा भोगा था उन्होंने। नाम–सत्यव्रत। कहा था, "इसमें अद्भुत और अलौकिक जैसा कुछ भी नहीं है राजन्, वसुदेव का पुत्र मात्र योद्धा ही नहीं, कुशल राजनीतिज्ञ भी है। जितनी सूचनाएं मिली हैं, उनके अनुसार यादव गणसंघ के परस्पर झगड़ों को मिटाकर उसने उन्हें सफलतापूर्वक संगठित कर लिया है। यही नहीं, अनेक ऋषि-मुनि भी उसने अपनी श्रद्धा और पूजा से वश में कर रखे हैं। वह बहुत त्वरित-बुद्धि है, महाराज, साम, दाम, दंड, भेद सभी में पारंगत। उस पर जय के लिए मात्र सैन्यशक्ति काफी नहीं है। उसे युक्तिपूर्वक पराजित किया जा सकता है, युद्ध-भर से नहीं।'

जरासंध ने सुना-अच्छा नहीं लगा। किस युक्ति की बात कर रहे है वृद्ध मंत्री, चिढ़ हो आई थी उन्हें । कहा, "वृद्धवर, देखता हूं कि समय के साथ-साथ आप मंत्री से अधिक उपदेशक होते जा रहे हैं। उस गोप बालक में साम, दाम, दंड, भेद की परख करना आप जैसे थके हुए व्यक्ति के लिए ही संभव है। मुझे लगता है कि अब तक मथुरा पर सम्पूर्ण सैन्य-क्षमता के साथ आक्रमण ही नहीं हो सका, संभवतः इसी कारण मगध को पराजय झेलनी पड़ी है।"

सत्यव्रत ने राजा को देखा, इस तरह जैसे किसा मदांध व्यक्ति को सहानुभूति से देखा जाए, फिर आसन पर बैठे रहे। समझ चुके थे कि शक्तिदंभ में डूबे जरासंध से तर्क-वितर्क करना व्यर्थ होगा।

एक बार पुनः चुप्पी बिखर गई। कुछ क्षण बाद जरासंध ने पूछा, "और तुम क्या कहते हो, पौंड्रक?"

"मेरी राय में तो कृष्ण छली और धूर्त है राजन्", पौंड्रक ने विनम्रतापूर्वक कहा "यह संयोग मात्र है कि अनायोजित युद्ध में वह मगध की सेना से जय पाता गया है। उचित तो यही होगा कि एक बार पुनः युद्ध किया जाए। इस युद्ध में आप अपने मित्र कालयवन से सहायता लें। वह दक्षिण दिशा से मथुरा की ओर बढ़े मगध की सेना पश्चिम की ओर से यादवों की घेराबंदी

करे। इस तरह या तो कृष्ण और उसके समर्थक उत्तर की ओर भागकर प्राणरक्षा करेंगे अथवा वे मथुरा को बचाने की चेष्टाओं में ही प्राण दे देंगे।"

जरासंध ने ध्यान से सुना। पौंड्रक की मीठी चाटुकारिता से भरी बात ने कुछ पल के लिए उसके दंभ को संतोष दिया फिर। उसने कहा, "नहीं, पौंड्रक, मेरी शांति के लिए इतना-भर काफी नहीं है। मैं कृष्ण और कर संकर्षण (बलराम) की समाप्ति चाहता हूं। मुझे मथुरा गणसंघ को जय करना-भर संतोष नहीं दे सकेगा। मैं उसी क्षण शांति पा सकूंगा, जब अपने जामाता कंस के हत्यारे का संहार कर दूं। मेरी स्नेहिल पुत्रियों को भी इसी से सुख प्राप्त होगा।" अनायास ही जरासंध के स्वर में विचित्र-सी कड़वाहट उभर आई थी। ऐसे जैसे उनके मुंह से निकले शब्द विष से लिपटे हुए हों, प्राणांतक विष।

"जैसी आपकी इच्छा राजन्", पौंड्रक ने पुनः कहा, "आप वही कीजिए। अपने मित्र और समर्थक वीर कालयवन की सहायता इस दृष्टि से भी उपयुक्त रहेगी। आपकी विशाल सेना जिस क्षण मथुरा की ओर बढ़ेगी, उसी समय कालयवन अपने असंख्य सैन्यबल को साथ लिए हुए दक्षिण से मथुरा की ओरे प्रस्थान करेंगे। अपने-आपको युद्ध में असमर्थ पाकर निश्चय ही मथुराधिपति उग्रसेन, कृष्ण, बलराम आदि मथुरा से पलायन करेंगे और कालयवन वायुगति से निरंतर उनके पीछे बढ़ते जाएंगे। आपकी चाहना पूर्ण होगी। इसमें तनिक भी संदेह नहीं।"

जरासंध के चेहरे पर प्रसन्नता की एक झलक उभरी। कहा, "मैं तुम जैसा मित्र और मंत्री पाकर प्रसन्न हूं पौंड्रक, तुमने उचित ही कहा है। कालयवन निस्संदेह ही कृष्ण का वध करने में सफल होगा।" जरासंध आश्वस्त होकर उठ पड़े। पौंड्रक उनके पीछे हो लिया।

शेष सभी मंत्रियों ने सभा से विदा ली।

मन में विषाद है या पीड़ा, नहीं जानती थीं, पर इतना जान रही थीं कि जो कुछ हो रहा है, उससे प्रसन्न नहीं रही हैं। उलटे मन अधिकाधिक बोझिल होता जाता है।

जरासंध को थाम सकती थीं। पर वह थमते, इसमें संदेह है। जामाता वध से कहीं ज्यादा कष्टकर उन्हें मगध की अवहेलना ने उत्तेजित किया था। फिर प्राप्ति को लगता है, केवल यही कारण नहीं था उनके क्रोध का। यह क्रोध कम था, मथुरा को शक्ति-छाया में नियंत्रित किए रहने का राजकीय स्वार्थ अधिक। कंसवध को उन्होंने मथुरा के यादवों को कुचलने-दबाने का सशक्त तर्क बना लिया था।

राजसभा के विसर्जित होते ही सदा की तरह बोझिल मन-शरीर लिए हुए अपने निवास पर आ पहुंचीं। अधिक थक गई थीं। सदा की तरह चाहा था कि इस आगत और वर्तमान से मुक्ति पा लें। विचारशून्य होकर शांत हो जाएं, किंतु असंभव हुआ।

और जब वर्तमान बिसराना असंभव है, तब विगत कैसे बिसराया जा सकता है? विशेषकर उस स्थिति में जबकि यह वर्तमान उस विगत की धरती पर ही खड़ा हो और विगत का अर्थ है, कंस स्मरण! पलकें मूंद लेनी चाहीं। यह भी चाहा था कि किसी तरह बेसुध हो जाएं, पर लगा कि न बेसुध होना वश में है, न पलकें मूंदकर विस्मृति से साक्षात्कार कर पाना! पुनः उसी स्मरण-क्रम से जा जुड़ीं, जिसे छोड़ आई थीं।

कृष्ण-बलराम के संदीपनि आश्रम पहुंच जाने और वहां से लौटने की सूचना पाकर कितने उग्र हो उठे थे मथुराधिपति? लगता था कि कोई सुप्त ज्वालामुखी था जो इस समाचार ने कुरेद दिया था। सूचना पाते ही विशेष और विश्वसनीय व्यक्तियों की सभा बुलाई गई थी। कहा था, "वे दुष्ट गोप बालक पुनः जनपद क्षेत्र में आ पहुंचे हैं और उनसे मुक्ति पाए बिना मथुरा राज्य में सुख-शांति नहीं रह सकेगी।

प्राप्ति ने भी सुना था। लगा कि मन विद्रोह करना चाहता है। इच्छा यह भी हुई थी कि कह दें, "नहीं, उन बालकों से राज्य की सुख-शांति को तनिक भी भय नहीं हैं। यह भय आपका अपना है। मन स्वच्छ कर लीजिए, भय स्वाभाविक रूप से परे हो जाएगा!" किंतु कहा नहीं। जानती थीं कि पति अपने विरुद्ध मत कभी नहीं सहते या कि सहनशीलता उनका स्वभाव ही नहीं है।

चाटुकार सेनापति, मंत्री और कुछेक सभासद् पूर्ववत् चाटुकारिता करने में जुटे हुए थे। एक बोला था, "आप आश्वस्त हों, महाराज, इस बार वे दुष्ट नंद पुत्र जीवित नहीं रह सकेंगे।"

किसी अन्य ने कोई और टिप्पणी की। अर्थ यही, शब्द अलग।

महाराज बोले थे, "तब शीघ्र ही ज्ञात करो, गोकुल-वृंदावन क्षेत्रों में क्या हो रहा है? वे बालक कब जनपद में प्रवेश करने वाले हैं?"

"जैसी आज्ञा, महाराज!" केशी ने शीश झुकाया। मथुराधिपति उठ पड़े। उन सभी ने अभिवादन किए, फिर अपनी-अपनी राह ली।

अगले कुछ ही दिनों में एक बार पुनः मथुरा और समूचा शूरसेन जनपद नई उथल-पुथल और षड़यंत्रों की राजनीति में भर उठा। केशी ने अगले ही दिन सूचना दी थी कि कृष्ण-बलराम उज्जयिनी से आ पहुंचे हैं।

पर केशी से और पहले प्राप्ति तक सूचना आ पहुंची थी। सेविका ने सब कुछ सुनाया था। यह भी सुनाया कि यशोदासुत साक्षात् मोहन है। बंसी नामक एक विशेष वाद्ययंत्र भी निर्मित किया है उसने। जब उससे धुन निकलती है, तब समूची दिशाओं में उसकी मोहिनी बिखर जाती है। आयुभेद से परे होकर जीवमात्र इस धुन पर मन से नृत्य कर उठते हैं।

"क्या नाम है उस वाद्ययंत्र का?" महज उत्सुकता से प्राप्ति ने प्रश्न किया था।

बंसी! सब बंसी ही कहते है उसे।" ऋतु बोली थी।

"तूने सुनी हैं धुन?"

"नहीं देवी, केवल उसकी मोहिनी का वर्णन सुना है", ऋतु जैसे वर्णनानुभूति से विभोर होकर बोल रही थी, "पर मेरी बड़ी इच्छा है, महारानी, एक बार स्वयं सुनूं? जब उसका वर्णन मात्र इतना मोहक है तब साक्षात् श्रवण कैसा होगा?"

"तब जा, कल ही चली जा।" प्राप्ति ने उसे अवकाश दे दिया था, "लौटकर मुझे बताना कि कैसा है कान्हा? क्या सच ही वह विलक्षण है? कोई देवशक्ति है उसके पास? और बंसी का क्या प्रभाव होता है?"

ऋतु ने सिर झुकाया, महारानी को प्रणाम किया। मथुरा के राजनिवास से विदा ली।

लौटकर ऋतु ने अनेक सूचनाएं दी थी नन्दलाल के बारे में। प्राप्ति को आज भी स्मरण है ऋतु का वह चेहरा–लगता था कि विचित्र-सी दीप्ति और आभा लेकर लौटी है ब्रजभूमि से। आंखें चमकती हुई और दृष्टि आकाश-सी अनंत। जिसकी गहराई नाप पाना असंभव। चेहरा विद्युत् किरण की भांति दमकता हुआ और श्वासें किसी मंदिर की सुगंध सहेजे हुए। आते ही राजशिष्टाचार का निर्वाह करके वह प्राप्ति के चरणों की ओर बैठ गई थी। बोली थी, "अद्भुत, महारानी, नितांत वर्णनातीन!"

"क्या हुआ?"

वह बोल रही थी, किंतु प्राप्ति को याद है, लगता था कि स्वर श्लोक की तरह गूंज रहे है उसके, किसी अन्य लोक की यात्रा करके लौटी है। उसने कहा था, "देवी, उस विलक्षण बालक के दर्शन करना तो दूर, उस क्षेत्र में पहुंचकर ही मुझे नई अनुभूति हुईं। लगता है कि वृंदावन के लता-पत्र भी उस मोहिनी से भरे हुए हैं। वहां की वायु स्वर्गिक हो उठी है और वातावरण सुगंधित। यह सब तो मुझे ब्रज क्षेत्र में चरण रखते ही अनुभव होने लगा था, फिर जब मैंने उसे देखा, ओह, कैसे कहूं आपसे? किन शब्दों में वर्णन करूं उस सबका? देवी, भाषा इतनी असमर्थ हो सकती है, और शब्द इतने सीमायुक्त मैं तो विचार भी नहीं कर सकती थी।" वह बड़-बड़ाए जा रही थी। संभवतः भूल ही गई थी कि वह मगधराज की बेटी और मथुराधिपति की भार्या के सामने बैठी है। संभवतः उन शब्दों के लिए जो अनुभूत हो रहा था ऋतु को उसने उसे अस्तित्वमुक्त कर दिया था। केवल अनुभव ही बनकर रह गई थी वह। ऐसे जैसे आकारहीन केवल भावना हो।

आकारहीन। केवल अनुभव! हां, यही कुछ तो लगा था उस दिन प्राप्ति को। यही कुछ देखा-सुना था उस ऋतु में। जो कुछ वह कहे जा रही थी, उस सबको प्राप्ति चित्रवत् अनुभव करने लगी थी। उस सामान्य

सेविका के स्वर और शब्दों में वैसा कवित्व कहां से आ गया था? किस शक्ति ने उसे सहसा सामान्य से असामान्य बना दिया था?

ऋतु बोली थी, "निस्संदेह वह अलौकिक है देवी। जिसकी उपस्थिति ने प्रकृति तक को उन्मत्त कर दिया हो, जिसका स्वर मोहिनी की तरह जीवमात्र को प्रभावित कर देता हो, जिसकी मुस्कान जीवन के हर दुख को विस्मरण करा देती हो, जिसकी उपस्थिति के बिना मनुष्य जीवनहीनता का अनुभव करने लगता हो, वह क्या लौकिक हो सकता है? ब्रजवासी उसकी श्वास से श्वास पाते है, उसके स्वर से संचालित होते हैं, उसकी रूप-मोहिनी से विस्मृत हो उठते है, उसकी शक्ति से संपन्न हैं। यह यशोदासुत सुख, आनंद, तृप्ति, अतृप्ति और विरक्ति का अनंत है!...दर्शन करते ही प्रणाम करने को मन हो आता है। उन बालक के प्रति उमड़ा स्नेह भी श्रद्धा से युक्त होता है, उसके प्रति मोह भी श्रद्धा से पूर्ण।'

प्राप्ति चमत्कृत होकर सुन गई थी। क्या सच ही किसी मनुष्य में वह सब हो सकता है जो उस गोप बालक में है? वह यशोदा का बेटा ही है या कोई और? अनायास ही प्रश्न कर दिया था उसने, "क्या मायावी है ऋतु?"

"नहीं, महारानी" ऋतु ने कहा था, "उसे माया ही कह सकते हैं।"

मन हुआ था कि विश्वास न करे–उस तरह किया भी नहीं था, जिस तरह ऋतु ने कहा-सुनाया था। दासी के प्रति शंकित हो गई थी मगधसुता। संभवतः ऋतु उस बालक को लेकर केवल इस कारण उतना सब कहे जा रही है, क्योंकि वह स्वयं गोप पुत्री है! ब्रजबाला। अपने ही नगर-ग्राम और जाति-बंधु के प्रति सहज-सहृदय होना स्वाभाविक है।

सुनकर भी अनसुना कर दिया था, पर लगा कि बिसरा नहीं सकी है। बिसरता कैसे? राजनिवास में सुबह से शाम तक यशोदा के पुत्र की ही तो चर्चा चलती रहती थी। एक नई सूचना मिली थी उन्हें। उस विलक्षण बालक ने आते ही एक नया कौतुक और कर दिखाया।

सूचना लाए थे केशी। महाराज कंस ने प्रश्न किया था, "पराकमी कालिय नाग को यमुना से बाहर तक खदेड़ दिया है नंदपुत्र ने?"

"किंतु कालिय नाग तो आश्चर्यजनक गति और शक्ति से संपन्न था, सेनापति।" मथुराधिपति चकित हुए थे। स्वर कुछ सकपकाहट से भर गया था उनका, "यह असंभव कैसे संभव हुआ?"

"मैं स्वयं भी आपकी तरह विश्वास नहीं कर सका था महाराज, किंतु जितना सुना, जितनों से सुना वह जानकर ही सूचना देने उपस्थित हुआ हूं।" केशी ने विनम्र किंतु लिज़लिज़े स्वर में उत्तर दिया था–"कालिय नाग से यमुना क्षेत्र को रक्षित करके कृष्ण ने जनपद में बहुत चर्चा, प्रसिद्धि और लोकप्रियता अर्जित कर ली है देव, यह चर्चा और लोकप्रियता धीमे-धीमे ही सही, किंतु जन-नेतृत्व की ओर ले जाएगी।"

"जानते है हम! पर उससे पहले यह जानना चाहते हैं कि कैसे वह सब संभव हुआ?" मथुराधिपति का प्रश्न कौंधा। "नागवंशी कालिय तो अद्भुत बलशाली था?"

केशी ने सूचना को शब्दवत् सुना दिया था। लगा कि शब्दक्रम ने चित्रित कर दी है, संपूर्ण घटना।

नागवंशी कालिय!...उसे लेकर प्राप्ति को बहुतेक सूचनाएं पहले ही मिल चुकी थीं। केशी के शब्द-वर्णन से पूर्व, कालिय नाग उसी समय ब्रजक्षेत्र में आ पहुंचा था, जब कि कृष्ण-बलराम संदीपनि के अवंती स्थित आश्रम में थे।

सभा में ही चर्चा आई थी उसकी। महामंत्री प्रद्युम्न ने सूचना दी थी, "राजन् भोगवती पुरी का कालिय नाम मथुरा क्षेत्र में आ पहुंचा है और वह वृंदावन के पास यमुना और आसपास के क्षेत्रों में निर्द्वंद्व घूमता रहता है। उसके आतंक से अनेक लोग प्रभावित हुए है। यह दुष्ट नाग यमुना के तटक्षेत्र का एक बड़ा हिस्सा अपने भय और हिंसात्मक चेष्टाओं के कारण दबाए हुए है। उस ओर, जिस और उसका सीमाक्षेत्र बन गया है, ग्रामवासी स्त्री-पुरुष

आने-जाने से डरते हैं। वह अनेक का वध कर चुका है। अनेक उसके विषमय प्रहारों के कारण शारीरिक रूप से लगभग मृत हो चुके हैं, बहुतेक विकलांग। इस दृष्ट नाग ने जनवासियों का जीवन असहज बना दिया है।"

महाराज कंस ने कालिय नाग के यमुना तटवर्ती क्षेत्र की जानकारी ली थी। कुछ पल सोचते रहे, फिर एक क्रूर मुसकुराहट उनके होंठों पर घिर आई थी। कहा था, "महामंत्री, उस नाग को उसी क्षेत्र में रहने दो।"

"किंतु राजन् वह जन-क्षेत्र है।" प्रद्युम्न चकित हुए थे। विचित्र निर्णय था राजा का। कहा था, "वहां बड़ी संख्या में गोप रहते हैं। उनके स्त्री, बालक, पशुधन सभी को उस विषधर से भय है। वे सब असुरक्षित हो जाएंगे।"

प्राप्ति ने भी सुना था। यादवराज का निर्णय उसे भी असहज और अन्यायपूर्ण लगा था। क्या कंस उस दुष्ट नाग की शक्ति के कारण कतरा रहे है, किंतु महाशक्तिशाली कंस के सामने वह नाग कितना ही शक्तियुक्त क्यों न हो, कमज़ोर ही था। नहीं, यह कारण नहीं। प्राप्ति सोचने लगी थीं। अवश्य कोई और कारण है। नीतिज्ञ कंस के इस निर्णय का कारण शक्तिहीनता और असमर्थता तो तनिक भी नहीं।

तब क्या हो सकता है कारण? और कारण को लेकर अधिक माथापच्ची नहीं करनी पड़ी थी प्राप्ति को। राजा ने स्वयं ही स्पष्ट कर दिया था, "वह क्षेत्र नंद का क्षेत्र है। हमारी इच्छा है कि उन दुष्ट बालकों को पालने-पोसनेवाले इन गोपों को दंड मिले! * कालिय नाग सहजता से यह कर्तव्य निर्वाह सकेगा। कुछ समय उसे उसी क्षेत्र में निर्द्वंद्व घूमते रहने दो।"

---

* कालिय नागः महाभारत के कालिय नागवंशी है। वासुकि, ऐरावत आदि की तरह अत्यधिक शक्तिशाली नाग है। महाभारत के अनुसार 'कालिय नाग मूलतः वासुकि नाग की राजधानी भोगवतीपुरी का रहनेवाला था।' भोगवतीपुरी भी इन्द्रपुरी को तरह धन-धान्य, अन्न-जल आदि से संपन्न और सुन्दर बसी थी। सूरसागर। अ.आ. विक्रम परिषद, काशीः के अनुसार कालिय नाग को कृष्ण ने यमुना से निकालकर मणि द्वीप में पहुंचा दिया था। संभवतः कालिय, सांप न होकर नागवंशी एक शक्तिशाली व्यक्ति था जो यमुना किनारे अपनी सत्ता के बल पर आतंक फैलाकर नागों का वहां अस्तित्व बनाए रखना चाहता था। कृष्ण ने उससे यमुना और जनपदीय क्षेत्र को मुक्ति दिलाई'

छि:! प्राप्ति के मन में एक धिक्कार जनम आया था। केवल कृष्ण-बलराम के कारण ही कंस समूचे जनक्षेत्र को असुरक्षित बनाए डाल रहे हैं? अच्छा नहीं लगा, किंतु कर भी क्या सकती थीं? शांत रहीं।

और कालिय नाग का आतंक बढ़ता गया था। आए दिन विषधर नाग द्वारा की गई हत्याओं और आतंक की घटनाओं के समाचार आते। कंस सुनते, अनसुना कर देते। एक बार हंसकर बोले थे, "क्यों, क्या गोपों के वे रक्षक बालक रीत-बीत गए हैं? नंद से कहो, उन्हीं को स्मरण करें। उन्हें अपनी रक्षार्थं बुला लें।"

यमुना तट-क्षेत्र के वासी निवेदन लाए थे यादवराज के पास। कालिय नाग के कारण कैसा असुरक्षापूर्ण वातावरण बन गया है! कितना भय और आतंक फैला रखा है उसने उससे मुक्ति दिलाई जाए!

कंस ने कठोरता से अस्वीकार कर दिया था उनका निवेदन। बोले थे, "नंद गोप से कहना, उस अद्भुत मायावी, छली बालक को बुला लें। वही उनका रक्षक रहा है, वही अब रक्षा करेगा–कौन-सा कठिन काम है?"

रोते-बिलखते बज्रवासी लौट गए थे राजनिवास से। कालिय नाग का आतंक ज्यों-का-त्यों चलता रहा, बढ़ता गया। गोपों का पशुधन नष्ट हुआ। अनेक ग्रामवासी स्त्री, पुरुष और बालक नाग की आतंकाग्नि में भस्म हो गए।

और फिर विस्मय का पहला समाचार आया था। कृष्ण-बलराम की अंकपाद* से वापिसी और फिर दूसरा समाचार कालिय नाग को तटक्षेत्र से खदेड़ डालना।

प्राप्ति विस्मय किंतु रुचि के साथ सुनती गई थीं कालिम नाग से जनपदीय क्षेत्र की मुक्ति का वह आख्यान। और केशी सुनाए गया।

कृष्ण वृन्दावन क्षेत्र में आते ही गोपधर्म से जुड़ गए थे। वहीं गोपों से सुनने को मिली थी, कालिय नाग की कथा। कैसा है वह? कहां से आया?

---

* अंकपाद : संदीपनि के आश्रम का नाम। संदीपनि का आश्रम अवंती में था। अवंती वर्तमान उज्जैन का प्राचीन नाम है।

किस क्षेत्र में बसा हुआ है? क्या चाहता है वह? क्या मथुराधिपति ने उसे जनक्षेत्र से निकालने की कोई चेष्टा नहीं की? अनेक प्रश्न भी किए थे उन्होंने, किंतु किसी भी प्रश्न का कोई उत्तर नहीं था। सब यही कहते थे कि वे केवल यह जानते हैं कि कालिय नाग के यमुनाक्षेत्र में प्रवेश वर्जित है। न उस ओर पशुओं को चराने ले जाया जाता है, न ही बालकों, स्त्री या पुरुषों को उस ओर जाने की स्वीकृति है।

कृष्ण ने उत्सुकता से पूछा था, "किसने आदेश दिया है?"

"स्वयं नंद बाबा ने कहा है यह!" उद्धव ने सूचना दी थी उन्हें।

कृष्ण उत्सुकता से भरे हुए नंद बाबा के पास जा पहुंचे, किंतु लगा कि नंद बाबा नाग-संबंधी कृष्ण की किसी जिज्ञासा का उत्तर नहीं दे रहे हैं। वृद्ध पिता से अधिक तर्क-वितर्क करना उचित न समझकर माता के पास जा पहुंचे थे।

"माता?" यशोदा भोजन बना रही थी उस समय। रात्रि की बात है। कृष्ण ने माता के पास पहुंचकर यहां-वहां की चार बातें की, फिर अर्थ की बात पर आ गए, "यह कालिय नाग कौन है, माता?"

यशोदा चौंकीं। बेटे की ओर शंकित दृष्टि से देखा। चिंताग्रस्त होकर पूछा, "तुझे किसने बताया उसके बारे में?"

"ऐसे ही गोपबंधु बातें कर रहें थे। वहीं पता चला।" कृष्ण ने इस तरह कहा जैसे प्रश्न यों ही कर लिया है। बहुत सुनने-जानने में रुचि नहीं है उनकी। माता का ममत्वपूर्ण स्वभाव खूब जानते थे। यह भी जानते थे कि उन्हें लेकर पल-भर में चिंतित ही नहीं, रुआंसी हो जाएंगीं। प्रतिपल उन्हें ही पूछती रहती थीं। आंख से तनिक देर ओझल हुए नहीं कि यशोदा की खोज प्रारंभ। कहां है कान्हा? किसी ने देखा उसे? किस ओर गया है?

यशोदा चुप थीं। आटे से सने हाथ परात में थमे रह गए थे। कुछ शंका और चिंता से भरी-भरी कृष्ण को निहारे जा रही थीं। कृष्ण ने असामान्य रूप से अपने-आप को सहज बनाए रखा। कहा, "बड़ा विचित्र है वह नाग। भला किस कारण हमारे क्षेत्र में उत्पात मचा रहा है?"

"राजा अपने-आप देख लेंगे। तुझे चिंता करने की आवश्यकता नहीं।" यशोदा ने तनिक चिढ़कर कहा, फिर प्रश्न की ओर से उपेक्षा बरत दी। बोलीं, "तू इन सब विवादों में मत पड़ा कर। अभी बालक है। यह सब तेरे विचार का विषय भी नहीं है।"

"न, मैं उस सब पर सोच थोड़े ही रहा हूं, ऐसे ही सहज जिज्ञासावश पूछने चला आया।" कृष्ण समझ गए कि अधिक बात करेंगे तो समूची रात्रि यशोदा सो नहीं सकेंगी। बार-बार शय्या से उठकर कृष्ण को देखने जाएंगी, सो रहे हैं या नहीं? बात टाल देना ही ठीक समझा। बोले, "मुझे भोजन दो । बहुत भूख लगी है"

यशोदा जितनी शीघ्र संदिग्ध और चिंताग्रस्त होती थी, उतनी ही जल्दी सहज भी हो जाया करतीं। मुसकुराकर कहा था, "आसन बिछा और हाथ-मुंह साफ कर! थाली लगाती हूं।"

कृष्ण गुनगुनाते हुए आज्ञापालन करने लगे।

निश्चय कर लिया था कि अब यशोदा या नंद बाबा से कालिय नाग को लेकर कुछ नहीं पूछेंगे। अगले दिन उन्होंने जानकारी की थी गोपमित्रों से। प्रतिदिन की तरह गौएं चराने चले तो बलराम से एक ओर होकर उद्धव और मनसुखा के साथ आगे निकल गए। एकांत पाते ही पूछा था, "अच्छा सच-सच बतलाना मनसुखा, यह कालिय नाग किस क्षेत्र में हैं?"

मनसुखा ने भयभीत होकर उद्धव को देखा। उद्धव पसीना पोंछ रहे थे। दोनों चुप रहे। कृष्ण टकटकी लगाए हुए उन्हें देखते रहे। उत्तर की प्रतीक्षा की, फिर चुप्पी देखकर समझ लिया था कि वे भी कुछ बतलाने-बोलने को तैयार नहीं हैं।

कृष्ण स्नेहपूर्ण मुसकान के साथ पुनः प्रश्न करने लगे, "जानता हूं, तुम लोग उससे भयभीत हो, इसी कारण उसका नाम तक लेना उचित नहीं समझते, क्यों?"

"नहीं, कान्हा, यह बात नहीं है।" मनसुखा ने उत्तर दिया था।

"फिर क्या बात है? भय नहीं है तो चुप क्यों हो? नाग ने तुम्हें बहुत डरा दिया है क्या?" कृष्ण के स्वर में व्यंग्य उतर आया था।

मनसुखा ने उद्धव को देखा, फिर गहरा प्रभाव श्वास लेकर उत्तर दिया, "यशोदा मइया ने नाहीं कर दी है कि तुम्हें कालिय को लेकर कुछ न बतलाया जाए। यह भी कि तुममे इस संबंध में वार्ता ही न की जाए।"

कृष्ण हंसे, फिर चुप हो गए। मन माता के स्मरण मात्र से भर आया। कैसा अबोध स्नेह है उनका? कितना अजस्न ममत्व। कहा, "अच्छा, अब मैं तुम्हें धर्म संकट में नहीं डालूंगा। मइया ने निश्चय ही तुम लोगों को वचन-बद्ध कर लिया होगा, है ना?"

"हां, कान्हा," उद्धव ने भोलेपन से उत्तर दिया, "हम बड़े बेबस है मित्र, क्षमा कर देना।

"कोई बात नहीं, क्षमा कर दिया, पर यह तो बतला दो कि उस दुष्ट के कारण यमुना के किस तदक्षेत्र में अपनी गाएं नहीं ले जानी चाहिए कृष्ण ने चपलता से पूछा।

"बात तो वही होगी।" उद्धव ने तुरंत उत्तर दिया। "हम मूर्ख नहीं हैं कन्हैया, तुम ऐसे नहीं तो वैसे जान लोगे। हम नहीं बतलाएंगे।" वह मनसुखा की ओर मुड़े, "क्यों मनसुखा?"

"हां, कान्हा बहुत चालाक है।"

कृष्ण ने उसी भोलेपन को जुटाए रखा। कहा, "तुम लोग तो मूर्ख हो। अरे, यह भी नहीं समझते कि पशु निर्बोध होता है। उसकी रक्षा करने के लिए ही हम लोग उसके साथ जाते हैं। क्या मालूम किस दिशा में निकल जाए। उसकी रक्षा के लिए सभी गोपों को यह ज्ञात होना चाहिए कि विपत्ति किस ओर है। न बतलाओ तो नहीं सही, पर इतना जान लो कि किसी गौ को कुछ हो गया, तो फिर मत कहना कि कान्हा, यह कैसे हुआ?" बात समाप्त करके कृष्ण रूठते हुए से चल पड़े। बड़बड़ाते भी गए, "निपट मूर्ख हो तुम लोग!"

कान्हा रुष्ट हो जाए, यह न मनसुखा के लिए सहनीय था, न उद्धव के लिए। सरलमन गोप बालक तुरंत भागे आए, "रुको, कान्हा।"

"ऐ, कन्हैया।" उद्धव ने आकर बांह थाम ली थी, स्नेह-भरे शब्दों में कहा था, "तुम तो रूठ गए। तुमसे बिलग कैसे रह सकेंगे हम लोग?"

तो बतलाओ, किधर है वह नाग-क्षेत्र ?" कृष्ण ने पुनः प्रश्न किया था, "उस ओर गौएं न जा सकें, यह हम सभी को ध्यान रखना होगा।"

"उधर, बाईं ओर ।" मनसुखा ने उत्तर दिया था, फिर प्रार्थना भी की, "पर यह सब गौओं के कारण बतलाया है तुम्हें, स्मरण रखना!"

कृष्ण ने कुछ कहा नहीं। बाईं और तदक्षेत्र को घूरते रहे। ऐसे जैसे साक्षात् नाग को ही देख रहे हों। फिर यहां-वहां की बातें करने लगे।

संध्याबेला हुई तो गौओं को हांकते हुए सब लोग जनक्षेत्र की ओर लौट आए। उद्धव और मनसुखा सारा दिन आशंकित रहे थे। कहीं कृष्ण बाई ओर न चल पड़ें। कुछ अनर्थ हुआ तो दोष उन पर आ जाएगा, किंतु आश्वस्त हुए। कृष्ण ने सारा दिन बड़ी शांति के साथ बिताया था।

अगले दिन जानबूझकर कृष्ण नहीं गए थे गौओं के साथ। सहज था कि बहुतेक गोप बालक भी कतरा गए। कृष्ण की अनुपस्थिति में गौ चराने का लंबा समय काटना कठिन हो जाता था। सभी ने निश्चय किया था कि खेलेंगे। माता यशोदा ने कठोर आदेश दिए थे–खेलें, किंतु यमुना की ओर न जाएं। कृष्ण ने स्वीकार लिया था। दोपहर होते ही सब लोग गेंद लेकर एक ओर चल पड़े। कर संकर्षण और अन्य लोग वन चले गए थे।

गेंदमार खेलना आरंभ किया था उन्होंने। खेलते-खेलते ही तटक्षेत्र की ओर जा पहुंचे। उद्धव ने सावधान किया था, "कान्हा, उस ओर नहीं।"

"निश्चिंत रहो।" कृष्ण ने आश्वस्त किया था, फिर सभी खेल में निमग्न हो गए। कुछ समय शांति के साथ कटा, फिर सांस लेने के लिए तनिक थमे, तो सखाओं से घिरे कन्हैया ने पूछा था, "इसका अर्थ तो यह

हुआ उद्धव, कि हम लोग कभी तटक्षेत्र की ओर खेल ही नहीं सकेंगे? क्यों?"

"हां, कन्हैया!" मनसुखा ने बात थाम ली थी बीच में, "वह दुष्ट नाग जो बैठा हुआ है उधर। बालक तो दूर, बड़े लोग भी उस ओर नहीं जा पाते।"

"ऐसा आतंक है उसका?" कृष्ण ने चकित होकर प्रश्न किया।

"हां, कितनों को तो समाप्त कर चुका है वह।" उद्धव ने बतलाया, "फिर एक वही अकेला थोड़े है। उसकी स्त्रियां भी हैं। एक तरह से वृंदावन के शांत वातावरण में वह ज्वालामुखी की तरह धधकता रहता है। एक कुंड भी बना रखा है उसनें विषमय जल का कुंड। नाग से आमना-सामना हो, उसके पूर्व तो उस कुंड का विष ही मनुष्य को नष्ट कर डालता है।"

"कब से आया वह?"

"किसी को ज्ञात नहीं।" किसी अन्य गोप बालक ने बतलाया था

"सब यही कहते हैं कि अचानक घटनाएं घटने लगीं, फिर ज्ञात हुआ कि नाग है। एक बार बरसाना वासी एक नागरिक को पकड़ लिया था उसने। न जाने कैसे दया करके छोड़ दिया। उसी से बहुतेक सूचनाएं मिलीं । उसी ने कहा था कि उसका नाम कालिय है। वासुकि नाग के वंश का वह शक्तिशाली नाग एक बड़े क्षेत्र पर अधिकार किए हुए है।"

"उसके रहने का कोई निश्चित स्थान है?" कृष्ण ने उत्सुकतापूर्वक पूछा।

"है क्यों नहीं?" उद्धव ने बतलाया, "वह जो दह दीख रहा है ना, उसी में कही रहता है कालिय, पर उससे पूर्व विषकुंड है। इस विषकुंड की रचना उसने अपनी रक्षार्थ कर रखी है। फिर नाग स्वयं भी बहुत शक्तिशाली है। जिसको बांहों में जकड़ लेता है, उसके शरीर को तोड़-मरोड़ डालता है। भयंकर बली है।"

कृष्ण ने सुना या नहीं सुना, कौन जाने? किंतु सब बालक देख रहे थे। दृष्टि उसी दिशा में ठहरी हुई है। विषकुंड और उसके बाद कालीदह।

"कान्हा!" मनसुखा ने जैसे उनकी तन्मय दृष्टि तोड़ना चाही थी।

वह मुड़े, "क्या?"

मनसुखा ने प्रश्न किया था, "क्या विचारने लगे तुम?"

"कुछ नहीं, ऐसे ही। देख रहा हूं, उस नाग ने कितनी शक्ति जुटा रखी होगी ?"

उद्धव की ओर सहमकर देखा था मनसुखा ने। कहा, "कुछ ऐसा-वैसा मत कर बैठना। यशोदा मइया बहुत रुष्ट होंगी। हममें से एक को भी तुम तक नहीं आने देंगी।"

"न-न, सो तुम निश्चिंत रहा। वैसा अवसर नहीं आएगा।" कृष्ण गहरी श्वास लेकर उठ पड़े थे, "तुम लोग तो सदा मेरे साथ रहोगे और मैं भी सदा तुम्हारे साथ हूं। हम अभिन्न मित्र हैं।" यों भी कृष्ण से किसी का मन जुड़ जाए तो तो वह न कभी कृष्ण से परे होता है, न कृष्ण ऐसा दुस्साहस कर सकते हैं कि उससे परे चले जाएं।"

वे सब उठे। पुनः खेलने लगे। बहुत तीव्र गति थी खेल की। जैसे-जैसे समय बीत रहा था, गोप बालकों के बीच खेल और-और गतिमय होता जा रहा था। फिर जब सूर्य बिलकुल सिर पर पहुंचा, तब गेंद की गति किरन जैसी चकाचौंध देने लगी। इसी चकाचौंध में कृष्ण के हाथ लगी गेंद वायुगति से यमुना तट के उसी क्षेत्र में चली गई थी, जिस क्षेत्र में कालिय नाग था।

कृष्ण वायुगति से गेंद लेने लपके। गोप बालक चिल्लाए थे, "कान्हा, रुको, उस ओर नहीं, रुक जाओ।"

पर कृष्ण ने सुना अनसुना कर दिया। शब्द पूरे होते-न-होते चपल कृष्ण तटक्षेत्र में पहुंचकर कदंब वृक्ष पर जा चढ़े। अगले ही क्षण कृष्ण ने एक उछाल ली और विषमय कुंड को पार करके वह कालीदह के मुंह पर थे।

"कन्हैया!" उद्धव वेदना से भरकर चिल्लाए थे। रुआंसे। गोप बालक भयभीत होकर तट से कुछ परे खड़े उस ओर देखते रहे, जिधर कृष्ण ने

छलांग ली थी, पर वह दीख नहीं रहे थे! कई रो भी पड़े, "कान्हा!··· कन्हैया!" अनेक छोटे बालक बस्ती की ओर दौड़ पड़े थे।

पल-भर में समूचे वृंदावन क्षेत्र में शोर मच गया था। नंद का उद्दंड बालक काली दह* में कूद गया। स्त्री पुरुष, आवाल-वृद्ध सभी लपक पड़े थे तट की ओर। यशोदा माथा धुनती हुई महिलाओं की पकड़ में थमी हुई थीं। शोकविह्वल नंद भी रोते-बिलखते आ पहुंचे थे। कुछ लोग लपके थे वन की ओर। बलराम और अन्य गोपों को सूचना पहुंचाने। सभी की आंखे कालीदह पर टिकी हुई। जल जैसे खौल रहा था और कृष्ण अदृश्य! कहां गए वह!

तट-क्षेत्र भयातुर चीख-पुकारों से भरा हुआ था। उद्धव और मनसुखा डर के मारे पसीने से लथपथ हो गए थे। अपराध-बोध ने बुरी तरह झकझोर डाला था उन्हें। वही तो थे, जिन्होंने कालीदह और नाग-संबंधी अनेक सूचनाएं कान्हा को दी थीं। जब वृद्ध स्त्री-पुरुषों को यह सब ज्ञात होगा, तो क्या गति होगी उनकी! विचारमात्र से कंपन हो रहा था। कितनी ही बार झुंझलाहट भी आती थी कृष्ण पर। कैसा उद्दंड रहा! न अपनी आयु का अनुमान, न शक्ति की समझ। दुस्साहस की भी कोई सीमा होती है। और अब पाया था कि दुस्साहस ही सीमाहीन होता है। वैसा न होता, तो कृष्ण यह दुश्चेष्टा करते?

निश्चित हो चुका था, कृष्ण का बचना असंभव । विशेषकर इस कारण कि उसने नाग की शक्ति को चुनौती दी थी और कालिय की अपूर्व शक्ति और सामर्थ्य सबकी जानी-पहचानी। यह तो ऐसे ही हुआ था, जैसे कोई बालक पहाड़ में ठोकर मारे।

यशोदा गोप बालकों को कोस रही थीं। सबसे ज्यादा मनसुखा और उद्धव को, "यही दुष्ट हैं, जो उसे दुर्मति देते रहते हैं। अब क्या होगा मेरे

---

* नाग का निवास स्थान।

कन्हैया का? तेरे बिना मैं कैसे जी सकूंगी कन्हैया?" उत्तेजना और भावावेश में बेकाबू होकर यशोदा महिलाओं की जकड़ से छूटकर यमुना में ही कूदने दौड़ीं।

"अरे रे, यह क्या करती हो तुम?" कहते हुए महिलाओं ने पुनः उन्हें थाम लिया। वह धरती पर गिरकर ही विलाप करने लगीं।

कृष्ण उस समय तक कालीदह के भीतर ही थे। सभी की दृष्टि से अलोप। जैसे-जैसे पल बीत रहे थे, वैसे-वैसे निश्चित होता जा रहा था, अब कन्हैया का जीवित लौटना असंभव। देह भी मिल जाए तो बहुत।

सहसा यमुना के जल में भारी उथल-पुथल होने लगी। लगता था कि पानी में भूकंप समा गया है। सहमी हुई अनेक आंखे उसी ओर लग गई थीं। जल की उथल-पुथल तेज़ गति से तटक्षेत्र की ओर बढ़ी आ रही थी। थोड़ी ही देर में वह तट तक आ पहुंची। भयंकर हुंकारें भी उठने लगी थी जल से।

भयभीत गोप बालकों ने देखा था कि कन्हैया को बांहों में जकड़े हुए वह भयावह नाग इधर से उधर जल में ही उपद्रव मचा रहा है। लगता था कि उसने बांहों में किसी ऐसी वस्तु को पकड़ लिया है, जो रह-रहकर हाथों से छिटक जाती है। फिर उन्होंने कन्हैया को देखा, वह बेसुध-सा उसके पर्वत सदृश शरीर से चिपका हुआ था।

"कान्हा!" अनेक स्वर उठे। यह स्वर चीत्कार से भरे हुए थे। उससे कहीं अधिक भय से।

यशोदा अधिक ही रोने-सिसकने लगी।

कन्हैया और नाग गुत्थमगुत्था हो रहे थे। बहुत विस्मयकारी दृश्य था वह। विशालदेह कालिय नाग और बालक कृष्ण, पर सर्वाधिक विस्मय तब हुआ था, जब कन्हैया से जूझता-लिपटता हुआ नाग एकदम तट तक आ गया। आधा शरीर जल में था, आधा जल के बाहर। कन्हैया ने आश्चर्यजनक फुर्ती के साथ नाग को धरती पर गिरा दिया, फिर इतनी गति के साथ

उछल-उछलकर उसके मस्तक पर पादप्रहार करने लगा कि हर प्रहार के साथ वह मरणांतक पुकारें लगाने लगा।

"हे भगवान्! यह नंदलाल तो आश्चर्य है!" अनेक गोपों के होंठो से एक साथ निकला। अनेक जैसे स्वरहीन ही हो गए थे। अवाक् होकर उस विस्मयकारी दृश्य को देखते हुए।

कृष्ण पूर्ववत् वही उछल-कूद मचाता हुआ। नाग हांफता, कराहता अब लहू-लुहान हो चुका था और कृष्ण थे कि उसके अर्धमृत शरीर पर उछल-कूद कर रहे थे। बिलकुल ऐसे ही जैसे एक बच्चा खेल रहा हो।*

"क्षमा! क्षमा प्रभु!" सहसा नाग चीखा था। उसकी विशाल देह चकनाचूर हुई जा रही थी।

तटक्षेत्र पर खड़े गोप बालक-बालिकाओं, वृद्धों और युवकों की बोलती बंद हो चुकी थी। लगा कि अविश्वसनीय को घटते देखकर वे स्तब्ध, मूर्ति बन गए हैं। एक ओर से नाग पत्नियां लपक आईं। बालक कृष्ण के आगे हाथ जोड़ दिए थे उन्होंने, "हमें क्षमा कर दो, प्रभु। इन्हें मुक्ति दो!"

कृष्ण पूर्ववत् कालिय नाग की देह पर सवार रहे। पूछा, "क्षमा कर दूं? उस उद्दंड और क्रूर नाग को क्षमा कर दूं?"

"हां, प्रभु!" नाग पत्नियों ने आगे बढ़कर प्रणाम किया था उन्हें, "इनके अपराधों का दंड इन्हें मिल चुका। हमें सौभाग्यदान दो!"

---

* कालियानाग और श्रीकृष्ण के संघर्ष का वर्णन करते हुए श्रीमद्भागवत पुराण में कहा गया है, 'श्रीकृष्ण जब जल में लीला करने लगे, तो अपने घर-का विनाश जानकर कालिया नाग दौड़ा आया। श्रीकृष्ण को मर्म स्थान में डसने के हेतु उसने अपने शरीर से उनको लपेट लिया' आगे लिखा गया है, "गोप जब कालीदह पहुंचे तो दूर से ही देखा कि कालिया नाग कृष्ण के शरीर से लिपट रहा है। कृष्ण चेष्टारहित हो गए हैं।" आगे भगवान् ने अपना शरीर बढ़ाया, जिससे कालिया नाग का शरीर व्यथित होने लगा। अंगों के बंधन ढीले हो गए।' (दशम स्कंध)

उपर्युक्त वर्णन प्रतीकात्मक ढंग से किया गया है और नागवंशी पुरुष कालिया, मनुष्य न रहकर नाग के रूप में विचित्र है, किंतु वर्णन में दोहरे अर्थ छिपे हैं, जो स्पष्ट करते हैं कि कालिया नागवंशी पुरुष ही था। आगे भी जब इसी वर्णन में नागपत्नियों की प्रार्थना पर श्रीकृष्ण द्वारा कालिया नाग को छोड़ने की घटना आई है, तब वह कालिया का मनुष्य होना ही सिद्ध करती है।

कृष्ण ने चरणतले दबे नाग को देखा। उसने भी कातर स्वर में वही सब कहा था, "आप जो आज्ञा देंगे, मैं वही करूंगा, किंतु मुझे प्राणदान दें।"

"तब तुम ब्रजक्षेत्र छोड़कर कहीं अन्यत्र जा बसो नागराज!" कृष्ण बोले थे, "इस भूखंड की सुख-शांति नष्ट मत करो।"

"मैं वचन देता हूं, भगवन!" नाग बोला था। कृष्ण उसकी देह से उतर आए। नाग और नाग-पत्रियों ने उन्हें प्रणाम किया और चल पड़े थे।

यशोदा ने बांहों में भर लिया था कान्हा को। चूमने-दुलारने का वही ममतामय दौर चला, फिर आनंद से रोती-हंसती घर चली आई थी। वृंदावन ही नहीं, दूर-दूरंत नगर-ग्रामों में बालक कृष्ण का यह नया कथा-कांड वार्ता की रोचक टिप्पणियों के साथ बिखर गया था।

सुनते-सुनते व्यग्र हो उठे थे कंस। मन हुआ था, कह दें– "यह असंभव है। अतिशयोक्तिपूर्ण, किंतु व्यर्थ था। केशी और उनके गुप्तचरों ने समाचार की पूरी तरह पुष्टि करने के बाद ही उसे मथुराधिपति तक पहुंचाया होगा।"

वे सब महाराज का चेहरा देखते हुए। अब क्या कहेंगे वह? कौन-सा नया आदेश देंगे? पर लगता था कि पहली बार कोई नया आदेश देने में कंस कतरा रहे हैं। भय की उतनी सघन छाया भी इससे पूर्व उनके चेहरे पर इतनी गहराई के साथ नहीं देखी थी किसी ने। स्वयं प्राप्ति को भी यही अनुभव हुआ था। पति की वह अस्त-व्यस्त मुद्रा। मुद्रा का मन?

निस्संदेह मन से ही अस्त-व्यस्त होने लगे थे कंस। कालिय नाग जैसे अपूर्व शक्तिशाली शत्रु को इस तरह वृंदावन से निर्वासित करके यशोदासुत ने सिद्ध कर दिया था कि वह असामान्य शक्ति से संपन्न है। बहुत सीमा तक घोर मायावी।

सब कहते थे अलौकिक हैं कृष्ण, किंतु कंस कभी नहीं स्वीकार सके। मानवीय शक्ति से आगे कोई शक्ति होती है, यह स्वीकारना उनके लिए असंभव था। फिर एक बालक में? नहीं, निश्चय ही कुछ ऐसा था, जिसे

प्राप्त कर रखा था इस बालक ने और संयोग है कि वही सब निरंतर घटनाओं का कारण रहा है। हर घटना में जुड़ी सफलता के संयोग ने कृष्ण की छवि अलौकिक बना दी है। क्या है वह शक्ति? कोई तंत्र-मंत्र? अथवा योगबल?

वैसा भी नहीं लगता तंत्र-मंत्र की प्राप्ति के लिए असंख्य और दुष्कर साधनाएं करनी होती हैं, जबकि उस बालक की तो अभी आयु ही कुछ नहीं है। कंस तर्क-वितर्क करते रहते थे। बहुत दिनों तक कोई निर्णय नहीं कर सके थे कृष्ण को लेकर। योगबल के लिए भी साधना और संयम की जो दुष्कर यात्रा करनी पड़ती है, उसकी कसौटी पर भी कृष्ण कसे नहीं जा रहे थे।

यह सब प्राप्ति ने भी सोचा था। उनकी तरह बहुतों ने सोचा होगा। उन सबने, जो कंस का शुभ चाहते थे, किंतु उत्तर कभी नहीं मिलता था। इस समय भी नहीं मिला है। उत्तरहीन ही तो अलौकिक होता है। इसीलिए नंदपुत्र अलौकिक है। सब यही कहते थे। सामान्य जन की यही सम्मति थी।

प्राप्ति को स्मरण हैं महाराज कंस ने कालिय मर्दन की घटना के बाद विचार-विमर्श के लिए अनेक विद्वान् यादव सामंतों को बुलवा भेजा था। उन्हीं में थे अक्रूर। सबसे शांत, सबसे सरल और ज्ञान में सबसे जटिल।

रानियों की उपस्थिति में ही चर्चा की थी उनसे। सम्मान सहित बुलाकर अक्रूर से कहा था, "वृद्धवर, उस गोप बालक को लेकर विस्मयकारी घटनाएं सुन रहे हैं हम। क्या आप भी यही मानते हैं कि वह अलौकिक है?"

अक्रूर ने आसन ग्रहण किया। राजा की ओर शांत दृष्टि से देखते रहे, फिर कहा था, "लगता तो यही है राजन्, सृष्टि में कुछ बातें तर्क-वितर्क से परे होती हैं। जब किसी जीवन में वह सब होने लगे, तो समझिए प्रकृति ही है। और प्रकृति अलौकिक शक्तियों से संपन्न होती है।"

अस्ति और प्राप्ति शांत बैठी थीं। वृद्ध अक्रूर यादव कुल के श्रेष्ठों में से थे। पहली बार उनसे इतना गंभीर विचार-विमर्श देख-सुन रही थीं। कंस

ने सुना शांत रहे, जैसे प्रश्न-पूर्व बहुत सोचना पड़ रहा हो। प्राप्ति को आश्चर्य हुआ था। पति इतने विचारशील तो कभी नहीं हुए थे। उद्दंड क्रोध उनका सहज स्वभाव था। कूटनीति के नाम पर छल-जाल बुनना उनके लिए सहज था, पर विद्वानों से चर्चा लाभ करते हुए संकोचग्रस्त हो उठते थे। अधिक सोचें इसके पूर्व ही अक्रूर पुनः बोल पड़े, "राजन्, यशोदानंदन को लेकर मैंने भी जो कुछ सुना है, वह अद्भुत ही है।"

"किंतु देखा तो नहीं है उसे आपने?" कंस ने सहसा चिहुंककर पूछ लिया। लगता था कि वह कृष्ण की चर्चा मात्र से असहज हो उठते हैं। घृणा और भय की सम्मिलित मनःस्थिति ने उन्हें अदृश्य में ही हाथ-पैर चलाने जैसी उत्तेजना तक पहुंचा रखा था।

"नहीं, मैंने देखा नहीं है उसे राजन्", अक्रूर ने शांत स्वर में कहा था, "पर जिन लोगों ने उसे देखा है, उनसे सुना है। जो सुना है, वह भी कम आश्चर्यजनक नहीं है।"

"क्या सुना है आपने?"

"सुना है कि वह अल्पायु बालक दृष्टि-दर्शन से ही प्रभावित करता है।" अक्रूर ने उत्तर दिया था, "वह मोहक है, सुंदर है, चपल है और प्रभावशाली है।"

"शक्ति?"

"यह सब शक्तियां ही तो हैं, यादवराज, जहां तक शारीरिक क्षमता और शक्ति की बात है, सो तृणावर्त, बकासुर, कालिय युद्ध कितनी ही घटनाएं तो हैं, तो प्रमाणित करती हैं कि नंदलाल असामान्य शक्ति से पूर्ण है।"

"हूं।" गुर्राए थे कंस। चहलक़दमी करते रहे। थोड़ी देर बाद जैसे उन्हें अक्रूर की उपस्थिति ही असह्य होने लगी थी। कहा था, "धन्यवाद यादवश्रेष्ठ, कल सभा में आपके दर्शए करके प्रसन्नता होगी।"

अक्रूर उठे। अभिवादन किया चले गए।

प्राप्ति को अच्छा नहीं लगा था राजा का वह असामान्य व्यवहार। इस तरह कंस अपने ही शुभैषियों को खो देंगे। केवल खोएंगे ही नहीं, उन्हें शत्रु भी बना लेंगे, किंतु उत्तेजित और क्रोधी राज से तर्क-वितर्क करना उचित नहीं था। प्राप्ति शांत रही।

अस्ति ने कहा था, "एक निवेदन करूं, महाराज।"

"कहो?"

"आप उन दुष्ट गोप बालकों को यहीं बुलवा लीजिए।" अस्ति ने सम्मति दी। प्राप्ति ने चौककर बहन को देखा। यह कैसी सम्मति। भला इसमें कौन-सा शुभ देखा है रानी ने? कंस भी इस प्रश्न को संजोए पत्नी को देखने लगे।

अस्ति ने कहा था, "उन उद्दंड बालकों का उपचार शक्ति-केन्द्र के बीच ही उन्हें जकड़कर किया जा सकता है। यों भी जिस प्रकार उन्हें लेकर अलौकिक घटनाएं जन-साधारण में फैल रही हैं, वह आपके लिए शुभ नहीं हैं। यह जन प्रभाव अधिक बढ़े, उसके पूर्व ही उन्हें थाम लेना आवश्यक है महाराज।"

कंस बोले नहीं, किंतु टकटकी बांधे हुए अस्ति को देखे गए। प्राप्ति कुछ सोच-समझ नहीं पा रही थीं। मन कहता था कि जो कुछ हो रहा है, वह सब शुभ नहीं होगा। तभी मथुराधिपति आसन पर बैठ गए थें कहा था, "तुम्हारी सम्मति सुनी देवी, किंतु इस तरह का राज्यामंत्रण तो उन्हें अधिक महत्त्वपूर्ण बनाएगा। प्रजा-जन सोचेंगे कि महाराज कंस ने उन अद्भुत बालकों की अलौकिक शक्तियों को स्वीकार किया है। यह समर्पण की क्रिया नहीं हो जाएगी?"

"नहीं, देव।" अस्ति ने उत्तर दिया था, "नीति के अनुसार यही उचित है। शत्रु यदि छोटे छल-जाल में नहीं फंसे, तो उसे बड़े छल से हत किया जाना उचित है। उन बालकों का प्रभावक्षेत्र बढ़े, इसके पूर्व उन्हें नष्ट कर देने का सबसे श्रेष्ठ साधन यही है।"

कंस ने उत्तर नहीं दिया था। प्राप्ति को लगा था कि वह निश्चय नहीं कर पा रहे हैं। अगले दिन भी यही सिद्ध हुआ। कंस कुछ भी निश्चय नहीं कर पा रहे थे।

प्राप्ति को एक नई चिंता ने जकड़ लिया था। स्मरण हो आई थी एक घटना। एक बार सभासदों को किसी समस्या पर विचार-विमर्श में उलझे पाकर महाराज जरासंध ने कहा था, "वह राज्य शीघ्र ही नष्ट हो जाता है, जिसके कर्णधारों के पास निर्णायक शक्ति शेष न रहे अथवा निर्णयपूर्व वह अनावश्यक समय लेने लगें।"

तब क्या महाराज कंस भी उसी मनःस्थिति में आ गए थे? प्राप्ति सोचने लगी थीं। इसी सोच ने मन को भयग्रस्त कर दिया था। अशुभ के प्रति चिंतिति। भवितव्य के प्रति शंकाकुल। इस शंकाग्रस्त मन ने जीवन का सारा उत्साह निचोड़ना प्रारंभ कर दिया था। लगता था कि धीमे-धीमे कोई अदृश्य शक्ति प्राप्ति का सुख, शांति, आनंद सभी कुछ चुकाए जा रही है। ऐसे जैसे थोड़े-से जल-कुंड के गिर्द दावानल सुलग उठा हो। मन की संपूर्ण निर्मलता और शीतलता धीमे-धीमे बूंद-बूंद छनकर सूखती जा रही हो। प्राप्ति घोर अशांति से भर उठी थी, पर यह अशांति किसी से कही भी नहीं जा सकती। कैसे कहेगी? सभी ओर तो यही अशांति और व्यग्रता है?

महाराज कंस किसी भी पल सहज नहीं रह पाते। राजा के प्रति सेवकों-सामंतों में भी एक अविश्वास का भाव भरने लगा है। जिस आंख को देखती है, लगता है कि उसकी कोरों पर महाराज कंस के राजा रह पाने न रह पाने को लेकर एक शंका बैठी हुई है। शब्दहीन होते हुए भी वाचाल शंका।

ऋतु आए दिन वृंदावन का कोई-न-कोई समाचार ले आया करती थी। वही कृष्ण-बलराम से संबद्ध समाचार। प्राप्ति मूर्तिवन् सुनती रहती। कभी-कभी सहज होती, तो प्रश्न भी कर लेती, "फिर? फिर आगे क्या हुआ?

"कुछ नहीं देवि," ऋतु सुनाए जाती, "नंदलाल तो बहुत चपल है ना। संपूर्ण बृजक्षेत्र में उसकी बाल-लीलाओं को लेकर आनंद-ही-आनंद बिखरा रहता है।"

कितना मन होता था प्राप्ति का कि यशोदा के पुत्र से घृणा करे, उससे रुष्ट रहे। उसी तरह, जिस तरह बहन अस्ति रहा करती थी। पति कंस के प्रति भक्ति के लिए यह आवश्यक लगता था, किंतु वैसा हो नहीं पाता। अनेक बार प्राप्ति अपने से ही प्रश्न कर बैठती थी, "भला क्यों कर प्राप्ति उस तरह कृष्ण को लेकर अरुचि व्यक्त नहीं कर पाती?

"संभवतः कृष्ण उसे दोषी नहीं लगते।" उसके अपने भीतर से उतर उगल पड़ता। फिर उसका तर्क भी। मथुरा के राजभवन में आते ही उसके पति की ओर से उन अबोध शिशुओं के विरुद्ध केवल षड्यंत्र ही देखे है। यदि उन षड्यंत्र से वे बालक बार-बार उबर आते हैं, तो इसमें दोषी क्यों हुए? किंतु पति-भक्ति के नाते प्राप्ति को भी उन्हें दोषी मानना चाहिए। मन का एक और पक्ष था, जो अपनी ही तरह तर्क कर उठता। नहीं, ऐसा नहीं कर सकेगी प्राप्ति। तब क्या पति द्रोह करेगी वह?

न्यायपक्ष की ओर सहानुभूति जुटाए रखना किसी के प्रति द्रोह नहीं है। पति-द्रोह तो तब होता, जब प्राप्ति कृष्ण-पक्ष के हिताहित की क्रिया से जुड़ जाती। वह केवल सहानुभूति रखती है उन लोगों से। लगता है कि कंस उनके प्रति अनावश्यक रूप से षड्यंत्र किए जा रहे हैं। भला उन लोगों ने अहित क्या किया है मथुराधिपति का? और जब वैसा कुछ नहीं हुआ, तब किस कारण राजनीति उन्हें दंडित-प्रताड़ित किए जाती है?

पर पति के विरुद्ध विचार करना दोष होता है। कुतर्क से ही सहीं, किंतु प्राप्ति का अंतर्मन उसे दबोच लेना चाहता। प्राप्ति एक क्षण के लिए सकपका जाती। दोष-बोध से आहत होने लगती। अगले ही क्षण एक तर्क उभर आता उसकी अंतरात्मा से, झूठ वह है। पति दोष के विरुद्ध विचार करने से दोष नहीं लगता। तब प्राप्ति ही क्यों दोषी हुई?

मन सहज हो जाता। निस्संदेह कोई दोष नहीं है प्राप्ति का। मानवीय संवेदना के नाते उसे न्याय-अन्याय दोनों ही पक्षों पर विचार करने का अधिकार है। दोष तो यह है कि पति मर्यादा के सीमा बंधन ने उसे अनीति को रोकने में भी लाचार कर डाला है, किंतु क्या कृष्ण के प्रति सहानुभूति

का कारण मात्र प्राप्ति का अंतरन्याय ही है? एक और प्रश्न कुलबुलाने लगता है आत्मा में। और प्राप्ति को लगता है कि इस प्रश्न का उत्तर देना उसके वश में नहीं। कृष्ण के प्रति सहानुभूति है या अलौकिक के प्रति श्रद्धा, प्राप्ति के लिए निश्चय करना कठिन है। बस, इतना जानती है प्राप्ति कि जब-जब उसने उन्हें लेकर कुछ सुना है, तब-तब वह श्रद्धा-विभोर हुई है। अधिक और अधिक रुचि लेकर जानने की चेष्टा करती रही है।

उस बार ऋतु द्वारा उनके बाल-कौतक सुनाए जाने पर भी तो यही प्रतिक्रिया हुई थी।

ऋतु बोली थी, "महिमामयी, जब से बालक कृष्ण ब्रजभूमि पर जन्मा है, तब से ब्रजवासी धन-धान्य से पूर्ण हो गए हैं। प्रकृति पूर्वापेक्षा अधिक समृद्ध हुई दीख पड़ती है और गौएं अधिक दूध देने लगी हैं।"

हंस पड़ी थी प्राप्ति, "तू तो विलक्षण बातें करती है ऋतु," उसने अविश्वास से कहा था, "संयोग मात्र से उस बालक को अलौकिक मत बना। मैं जानती हूं कि उसने आश्चर्यजनक लीलाएं की हैं। दुर्द्धर्ष असुरों का संहार किया है, किंतु इसका यह अर्थ नहीं कि हम सब उसे ईश्वर मान लें! कहीं ऐसा तो नहीं कि तुम गोकुल-वृंदावन वासी उस बालक को ईश्वर बनाकर राज्य को भयभीत करना चाहते हो? यदि ऐसा है, तब यह तुम लोगों की मूर्खता होगी। महाराज कंस या उनके अनुयायी कभी भी तुम्हारे कान्हा को देवरूप में स्वीकार नहीं करेंगे।"

"नहीं-नहीं, महारानी, यह बात नहीं है।" कुछ डर-सहम के साथ ऋतु ने उत्तर दिया था, "ब्रजवासी तो कभी नहीं चाहते कि महाराज कंस के महान् व्यक्तित्व पर कोई अकारण थुपे, पर कान्हा को लेकर जो कुछ सत्य है, उसे ही वह अनुभव करते हैं। वह उसके प्रति भक्ति रखते हैं। और क्यों न रखें, देवि, कान्हा है ही ऐसा मोहक, नटखट और प्रभावशाली। उस पर क्रोध भी आता है, तो मन होता है, स्नेह रूप में अभिव्यक्त हो, उसे लेकर माता यशोदा ही नहीं, गोकुल की हर गोपी इस भाव से चिंतित हो जाती है,

जैसे उसका अपना कुछ खो रहा हो। ऐसा विलक्षण मोह जगा देना क्या सामान्य के लिए संभव है, तनिक आप ही बतलाइए?"

प्राप्ति चुप, ठिठकी-सी ऋतु की आंखों में देखती रह गई थी। लगा था कि स्नेह और मोह का वह शब्द-समुद्र तो उसके अपने भीतर भी भरा हुआ है, जिसका अभी-अभी वह वर्णन कर रही थी। पूछा था, "तूने तो देखा है ना उसे?"

"हां, महारानी।"

"कैसा है वह?"

"शब्दों में वर्णन नहीं किया जा सकता उसका।" ऋतु ने जैसे मुग्ध होकर उत्तर दिया था, स्वर चाशनी से लिपटा हुआ। बोली थी, "अब क्या कहूं आपसे? नीलवर्णी आकाश को देखा है न आपने?"

"हूं।"

"तो बस, ऐसा ही है उसका रंग और इस आकाश पर यदि काली घुंघराली घटा उमड़ पड़े, तो कैसा लगेगा? ऐसी ही कुछ है कान्हा की केशराशि। फिर यशोदा उसका श्रृंगार भी ऐसा करती हैं कि वह वर्णनातीत सुंदर लगने लगता है। मुसकान उसके होंठों पर ऐसे चमकती है, जैसे बिजली कौंधे। जिसे आंखें भरकर देख लेता है, वही सुध-वुध खो बैठता, ऐसा सम्मोहन है उस बालक का।"

प्राप्ति नहीं जानती थी कि वह क्या कुछ सुनना, जानना या पूछना चाहती है। बस, इतना जानती थी कि वह सुनती रहती है, ऋतु बहुत कुछ बतलाती है। क्रमबद्ध की जाएं तो आनंद-रस से सराबोर गोकुल के उन समूचे दृश्यों को ही देखा जा सकता है, जो प्राप्ति ने ऋतु से सुने हैं। उसके वर्णन में कवित्व शक्ति है, शब्दशः चित्र खिंच आता है।

गोकुल-वृंदावन। कान्हा की बाल-लीलाओं का क्षेत्र। ऋतु बोली थी, "लगता है कि कान्हा के बनाए उस सुमधुर वाद्ययंत्र की सलोनी धुन सभी दिशाओं में बिखरी रहती है। वृक्षों से लेकर जड़ पर्वतों तक में संजीवनी बनी

हुई। बांसुरी कहते हैं उसे। यह बांसुरी गूंजती है, तो एक साथ चैतन्यता और चेतनाहीनता की अद्भुत अनुभूति बिखर जाती है सब ओर।

"प्रकृति और पुरुष के उस सम्मिलन का साक्षात् अनुभव करना हो, तो वृन्दावन से श्रेष्ठ क्या है? और कृष्ण-कथा के अतिरिक्त वह कहां मिल सकता है?" ऋतु यही कुछ कहा करती थी। प्राप्ति को सब कुछ स्मरण हैं। मन होता था कि वृंदावन जाए और स्वयं देखे कृष्ण-लीला, किंतु राजमर्यादा पैरों में बेड़ी बनकर पड़ी थी। प्राप्ति केवल अनुभव करती। जिन शब्दों को सुनती, उनसे तरह-तरह के चित्र बनाकर मन में अनुभूति करती।

ऋतु से बहुत कुछ सुनने-जानने को मिला था नटखट नंदपुत्र को लेकर। गोपियों के वस्त्र हरण, रासलीला और महारास को लेकर। विचित्र बात यह थी कि सुनकर आश्चर्य होता। यशोदापुत्र स्त्री, पुरुष, बालक और वृद्धों में भी समान रूप से प्रिय था। वे सभी उसे नेह करते थे। गोपियां उसके प्रति मोहमयी हो उठी थी। ऋतु कहा करती, "वह साक्षात् मोहिनी बनकर संपूर्ण ब्रज के जड़-चेतन पर बिखर गया है देवि, उससे इतर कुछ नहीं और सब कुछ उससे परे। वह उनका विश्वास बन गया है, वही उनकी शक्ति, वही उनका सुख और आनंद तथा वही उनकी कामना। और क्यों न हो? वह किस-किस तरह तो ब्रजवासियों का रक्षक हुआ है देवि।"

इसी वार्ता-संदर्भ में वर्णन आया था गोवर्धन लीला का। संभवतः न भी आता। ऋतु हो या कोई अन्य, कृष्ण की चर्चा अब शक्ति की तरह ही होती थी। घटनाएं श्रद्धा के साथ कही-सुनाई जातीं।

तभी एक समाचार आया था मथुरा में गुप्तचरों ने राजा को सूचना दी थी, फिर वह सूचना सामान्य प्रहरियों, सेवक-सेविकाओं तक बिखर गई, एक और आश्चर्य चर्चा बनकर। बालक कृष्ण ने गोवर्धन अंगुली पर उठाकर संपूर्ण गोकुल के गोपों और पशुधन की रक्षा की थी। इन्द्र कोप-पग्रस्त हो गए थे और कृष्ण ने इन्द्रकोष का समुचित प्रत्युत्तर देकर इन्द्र को पराजय स्वीकारने पर बाध्य कर दिया था।

सुनकर कंस ने कहा था, "असंभव, यह नितांत असंभव है। हम जानते हैं कि उस दुष्ट कन्हैया को लेकर जन-सामान्य के बीच सुनियोजित रूप से

इस तरह का प्रचार चल रहा है, जो उसे ईश्वर बना दे, पर हम कभी नहीं मानेंगे उसका यह देवरूप।"

प्राप्ति ने अवसर पाते ही ऋतु से पूछ लिया था, "क्यों री, यह गोवर्धन और कृष्ण को लेकर क्या सुन रही हैं हम?"

"आपने जो सुना है, सत्य ही सुना है देवि, " ऋतु ने उत्तर दिया था, "कृष्ण ने गोवर्धन उठाकर इन्द्र के कोप से गोकुलवासियों की रक्षा की है।"

"सो कैसे?"

"आपकी तरह मैंने भी यह समाचार सुना ही है देवि," ऋतु ने कहा था, "यह भी सुना है कि यह कोप इन्द्र ने केवल अपनी पूजा बंद हो जाने के कारण किया था।"

"जो सुना है, मुझे वही सब सुना!" कहकर प्राप्ति ने सेविका पर दृष्टि गड़ा दी थी।

ऋतु ने जो कुछ कहा-सुनाया है, सुनकर बहुत विश्वसनीय नहीं लगता। उस समय भी नहीं लगा था और अब, जब बहुत समय बीत चुका है, रह-रहकर प्राप्ति उस सब पर सोचती हैं, तो सहसा विश्वास नहीं कर पाती। पलकें ही नहीं, माथा भी बोझिल अनुभव होने लगता है। कैसे उठाया होगा वह पर्वत?

पर्वत उठाया था या सुबुद्धि दी थी? निश्चित समय पर सुबुद्धि। सुन रखा था कृष्ण को लेकर-अतिबुद्धिमान है। जो टुकड़े-टुकड़े सूचनाएं मिली थीं, उनके आधार पर ही प्राप्ति ने उस घटना का संपूर्ण अनुमान किया था। स्वयं से तर्क-वितर्क भी करती रही थी। क्या सच ही पर्वत उठाया गया होगा?

या कि पर्वत की परिक्रमा का मार्ग सुझाया होगा? इन्द्रकोष से बचाव? कहते हैं कि उस क्षेत्र में इतनी घनघोर वर्षा हुई थी, जिसने यमुना को बाढ़ से भर दिया था। रौद्रमती नदी वेग के साथ समस्त जड़-चेतन की आत्मसात् कर लेने उमड़ पड़ी थी। तभी कृष्ण ने वह मार्ग दिया या कि गोवर्धन पर्वत उठाकर ही संपूर्ण गोकुलवासियों की रक्षा की?

बहुत सूचनाएं जुटाकर प्राप्ति ने जो घटनावार चित्र मन में जुटाया था, उसे मस्तिष्क की तूलिका ने इस तरह अंकित किया:

कहते हैं कि इन्द्रपूजा का विरोध किया था कृष्ण ने। ऋतु ने बतलाया था कि गोवर्धन उठाने के पूर्व वही घटना घटी थी, फिर इस घटना को श्रद्धा ने प्रतीकात्मक ढंग से जोड़ा और कर्म को केवल संवाद की वस्तु बना दिया।

सदा की तरह गोप-समुदाय ने इन्द्रपूजा का भव्य आयोजन किया था। बालक कृष्ण ने उत्सुकता के साथ प्रश्न किया था, "यह क्या हो रहा है पितृ?"

"देवाधिदेव इन्द्र की पूजा का आयोजन किया है, वत्स।" नंद गोप तैयारियों में व्यस्त थे। वर्षा ऋतु प्रारंभ होने को थी। प्रतिवर्ष गोप-गृहों में इस पूजा का आयोजन होता था।

"इन्द्र की पूजा क्यों?" कृष्ण ने प्रश्न के भीतर से प्रश्न खोजा।

"वे जलदेव हैं, पुत्र।" नंद बोले थे, "वही तो हैं, जो सूर्य को ज्वालाओं से झुलसी पृथ्वी की प्यास बुझाते हैं। उस पर धन-धान्य के जन्म का कारण बनते हैं। वह हम सबके प्रकृतिदेवता हैं, कान्हा। इसी कारण हम लोग उनका पूजन करके उन्हें प्रसन्न करते हैं।"

बात पूरी होते-न-होते बालक कृष्ण उठाकर हंसे थे, पूछा, "इसका अर्थ तो यह हुआ पूज्य, कि इन्द्र के पुरुषार्थ की पूजा कर रहे हैं हम लोग।"

"निःसंदेह, वह प्रकृतिपुरुष हैं, उनके पुरुषार्थ को कौन अस्वीकार सकता है?"

"और हम सबके पुरुषार्थ का क्या होगा, बाबा?" कृष्ण ने प्रश्न और सूक्ष्म कर दिया।

"हमारा पुरुषार्थ ?" नंद ने पूजा की तैयारी में व्यस्त हाथ थाम लिए थे। चकित होकर किशोरायु कृष्ण की ओर देखा था, तर्क किया, "भला मानवीय पुरुषार्थ से क्या हो सकता है? इन्द्र और मेघ की पूजा आवश्यक है। उनकी कृपा के बिना केवल पौरुष क्या करेगा? मनुष्य के श्रम को फलदायी तो वही बनाते हैं। अतः उनकी पूजा-अर्चना आवश्यक है।"

कृष्ण ने गहरा श्वास लिया, कहा था, "पितृ, मैं नहीं जानता कि हम गोपों के लिए इन्द्र की कृपा-अकृपा कितनी महत्वपूर्ण है, कितनी नहीं। इनता अवश्य ही जानता हूं कि हम गोप वनवासी हैं और हमारे लिए हमारा श्रम, हमारी प्रकृति और हमारे वन ही पूज्य हैं। ये वन न हों तो हमारे पशु खाएंगे क्या? ये पर्वत न हों, तो हमारे वन जुटेंगे कहां, अतः इनकी पूजा, रक्षा ही हमारा धर्म होना चाहिए, यही हमारा कर्म।"

अनेक गोप सहमे खड़े कृष्ण को देख रहे थे। कृष्ण कहे गए, "हम सभी का जन्म कर्म के कारण हुआ है और हम सब कर्म से ही जीवित रहते हैं, अतः कर्म का फल यदि हमें कहीं मिलना है, तो वह इन्द्र से नहीं, ईश्वर से मिलना है। यदि हम कर्महीन हो जाएं, तो ईश्वर क्या फल देगा? अतः हमारा पूजन, कर्म और धर्म केवल गोरक्षा और पूजा है। उचित तो यह होगा बाबा, कि इस समय हम सब इन्द्र का पूजा न करके इन बनों, पर्वतों और गौओं की पूजा करें। यही हमारे जीवन हैं, यही हमारी जीविका। अतः इनकी कृपा प्राप्त करने के लिए इनका पूजनाराधना होना अनिवार्य है।"

तर्क ने सहसा उन सभी को स्तब्ध कर दिया था। वे सब इस तरह देख रहे थे कृष्ण को, जैसे ज्ञान की ज्योति से साक्षात्कार कर रहे हों और कृष्ण के प्रभावी तर्क ने उन सभी को स्वीकारने पर बाध्य किया था कि कृष्ण ही सही है।

इस तरह इन्द्रपूजा सहसा गोवर्धन पूजा में बदल गई थी और परिणाम था इन्द्रकोप। सब कहते थे कि वह अपमान इन्द्र के लिए असह्य हो गया था और इन्द्र ने निश्चय किया था कि उद्दंड कृष्ण के अनुगामी गोपों की ठीक तरह सबक़ दिया जाए। परिणाम हुआ था ब्रजक्षेत्र में भयावह वर्षा। इस वर्षा ने सभी कुछ अस्त-व्यस्त कर डाला था। यहां तक कि भयभीत गोप परिवार और उनके जीविका साधन पशु तक हताश हो उठे थे।

सब यही कुछ कहते थे। यही कुछ चर्चित हुआ था। अगली घटना से जुड़कर विलक्षण हो गया। पर वह अगली घटना क्या सचमुच स्वाभाविक

थी? घटनाओं से क्रमबद्ध एक घटना या केवल संयोग? गोवर्धन-धारण की घटना को लेकर जो कुछ सुनने-जानने को मिला था वह भक्तिभाव से जोड़ दिया जाए, तो विस्मयकारी ही लगता है, किंतु कृष्ण के ही कर्म-ज्ञान और बुद्धिवाद से जुड़कर यह सहसा एक स्वाभाविक रूप से लेता है।

ब्रजक्षेत्र में भयावह वर्षा के समाचारों ने मथुरा को भी कम आंदोलित नहीं किया था। प्राप्ति को स्मरण है, उस वर्षा के कारण हो रही जन-धन हानि की आशंकाओं को लेकर यादव प्रमुख एकत्र होकर महाराज की सभा में उपस्थित हुए थे। अक्रूर उनका नेतृत्व कर रहे थे। हाथ जोड़कर उन्होंने प्रार्थना की थी, "राजन्, इन्द्रकोप के कारण ब्रजवासी बहुत भयभीत हो उठे हैं। गोकुल, वृंदावन, बरसाना अनेक ग्रामक्षेत्र तो इतने प्रभावित हो गए हैं कि वहां किसी के जीवित बच पाने की आशा ही छोड़ी जा चुकी है। प्राणदायिनी यमुना सहसा उग्र होकर प्राणघातक शक्ति के साथ जनक्षेत्रों में उमड़ आई हैं असंख्य ग्रामपशु नष्ट हो जाने की आशंका है। इस अवसर पर यदि राज्य की ओर से कोई समुचित, सहायता व्यवस्था न की गई, तो घोर अनर्थ और महानाश हो जाएगा।"

"हां देव," एक अन्य प्रमुख उठ उड़े हुए थे, "वृद्धवर अक्रूर का परामर्श उचित ही है। इस अवसर पर ब्रजवासियों को तुरंत ही राज्य की ओर से सहायता, चिकित्सा आदि की समुचित व्यवस्था की जानी चाहिए।"

कंस सुनते रहे, शांत रहे। सभी की आंखें उनकी ओर जुड़ी थीं। सब बड़ी आशा से उनके अनुकूल उत्तर की राह में व्यग्र थे। सहसा वह बोले थे, "आप सभी की सम्मति उचित है, निश्चय ही राज्य की ओर से नागरिकों को सहायता-सुविधा मिलनी चाहिए। आप सब आश्वस्त हों। आपके कथन से पूर्व ही इस दिशा में आदेश दे दिए गए हैं।" फिर उन्होंने केशी की ओर दृष्टि घुमाई थी, "क्यों सेनापति, हमारे आदेशानुसार कार्यारंभ हो चुका है या नहीं?"

"अब तक उचित सहायता उनके पास पहुंच चुकी होगी, प्रभु।" केशी बोले थे। प्राप्ति ने शंकित दृष्टि से राजा और सेनापति दोनों को ही देखा था। लगा था कि दृष्टि शब्दों से इतर कुछ और ही बोल रही है।

सभा समाप्त हो गई थी। सेनापति और महामंत्री के साथ महाराज कंस विशेष चर्चा के लिए कक्ष में चले आए। रानियों ने आसन ग्रहण किए। कक्ष में प्रवेश के साथ ही कंस हंसे थे, "सहायता!" उन्होंने शब्द को इस उपहास के साथ वातावरण में उछाला था, जैसे समस्त सभासदों के मुंह पर थूक दिया हो, "उन दुष्टों की सहायता? उन राज्यद्रोहियों को, जो गोप बालकों के कहे पर चलकर सदा ही राज्य और राजा की अवहेलना करते आए हैं? अब वही उनकी रक्षा करेंगे। शासन से आशा किस कारण की जाती है?"

प्राप्ति ने सुना था। लगा कि शरीर में भय से एक सिहरन हुई है। ईश्वर! क्या मथुराधिपति इतने कठोर हो जाएंगे कि केवन उन उद्दंड बालकों के कारण असंख्य ब्रजवासियों को मृत्युमुख में जाते देखते रहें? किंतु यही हुआ था। राजा जैसे समूची स्थिति की ओर से इस तरह अनदेखा, अनसुना कर गए थे, जैसे वह सब विचारना उनका काम ही नहीं था। मनुष्य के नाते भी नहीं और प्राप्ति भयग्रस्त सोचती ही रही थी कि क्या वह सब उचित हुआ था?

भयावह वर्षा ने मथुरा को भी कम प्रभावित नहीं किया था, किंतु सर्वाधिक प्रभावित हुआ था ब्रजक्षेत्र। उसमें भी वृंदावन और उससे मथुरा के अतिरिक्त जुड़ी बस्तियां। न कोई समाचार मिलता था उधर से न ही कोई समाचार जाने की स्थिति थी। समूचा संपर्क ही टूटा हुआ था। यमुना के उफान के इर्द-गिर्द के रास्ते भी बंद कर दिए।

प्राप्ति राजभवन में हर दिन नए-नए और डराने वाले समाचार सुनती रही थीं। किसी बार ज्ञात होता था कि वेगवती यमुना में पशुओं के झुंड-के-झुंड मृतावस्था में बहे चले जा रहे हैं। किसी बार पता चलता कि बीच-बीच में अनेक स्त्री पुरुषों के शव भी देखे गए। अनेक झोपड़ों को रौद्रा नदी ने तिनके-तिनके कर आत्मसात् कर लिया था। सब ओर त्राहिमाम्।

मन होता कि राजा से कहें, "कुछ कीजिए, महाराज। राजसेवा में अनेक नौकाएं हैं, अनेक साधन भी हैं। उन सभी की सहायता से अब भी

असंख्य लोगों की जीवन रक्षा की जा सकती है। किंतु लगता कि व्यर्थ होगा। कठोर राजा कृष्ण-बलराम को लेकर पाषाणवत् थे। अब तक चलते आए क्रम को देखते हुए प्राप्ति जानती थीं कि कुछ भी कहना ऐसे ही होगा, जैसे कि लपट में कोई बूंद उछाली जाए। कंस की क्रोधाग्नि में सब कुछ स्वाहा हो जाने वाला था। हर उचित विचार, हर अनुकूल परामर्श, हर मानवीय संवेदना।

स्मरण आता है, तो मन पीड़ा और वेदना से भर उठता है। कभी-कभी लगता है कि जिस वैधव्य को ढो रही हैं, वह सब केवल पति के पापकर्म के कारण ही हुआ है। कितना अच्छा होता कि मथुराधिपति जान सकते कि वह केवल कृष्ण-बलराम के ही नहीं, संपूर्ण, मनुष्यता के दोषी हो गए हैं और इस दोष का प्रायश्चित उन्हें ही नहीं, उन सबको करना होगा जो उनके साथी, सहयोगी और जीवन में सहभागी रहे हैं।

किंतु वैसा कभी नहीं हो सका। जो हुआ, वह उनके बाद बहुतों ने भोगा है। किस-किस तरह, किन-किन स्तरों पर, कोई कभी नहीं जान सकेगा। कंस मर चुके है। वह कंस जो काल जय करना चाहते थे। कहा भी करते थे, "मैंने जय पा ली है काल पर।"

मन हंसने को भी होता हैं, रोने को भी। कैसी विडम्बना? कंस ने जीवन जय का विचार किया नहीं, काल जय के फेर में पड़े रहे है। इस जय-मोह ने जीवन का जो श्रेष्ठ था, वह सब भी छीन लिया।

पर वह छिन रहा है–क्या कंस नहीं देख सकते थे? चाहते तो अवश्य देख लेते। प्राप्ति देख रही थी। हर उस क्षण, उस घटना के साथ देख रही थी, जिसके कारण धीमे-धीमे ही सही, पर राजा का यश, वीरत्व, श्रेष्ठता, दया, ममता सभी कुछ छिनता जा रहा था। राजनिवास में ही राजसेवक जब-जब समय पाया करते, दबे-मुंदे स्वरों में राजा की विपरीत बुद्धि को लेकर क्षोभ व्यक्त करते थे। बहुत बार असंतोष और क्षोभ की यह जन-मनः स्थिति प्राप्ति ने भी सुनी-पहचानी थी।

तब सतर्क राजा कैसे नहीं समझ-देख सके? या कि राजा अपने ही आतंक के अंधकार में गत, अगत सभी से दृष्टिहीन हो चुके थे? प्राप्ति के भीतर प्रश्न उमड़ आता है। उत्तर मांगता हुआ प्रश्न।

और उत्तर भी प्राप्ति के भीतर से आता है, "निस्संदेह यही हुआ। अपने ही अवगुणों और दोषों के अंधेरे ने राजा को दर्शित के प्रति भी अदर्शित स्थिति तक पहुंचा दिया। ऐसा सदा ही होता है। यह चिरंतन क्रम। क्रूर बुद्धि की अति मनुष्य को विवेकहीनता के अंधकूप में पहुंचा देती है। वहां से उबर पाना असंभव।

कंस भी उसी अंधकूप में थे। अंधकूप में न होते तब क्या देख न सकते कि उनके हर कदम की क्या जन-प्रतिक्रिया हो रही है?

ऋतु ने एक बार कहा था, "देवि, नीति-अनीति, ज्ञान-अज्ञान तो मैं नहीं जानती, किंतु मन की पीड़ा व्यक्त कर रही हूं। क्षमादान का आश्वासन दें, तो निवेदन करूं।"

"कहो?" प्राप्ति ने स्वीकृति दी थी।

आंखें भरी हुई थीं सेविका की। बोली थी, "इन्द्रकोष के कारण ब्रज के जन-धन की बड़ी हानि आशंकित है। सभी मथुराधिपति की कृपा और सहायता की आशा लिए बैठे हैं और महाराज जाने किस कारण रुष्ट हैं कि उधर की ओर विचार ही नहीं कर रहे?"

एक गहरा श्वास लिया था प्राप्ति ने। चुप रहीं। चुप रही थीं या कि नजरें चुरा ली थीं सेविका से? कैसी विचित्र स्थिति थी वह। रानी होकर सेविका के समझ स्वयं को चोर की तरह दोषी अनुभव करने लगी थीं।

वह कहे गई–"आप चाहें तो महाराज अब भी ब्रजवासियों की रक्षा कर सकते हैं। यही निवेदन करने आई हूं, महारानी।" बोलते-बोलते दासी का स्वर कुछ गलने लगा था।

उत्तर देते हुए मन-ही-मन गली थीं प्राप्ति। क्या कहें? या क्या कहना चाहिए उन्हें? बड़ी कोशिश करके उत्तर दे सकी थीं, "तुम आश्वस्त हो, ऋतु, मैं अवसर पाते ही मथुराधिपति से अवश्य चर्चा करूंगी।"

प्रणाम करके दासी लौट गई और प्राप्ति सोचती रही थीं, क्या सच ही कहा है उन्होंने ? महाराज कंस से कुछ कह सकेंगीं वह? कह सकतीं, तो अब तक कितनी बार नहीं टोका होता उन्हें?

टोका भी था। बहुत विनम्र, याचना के स्वरों में सम्मत्ति भी दी थी, किंतु राजतेज से भरे स्वर में कंस या तो उपेक्षा कर गए थे या फिर वक्र हंसी हंस दिए थे। प्राप्ति चुप हो गईं। चुप हो जाना उनकी नियति नहीं स्वाभिमान का एक बेबस रक्षा प्रयत्न था।

उस बार भी चाहा था कि ऋतु का निवेदन ज्यों का त्यों पहुंचाकर अपनी ओर से सम्मति के शब्द राजा तक कहें, पर लगा कि व्यर्थ होगा।

देख भी चुकी थीं कि व्यर्थ हुआ है। वही बात प्राप्ति कहना चाहती थीं, शूरसेन जनपद के अनेक यादव सामंतों ने जो बात विनम्रतापूर्वक राजा तक पहुंचाई थी। अक्रूर जैसे श्रेष्ठ और विवेकशील मंत्री भी बोले थे, किंतु राजा असत्य बोलकर बचाव कर गए। प्राप्ति जैसे होंठ सिलकर किसी तस्वीर की तरह वह सब देखती रही थी।

मथुरा में जन-आक्रोश बढ़ता-बढ़ता अब कंस के प्रति घृणा तक जा पहुंचा था। सामान्य जन उन्हें आर्य होते हुए भी राक्षस संबोधित करने लगे थे। उसी दृष्टि से देखते भी। कालजय के स्वप्न ने उन्हें मानव-जाति का शत्रु बना छोड़ा था।

कालजय या मृत्युभय? मृत्युभय कहना ही उचित होगा। इस मृत्युभय ने विवेकरिक्त कर दिया था उन्हें और उसी विवेकरिक्तता में असुरक्षित, आश्रयहीन वृंदावनवासियों को लेकर समाचार आया था, संपूर्ण क्षेत्र बाढ़ से घिर चुका है। अब वहां किसी का भी बच पाना असंभव है। नदी का क्रोध जब शांत होगा, तब महामारी और नाश ही शेष रह जाएगा।

अब तो राजा कोई सहायता भेजना चाहें, तो वह भी असंभव थी। ब्रजवासियों के अनेक सगे-संबंधी, जाति-बंधु मथुरा जनपद के विभिन्न अंचलों में रहते थे। वे सब सहमे, भयभीत उस समय की प्रतीक्षा करने लगे थे, जब क्रूद्ध यमुना शांत हो। सभी ने स्वयं को मानसिक रूप से नाश और

संहार की उस भयावह लीला को देखने के लिए तैयार कर लिया था जो यमुना की बाढ़ समाप्त होते ही वृंदावन में दीखनेवाली थी।

कौन जानता था कि चमत्कार होगा और वह चमत्कार भी उस अलौकिक बालक के माध्यम से होगा, जिसकी समाप्ति की कल्पना में कंस ने असंख्य लोगों के लिए घातक निर्णय लिया था। बाढ़ से घिरे लोगों को कोई सहायता नहीं भेजी थी।

वह दिन अब भी प्राप्ति के मन में चित्रांकित है। चमत्कारपूर्ण अनुभव का वह दिन।

यमुना शांत हुई। उनके शांत होते ही मथुरा और दूरागत अंचलों में रहने वाले असंख्य लोग अशांत हो उठे। राज कर्मचारियों को बड़ी नाटकीयता ओर अभिनय प्रवणता के साथ महाराज कंस ने सभा में आदेश दिया था, "तुरंत ब्रजक्षेत्र के शुभार्थ धन-धान्य, सहायता आदि भिजवाई जाए! वैद्य अपने चिकित्सालय खोलें, रोगियों की सेवा करें और जिन लोगों को भी आवश्यकता हो, उन्हें वस्त्र-खाद्यान्न आदि की सहायता दी जाए!"

"जो आज्ञा महाराज!" कहकर प्रद्युम्न ने अनेक लोग गोकुल, वृंदावन, बरसाना की ओर दौड़ा दिए थे।

कंस प्रसन्न थे। बहुत आनंदित। ऐसे जैसे किसी सुसमाचार की बाट जोह रहे हों। अंतःपुर में बहुत उल्लसित भाव से आए थे वह। प्राप्ति को अब भी स्मरण है उनकी मुखमुद्रा।

उतना प्रसन्न और आश्वस्त कभी देखा नहीं था उन्हें!

प्राप्ति को लगा था कि राजा भूलसुधार पर प्रसन्नचित्त है। मन का उद्वेग भी सहज हुआ है। यही कारण है कि सामान्य दीखते हैं। निश्चय किया था कि पति को अधिक प्रफुल्लित करने की चेष्टा करेंगी।

बात-बात में महाराज ने अपनी प्रसन्नता का कारण भी बतलाया था रानियों को। बोले थे, "देवियो, निस्संदेह तुम लोग विचार रही होगी कि आज हम इतने प्रसन्नचित्त और सहज क्यों हैं?"

"यह रहस्य जानकर हम भी प्रसन्न होंगी, राजन्!" अस्ति ने कहा था।

राजा बोले, "उन दुष्ट गोप बालकों को प्रकृति ने ही दंडित कर दिया होगा। हमें पूर्ण विश्वास है कि अब न वह चमत्कारी यशोदासुत शेष होगा, न ही देवकीसुत का भ्रम। निश्चय ही वह और उसके समर्थक इन्द्रकोप के कारण समाप्त हो चुके होंगे।" कंस ठहाका लगाकर हंस पड़े थे, "है न आनंद की बात?"

अस्ति हंसी, किंतु न जाने क्यों प्राप्ति चाहकर भी प्रसन्नता व्यक्त नहीं कर सकी। उस क्षण की अनुभूति स्मरण है उसे। लगा था कि जड़ होकर रह गई है। राजा इतने कठोर हो सकते हैं, कल्पना ही नहीं थी उसे।

क्या वह कठोरता-भर थी?

नहीं, वह थी शठता, घृणित क्रूरता। बालवध की चेष्टा अपने-आप में एक घृणित दोष था, किंतु उससे भी घृणित था यह विचार कि किसी एक की हत्या करने के लिए अनेक का जीवन मृत्यु के कालमुख में धकेल दिया जाए।

पर एक ही समाचार ने यह प्रसन्नता सहसा राजा से छीन ली थी। केवल छीनी ही नहीं थी, थप्पड़ मारकर राजा की क्रूरता को उत्तर दे दिया था। पराजय का वह क्षण और उसकी प्रतिक्रिया में महाराज कंस का प्रलाप इस समय भी प्राप्ति को याद है किंतु उसके पूर्व वह समाचार जो राज्य की ओर से नाटकीय सहानुभूति जताने गए वैद्य और सेवक लेकर आए थे। उनके साथ आए थे प्रद्युम्न–चिंतित, व्यग्र और बहुत सीमा तक पीड़ित...

सभा में ही उपस्थित हुए थे वे सब।

सबसे पहले प्रद्युम्न ने और उसके बाद उन सभी ने विशाल सभागृह में प्रवेश किया था। सभी चौक गए थे उन्हें देखकर। अभी एक दिन पूर्व ही तो उन्हें भेजा गया था राजनीति का क्रूर अभिनय करने? और वे इस तरह लौट आए हैं?

वे सब चुप थे। करीब-करीब पिटे हुए।

सभा के स्त्री-कक्ष में बैठीं अस्ति और प्राप्ति एक-दूसरे को चकित होकर देखने लगी थीं।

राजा ने तीखी लगनेवाली दृष्टि से उन्हें देखा। वे क्रमशः अभिवादन करके एक ओर खड़े हो गए।

नतमस्तक होकर प्रद्युम्न बोले थे, "क्षमा, महाराज, गोकुल, वृंदावन और बरसाना में सभी कुशल से हैं। यह ईश्वर कृपा ही हुई है कि वहां कोई क्षति नहीं हुई, किसी जीव के प्राण नहीं गए। सभी प्रसन्न हैं। रोग-महामारी आदि किसी तरह का कोई भय नहीं है।"

अजाने ही प्राप्ति पति की ओर देखने लगी थीं। क्या प्रतिक्रिया हुई होगी उन पर? उनकी वह आनंद कल्पना? कालजय की सफलता में खिला आनंदित चेहरा? क्या बीता होगा उन पर?

और जो बीता था, वह सामने था। लगा था कि बहुत कुछ उमड़-घुमड़ आया है उनके भीतर। घोर चर्चा की काली घटाओं से भी काला शब्दहीन हो उठे थे वह। संभवतः उस क्षण स्वरहीन!'

सभा में उपस्थित अनेक सभासदों ने एकस्वर होकर चकित भाव से पूछा था, "यह तो चमत्कार हुआ, महामंत्री, तनिक बतलाइए तो ऐसा कैसे संभव हुआ? उस भयावह वर्षा और जल-प्रकोप में वे सब किस तरह सुरक्षित रहे, किस अदृश्य शक्ति ने उनकी रक्षा की? सभी कुछ विस्तार से बतलाइए हमें।"

कंस जबड़े भीचे हुए थे। महामंत्री कुछ कहें, इसके पूर्व ही बोल पड़े थे वह, सभासदों के स्वर में स्वर मिलाते हुए, "हां, बतलाइए, विस्तार से बतलाइए। यह किस तरह संभव हुआ?"

और प्रत्एक शब्द को सहज संवारे हुए प्रद्युम्न बतलाने लगे थे, "हम सब कल संध्या समय ही बाढ़ग्रस्त क्षेत्र मे पहुंच गए थे यादवराज, राह में ध्वंसलीला देखते हुए। असंख्य वृक्ष उस क्षेत्र में धराशायी हो चुके हैं। बहुतेक घरों के स्थान पर खंडहर शेष हैं, किंतु यह देखकर हम सभी चकित थे कि इस सारी ध्वंसलीला में किसी जीव का शव हमें क्यों नहीं मिल रहा

है?" बोलते-बोलते प्रद्युम्न ने गले का थूक निगला था, "हां, वहां कोई शव शेष नहीं था।"

"शेष नहीं था या था ही नहीं?" राजा ने टोक दिया था उन्हें।

"मैं...मैं वही निवेदन करना चाहता हूं, प्रभु" प्रद्युम्न को लगा था कि संपूर्ण घटना के दर्शन ने उन्हें असहज कर दिया है। स्वर कांप उठता है और ठीक तरह शब्द सहेजे नहीं जाते। कुछ बोलें, इसके पहले ही सभा से कोई बुदबुदाहट उठी।

"यह...यह तो असंभव है कि घर निःशेष हो चुके हों, वन नष्ट-भ्रष्ट हो गए हों और किसी जीव के प्राण न गए हों।"

अनेक स्वर उठे। अनेक सम्मतियां। अनेक शुंकाएं...

"अस्वाभाविक है।"

"बिल्कुल अस्वाभाविक" कोई अन्य आवाज़ आई

"चमत्कार ही कहा जा सकता है इसे।"

"क्या उस कन्हैया के कारण कुछ हुआ, वृद्धवर?" किसी का प्रश्न आया।

राजा ने आदेशपूर्ण स्वर में कहा था, "शांत हों सब।" फिर जब आदेश की प्रतिक्रिया में सन्नाटा बिखर गया, तब कंस पुनः बोले थे, "हां, आप सभी कुछ विस्तार के साथ वर्णन कीजिए, मंत्रिवर।"

प्रद्युम्न ने इस बीच स्वयं को सहज कर लिया था। यह निश्चय भी कर चुके थे कि जो कुछ देखा है, अनुभव किया है, वह ज्यों का त्यों सुना देंगे। अपनी ओर से कुछ भी न तो जोड़ेंगे, न कम करेंगे। वह बोलने लगे थे और प्राप्ति उस सबको चित्रवत् देखने लगी थीं।

ठीक तब से जब प्रद्युम्न उस जल-प्रभावित क्षेत्र में पहुंचे होंगे। यमुना पार, वृंदावन क्षेत्र ।

वह सब असहज और अस्वाभाविक लग रहा था, फिर भी सुखद। प्रद्युम्न चकित हुए थें ऐसा क्यों लग रहा है? होना तो यह चाहिए था कि प्रकृति की

उस विनाशलीला से मन ही नहीं, आत्मा तक सिहर जाती, पर वैसा न होकर अनुभव हो रहा था कि कुछ अदृश्य, अनजानी आनंद स्थिति है, जिसने मन-शरीर को संयत कर रखा हैं शोक, मोह, चिंता और व्यग्रता से परे हो गया है मन।

दृष्टि जहां तक देख पाती थी, जल-प्रलय के कारण हुए नाश के अनेक दृश्य बिखरे हुए थे, किंतु रोमांच न होता।

रोमांच हो रहा था यह सोचकर कि इतनी राह पार कर आए हैं, पर कोई जीव-जंतु-मनुष्य मृतावस्था में नहीं मिला। यह तो असंभव है कि हर जीव की देह को यमुना ही आत्मसात् कर गई हो। कुछ तो रहे होंगे, जो धरती पर टूटे वृक्षों, झाड़ियों या विशाल पत्थरों की आड़ में अटके रह गए हों।

पर वैसा कुछ भी नहीं। प्रद्युम्न ने अपने साथ आए चिकित्सकों, वैद्यों और बड़ी मात्रा में खाद्यान्न तथा वस्त्रों की सहायता लानेवाले राजकर्मचारियों की ओर देखा था। वह भी चकित थे। निस्संदेह वे भी वही कुछ सोच रहे होंगे, जो प्रद्युम्न सोच रहे हैं। एक वैद्यवर बोल भी पड़े थे, "आश्चर्य है मंत्री महोदय, कोई जीवित, मृत आदमी ही नहीं दीखता, पशु-पक्षी कुछ भी नहीं। किधर गए व्रज में बसे जीव?"

"वही हम सोच रहे हैं।" वैद्यराज प्रद्युम्न ने गंभीर किंतु विचारपूर्ण स्वर में उत्तर दिया था। सहसा वह थमे थे। दूर, पर्वत के ऊपर हलचल-सी देखी थी उन्होंने, पर स्पष्ट कुछ भी नहीं। ठिठके हुए देखते रह गए।

उन्हें थमे पाकर अन्य लोग भी थमे। दृष्टि की ओर दृष्टियां गई, फिर सब जुड़कर उसी दिशा में देखने लगे, जिधर महामंत्री की दृष्टि जा ठहरी थी। वह बुदबुदा रहे थे, "वहां पर्वत पर हलचल है। देखा आप लोगों ने?"

"हां, मंत्रिश्रेष्ठ", एकसाथ कई स्वरों ने समर्थन किया, पर समझ उस समय भी नहीं सके। प्रद्युम्न ने कहा था, "आप सभी उचित स्थल देखकर कुछ समय रुके", फिर एक सेवक को देखा था उन्होंने, "तुम्हारा क्या नाम है सैनिक?"

"अविजित, महाराज।"

"तो तुम हमारे साथ आओ, अविजित।" प्रद्युम्न आगे हो लिए थे, जल और कीचड़ से बचते हुए, "हम देखकर आते हैं कि वहां कौन है और क्या हो रहा है?"

सैनिक उनके पीछे चल पड़ा।

वैद्यों और राजसेवकों का छोटा-सा काफिला वहीं सूखा स्थान देखकर महामंत्री के आदेशानुसार प्रतीक्षा करने लगा। लगभग एक पहर बाद महामंत्री लौटे। संध्या होने लगी थी। उनके साथ कुछ गोप भी थे। चकित होकर मथुरा से आए सभी लोग उन्हें देखने लगे। महामंत्री ने कहा था, "आप सब भी वहीं चलें। सभी ब्रजवासी कुशलपूर्वक हैं, पशुधन भी।"

"किंतु...।"

"यह किंतु-परंतु के विचार का विषय नहीं है।" प्रद्युम्न ने कहा था, "आइए सब लोग।"

गोपों ने राजकर्मचारियों को मार्ग दिखाया। कुछ ने कहा था, "आपका स्वागत है व्रजक्षेत्र में। प्रसन्नता हुई कि आप यहां आए। हमारे अतिथि हैं आप सब। नंद बाबा वहां गोवर्धन पर आपकी प्रतीक्षा कर रहे हैं।"

वे सब हक्के-बक्के-से चुपचाप गोपों के पीछे-पीछे चले जा रहे थे।

विशाल पर्वत का एक घेरा लेकर वे सब गोपों के साथ-साथ ऊंचाई पर जा पहुंचे थे। सभी चकित, सभी चुप। बहुत सीमा तक सहमे हुए भी। प्रधुम्न मन-ही-मन सोच रहे थे कि उस अलौकिक कहे जानेवाले बालक के भी दर्शन होंगे। कृष्ण, कन्हैया, कान्हा, गोपाल कितने ही नामों से तो जाना जाने लगा था वह। मन विचित्र-सी उत्सुकता से भरा हुआ था। कैसा होगा वह? और कैसा होगा उसका भाई कर संकर्षण। कर संकर्षण की अद्भुत शक्ति को लेकर भी तो चमत्कारी कथाएं बिखरी हुई थी मथुरा में।

लगा था कि कम सोच रहे हैं। जिस तरह गोप बालकों की चर्चा फैली थी, और जैसी चमत्कारी घटनाएं कही-सुनाई जाती थीं, उन्होंने मथुरा-भर में ही नहीं दूर-दूर तक कृष्ण को लेकर उत्सुकतापूर्ण स्थिति बना दी थी। प्रद्युम्न

जानते हैं कि राजकार्य के संबंध में जिन-जिन राज्यों में आना-जाना पड़ता था, कोई न कोई कृष्ण को लेकर पूछ ही लिया करता था, "क्या है उस बालक में, जिसके कारण मथुराधिपति तक भयभीत हो उठे हैं? क्या सचमुच ही वह अलौकिक है?"

उत्तर में प्रद्युम्न चिढ़कर कह देना चाहते थे, "अनर्गल!" पर कह न पाते। मन तैयार न होता था। लगता था कि असत्य भाषण नहीं करेंगे। सत्य यही था कि बालक की ओर से जिस तरह घटनाएं घटी थीं, उसी तरह उन्हें स्वीकारा जाए। वह स्वीकार और अस्वीकार के बीच उत्तर दे दिया करते। बहुत गोलमोल भाषा में कहते, "सब यही कहते हैं, किंतु मैंने स्वयं कोई चमत्कार नहीं देखा है।"

एक-दो तर्क और उछलते, पर प्रद्युम्न द्वारा बरती जानेवाली उपेक्षा विषय को समाप्त कर दिया करती। इसी तरह बहुतेक राज्यों में कृष्ण को लेकर उठी बातों से किनारा किया था उन्होंने ।

किंतु इन सभी स्थितियों ने उस बालक के दर्शन का विचित्र-सा कौतूहल मन में जगा दिया था और अब, जब वह कुछ ही पलों बाद, या किसी भी क्षण में उस बालक को देखने वाले थे, हृदय गति तीव्र होने लगी थी। कैसा होगा वह? कैसी होगी उसकी दृष्टि? सुना था कि वह बहुत सम्मोहक है।

जी हुआ कि पूछ लें, "वह बहुचर्चित कृष्ण कहां है?" किंतु लगा, उचित न होगा। नंद बाबा के पास ले जाया गया था उन्हें। वृद्ध गोप प्रमुख ने उठकर उनकी अगवानी की, स्वागत में हाथ जोड़कर विनम्र भाव से खड़े हो गए, कहा, "स्वागत है, मंत्रिवर, महाराज की कृपा है कि उन्होंने विपत्ति ग्रस्त गोकुलवासियों की चिंता की। विराजिए!"

आसन लगा दिए गए थे। प्रद्युम्न को न जाने क्यों लगा था कि दोषी हैं उन सबके। वह विनम्रता, सरलता और अतिथि सत्कार, सभी कुछ तो बाध्य कर रहे थे कि पापबोध अनुभव करें। ग्लानि होने लगी थी अपने-आप से। विचित्र-से तर्क जनम आए थे मन में, अपने-आप को ही दोषी सिद्ध

करते हुए। जैसे-तैसे मन को उद्वेग और आत्मबोध से उपजी ग्लानि को सहेजा। कहा था, "यह तो राजधर्म था गोपश्रेष्ठ, महाराज चाहते थे कि सहायता उचित समय पर मिल जाए, किंतु घनघोर वर्षा ने सभी मार्ग अवरुद्ध कर दिए थे।"

नंद कुछ नहीं बोले। गोप कन्याओं ने कुछ फल-फूल महामंत्री के सामने ला रखे। दधि भी था। राजसेवक चकित हो उठे। इस विपत्ति में भी वे सब नितांत सहज लग रहे थे, प्रसन्न और संतुष्ट भी।

कुछ पल चुप्पी रही, फिर प्रद्युम्न ने बात प्रारंभ की थी, "महाराज ही नहीं, सभी मथुरावासी आप सबके प्रति बहुत चिंतित थे। अनेक तो आशा ही छोड़ चुके थे कि अब इस क्षेत्र में कभी जीवन जैसे कोई वस्तु दिखेगी, किंतु यहां आकर हम सभी को बहुत प्रसन्नता हुई है, वृद्धवर, आप सबकी कुशलता ने हमें आनंदित किया है!"

"यह सब तो ईश्वर कृपा है, महामंत्री।" नंद ने उत्तर दिया था। स्वर में वही विनम्रता और निश्छलता बनाए रखी थी।

प्रद्युम्न ने उन्हें कुरेदा, "फिर भी जन-धन, पशुधन हानि तो हुई होगी। बिल्कुल प्रलयवत् वातावरण था यहां।"

"नहीं मंत्रीश्रेष्ठ ऐसा कुछ नहीं हुआ।" नंद बोले, "ब्रज क्षेत्र के कुछ ग्रामवासियों को आर्थिक हानि तो हुई है, किंतु जीवन हानि नहीं हुई।"

"कैसे होती, महाराज।" सहसा बात बीच में ही काटकर एक गोप बालक आगे बढ़ आया था, "कन्हैया जो है हमारे पास। उसके रहते कोई हमारा कुछ भी नहीं बिगाड़ सकता। उसकी कृपा है कि हम जीवित हैं।"

कन्हैया यानी कान्हा, यानी कृष्ण। कुछ मिलाकर वही चमत्कार, किंतु यह चमत्कार कैसे किया होगा उसने? प्रद्युम्न सकपकाए-से बैठे देखते रह गए। कुछ पल के लिए चुप्पी फिर बिखर गई। पूछा था, "तनिक बतलाओ तो बालक, कान्हा ने कैसे तुम सभी को बचाया?" स्वर में विचित्र सा औत्सुक्य भरे हुए अनचाहे प्रद्युम्न ने पूछ लिया था।

वे सभी कौतूहल बरसाती दृष्टि टिकाए हुए थे उस गोप बालक पर। कुछ कहे। इसके पहले ही नंद बाबा बोल पड़े थे, "वह सब तो संयोग है, महामंत्री, केवल बुद्धि की समयसूचकता का चमत्कार। कान्हा की ओर से हुआ, अतः सब कान्हा को ही विलक्षण कह रहे हैं।"

"इसीलिए तो जानने की इच्छा है हमारी।" प्रद्युम्न के स्वर में राजस जनम आया था। लगा था कि उनके स्वभाव के लिए प्रश्न के बीच में किसी तरह का प्रश्न आना स्वीकार्य नहीं है। नंद और अन्य गोपों ने भी स्वर का वह भाव समझा, चुप हो रहे।

गोप बालक की ओर आंखे लगा रखी थीं प्रद्युम्न ने, कुरेदती हुई आंखे और बालक बोलने लगा था, ऐसे जैसे ईश्वर भजन कर रहा हो।

"वहां, वह जो बाईं ओर वन दीखता है न पूज्य, हम सब गोएं चरा रहे थे। कान्हा भी था हमारे साथ।" गोप बालक कहने लगा था। सहसा बालक थम गया था, "आप विस्तार से ही सब सुनना-जानना चाहते हैं, तो मुझसे अधिक जानकारी उद्धव के पास है। कान्हा के साथ वही थे।" फिर स्वीकृति अस्वीकृति की बिना चिंता किए, बालक ने एक ओर शांत बैठे उद्धव को पुकारना प्रारंभ कर दिया था, "उद्धव भैया, सुनाओ ना। कान्हा की तुमसे और क्या-क्या बातें हुई थीं इस इन्द्रकोप से पूर्व? महामंत्री वही सब जानना चाहते हैं।"

बालक की मुड़ी दृष्टि-दिशा में सभी ने आंखे मोड़ दीं। उद्धव अपनी जगह से उठकर उन सभी के पास आ बैठे। कुछ सहम और संकोच के साथ कहा था उन्होंने, "मेरा नाम उद्धव है, महामंत्री, वह जो स्थान दीखता है ना, वहां बिलकुल वृक्षों के पार; वहीं बैठे थे हम लोग। कान्हा, मैं, मनसुखा, कई लोग थे। गौएं दूर चर रही थीं। कान्हा अपनी मुरली लिए सदा की तरह धुन निकाल रहे थे।"

"मुरली? यह मुरली क्या होती है?" प्रद्युम्न ने चकित होकर प्रश्न किया।

"कान्हा ने स्वयं ही एक वाद्ययंत्र बनाया है। बड़ी ही सुमधुर ध्वनि निकलती है उससे।" पास बैठा गोप बालक बोला था।

"अच्छा!" चकित होकर प्रद्युम्न उन्हें देखने लगे थे। एक बार इधर-उधर देखा, फिर पूछा, "कान्हा है कहां?"

"यहीं कहीं, आस-पास होगा।" किसी अन्य गोप बालक ने उत्तर दिया था, "कर संकर्षण भी नहीं है। निश्चित रूप से वह किसी काम से ही गए होंगे। आप लोग उस समय तक गोकुलवासियों की रक्षा की कथा सुनें।"

रात्रि गहरी हो गई थी। उन सभी के विश्राम की व्यवस्था कर दी गोपों ने। वे पर्वत पर दूर-दूर तक जैसे एक गांव बसाकर ही रहने लगे थे। विभिन्न कंदराएं भी थीं पर्वत पर। ये उनके निवास बन चुकी थीं। धरती से काफी ऊंचाई पर थे वे लोग।

कान्हा से उस रात्रि भेंट नहीं हो सकी थी। प्रद्युम्न ही नहीं उनके साथ मथुरा गए सभी लोग मन में एक ललक दबाए हुए जैसे-तैसे निद्रा की स्थिति तक पहुंच चुके थे। प्रद्युम्न स्वयं अर्धरात्रि तक जागते रहे थे। गोपों ने प्रकाश-व्यवस्था भी कर रखी थी; उसी का लाभ उठाकर महामंत्री इधर-उधर दृष्टि घुमाते। हो सकता है कि आस-पास ही कहीं दीख जाए वह।

पहचानते नहीं थे उसे, पर जितना सुन रखा था, उससे मन में एक विचार निश्चित हो चुका था। निश्चय ही उस बालक का व्यक्तित्व ऐसा होगा, जिसके दीखते ही मन कह उठेगा, यही है वह अद्भुत बालक।

निःसंदेह वह अद्भुत ही होगा। अद्भुत न होता, तो भला एक के बाद एक चमत्कार दिखाता।

कुछ समय पहले जब गोप बालक से इन्द्रकोप से गोकुल रक्षा की बात सुनी, तो हर शब्द के साथ चकित होते गए थे। उसने कहा था, "मुरली बजाते-बजाते विशिष्ट ध्वनियां निकालकर विशिष्ट गौओं को पुकार सकता है कान्हा।"

"सो कैसे?" प्रद्युम्न ने पूछ लिया था।

"ऐसे ही समझिए गौएं जूथ बनाकर खड़ी हुई हैं। कान्हा एक धुन बजाएगा, तो उनमें से कोई एक आएगी। वही, जिसे वह पुकार रहा होगा। दूसरी धुन पर कोई और जिसे पुकारा हो उसने।"

"आश्चर्य"

"प्रारंभ में हमें भी आश्चर्य होता था महामंत्री, किंतु अब यह प्रतिदिन का नियम बन गया है अतः आश्चर्य नहीं होता।"

"फिर क्या हुआ?"

"बस," गोप बालक ने कहा था, "हम लोग यही खेल खेल रहे थे कि सहसा कान्हा आकाश की ओर देखने लगे। उस समय हलकी बदली थी, किंतु सहसा उन्होंने कहा, "उद्धव, जाओ! जल्दी करो! गौओं को बुलाओ और तुरंत गांव की ओर प्रस्थान करो।"

क्यों भला?"

"वही तो बतला रहा हूं आपको।" उद्धव ने कहा था, "मैंने भी यही पूछा था उस समय, किंतु कान्हा ने केवल कहा था, "प्रश्न मत करो! समय नहीं है। यदि गोकुल, गोपों और गौओं की रक्षा करनी है, तो तुरंत गांव पहुंचो। तुम पशुधन साथ लेकर आओ और मैं गोकुल पहुंचता हूं।' फिर वह तीव्रगति से गोकुल की ओर चले गए थे। हमने भी उनकी आज्ञा का पालन किया। जल्दी ही समझ में आ गया था कि कान्हा ने वैसा क्यों किया है।"

क्यों?" उत्सुकता से भरे प्रद्युम्न कुरेदते जा रहे थे।

"हम अभी गोकुल पहुंचने के मागे में ही थे कि घनघोर घटाएं उमड़ आईं।" उद्धव चेहरे पर आश्चर्य उगाए हुए बडबड़ाते रहे थे, "है ना महामंत्री, विस्मय की बात? कान्हा को उस हलकी-सी बदली से ही इतनी घनघोर वर्षा और उसके आगत परिणामों की जानकारी कैसे मिली होगी? पर उन्हें मिल गई थी। राह में बलभद्र मिल गए थे हमें। थोड़ी देर पश्चात् कान्हा और गोकुलवासी स्त्री-पुरुष मिले। सभी अपना-अपना सागान लिए हुए तीव्रगति से एक ओर बढ़े जा रहे थे। इसी गोवर्धन पर्वत की ओर। हम भी उन्हीं के साथ हो लिए। तीव्रगति से आंधी प्रारंभ हो गई थी उस समय

तक। फिर वर्षारंभ हुई। ऐसी भीषण वर्षा कि लगता था पृथ्वी बचेगी ही नहीं। सब कुछ जल में विलीन हो जाएगा। सब घबराए हुए थे। पशु भयभीत, बच्चे रोते हुए और स्त्रियां लगभग बेसुध होती हुई किंतु यशोदासुत निश्चित। ऐसे जैसे भयमुक्त हों। उन्हें किसी का भय नहीं था, न वर्तमान की चिंता, न आगत की कोई आशंका। बस, तीव्रगति से बढ़े जा रहे थे आगे। बीच-बीच में सभी का पुकारते, कहते कि शीघ्रता करें, आगे बढ़ें। बीच में बलभद्र ने पूछा भी था उनसे, 'हम सब कहां जा रहे हैं। कृष्ण?' वह बोले कि सुरक्षित स्थान पर पहुंच रहे हैं। फिर थोड़ी देर बाद उन्होंने उस पर्वत स्थल की ओर, जिस पर हम सभी ने शरण पाई है, अंगुली से संकेत करते हुए कहा था, 'वह जो गोवर्धन पर्वत दीख रहा है ना, वही हमारा रक्षक होगा। हम उसी का पूजन करते हैं।"

"फिर क्या हुआ?"

"होता क्या, मंत्रिवर," उद्धव ने कहा, था "उस अंगुली की ही कृपा थी, जिसके कारण ब्रजक्षेत्र के जीवमात्र ने जीवन पाया। इन्द्र के भयावह क्रोध से रक्षा हुई। कान्हा की वह अंगुली थी, जिसने यह जीवनरक्षक स्थल बतलाया, जिसकी छाया में हम आप सभी शांतिपूर्वक और सुरक्षित विश्राम कर रहे हैं।"

"क्या तुम्हारे कन्हैया ने पूर्व में यह स्थान देख रखा था?" प्रद्युम्न बाल की खाल निकालने लगे थे।

"कोई नही जानता, किंतु इतना सब जानते हैं कि कन्हैया ने इस गोवर्धन धारण से ही सबकी रक्षा की है।" उद्धव ने श्रद्धापूर्वक उत्तर दिया था, "इस विशाल पर्वत की अनेक कंदराओं में समाकर हम सब निर्द्वंद्व रहे हैं, पशुधन सुरक्षित रहा है और हम सब प्रकृति का यह कोप समय निकालने में सफल हुए हैं। एक और विस्मय की बात बतलाऊं आपको। यहां किसी कंदरा में किसी भी विषैले जीव-जंतु से हमारे भेंट नहीं हुई। किसी को कोई क्षति नहीं पहुंची। है ना आश्चर्य की बात?"

न चाहते हुए भी प्रद्युम्न को स्वीकारना पड़ा था, "हां, निश्चय ही।"

गोप स्त्रियां, बालक-बालिकाएं उन सभी के लिए विश्राम व्यवस्था में जुट गए थे और थोड़ी देर बाद वे सभी विश्राम कर रहे थे।

प्रधुम्न ने प्रयल किया था कि निद्रा आ जाए, पर देर तक वही सब सोचते रहे थे। मन में एक अदृश्य भय समा गया था। कहीं सच ही मथुराधिपति किसी अलौकिक से तो नहीं जूझ रहे हैं?

यदि जूझ रहे हैं, तब नाश निश्चित है।

कान्हा को देखा था भोर हुए। भय और सघन हो गया था मन में। वह लुभावनी छवि, सरल मुसकान, चपल दृष्टि और कोमल शरीर। मन हुआ था, विस्मय करें क्या यही वह 'अद्भुत' है, जिसकी चर्चा तक महाशक्तिशाली कंस को सहमा देती है?

मन होता था, नकार दें, किंतु लगा था, वैसा कर नहीं सकेंगे। पहली बार में ही वह उनके सामने विद्युत् की भांति उपस्थित हुआ था। मन, शरीर और आत्मा तक एक झकझोर देता हुआ।

निस्संदेह अद्भुत ही नहीं, अलौकिक हे वह। वैसा न होता, तो तर्कशाली प्रद्युम्न सहसा निःशब्द बैठे देखते ही रह गए होते? उन्हें स्मरण है वह क्षण। सदा स्मरण रहेगा। कभी बिसरा नहीं सकेंगे।

कैसे बिसरा सकते हैं? मन, शरीर और आत्मा तक कौंध गए विद्युत्प्रभाव को कैसे विस्मृत कर सकते हैं? फिर केवल उतना ही तो नहीं देखा समझा था उस कान्हा को। प्रद्युम्न ने मोहक शब्द भी सुने थे। लगा था कि किसी ने मंत्रमुग्ध करके उनको जीवन और जीवनहीनता से परे कर दिया है। केवल अनुभूति बना छोड़ा है उन्हें। ऐसा था वह क्षण।

"वृद्धवर को यशोदासुत कृष्ण का प्रणाम! अनायास ही वह उनके सामने आ खड़ा हुआ था और वह चमत्कृत होकर देखते ही रह गए थे। यशोदासुत कृष्ण!... कृष्ण, कान्हा, कन्हैया, गोपाल!"

अनेक नाम, एक रूप। एक में अनेक, यही है वह।

भोर हुए दैनंदिन जीवन क्रम से निवृत्त होकर अपने आसन पर बैठे ही थे कि वह आ खड़ा हुआ था। सांवला-सलोना, गोल-गोल आंखें, घुंघराले बाल और मोरपंख माथे पर!

हतप्रभ देखते रह गए थे कुछ पल, फिर सहज हुए। कहा था, "सुखी रहो, नंदलाल! बैठो!"

वह बैठ गया था शांत, किंतु लगता था कि तरंगों का एक सूर्य बैठ गया है सामने। पल-पल चंचल, प्रतिक्षण असंख्य किरणों की तरह जीवंत और प्रभावित करने वाला पुंज। लगता था कि एक स्थान पर होते हुए भी, एक साथ सभी स्थानों पर उपस्थित है। विचित्र थी उसकी उपस्थिति की वह अनुभूति। यह पर्वत, आसन, वृक्ष, वायु, आकाश और धरती सभी जगह तो जैसे वह किरणों की तरह फैला हुआ है। वृद्ध प्रद्यम्न कुछ असहज हो उठे थे। इसी के विरुद्ध षड़यंत्र करते रहे हैं वह।

मुस्कुराते हुए मृदु शब्दों में कहा था उसने, "मंत्रिवर, मथुरा में सब कुशल तो है? यशस्वी महाराज और वीर सेनापति केशी आनंद से तो है? मेरी बड़ी इच्छा है कि मथुरा देखूं। कैसी है मथुरा नगरी? सुना है, बहुत सुंदर है। भव्य भवन है वहां। सुगंधित वातावरण रहता है। प्रजाजन सदा ही सुखी रहते हैं। सब ओर आनंद-ही-आनंद है।"

"हां, सो तो है, पुत्र।" महामंत्री को जैसे अवश होकर कहना पड़ा था।

नंदसुत कुछ और कहे, इसके पूर्व ही एक पुकार आई थी, "कान्हा! ओ, कान्हा!"

चपल बालक ने पुकार की दिशा में मुड़कर देखा था। कोई गोप बालक सूचना दे रहा था, "यशोदा मैया बुला रही हैं तुम्हें।"

और कोई कुछ कहे, इसके पहले ही बालक कन्हैया तीव्रगति से दूसरी ओर चला गया। जाने क्यों प्रधुम्न के लिए वहां रुके रहना असंभव हो गया। उनके साथी भी उन्हीं की तरह व्यग्र बैठे थे। अचानक प्रद्युम्न बोले थे, "गोपप्रमुख को बुलाओ, अब हम सभी लोग प्रस्थान करेंगे।"

सेवक तुरंत आज्ञापालन में एक ओर लपक पड़ा। थोड़ी देर बाद नंद आ पहुंचे थे। करबद्ध, विनम्र आते ही कहा था, "आज्ञा प्रभु?"

"हमें प्रसन्नता हुई नंद, कि आप सब कुशल से हैं।" प्रद्युम्न उठ खड़े हुए थे। उनके साथी भी। कहा था, "अब चलते हैं।"

"अतिथि सत्कार का थोड़ा-सा अवसर और देते महामंत्री, तो हम सभी गोप जनों को प्रसन्नता मिलती।"

"बस, बहुत सुख मिला इतने में ही।" प्रद्युम्न चल पड़े थे, "कोई विशेष आवश्यकता हो, तो निस्संकोच हमें सूचना भिजवाना।"

"अवश्य मंत्रिश्रेष्ठ।" नंद और गोपों का समूह उन्हें पर्वत से नीचे तक छोड़ने गया था।

और वे सब बिना मुड़े, देखे, तीव्रगति से मथुरा की ओर लौट पड़े थे। सारी राह उनमें परस्पर कोई बातचीत नहीं हुई थी। कुछ क्षणों के लिए कन्हैया का वह दर्शन जैसे उन सभी के भीतर एक सनसनी बनकर बिखरा रहा था।

उसी सनसनी को प्रद्युम्न ने वार्ता के बीच उजागर भी कर दिया था। सब सुनाकर कहा था, "वह बालक है विलक्षण। इसमें संदेह मुझे भी नहीं रहा, राजन।"

शब्द होठों से निकल गए, तब लगा था कि भूल हुई हैं। महामंत्री प्रद्युम्न कुछ सहम और संकोच के साथ राजा को देखने लगे थे और राजा उन्हें घूरते हुए, जैसे कह रहे हों, "तो तुम भी उस मायावी की माया में जकड़ गए, प्रधुम्न? आश्चर्य है हमें।"

सिर झुका लिया था वृद्ध मंत्री ने। प्राप्ति ने सभा के स्त्री कक्ष से समूचे सभासदों पर हुए प्रभाव को देखा था। प्रद्युम्न ब्यौरा पूरा कर चुके थे। सहसा कंस ने कहा था, "इसका अर्थ यह हुआ कि बालक कृष्ण केवल मायावी ही नहीं, चतुर भी है। उसने ब्रजवासियों को अपनी चतुरता से भी चमत्कृत कर रखा है।"

"किंतु यह चतुरता बहुत शुभ हुई राजन।" अक्रूर उठ खड़े हुए थे, "जिस चतुराई से अनेक जीवों के प्राण बच जाएं, उसके लिए प्रसन्नता ही व्यक्त करनी चाहिए। बालक कृष्ण ने गोपों और उनकी स्त्रियों को जलप्रकोप से बचाकर निस्संदेह अपनी योग्यता दिखाई है।"

अन्य यादव स्वर भी उठे थे, "हां, अवश्य ही। इसकी सराहना की जानी चाहिए।"

प्राप्ति सहम गई थी। पति की ओर देखा। वह स्वर की दिशा और चेहरे को इस तरह देख रहे थे जैसे उसी क्षण क्रोधाग्नि में भस्म कर डालेंगे, पर कूटनीति ने आश्चर्यजनक संयम के साथ उन्हें परिवर्तित किया। गहरी श्वास लेकर कहा था उन्होंने, "आप सभी की सम्मति उचित है। यशोदापुत्र कृष्ण का सम्मान ही होना चाहिए।" सहसा चुप हो गए थे वह, जैसे कुछ सोचने लगे हों। फिर बोले थे, "हम विचार करेंगे कि उसके किस तरह पुरस्कृत और सम्मानित किया जाए।"

अनेक स्वरों ने सहजता के साथ राजा के विचार का स्वागत किया। हर्षध्वनि उठी, "महाराज की जय हो!"

सभा समाप्त हुई।

प्राप्ति सोचती हुई अंतःपुर तक चली आई थीं। क्या सच ही महाराज कंस उस गोप बालक को सम्मानित करेंगे ? विश्वास नहीं होता था। लगता था कि असत्य है।

कुछ दिनों तक कृष्ण, गोकुल या नंद को लेकर कोई चर्चा नहीं हुई थी। लगता ही नहीं था कि उस बारे में विचार किया जा रहा है। मथुराधिपति कंस भी मथुरा से बाहर गए हुए थे। जरासंध ने विशेष आमंत्रण भेजकर उन्हें बुलवाया था। सुना था कि मगधपति शीघ्र ही अन्य किसी सत्ता को अधीन करने जा रहे हैं। चेदिराज, पौंड्रक और मथुरा की शक्ति मगध की बहुत बड़ी सहायक थीं।

ऋतु गोकुल-वृंदावन क्षेत्र में आती-जाती थी। जब-जब लौटती, कोई-न- कोई समाचार ले आती। कन्हैया ने इस बार इस तरह गोकुलवासियों का शुभ किया, कन्हैया ने किसी विशेष व्यक्ति की विपत्ति में रक्षा की आदि।

ऐसे ही सरल भाव से बात करते-करते एक बार करतु बोल पड़ी थी, "गोकुलवासी मथुराधिपति के इस निर्णय से प्रसन्न हैं देवी, कि जल्दी ही कान्हा को राजसम्मान से विभूषित किया जाएगा।"

"तूने कहां सुना?" चकित होकर महारानी ने पूछा था।

"सभी तो जानते हैं, महारानी!" ऋतु ने सहजता से कह दिया था, "महाराज ने कुछ समय पूर्व ही तो राजसभा में सभासदों कीं सम्मति पर कहा था। अनेक लोगों ने सुना।"

और याद आ गया था प्राप्ति को। सच ही तो। कंस सभा में यही बोले थे। गोवर्धन कथा को लेकर हुए विचार-विमर्श पर बात हुई थी।

"ऐसा आनंद गोकुलवासियों को कब तक मिल सकेगा, महारानी?" ऋतु ने सरलभाव से प्रश्न किया था।

"हं?" प्राप्ति चौंक गई। उससे अधिक चिंतित हुई। क्या कहे? महाराज कंस ने सभा में 'यूंही' के भाव से जो कुछ कह दिया है, उसके सत्यासत्य की तहों तक नहीं पहुंचा जा सकता। जब तक इन शब्दों की किसी तह से प्राप्ति अपरिचित है; तब तक भला क्या कह सकती है? कह देने से वह स्वयं को भी तो असत्यभाषिणी प्रमाणित कर देती और पति कंस?

उनके लिए सत्य, असत्य, गुण और दोष सभी कुछ पाप मुक्त हैं, केवल राजनीति। टालने के लिए कह दिया था, "क्या होना है, क्या नहीं, यह सब विषय महाराज के निर्णय पर ही है, ऋतु। वह लौटेंगे, तभी ज्ञात होगा कि क्या करना चाहते हैं।"

बात गोल हो गई, किंतु प्राप्ति जानती थी बात शब्दों-भर में भले ही खो दी गई हो, उसे अनसुना, अनदेखा नहीं किया जा सकता था। कितनी ही बार स्वयं सोचने लगती थी, क्या सचमुच ही महाराज कंस कृष्ण को गोकुल रक्षा के कार्य पर राजसम्मान देने वाले हैं?

विश्वास कर पाना असंभव था!

किंतु अविश्वास भी नहीं कर सकी। करती! किस आधार पर करती। कंस राजनीति के नाम पर छल, बल और नेह-सरलता से लेकर ममता तक को दावं पर लगा सकते थे!

क्या सच ही वह ऐसा करेंगे? असंभव! पर संभव भी है!

प्राप्ति हर एकांत में यही कुछ सोचती रही हैं। लगता है कि न सोचना चाह कर भी सोचने लगती हैं!

कभी-कभी अपने पर ही हंस पड़ने की इच्छा होती है। क्या सचमुच ही प्राप्ति को सोचना चाहिए! सोच भी लें तब लाभ क्या होगा? क्या वह पति को सही दिशा दे सकेंगी और यह क्या निश्चित है कि जो वह सोचती हैं, वही सही होगा?

मगधपति की सहायतार्थ गई मथुरा की सेना विजयश्री प्राप्त करके लौटी थी। कंस बहुत प्रसन्न थे। उससे अधिक प्रसन्न थे जरासंध। सम्मान और आभार के साथ धन-धान्य देकर महाराज को विदा किया था। मथुरा में भी राजा का भव्य स्वागत किया गया। प्रसन्नमन महाराज ने अंतःपुर में महारानियों की ओर से तिलक-स्वागत स्वीकार किया। प्राप्ति को स्मरण है, उस दिन राजा बहुत ही सहज लग रहे थे। मन-दृष्टि, विचार सभी से सरल!

वह चेहरा स्मरण करती हैं और मन भीग उठता है। कितना अच्छा होता कि महाराज सदा ही उतने प्रसन्नचित और सहज रहते? किंतु कटुता, क्रूरता और छल-प्रपंच ने राजा के शत्रुओं से अधिक राजा की ही शांति छीन ली थी।

विडम्बना! विडम्बना ही तो है कि मनुष्य सब कुछ होते हुए भी सब कुछ गंवाए रहे। ऐसे ही जैसे मनुष्य नदी तट पर खड़ा-खड़ा प्यासा ही रीत जाए। कंस के साथ यही कुछ हुआ था। उनके अपने कारण होता जा रहा था, उसी समय से होता रहा था, जब कालजय की मूर्खतापूर्ण और उद्दंड जिद ने उन्हें वशीभूत कर लिया।

जय-सुख में केवल एक ही रात्रि सहज रह सके थे वह। अगले दिन राजसभा में उपस्थिति के साथ ही कृष्ण पुनः उनकी अशांति और असहजता

का कारण बन गए थे। महामंत्री प्रद्युम्न ने सूचना दी थी, "महाराज की जय हो! देवर्षि नारद मथुरा आ रहे हैं। कुछ ही समय बाद वह नगरी में प्रवेश करेंगे।"

"आनंद का समाचार है, महामंत्री!" कंस प्रसन्न हुए थे, फिर आसन छोड़कर उठ खड़े हुए, "हम स्वयं नगरसीमा पर देवर्षि के स्वागतार्थ जाएंगे। तुरंत व्यवस्था की जाए।"

"महाराज की इच्छा हम पहले ही जानते थे।" महामंत्री ने उत्तर दिया था, "सभी व्यवस्थाएं की जा चुकी हैं।"

कंस और अन्य सभाजन ब्रह्मापुत्र का स्वागत करने नगरसीमा पर जा पहुंचे थे।

राजा आदरपूर्वक नारद को नगर में लाए। समुचित स्वागत-सम्मान किया, फिर करबद्ध होकर कुशल-समाचार पूछे । चपल ऋषि ने राजा को आशीर्वाद दिया, स्वागत-सम्मान पर प्रसन्नता प्रकट की, फिर तरह-तरह से मथुरा नगरी की भव्यता, व्यवस्था और प्रशासन की सराहना की। अंत में कहा था, "बस, एक ही विचार से सदा चिंतित रहा हूं, मथुराधिपति, यह भव्य राज्य और गौरवशाली यादव-साम्राज्य शीघ्र ही विपत्ति में पड़ने जा रहा है। यादव कुल के आंतरिक कलह की अग्नि कहीं इसे झुलसा न डाले। इस विचार से मन खिन्न हो उठता है।"

नारद के शब्दों ने सभा में उपस्थित सभी व्यक्तियों को बुरी तरह व्यग्र कर डाला। भयभीत और चिंताकुल दृष्टि से सभी ऋषि को देखते रह गए। महामंत्री प्रद्युम्न ने पूछा था, "ऐसा क्या हुआ, मुनिवर, कैसी विपत्ति ?... और आप किस कुल-कलह की बात कर रहे हैं, कृपया स्पष्ट कहें।"

"हां, देवर्षि।" अक्रूर हाथ बांधकर उठ खड़े हुए थे, "आप सर्वज्ञ हैं। सृष्टि में कहां, किस कारण क्या कुछ घट रहा है या घटनेवाला है, आप भली प्रकार जानते हैं। कृपया सब कुछ विस्तारपूर्वक बतलाएं?"

नारद के होंठों पर चपल मुसकान तिरी, फिर दृष्टि वक्र हुई। कहा था, "राजन्, जनपद क्षेत्रों से निकलते हुए मुझे कुछ विचित्र सूचनाएं मिली हैं। लगता है कि गोकुलवासी नंद के यहां पुत्र नहीं, पुत्री जन्मी थी। उसी पुत्री को तुम्हारी भगिनी देवकी के पुत्र से बदल दिया गया था। यह कैसे, किस तरह हुआ, मुझे ज्ञात नहीं है, पर यह हुआ, इतनी सूचना निश्चित है। वह पुत्र कृष्ण नामी वही बालक है, जिसने मथुरा के जनजीवन को प्रभावित किया है।"

कंस सुनते रहे। प्राप्ति देख रही थीं कि उनका चेहरा तनाव में गहरे और खूब गहरे डूबता जा रहा है। सहसा वह मुड़ गए थे केशी की ओर, "यह क्या सुन रहे हैं हम सेनापति? यह कैसे संभव हुआ कि कारागार पर विश्वसनीय व्यक्तियों के होते हुए भी वसुदेव राज्य और राजा के प्रति इतना बड़ा विश्वासघात कर सके? कैसे संभव हुआ और कौन है इसका दोषी?"

सभा अनायास ही सन्नाटे और आतंक से भर उठी थी। मथुराधिपति के स्वर में धीमापन होते हुए भी क्रोध की ऐसी हुंकार थी, जिसके परिणाम को लेकर अनेक मन हिल गए। नारद वीणा लिए शांत खड़े थे। राजा को क्रोध और सेनापति केशी के मुंह की पीलाई देखकर बोल पड़े, "नारायण! नारायण! अब वह विगत कथा लेकर समय व्यर्थ करने में कोई लाभ नहीं है, यादवेंद्र, उचित तो सही होगा कि शीघ्र और स्वरितता के साथ आप अपनी रक्षा का उपाय कर सकें।"

"रक्षा? कैसी रक्षा?" कंस ने चकित होकर प्रश्न किया।

नारद आगे बढ़कर राजा के समीप पहुंच गए। धीमे स्वर में बोले, "आश्चर्य, इतनी सारी सूचना पाकर भी आप पूछ रहे हैं, कैसी रक्षा? नारायण! नारायण! मथुराधिपति, मैं देख रहा हूं कि आपका जीवन संकट में है।"

"जीवन संकट में है?" ऋषि के अधूरे शब्दों को ही थाम बैठे थे कंस। जितने चकित थे, उससे कहीं अधिक बेचैन। बोले, "यह क्या कह रहे हैं ऋषिवर?"

"मैं सत्य कह रहा हूं, कंस", नारद गंभीर हुए, "स्पष्ट देख रहा हूं कि देवकी-वसुदेव का वह चपल पुत्र कृष्ण ही तुम्हारी मृत्यु बनने वाला है। अतः कहूंगा कि जितनी शीघ्रता से हो सके, उतनी शीघ्रता से उस बालक से मुक्ति प्राप्त कर लो।"*

सभाजन शांत थे। सब और सन्नाटा। इस सन्नाटे को चीरते नारद के आरे जैसे शब्दों ने कंस पर उलटी प्रतिक्रिया की। सुनकर अनायास ही हंस पड़े, खूब ठठाकर। ऋषि ने आश्चर्य से पूछा था, "क्या हुआ राजन्?"

"कुछ नहीं, महर्षि, आपके शब्दों पर हंसी आ गई। वह दुधमुंहा गोप बालक मेरी मृत्यु है! कभी-कभी आपको लेकर लोगों के कहे इस सच पर विश्वास करना पड़ता है कि आप साक्षात् आश्चर्य और आनंद है।" फिर वह हंसे।

नारद भी हंसे। जब कंस की हंसी का दौर समाप्त हुआ, तब ऋषि ने मुसकुराते हुए कहा था, "नारायण! नारायण! नाशपूर्व मनुष्य की बुद्धि सचमुच विकृत हो जाती है।" गहरा श्वास लिया उन्होंने। वीणा का एक तार ज़ोर से झनझनाकर वातावरण में लय बिखेर दी, कहा, "यादवपति, एक प्रश्न पूछूं ?"

"आप तो स्वयं हर प्रश्न का उत्तर हैं देवर्षि, भला आपको कैसी जिज्ञासा?"

"अपने लिए नहीं, राजन्, आपके लिए। आपके शुभार्थ।" नारद ने कहा।

---

* श्रीमद्भागवत पुराण के दशम स्कंध में कहां गया है, 'नारद कंस के समीप आकर बोले कि जिस कन्या का तुमने वध किया, वह तो यशोदा की पुत्री थी और कृष्ण देवकी के पुत्र है। बलराम जी रोहिणी के पुत्र है। वसुदेव जी ने तुम्हारे भय से, अपने मित्र नंदराय जी के यहां इनको पहुंचा दिया है और इन्हीं दोनों भाइयों ने तुम्हारे भेजे हुए सब अनुचरों को मार डाला है।'

संभवतः उस समय तक कंस को यह निश्चित रूप से ज्ञात नहीं हो सका था कि गोप कृष्ण, वास्तव में वसुदेव-देवकी के पुत्र हैं, जिन्हें बड़ी चतुराई और योजना के साथ कारागार में यशोदापुत्री माया से बदला गया था और जब यह रहस्य उद्घाटित हुआ तब कंस कृष्ण के प्रति बहुत क्रूर और हिंसक हो उठे।

–लेखक

कंस ने प्रश्न किया, “मेरे शुभार्थ! कहिए, क्या कहना चाहते हैं?” चपल ब्रह्मापुत्र की ओर सभी सभासद् दृष्टि गड़ाए हुए थे। जानते थे कि वह किसी भी क्षण विद्युत् की तरह कौंधकर कोई बात कह सकते हैं। किसी भी क्षण मनुष्य को अवाक् स्थिति में छोड़कर अंतर्धान हो सकते हैं।

नारद ने कहा था, “आपने संभवतः जलप्राणी कच्छप को नहीं देखा?”

“हुंह!” कंस उपेक्षा से बोले, “यह क्या कह रहे हैं आप? हमने असंख्य जलप्राणी देखे हैं कच्छप तो बड़ा साधारण-सा प्राणी है। सामान्यतः देखने को मिल जाता है।”

“जानकर आनंद हुआ, यादवेश्वर।” नारद बोले, “कच्छप जिस क्षण भयानुभव करता है, अथवा सुरक्षित होना चाहता है, वह अपना शीश शरीर के भीतर समा लेता है। समझता है कि सुरक्षित हुआ, पर अपने-आप में उसका यह मूर्खतापूर्ण प्रयास उसे रक्षित नहीं करता। यदि कोई चाहे, तो क्षणमात्र में उसे मनचाही मृत्यु दे सकता है। देखता हूं कि आपकी भी वही स्थिति है।”

“ऋषिराज!” कंस उत्तेजित होकर लगभग चिल्ला पड़े थे, “आप हमारा अपमान कर हहे हैं।”

सभा में एक सहम बिखर गई। उससे कहीं अधिक भय व्यक्त हुआ। प्राप्ति की अपनी हृदय-गति भी बढ़ गई थी।

नारद ने सहज भाव से उत्तर दिया था, “नारायण! नारायण! यह क्या कह रहे हैं युद्धज्ञ, आप जैसे पराक्रमी, वीर और विद्वान् को भला मैं साधारण ब्राह्मण क्योंकर अपमानित करूंगा? कर भी नहीं सकता। जो कुछ कह रहा था, वह मात्र नीति का एक उदाहरण था। उसे उसी रूप में ग्रहण करें। यदि नहीं कर पा रहे हों, तब मैं जाता हूं। नारायण! नारायण!” घुमक्कड़ मुनि ने अपने प्रिय वाद्ययंत्र से एक ध्वनि गुंजाई, चल पड़े।

कंस ने उन्हें रोक लिया था, “सुनिए तो महर्षि, तनिक रुकिए।”

नारद मुड़े, पूछा, “आपने मुझसे कुछ कहा?”

"हां, देव।" राजा आसन से उतर आए थे। पास जा खड़े हुए। सब जानते थे कि नारद सूचनाओं के भंडार हैं। वह असत्य कभी नहीं बोलते। हां, उनके शब्दों को सुनकर समझना और उसके बाद कोई निर्णय लेना अवश्य ही कठिन कार्य है। जब-जब और जिसने भी इन शब्दों का मर्म नहीं जाना, वह अपने आगत का स्वयं ही दोषी हुआ।

राजा सम्मान सहित उन्हें आसन पर ले जा रहे थे, "क्षमा ब्रह्मर्षि, क्षमा! संभवतः मुझसे ही भूल हुई। आप शांत हों और बतलाएं कि आप क्या कहना चाहते हैं?"

"नारायण! नारायण!" नारद ने आसन ग्रहण किया, फिर पूर्ववत् मीठे स्वर में कहा, "राजन्, जो कुछ मैं कह रहा हूं, उसे ध्यान से सुनें। यह समय उत्तेजनावश अनिर्णय की मानसिकता में उलझने का नहीं है।"

कंस ध्यान से नारद का चेहरा देखते रहे। शब्दशः सूचना और सम्मति को मन में उतारते हुए।

"उस चपल बालक कृष्ण को आपने देखा नहीं है, इसी कारण इस सहजता से उसे लेकर आप विचार कर रहे हैं।" नारद कहे गए थे–"वह बहुत मायावी है। असाधारण बुद्धि और क्षमताओं से पूर्ण। विद्वान् वही होता है, जो आगतभय को समय-पूर्व जान-समझकर उसे तुरंत नष्ट कर डाले। जितना शीघ्र हो सके, आप उस गोप बालक से मुक्ति पाइए। इसी में शुभ है, आगे आपकी जैसी इच्छा हो।" वह उठ पड़े थे, "नारायण! नारायण!"

कंस ने उन्हें विदा करते हुए प्रणाम किया कहा, "आप आश्वस्त हों, ऋषिवर, अब उस गोप बालक का वध किए बिना मुझे क्षण-भर भी चैन नहीं मिलेगा। आप उसे नष्ट हुआ ही समझें।"

"मुझे आपसे इसी उत्तर की आशा थी, मथुराधिपति।" नारद बाहर निकल गए। धीमे-धीमे शब्द उभरे, "नारायण! नारायण!" फिर विलीन हो गए।

राजा कुछ पल चुपचाप बैठे सोचते रहे थे। ऐसे जैसे ऋषि के शब्दार्थ को समझने का प्रयत्न कर रहे हों, सहसा उन्होंने केशी से कहा था, "सेनापति, अब आप स्वयं जाएं और उस दुष्ट बालक का वध करके मथुरा को भयमुक्त करें।"

केशी ने त्वरितता से उठकर शीश झुकाया, कहा, "जैसी आपकी आज्ञा महाराज।"

सभा विसर्जित हुई।

उत्तेजित, भिन्न और चिंतित राजा अपने विशेष विचार-कक्ष में जा बैठे। रानियों ने अंतःपुर की राह ली।

सेविका से ज्ञात हुआ था कि महाराज कंस अर्धरात्रि तक विश्राम के लिए नहीं गए थे। वह विचार-कक्ष में रहे और उसके बाद तुरंत क्रोधावेश से भरे हुए विशेष सेवकों और सैनिकों के साथ कहीं चले गए।

प्राप्ति चिंतित हुई थीं। कहां गए होंगे कंस? क्या वह स्वयं ही गोप बालक का वध करने गोकुल चले गए? नारद के शब्द स्मरण हो आए थे, "वह बालक असाधारण बुद्धि और क्षमताओं से पूर्ण है। बहुत मायावी है।" अज्ञात अनिष्ट की आशंका ने रानी को अस्त-व्यस्त कर दिया था। पलकें नहीं झपक सकी थीं। पति की अशांति से वह अशांत हो उठती थीं। पति की पीड़ा उन्हें पीड़ित कर देती और नारद की भविष्यवाणी के बाद वह पति के जीवन के लिए ही चिंतित हो गई थीं।

एक-एक नाम याद आते थे उन्हें। भयावह और बलशाली असुरों के नाम। षड्यंत्रकारिणी पूतना का नाम। उन सभी को कृष्ण के हाथों मरना पड़ा था, फिर अकेले कंस?

लगता कि इस तरह विचारकर पति की क्षमता, शक्ति, वीरत्व और राजस का अपमान करती हैं, किंतु सहज स्त्री स्वभाव उन्हें अशांत किए रहता। नहीं, वह अपमान नहीं, केवल उस वरमाला के फूलों की सुगंधि को

लेकर चिंता है, जो हर पतिव्रता के मन को सुगंधि से भरे रहती है। इस सुगंधि को खो देने का भय, पीड़ा का कारण!

उस रात्रि कितनी-कितनी बार शयनिका छोड़कर व्यग्र रानी उठकर बैठ रही थीं, स्मरण नहीं है। केवल इतना स्मरण है कि उन्होंने अनेक बार उठकर पुकारा था, "कोई है!"

हर पुकार के साथ दासी सामने आ खड़ी होती, "आज्ञा, स्वामिनी!"

"महाराज लौटे?"

"अब तक तो नहीं।"

"वह लौटें, वैसे ही मुझे सूचित करना।"

"जो आज्ञा, महारानी!"

हर बार यही शब्द, यही प्रश्न, यही आदेश। प्राप्ति को स्वयं ही स्मरण नहीं था कि कितना कुछ अस्वाभाविक और असहज व्यवहार कर रही हैं। एकमात्र चिंता, कहां गए होंगे कंस? रात्रि का तीसरा पहर होने को आया, अब तक क्यों नहीं लौटे?

भोर की पहली किरण जागी। प्राप्ति ने टूटते शरीर में पीड़ा अनुभव की। संपूर्ण रात्रि के जागरण ने शरीर को भी व्यथित कर दिया था। तभी दासी उपस्थित हुई थी।

प्राप्ति ने चौंककर उसे देखा।

दासी ने कहा था, "वह आ पहुंचे हैं, देवी।"

"कौन, महाराज?" उत्साहित और हर्षित रानी उत्तेजना में खड़ी हो गई थी।

"हां, देवी!" दासी ने सिर झुकाया। प्राप्ति ने एक ही साथ अनेक प्रश्न कर दिए थे, "कहां हैं वह? विश्रांतिगृह में पहुंचे या नहीं? या शयनकक्ष में हैं? सहज और शांत तो हैं ना?"

"वह शांत मन हैं, महारानी।" सेविका ने बतलाया था, "अभी-अभी द्वारपाल ने बतलाया था कि सेनापति केशी भी उनके साथ ही है। संभवतः कोई परामर्श कर रहे हैं महाराज।"

एक गहरी निःश्वास खींचकर अनायास ही बहुत हल्की हो गई थी प्राप्ति। पलकें मूद लीं। देर बाद जाना था कि उन्हें गहरी और खूब गहरी निद्रा की आवश्यकता है। थोड़ी ही देर बाद सो रहीं।

देर दोपहर जागी थीं वह। सभा में उपस्थित नहीं हो सकीं। जागते ही महाराज को लेकर प्रश्न किया था। ज्ञात हुआ कि वह सभा में हैं।

अनायास ही एक प्रश्न कर लिया था सेविका से, "क्या हमें लेकर कोई पूछताछ कर रहे थे वह?"

"नहीं, देवी।" सेविका ने सिर झुकाकर उत्तर दिया था, "रात्रि-भर किसी राजकार्य में बहुत व्यस्त रहे महाराज, फिर प्रातः होते ही दैनिक कार्यक्रम से निवृत्त होकर सभा में चले गए।"

प्राप्ति ने फिर कुछ नहीं पूछा था। जाने क्यों, उन्हें लगा था कि जो सुना है, उससे दुख होने लगा है उन्हें। सोचग्रस्त दिनक्रम से जुड़ गई थीं।

श्रृंगार होते-होते तक अनेक सोचों से घिर गईं। क्या राजा केवल कृष्ण, राज्य, अपने जीवन-मरण, कुशल-अकुशल के अतिरिक्त कुछ नहीं सोच पाते? या उन्हें अवसर ही नहीं मिलता? अथवा महारानियों से उन्हें स्नेह ही नहीं है?

लगा था कि इनमें से सभी सत्य है। कितना अच्छा होता कि कुछ भी सत्य न होता। सत्य होती केवल राजकाज की व्यस्तता।

पर कटु सत्य यही कि प्राप्ति का विचारा हुआ सभी कुछ सत्य है। गहन पीड़ा से भर उठी थीं वह। ज्ञात नहीं था कि क्या चाहा था उन्होंने या किस कारण पूछा था सेविका से, 'क्या हमें लेकर कुछ पूछताछ कर रहे थे वह?'

संभवतः प्राप्ति के भीतर बैठी स्त्री की सहज अपेक्षा थी वह?

अपेक्षा या अधिकार?

केवल अधिकार! प्राप्ति ने अनुभव किया था कि यह अधिकार सहज मानवीय अपेक्षा है। ठीक उसी तरह, जिस तरह संवेदन-स्तर पर महाराज कंस ने यह अधिकार उससे प्राप्त किया है। विचित्र-सी रिक्तता बिखर गई थी मन में।

लगा कि राजभवन, राजस, प्राप्ति का महारानी होना, जरासंध की पुत्री होना, यह सब कुछ व्यर्थ है, अर्थशीन। जो अर्थ है, वह कहीं नहीं। प्राप्ति का असली अर्थ है उसका स्त्री होना। संवेदना का साक्षात् रूप। इस रूप का अस्वीकार सहना प्राप्ति ही नहीं, किसी भी स्त्री के लिए कठिन।

कठिन ही नहीं, असंभव।

क्या राजा पूछ नहीं सकते थे, कैसी हैं महारानी? किस कारण रात्रिभर जागती रहीं? किस कारण देर सूर्योदय हुए भी सो रही हैं?"

किंतु कुछ नहीं पूछा उन्होंने। स्मरण नहीं था शायद या कि स्मरण योग्य ही नहीं थीं प्राप्ति अथवा स्मरण भी राजनीति के अर्थ में होता, तो अर्थवान् होता उनके लिए?

संवेदन भी राजनीति हो सकती है? प्राप्ति सोचने लगी थीं। मन भूलभुलैया की अंध गुहा में भटकने लगा था। इस गुहा के असंख्य रास्ते, किंतु कोई भी राह कहीं नहीं पहुंचाती।

किसी राह का कोई द्वार नहीं। सब ओर केवल अंधकार।

कैसी पीड़ादायक स्थिति! शोकपूर्ण मन! सब कुछ मृत हुआ-सा। नेह, समर्पण, प्रेम और पूजा। लगा था कि प्राप्ति ने किसी जड़ पत्थर की शिला को पति रूप प्रदान कर दिया है।

किंतु पाषाण शिलाएं भी पूजा से जीवंत हो जाती हैं। कंस में वह भी नहीं। कितनी श्रद्धा, पूजा और समर्पण दिया है उन्हें, पर वह प्रभावहीन ।

प्राप्ति के भीतर यह रिक्तता बिखरते-बिखरते धीमे-धीमे उन्हें भी पाषाण-शिला में परिवर्तित करने लगी थी। लगता था कि स्वयं के प्रति मृतानुभूति, दूसरों के प्रति मृतानुभूति होती जा रही है। सब कुछ इस तरह देखती हैं, जैसी घटकर भी अघटित है।

लगा था कि उन जैसी स्त्री के लिए एक यही स्थिति शुभ है, सुखद, इसी स्थिति में शांति।

उस दिन इसी मनः स्थिति ने जकड़ा था उन्हें। फिर यह जकड़ गहरी हुई। हर अगली घटना उसे गहराती चली गई।

वही मनः स्थिति थी, जब सदा की तरह उस रहस्यमय रात्रि के घटित का वर्णन सुना था उन्होंने। जी हुआ था कि उत्सुकता जतलाए, उस रात्रि महाराज कंस ने क्रूरता से पूर्ण वे अमानवीय कृत्य कैसे किये? सुनकर घृणा भी करें।

पर न घृणा हुई थी, न ही कोई अन्य अनुभूति। केवल सुनती गई थीं वह। समाचार मिला था ऋतु से। राजभवन के बाहरी संसार की सूचनाएं वही देती थी उन्हें। उसी ने उस कालरात्रि की सम्पूर्ण कथा सुनाई थी। कहा, "बहुत दुःखद कांड हुआ, महारानी जी, सम्पूर्ण नगर-क्षेत्र में उसी घटना को लेकर चर्चा है। ज्ञात नहीं कि किस तरह, किन सूत्रों से महाराज को अपने विरुद्ध हुए षड़यंत्र की जानकारी मिली थी और उन हतभाग्यों को वह कठोर दंड भोगना पड़ा!"

केवल टकटकी बांधे हुए रिक्त दृष्टि से ऋतु को देखे गई थीं वह। शांत और शिलावत्।

ऋतु ने सम्पूर्ण घटना कह सुनाई थी। उस रहस्यमय रात्रि का वर्णन, जो अंतःपुर में अज्ञात था।

रात्रि के तीसरे पहर महाराज का रथ अचानक कारागृह जा पहुंचा था। सभी चकित थे, सभी सहमे हुए। उग्र और क्रोधी राजा किस कारण उतनी रात्रि गए आए होंगे? क्या किसी राजनीतिक बंदी को स्वयं लेकर आए हैं? अथवा कोई अन्य कारण है?

एक प्रहरी दौड़ा हुआ मुख्य अधीक्षक के निवास पर पहुंचा था। गहरी निद्रा में खोए हुए थे वसुहोम। उन्हें जगाकर महाराज कंस के आ पहुंचने की सूचना दी गई थी। वसुहोम तुरंत तैयार हुए। पत्नी अनुराधा ने अचकचाकर

उन्हें देखा था। लगता था कि वसुहोम राजा की असमय अगवाई के कारण बहुत बेचैन हो उठे हैं। जाने लगे तो हौले से हाथ थाम लिया था अनुराधा ने, "तनिक सावधान रहिएगा। न जाने राजा किस मनः स्थिति में हों?"

वसुहोम उत्तर न देकर मुड़े। अनुराधा को ढाढ़स दिलाती दृष्टि से देखा, फिर हौले से कंधा थपथपाकर द्वार की ओर बढ़ गए। अनुराधा उनके पीछे-पीछे द्वार तक गई।

कंस का रथ कारावास के पास थमा हुआ था। अनुराधा ने देखा कि वसुहोम उसी दिशा में चले जा रहे थे। उनकी चाल में सहजता थी। गति में स्वाभाविकता।

वसुहोम ने रथ के पास पहुंचकर प्रणाम किया था। राजा रथ से उतरे। उपाधीक्षक कंटक पहले से उपस्थित थे। राजा दोनों के साथ कारावास की ओर बढ़ गए।

अनुराधा ने इससे आगे कुछ नहीं देखा। सोचा था कि महाराज किसी विशिष्ट बंदी के लिए आए होंगे अथवा किसी विशिष्ट बंदी को लाया जाने वाला होगा। लौटकर शयनगृह में चली गई।

मथुराधिपति की मुद्रा जतला रही थी, तनाव में है।

वसुहोम और कंटक ने समझ लिया था, कोई विशेष घटना हुई है। महाराज बोले थे, "वसुदेव और देवकी अब के बाद अधिक कठोर कष्ट झेलेगे। हथकड़ियों, बेड़ियों की व्यवस्था की जाए।"

सहमकर रह गया कंटक। वसुदेव-देवकी के साथ हथकड़ी-बेड़ी की कल्पना ऐसे ही थी, जैसे फूलों को तोड़कर राह में बिछा दिया जाए। जीवंत फूलों के क्रमशः मरने की एक लम्बी क्रूर क्रिया। मन हुआ था कि राजाज्ञा का उल्लंघन कर दें। कह दें, 'नहीं, यह सब हमसे नहीं हो सकेगा, राजन्। पर होंठ सिले रह गए। कंस के कठोर, क्रोधी स्वभाव की कल्पना ने जी दहला दिया। चुपचाप आदेश-पालन करने में ही कुशल समझा। तुरंत एक कारावास सैनिक को आज्ञा पालन के लिए पठाया।

वसुदेव-देवकी के कारागृह कक्ष को खोला गया। देखा कि एक ओर गहरी निद्रा में सोए हुए हैं वे। राजा ने स्वयं पुकारकर उन्हें जगाया, "देवकी! वसुदेव!"

वे जागे। इस तरह जैसे दो भयभीत पंछी फड़फड़ाए हों, फिर शांत होकर सामने खड़े विशालदेह कंस को देखा। कंस के चेहरे पर क्रूरतापूर्ण हिंस्र मुसकान बिखरी हुई थी। उन्होंने कहा था, "हमसे छल किया तुमने! समझते हो कि तुम यशोदा और नंद तक अपने अंश को पहुंचाकर निश्चित हो गए हो? किंतु ऐसा नहीं होगा। उस दुष्ट काल-कारण को हम वहां भी नष्ट कर देंगे।"

देवकी कुछ भी नहीं समझ सकीं। नंद, यशोदा और उनका अपना अंश? नासमझ स्थिति में पति को देखने लगी थीं वह। वसुदेव ने तुरंत ही समझ लिया था, अपने-आप पर वश किए रहना होगा। अनजान बनकर प्रश्न किया था उन्होंने, "यह सब क्या कह रहे हैं, यादवेंद्र? नंद और यशोदा? फिर हमारा अंश? कुछ समझ नहीं आया।"

"अभिनय बंद करो, वसुदेव!" कंस क्रोधावेश में गरजने लगे थे, "देवर्षि नारद से हमें सब कुछ ज्ञात हो गया है। आंधी-पानी से घिरी उस रात्रि के प्रकृति-कोप का लाभ उठाकर तुमने उस शिशु को गोकुल तक पहुंचा दिया था और सहायक हुए ये दुष्ट!" सहसा उन्होंने मुड़कर वसुहोम और कंटक को देखा था, "नंद-गोप ने उसका पालन-पोषण किया, किंतु तुम लोग मूर्ख हो, जो यह समझते हो कि देवकीसुत को हम जीवित रहने का अवसर देंगे या कोई उसकी रक्षा कर सकेगा।"

देवकी चकित हुईं, उनका सुत? वह पति की ओर मुड़ गई थी, "यह सब मैं क्या सुन रही हूं, यादवश्रेष्ठ ? मेरा पुत्र? यशोदा और नंद के घर? वह वहां कैसे पहुंचा ? किसने पहुंचाया? ... और अगर वही मेरा पुत्र है, तब मेरी जिस कन्याका वध किया गया, वह कौन थी?" भावावेश में देवकी ने वसुदेव की कृशकाय बांहों को थाम लिया था। कंकालवत् उनकी अंगुलियां

वसुदेव की बांहों पर कसी जा रही थीं। वह कांप रही थी। प्रसन्नता और अनायास मिले समाचार की उत्तेजना से।

"हां, देवि!" कंस ने कहा था, "यह कुछ नहीं कह सकेंगे। पुत्रवती होते हुए तुम्हें पुत्रहीनता की पीड़ा झेलनी पड़ी है।" सहसा कंस बहिन के पास झुक आए थे। नाटकीय ढंग से कहा था उन्होंने, "यह तो बड़े क्रूर हैं, देवकी, जीवित पुत्र को मृत घोषित किए हुए भी किसी बार इन्हें न लज्जा आई, न कष्ट हुआ।"

"धूर्त्त!" अनायास ही वसुहोम के होंठों से शब्द खिसक गए थे। आंखें घृणापूर्वक मथुराधिपति कंस को देख रही थी। सधःजात बालकों का हत्यारा बहिन की भावनाओं से कैसे धिनौनी, हृदय छलनी कर देनेवाली पशु-क्रीड़ा कर रहा था! कंटक ने जबड़े कस लिए। कंस ने सैनिकों को आदेश दिया था कि वसुदेव-देवकी को हथकड़ी-बेड़ी पहना दी जाए!*

वसुदेव चुप रहे। देवकी ने अनेक बार पूछा था, "कहो ना कुछ। बोलो" पर वह शांत रहे, गंभीर। किस शक्ति से अपने-आपको थामे रहे होंगे, कोई नहीं जानता, पर शक्ति सहेज रखी थी, वह निश्चित।

कंस ने कहा था, "तुम्हारे बोलने-न-बोलने, स्वीकारने-अस्वीकारने से अब कोई अंतर नहीं पड़नेवाला, वसुदेव, मैं शीघ्र ही उस क्लेश से मुक्ति पा

---

* 'कंस ने हथकड़ी-बेड़ी डालकर वसुदेव-देवकी को कैद कर लिया।' (श्री भागवतपुराण, दशम स्कंध)।

उपर्युक्त वर्णन उस समय किया गया है, जबकि नारद से कंस को कृष्ण के यशोदासुत न होने और देवकी-वसुदेव की संतान होने का पता चला, जबकि इसके पूर्व भी वर्णन आया है कि वसुदेव-देवकी के विवाहित होते ही कंस को भविष्यवाणी से उनकी आठवीं संतति के द्वारा वध किए जाने की सूचना मिली। कुछ परिच्छेदों के बाद कहा गया है कि 'नारद के चले जाने के बाद देवकी के गर्भ से उत्पन्न बालकों को विष्णु के अंश जानकर, देवकी और वसुदेव को बंदीगृह में बंद कर पांवों में बेड़ी डाल दी।'

दो अलग-अलग स्थानों पर वर्णित एक ही प्रकार के वर्णन से लगता है कि पुराण-कथा के घटनाक्रम में बहुत तारतम्यता नहीं है। नारद के आने का वर्णन कृष्ण द्वारा बहुत-से असुरों के वध के बाद आया है। लगता है कि इसके पूर्व तक कंस को देवकीसुत के यशोदापुत्र में परिवर्तित होने की योजना का पता नहीं चला था। यह तब पता चला, जबकि कृष्ण किशोरावस्था में पहुंच चुके थे। सूचना के माध्यम नारद ही बने। संभवतः देवकी-वसुदेव इस बीच सादा कारगृह में थे। सूचना पाकर कंस ने रुष्ट होकर उनके पैरों में बेड़ी, हाथों में हथकड़ी डाली।

लूंगा!" फिर तेजी से वह मुड़ गए। देवकी रोती-बिलखती रही। उनके पीछे-पीछे वसुदेव और कंटक भी गए।

वे कारागृह के विशेष कक्ष में पहुंचे थे। यही इच्छा व्यक्त की थी उन्होंने। कंटक और वसुहोम समझ चुके थे–दंडित होंगे। क्रूर कंस का न्याय सबका जाना हुआ था, हत्या उनकी राजनीति। संभवतः वही उनका न्याय भी।

कारागृह के लंबे, घुमावदार गलियारे पार करते हुए दोनों में ही निश्चित कर लिया था कि असत्य नहीं बोलेंगे। कंस की क्रूरता को धिक्कारते हुए सत्य स्वीकार लेंगे। इस तरह धिक्कारेंगे कि उसे अपने-आप पर ग्लानि हो।

किंतु लगा था कि उद्दंड राजा से तर्क-वितर्क करके उसे अधिक उत्तेजित ही कर बैठेंगे। मन ने दूसरी करवट भी सोचा। क्या यह नहीं हो सकता कि चुपचाप राजा के सामने अपराध स्वीकार करके शांत रहें। संभव है कि राजा केवल कारावास ही दे।

किंतु इस संभव से अरुचि हुई थी उन्हें। लगा था कि मन का एक कोना सहसा धिक्कार से भर उठा हैं, छिः! भला अपराधी, हिंसक, क्रूर और अमानुष के प्रति चुप रहकर क्या वह मनुष्य धर्म निबाहेंगे? नहीं, ऐसा करना तो दोष होगा। कंस की दृष्टि में जो अपराध है, उनकी दृष्टि में वही उचित था। न्यायिक भी। शांत रहकर अपने-आप को अपराधी क्यों मानेंगे वे?

निश्चित कर लिया था कि कंस को अधिक कहने का अवसर ही नहीं देंगे। आरोप जड़ते ही उसे सहेज लिया जाएगा। दोनों ही आगे बढ़कर कहेंगे, "यदि यह अपराध है, महाराज, तो यह अपराध हमने किया है, किंतु हमारी दृष्टि में यह अपराध नहीं था।"

यही हुआ था।

राजा ने विशेष कक्ष में पहुंचकर सुलगता हुआ प्रश्न उछाल दिया था, "क्या यह सत्य है अधीक्षक, तुमने प्रकृति-कोप की उस कालरात्रि में लाभ उठाकर वसुदेव-देवकी के पुत्र की रक्षा की?"

"हां, महाराज।" वसुहोम ने निर्भीक उत्तर दिया।

सहसा उन्हें बांह से पीछे करके कंटक आगे बढ़ आया था, "नहीं, यादवेंद्र, अधीक्षक महोदय मुझे बचाने के लिए अपने ऊपर आरोप ले रहे हैं। सत्य तो यह है कि वसुदेव-देवकी के पुत्र को कारावास से निकलवाने में मैंने सहयोग किया, किंतु यह मैं नहीं जानता कि वह देवकीसुत यमुना पार से कहां ले जाया गया।"

"नहीं, महाराज!" वसुहोम ने कुछ कहना चाहा, पर कंटक ने धीमे से कहा, "शपथ है तुम्हें वसुहोम! शांत रहो!" फिर आगे बढ़ गया, "जो कुछ सत्य है, वही मैंने निवेदन किया है राजन् अब जो भी राजदंड मिले, मैं उसको सिर-माथे लूंगा।" संवाद समाप्त करके उसने सिर झुका दिया।

कंस पल-भर के लिए विचलित हो उठे । कल्पना नहीं थी कि ताड़ना-प्रताड़ना के बिना अपराधी, अपराध स्वीकार लेंगे। एक पल के लिए धक्का भी लगा था उन्हें। क्या यह संभव है कि मनुष्य इस तरह त्याग-भावना से ओत:प्रोत हो जाए? फिर लगा, उद्दंडता हुई है, राजशक्ति पर एक साधारण कर्मचारी ने उपहास से थूक दिया है। गहन अपमान और पीड़ा से भर उठे वह, किंतु शांत रहे। लगा था कि वसुहोम या कंटक के स्वीकार से आगे भी कुछ स्वीकार करवाना है और उसके लिए कठोरता से ही सही, अपने क्रोध पर वश करना होगा। दृष्टि क्रमशः वसुहोम और फिर कंटक पर लगाए रखी। इस तरह जैसे सब कुछ नोच-नोचकर जान-समझ लेना चाहते हों। अनेक प्रश्न...! किस तरह पहुंचाया गया कृष्ण को?...और कौन-कौन इस षड्यंत्र में साथ दे? नंद गोप बालक को लेने स्वयं आए या कि बालक को किसी अन्य माध्यम से भिजवाया गया? अनेक प्रश्न! लगा था कि कारागृह से संभवतः कोई भी मथुरापति के प्रति वफादार नहीं है। सबके भीतर विद्रोही भाव ही नहीं, विद्रोह पनप रहा है, षड्यंत्रों में बदलता हुआ विद्रोह।

वसुहोम और कंटक अपराधी की तरह सिर झुकाए खड़े हुए थे।

कंस ने कहा था, "तो तुमने उस षड़यंत्र में भाग लिया?"

"नहीं, महाराज!" कंटक ने त्वरितता से उत्तर दिया, "उस योजना का आयोजन ही मैंने किया।"

"हूं।" कंस ने गहरा, उबलता हुआ श्वास खींचा, "इसका परिणाम जानते थे तुम"

"हां, देव!" कंटक बोला।

वसुहोम के लिए असह्य हो गया था। कंटक सभी कुछ अपने सिर लिए चला जा रहा था, किंतु शपथ ने होंठ सी दिए थे। न जाने कितनी बार थूक निगला, चुप रहा।

सहसा कंस बोले थे, "परिणाम का विचार किया था तुमने?"

"हां, महाराज।" कंटक ने साफ, तीखी आवाज़ में उत्तर दे दिया।

कंस तिलमिला उठे थे। विद्युत गति से उठे और अगले ही क्षण खड्ग से उन्होंने सामने खड़े कंटक का सिर झटके से उड़ा दिया।

वसुहोम ने पलकें मूंद ली थी। कितना भयावह दृश्य था वह। भौचक्के से कंटक को क्रुद्ध राजा की मुद्रा का एक कोना भी देखने का अवसर नहीं मिला होगा। सैनिक जैसे-तैसे खड़े रह सके थे। कंटक का धड़ कुछ क्षण गर्दन के कटे हिस्से से लहू का फव्वारा छोड़ता थमा रहा, फिर धरती पर बिखर गया।

वसुहोम की आंखें छलछला आई थी। शपथ अर्थहीन हो चुकी थी या कि मानस ही सहज नहीं रह गया था। उत्तेजित स्वर में बोला था वह, "क्षमा राजन्, कंटक के साथ-साथ मैं भी दोषी हूं। संभवतः सबसे अधिक दोषी मैं ही हूं। यदि वह सब दोष रहा हो तो।"

कैसे, किस शक्ति और साहस से वसुहोम ने वह सब कहा, वसुहोम को ही ज्ञात नहीं। केवल इतना जान रहा था कि जो कुछ कहा है, वही कहना चाहिए था। वही उसका धर्म भी है।

कक्ष में रक्त ही रक्त बिखर गया था। कंटक के धड़ में अब भी सिहरन हो रही थी। सिर रह-रहकर पृथ्वी से कुछ-कुछ उछलता हुआ लगता। गर्म लूह की धाराएं बही चली जा रही थी। सैनिकों को बेसुधी-सी आने लगी। उस ओरे से दृष्टि परे करके खड़े हो रहे।

कंस अब भी क्रोधोन्मत्त थे। वसुहोम के शब्द सुने थे उन्होंने, पर आवेश बहुत थम चुका था। कंटक को वध करके लगता था कि मन बहुत शांत हुआ है। बोले थे, "तुम्हें भी उपयुक्त दण्ड मिलेगा, वसुहोम।" फिर उन्होंने सैनिकों को आदेश दिया था, "इस विश्वासघाती को कारागृह में डाल दो। हथकड़ियों-बेड़ियों से जकड़ कर इस नीच को कठोर दंड प्रक्रियाओं में रखा जाए।" आगे कुछ न कहकर वह तीव्रगति से कक्ष के बाहर निकल गए थे।

वसुहोम खड़ा रहा। कंटक के रक्त की अनेक धाराएं छोटे-छोटे कुंडों जैसी जहां-तहां घेरे बनाकर ठहर गई थीं।

सैनिकों ने आकर वसुहोम को घेर लिया।

पल-भर में ही समाचार विद्युत् गति से संपूर्ण करावास में बिखर गया। महाराज कंस ने बड़ी निर्ममता के साथ कंटक का वध कर दिया था। उपाधीक्षक को मृत्युदान देकर अधीक्षक को उन्होंने कारावास में डाल दिया।

अनुराधा रोती-बिलखती हुई, चंचला के निवास तक पहुंची। सोचा था कि बेचारी सो रही होगी, पर यह देखकर चकित हुई कि चंचला पाषण-प्रतिमा की तरह बैठी हुई है। कठोर, मूर्ति-सी। भावहीन और निश्चेष्ट!

भयभीत होकर अनुराधा उसे देखती रह गई थी। दृष्टि और मुद्रा ने पल-भर में जतला दिया था कि समाचार ने सरल स्त्री मन को आहत कर डाला है। सुधिहीनता तक जा पहुंची है चंचला।

"चंचला!" पल-भर पहले ठिठककर खड़ी रह गई अनुराधा साहस संजोकर आगे बढ़ी थी। सांत्वना की हथेली उसने आहत चंचला के कंधे पर रखी, किंतु चंचला ने कोई उत्तर नहीं दिया। उसी तरह शांत भाव से टकटकी लगाए, उसी ओर देखती रही, जिधर देखे जा रही थी।

"अपने-आप को संयत करो, चंचला।" अनुराधा ने भर्राए गले से कहा था। बहुत प्रयत्न किया था कि स्वर में रुलाई न उभरे, किंतु संभव नहीं हो सका। न चाहते हुए भी गले से सिसकी उबल आई थी। स्वर टूटे और कांच

के दानों की तरह बिखरते हुए "शांत हो, बहिन, ईश्वरेच्छा! वीर पति की पत्नी का यही धर्म है कि वह सत्य-संभाषण के कठोर परिणामों को झेलने को तैयार रहे।" आगे भी बहुत कुछ कहना चाहा था अनुराधा ने, किंतु लगा कि शब्द कहीं खो गए हैं। उससे कहीं अधिक खो गया है स्वर। है भी तो सरल धारा की तरह नहीं। लहरों जैसा असहज, अशांत, छटपटाता हुआ शब्द, पीड़ाजनक घटना की चट्टान से माथा पीटते हुए।

चंचला ने उत्तर में कुछ नहीं कहा। एक गहरा श्वास लिया, फिर रिक्त, अश्रुहीन पुतलियां उठाकर अनुराधा की ओर देखा। खाली, सूनी निगाहें। अनुराधा को लगा था कि इन दृष्टियों में कंटक खड़ा हुआ है। धीमे-धीमे बादलों की तहों के पीछे धुंधलाता हुआ।

अनुराधा ने दोनों कंधे थामकर उसे हृदय से लगा लिया। हौले-हौले कंधे पर थपकियां देने लगी। शब्द नहीं थे उसके पास, पर यह स्पर्श अपने-आप में बहुत कुछ बोलता हुआ। सहसा चंचला फूटकर रो पड़ी थी। इतनी जोर से जैसे असंख्य लहरें एक साथ किसी चट्टान से टकराकर छार-छार हो गई हों। केवल धुएं की तरह वातावरण में बिखरती हुई। सब कुछ गत, आगत धुंधलाती हुई।

अनुराधा भी सिसक पड़ी। फिर यह सिसकियां सम्मिलित हो गईं। तभी किसी सैनिक ने सूचना दी थी, "अधीक्षक महोदय को कठोर कारावास में डाल दिया गया है। राज्यादेश है कि आप दोनों स्त्रियां निवास खाली करके नगर क्षेत्र में चली जाएं।"

उन्होंने सुना। सूचना नहीं थी वह, आदेश था, किंतु जो कुछ वे सह रहीं थीं, उसके सामने सब कुछ अस्तित्वहीन था, व्यर्थ।

अर्थहीनता की स्थिति में शुभ-अशुभ सभी कुछ तो व्यर्थ हो जाता है?

कारावास के कंगूरों को पार करता हुआ। समाचार नगर-क्षेत्र में बिखर गया था। उसके साथ ही यह सूचना भी कि यशोदा और नंद का पुत्र ही

देवकी और वसुदेव की आठवीं संतान है। क्रूर राजा से शूरसेन जनपद का मुक्तिदाता भी वही होगा। ऋतु बोली थी, "इस घटना के कारण नगर में महाराज को लेकर बहुत बुरी प्रतिक्रिया हुई है, देवी।" उसके स्वर में सहानुभूति से अधिक चिंता थी। लगा था कि आगे भी कुछ कहना चाहती है वह, किंतु कहते-कहते शब्दों को थाम लिया है।

प्राप्ति ने कुरेद दिया था उसे। कहा था, "कहो ऋतु, तुम आगे भी बतलाना चाहती हो ना? क्या कह रहे हैं नगरवासी? महाराज के इस कार्य को लेकर किस तरह की टिप्पणियां करते हैं वे? बतलाओं तो?"

"महारानी।" ऋतु के शब्द फूटे, किंतु होंठ जैसे कांप गए थे। इससे आगे कुछ कह पाना ऋतु के लिए कठिन।

"आश्वस्त हो ऋतु, हम तुम पर न क्रोध करेंगी, न ही तुम्हें किसी तरह दंडित करेंगी। निर्भय होकर कहो क्या कहना चाहती हो।"

सहमती हुई सेविका ने इधर-उधर देखा था, फिर बोल पड़ी, "देवी, वह जो कुछ कह रहे हैं, उसे इस अकिंचन सेविका से होंठ नहीं कह सकेंगे, किंतु इतना निवेदन कर सकती हूं वे सब मथुराधिपति के प्रति असंतुष्ट और क्षुब्ध हैं। उनका विचार है कि महाराज आवेश में निर्दोष व्यक्तियों को दंडित कर रहे हैं। यह सब उनकी दृष्टि में अन्याय है।"

ऋतु चुप हो गई और महारानी प्राप्ति अपने ही भीतर कहीं गुम। लगा था कि इन शब्दों ने मन-मस्तिष्क में किसी अज्ञात भय और पीड़ा को जन्म दिया है। किस कारण, क्योंकर और किस आशंका से यह प्रतिक्रिया हुई है, ज्ञात नहीं, पर इतना जान रही थी कि वह क्षण-क्षण असामान्य और असहज होती रही हैं। ऋतु चली गई थी। रानी अकेली हो गईं, किंतु इच्छा नहीं हुई कि इस एकांत को तोड़ने के लिए किसी दास-दासी को बुलवा भेजें।

बुलवा भी लेंगी, तब क्या यह एकांत टूट जाएगा? इस पीड़ा और भय से मुक्त हो सकेंगी? असंभव।

टकटकी बांधे हुए हर बीतते पल में दिन के बदलते क्षण को देखती रही थी। कब दोपहर बीती, कब सांझ हुई और कब भोजन कक्ष से बुलावा आ पहुंचा था, "भोजन तैयार है, देवी।"

प्राप्ति ने उत्तर दिया था, "नहीं, इच्छा नहीं है।"

दासी आश्चर्य से उन्हें देखती कुछ क्षण खड़ी रही। भोजन की इच्छा नहीं है, तब क्या वह अस्वस्थ हैं? पूछे, इसके पूर्व ही रानी ने कहा था, "खड़ी क्यों हो, जाओ! कह तो दिया है कि इच्छा नहीं है।"

दासी ने प्रणाम किया, लौट गई।

पराक्रमी सेनापति स्वयं ही उस उद्दंड गोप बालक का वध करने गए हैं। यह सूचना पुरानी हो चुकी थी। आदेश भी। महाराज का मन, शरीर, बुद्धि सभी असहज होते जा रहे थे। कुछ दिनों में लगने लगा था कि वह पल-प्रतिपल अविश्वसनीय और असहज प्रतिक्रियाओं से अपने आप को अभिव्यक्त करने लगे हैं।

प्राप्ति ने कितनी ही दृष्टियों को पहचाना था। कितने ही लोगों को देखा। लगता था कि सबकी दृष्टि में राजा के हर शब्द के प्रति एक विचित्र-सा कौतूहल और घृणा है। यह घृणा कहां, किस परिणाम पर पहुंचाएगी, सोचकर प्राप्ति का मन कांप उठता।

बुरे-बुरे स्वप्न आने लगे हैं। डरावने और सदमा डालने वाले। इन स्वप्नों से जितना भय लगता है, उससे कहीं अधिक आगत के प्रति मन शंकाकुल होता जाता है। नारद की चेतावनी एक चुनौती की तरह प्रतिक्षण कानो में गूंजती रहती है। इस चेतावनी में कंस की मृत्यु नहीं, प्राप्ति का वैधव्य लिखा है। क्या उचित हो रहा है, क्या अनुचित, यह भी मन के तर्क-वितर्क से परे होने लगा है। हर बार, हर स्थिति के प्रति एक ठगी, हकबकाई-सी दृष्टि लिए रिक्त मस्तिष्क खड़ी रहती हैं।

पति को देखती हैं, तो लगता है, जैसे किसी ऐसे खिलौने को देखती हैं, जो मन, बुद्धि से रिक्त होकर शारीरिक क्रियाएं करता जा रहा है। किसी बार यह क्रियाएं शरीर से होती हैं, किसी बार शब्द-रूप में ध्वनि से। हर क्रिया, हर चेष्टा, हर राजकार्य, हर अभीष्ट उनके लिए एक ही रह गया है, यशोदापालित कृष्ण की मृत्यु! उसकी समाप्ति! उसका अंत! सब कुछ केवल यही।

क्या मनुष्य जीवन किसी एक क्रूर लक्ष्य के प्रति समर्पित होता है?

किंतु कंस का लक्ष्य, जीवन, विश्वास और सफलता सभी कुछ एकमात्र अभीष्ट, यशोदापुत्र कृष्ण और बलराम का नाश।

केशी! उन्हीं की राह देख रहे हैं कंस! मात्र कंस ही क्यों, सभी। राजनिवास के साधारण व्यक्तियों से असाधारण तक। शूरसेन जनपद के सामंतों से लेकर जन-सामान्य तक।

सुना था कि केशी के जाते समय यादवपति कंस बोले थे, "सेना की एक टुकड़ी भी साथ ले जाओ, सेनापति, सुना है कि वे दुष्ट गोप बालक छल-बल से ही अब तक वीरों का वध करते रहे हैं।"

"क्षमा देव," केशी ने उत्तर दिया था, "आपकी कृपा और आशीर्वाद से यह सेवक इतना सक्षम है कि वह छल-बल को समाप्त कर सकें। आसुरी विद्या का किंचित ज्ञान मुझे भी है राजन्, आप आश्वस्त हों। उन दुष्ट गोपों के नाश का समाचार आपको शीघ्र ही मिलेगा।" उन्होंने राजा को प्रणाम किया था, "मुझे प्रस्थान की आज्ञा दें।"

"विजयी हो, सेनापति!" कंस ने तिलक कर दिया था उनका और केशी चले गए।

दो दिन और दो रातें बीत चुकी हैं। सेनापति का कोई समाचार नहीं मिला है। कहां है, क्या हुआ है गोकुल में? गोप बालक हत हुए अथवा सेनापति केशी को ही किसी कुअवसर से साक्षात् करना पड़ा?

सब कुछ अज्ञात। केशी के पीछे राजा ने गुप्तचर भेजे थे। वहीं समाचार लाएंगे कि क्या हुआ वहां? क्या कुछ घटा? कितना शुभ हुआ, कितना अशुभ? कितनी सफलता मिली, कितनी असफलता?

समाचार आया था रात्रि गए। उसके पहले महाराज कंस कुछ सहज और प्रसन्न दीखे थे। विश्वास था उन्हें कि शक्तिशाली केशी निश्चय ही उन गोपों का संहार कर चुके होंगे। बहुत दिनों बाद उसी दिन प्राप्ति के पास पहुंचे थे वह।

वह क्षण प्राप्ति को स्मरण है। कभी विस्मृत नहीं होगा। जब तक श्वास और शरीर का यह पीड़ाजनक संबंध बना हुआ है, विस्मृत नहीं होगा। कैसे हो सकता है? कम-से-कम जीवन की सबसे बड़ी घटनाओं को कैसे कोई विस्मृत कर सकता है!

घटना घटी थी अर्द्धरात्रि को। बड़े संकोच के साथ शयन कक्ष की सेविका ने द्वार पर आहट करके महाराज कंस और रानी प्राप्ति की निद्रा भंग की थी। सबसे पहले उठी थीं प्राप्ति। द्वारा खोला। देखा कि भयभीत सेविका सामने खड़ी है। माथे पर पसीने की बूंदें झलक रही थी। रानी कुछ पूछ सकें, इसके पहले ही उसने लगभग रूआंसे स्वर में कहा था, "देवि, कोई दुःखद समाचार लेकर गोकुल से विशेष गुप्तचर लौटे हैं। महाराज का विशेष सेवक वीरभद्र भी उन्हीं के साथ है। उसका कहना है कि यादवेंद्र को जगाया जाए। मैं इस धृष्टता के लिए बाध्य थी। मुझे क्षमा करें!"

प्राप्ति समझ गई थीं, संभवतः केशी...! इसी बीच महाराज का स्वर उभरा था शय्या से, "क्या है देवी?"

प्राप्ति कुछ कह सकें, इसके पूर्व ही करबद्ध दासी आगे बढ़ आई सिर झुकाकर निवेदन किया था, "क्षमा महाराज, इस समय आप सभी को कष्ट देने का दोष मुझसे हुआ है। गोकुल से वीरभद्र आए है। कोई विशेष राजनयिक समाचार है। उन्होंने भेंट की आज्ञा चाही है।"

प्रसन्न हुए कंस। कहा, "उन्हें तुरन्त उपस्थित करो, सेविके, उनके आने से हम प्रसन्न हुए।"

प्राप्ति सेविका से समाचार की एक दुर्लभ कड़ी पाकर अच्छी तरह समझ चुकी थीं कि यह प्रसन्नता कितनी क्षीण होगी। एक ओर हो गई। सेविका बाहर जा चुकी थी। राजा आसन पर बैठे हुए थे, आलस्य फेंकते हुए।

वीरभद्र दो सेवकों के साथ प्रस्तुत हुआ। अभिवादन के पश्चात् उसने कहा था, "क्षमा स्वामी, बहुत बुरा समाचार है। सेनापति केशी गोप कृष्ण के हाथों वधित हुए।"

"असम्भव!" राजा सहसा चीख पड़े थे। उनके अगले शब्द कांप गए थे, "कैसे? यह सब कैसे हुआ?" उनके स्वर ही नहीं, चेहरे पर भी हवाइयां उड़ने लगी थीं। जिसकी शक्ति और सामर्थ्य पर पूरा विश्वास था, वही इस तरह मारा जाएगा, कैसे सहते? प्राप्ति को लगा था कि विश्वास नहीं कर पा रहे है।

वीरभद्र ने कहा था, "हमें भी असम्भव लगा था, महाराज, किंतु जिस तरह उस बालक ने असाधारण शक्ति से महापराक्रमी केशी को हत किया, वह अंततः किसी मनुष्य जैसा कार्य नहीं लगता था।" फिर वीरभद्र ने संपूर्ण केशी-वध की कथा क्या सुनाई थी। कहा था, "राजन्, आपके आदेशानुसार हम महावीर सेनापति से विशिष्ट दूरी बनाए रखकर स्वयं देख रहे थे।"

वह वर्णन

शब्दशः स्मरण है प्राप्ति को। उसके साथ ही अपने ऊपर हुई उस क्षण की प्रतिक्रिया भी स्मरण है। जाने क्यों, आशंकित, भयभीत मन चीख-चीखकर प्राप्ति से ही कह उठा था, "निश्चित, महाराज कंस का अंत भी निश्चित हुआ और उसके साथ ही निश्चित हुआ अस्ति और प्राप्ति का वैधव्य।"

कुछ समय से थमा रह गया मस्तिष्क सहसा सक्रिय होकर पति को थाम लेना चाहता था। जी होता था कि सेवकों के जाते ही राजा से कहें, "नहीं स्वामी, नहीं, उन गोप बालकों के वध का विचार त्याग दीजिए। निस्संदेह वह अलौकिक ही होंगे, जो सामान्य मानव से इतर कर्म कर रहे है।"

किंतु व्यर्थ! प्राप्ति सोच ही सकीं। कार्य रूप में परिणत करना असंभव था। मथुराधिपति उत्तेजना के उस शिखर पर पहुंच चुके थे जो अग्नि से दावानल में परिवर्तित हो जाती है; बुद्धि, विवेक, ज्ञान सभी मानव स्रोतों को सुखाती हुई।

वीरभद्र ने बतलाया था कि दुर्दांत केशी जिस क्षण वायुवेग से नंदसुत पर प्रहार करने बढ़े थे, उसी क्षण बालक कृष्ण असामन्य गति, वेग और चपलता के साथ उनसे जूझ गया था। उसने पलमात्र में अश्वारूढ़ केशी को धरती पर पटक दिया था। केशी उछले, पर उछलने के साथ ही कृष्ण की कोमल दीखने वाली हथेलियों ने लौह धातु के किसी पंजे की जकड़ से उनके दोनों पैर थाम लिए, फिर ज़ोरों से आकाश की ओर उछाला, घुमाया और चक्कर लगाकर फेंक दिया। ऐसे ही, जैसे किसी पोले बांस हो हवा में उछालकर फेंक दिया जाए।

भयावह आर्त्तनाद करते हुए केशी एक चट्टान से जा टकराए थे। पल-भर में ही उस दुर्द्धर्ष शरीर के चिथड़े हो चुके थे।

उनके साथ गए मथुरा के अनेक सैनिक पागलों की तरह बदहवास वनों, अजानी दिशाओं की ओर भाग खड़े हुए। स्वयं वीरभद्र, दोनों गुप्तचर इतने भयभीत और हतप्रभ हो चुके थे कि उन्हें भी सही समय बचाव के लिए सही राह नहीं सूझी। परिणामतः वे भी अजानी गुफाओं, वनों में बिखर गए। कई प्रहरों तक अटकते-भटकते रहने के बाद ही परस्पर भेंट हो सकी थी उनकी और भूखे-प्यासे, गिरते-पड़ते वह जनपद के सघन वन-क्षेत्रों में न जाने कहां भटकते हुए जैसे-तैसे कुछ क्षण पूर्व ही मथुरा लौट सके।

सब कुछ सुना था राजा ने, पर प्राप्ति को आश्चर्य हुआ था कि सुन-जानकर भी वह उत्तेजना में चीखे नहीं थे। विचारशील होकर जैसे अपने-आप और वातावरण से दूर चले गए थे।

वीरभद्र और दोनों गुप्तचरों को विदा करके महाराज कंस शांत, सहज शय्या पर लेट रहे। प्राप्ति ने उनकी विचारमुद्रा को खंडित करने की कोई चेष्टा नहीं की थी। लगभग एक प्रहर पश्चात् राजा सो गए थे।

जागते ही अपने विशेष निवास में चले गए थे वह। प्राप्ति सोचती रही थीं कि अब कुछ घटेगा। कंस कौन-सा नया निर्णय लेंगे? यह सोचकर उन्हें तनिक शांति मिली थी कि महाराज कंस उत्तेजित नहीं दीखते थे। लगता था कि केशी के निधन ने अनायास ही किसी ज्वार को शांत कर दिया है, संयत।

पर जल्दी ही समझ लिया था, भूल है। महाराज कंस की वह शांति किसी ज्वालामुखी के मुख जैसा सन्नाटा लिए हुई थी। जब विस्फोट हुआ, तब ज्ञात हो सका था कि वह शांति क्यों थी?

समाचार मिला था कि कृष्ण-बलराम शीघ्र ही मथुरा आने वाले हैं।

"मथुरा?" अचकचाकर पूछा था रानी ने, "भला वह क्यों मथुरा आएंगे? किसलिए? क्या कारण हो सकता है?" इस अचकचाहट के पीछे अज्ञात भय था। अनेक आशंकाएं।

उत्तर मिला था, "महाराज ने ही उन्हें आमंत्रित किया है। वृद्ध मंत्री अक्रूर स्वयं ही उन्हें लेने गोकुल पठाए गए है।"

दूसरा धक्का अनुभव किया था रानी ने, "अक्रूर? वह क्यों?... और उन गोप बालकों को राज्यामंत्रण किस कारण?"

"उनके वीरत्व और योग्यता को समुचित राजसम्मान देने।" ऋतु ने बतलाया था, "याद है महारानी, एक बार स्वयं यादवदेंद्र ने सभा में घोषणा की थी कि वह नंदलाला को राजसम्मान देंगे। गोकुल रक्षक जो है कृष्ण। यही विचारकर आमंत्रित किया है, फिर अवसर भी है।"

"सो कैसे?" शब्द नहीं बोले थे महारानी ने, किंतु दृष्टि ने यही कहा।

"धनुष-यज्ञ जो होना है।" ऋतु ने बतलाया, "नगर-निवासी इस अवसर पर अपने-अपने गुणों को प्रदर्शन करेंगे। मल्लयुद्ध होगा, गदा-युद्ध, बाणसंधान, विभिन्न प्रतियोगिताएं भी आयोजित हो रही हैं। सुनते हैं कि इस अवसर पर ऐसी ही किसी प्रतियोगिता में कृष्ण-बलराम को भी भाग लेने के लिए कहा जाएगा।"

"ओह?!" प्राप्ति इतना ही कह सकीं। समझ गई थी कि पति ने अब अन्य कोई छल-जाल बुन दिया है। जाने क्यों मन को अच्छा नहीं लगा था। लगा था कि यह सब अमानवीय है।

पर मनुष्यता पर विश्वास ही कब रहा है तुम्हारे पति का? मन पुनः द्वंद्वशील हो गया।

अधिक सोचें, इसके पूर्व ही ऋतु ने निवेदन किया था, "देवि।"

"बोलो, ऋतु?"

"आप आज्ञा दें, तो दो दिवस के लिए मैं गोकुल हो आऊं?" ऋतु ने प्रार्थना की थी, "बहुत समय से परिजनों से भेंट की इच्छा हो रही है।"

"अवश्य!" प्राप्ति ने स्वीकृति दी। चली गई। प्राप्ति उस दिन की प्रतीक्षा करने लगी थी, जब कृष्ण-बलराम मथुरा आते।

वे आए, उसके पहले ही ऋतु गोकुल से लौट आईं प्रसन्न, किंतु चिंतित भी। मथुरा लौटते ही वह सीधी प्राप्ति की सेवा में उपस्थित हुई थी। हाथ बांधकर खड़ी हो रही। दुविधा में घिरी उसकी मुद्रा ने बाध्य किया था महारानी प्राप्ति को। पूछें, "क्या बात है, ऋतु?"

पूछ भी लिया था।

वह चरणों में झुकी। हाथ उसी तरह बांधे रही, थरथराते शब्दों में प्रश्न किया, "महिमामयी, आप हृदय से भी विशाल हैं, अतः पूछ रही हूं। विश्वास है कि उत्तर में इस सेविका को सत्य ही सुनने को मिलेगा।"

"क्या हुआ?" इस निवेदन ने चकित किया था रानी को।

"मैं गोकुल से लौटकर सीधी यहीं उपस्थित हुई हूं। रहा नहीं गया, इस कारण घर न जाकर स्वामिनी की सेवा में आ गई।" ऋतु ने उसी तरह हाथ जोड़े हुए इस तरह कहा था, जैसे भिक्षा मांग रही हो, "जो सुना है देवी, उससे मुझे ही नहीं, अनेक गोकुलवासियों को चिंता हुई है। सोचा; आपसे ही सत्य सुन सकूंगी।" बोलते-बोलते लगा था कि उसकी आवाज़ को कोई थामने लगा है, जैसे उसके अपने भीतर से कोई शब्दों को खींचकर भीतर ही ले जा रहा है, आगे नहीं।

"क्या जानना चाहती हो?"

"वचन दें, महारानी, प्राणदान मिलेगा मुझे?" घिघियाते हुए प्रार्थना की थी ऋतु ने।

"निर्भय होकर कहो ऋतु!" प्राप्ति ने कहा, "हमने तुम्हें कभी सेविका के भाव से नहीं देखा। सदा सखी जैसा स्नेह और सम्मान दिया है। कहो, क्या कहना है? क्या जानने की इच्छा है?"

"महारानी जी," ऋतु ने शंकित, किंतु दुविधापूर्ण शब्दों में पूछा था, "क्या यह सत्य है कि पुरस्कृत और सम्मानित करने के बहाने महाराज ने गोप बालकों को मथुरा बुलवाया है? संपूर्ण गोकुलवासियों का यही विचार है, यही शंका है उन्हें और इसी कारण वे सब भयभीत है।"

प्राप्ति क्या कहे? कहा भी क्या जा सकता है? सरलमना ऋतु के प्रश्न ने उस दिन धर्म-संकट में डाल दिया था उसे। सत्य भाषण क्या होगा और असत्य किन शब्दों के अनुपयुक्त प्रयोग से निरूपित हो जाएगा, निश्चय करना कठिन था। एक क्षण चुप रहकर वह जैसे ऋतु से दृष्टि चुराती रही थीं, फिर गहरा श्वास लिया।

ऋतु कुरेदे जा रही थी, "आपका वचन मेरे लिए यमुना जल की तरह पवित्र है, महारानी, मैं सदा ही आपके शब्द-स्वर पर यही विश्वास संजोए रही हूं। क्या सच ही महाराज कृष्ण से छल करने वाले हैं?"

इस बीच प्राप्ति शब्द बटोर चुकी थीं अपने भीतर। कहा था, "ऋतु, विश्वास रखना मेरी सखी, तुम्हारी ही तरह मैं भी नहीं जानती कि वृद्धवर अक्रूर को भेजने के पीछे महाराज का मंतव्य क्या है?

ऋतु का चेहरा बुझ गया था। दुविधा होते हुए भी दीख नहीं रही थी , किंतु इतना स्पष्ट था, महारानी के शब्दों पर विश्वास करते हुए भी अधिक विश्वास उसे कंस की ओर से होने वाले छल की आशंकाओं पर ही था।

प्राप्ति ने प्रश्न किया था, "गोकुल वासी वैसा क्यों सोचते हैं ऋतु?"

ऋतु ने सिर झुकाकर भरे गले से उत्तर दिया था, "उनका सोचना सहज है, देवि, गोकुलवासियों की स्थिति में जो भी हो, वह यही सोचेगा।" फिर उसने अक्रूर के मथुरा से गोकुल पहुंचने की समूची घटना कह सुनाई थी।

कहा था, "मेरे गोकुल पहुंचने के कुछ समय बाद ही अक्रूर जी गोकुल पहुंचे थे।"

अक्रूर! उन्हीं को क्यों चुना था महाराज कंस ने? क्या अन्य अंध, वृष्णि, यादववंशी नहीं थे, जो वह आमंत्रण लेकर जाते? प्राप्ति विचार करने लगी थीं। इस विचार मात्र से, शंका पुष्ट हुई।

निस्संदेह राजा छल करना चाहते थे। अंधक, वृष्णिवंशी यादवों में अनेक सामंतों के होते हुए साधुमन अक्रूर का राजसंदेश लेकर जाना, निश्चय ही राजनीति के नाम पर कुटिलता का द्योतक था। सब जानते थे कि अक्रूर सरल, सहज और मथुरा गणसंघ के प्रति पूर्णतः समर्पित राजपुरुष हैं। राजाज्ञा को धर्मादेश की तरह माननेवाले वृद्ध अक्रूर मन से निष्कपट थे। न कंस के प्रति उनमें दुराव था, ना गोकुलवासियों या कृष्ण के प्रति कोई छिपाव। जब-जब गोप बालकों को लेकर राजसभा में विचार हुआ था, तब-तब अक्रूर ही अकेले थे, जिन्होंने महाराज कंस को सत्प्रेरित करने की चेष्टा की थी। परिवार कलह से सावधान किया था।

और उन्हीं अक्रूर को अब संदेशवाहक, आमंत्रक बनाकर राजा ने गोकुल भेजा। गोकुलवासी निश्चय ही उन पर विश्वास करेंगे। इस विश्वास की ओट में ही कृष्ण-बलराम से छल किया जाएगा।

सरल अक्रूर राजा की कुटिलता समझकर भी राज्यादेश को धर्मादेश मानकर चले। दो प्रहर की यात्रा के बाद गोकुल की सीमा में उनके रथ ने प्रवेश किया। निश्चय ही उनके भीतर बहुत द्वंद्व रहा होगा। प्राप्ति ने विचार किया था। संतमन अक्रूर एक बेबस पीड़ा से भरे हुए गोकुल पहुंचे होंगे। पाप-पुण्य का लेखा-जोखा करते हुए।

क्यों न करते? उन जैसे व्यक्तियों के लिए सहज रही होगी वह मनः स्थिति। जिसका मन जलवत् निर्दोष हो, वह पारदर्शी विचारों का आदी। अक्रूर ऐसे ही हैं, प्राप्ति जानती थीं।

ऋतु ने गोकुल-सीमा में प्रवेश किया, वहीं ज्ञात हुआ था, "अक्रूर जी, आ पहुंचे हैं। कुछ ही क्षणों पूर्व गोप प्रमुख नंद के गृह की ओर गए है।"

तेज़-तेज़ क़दम रखती हुई ऋतु अपने घर न जाकर नंद गृह की ओर चल पड़ी थी। अक्रूर को देखा था उसने, किंतु राजमर्यादा में बंधकर। एक सीमा से अधिक साधारण जन की हिम्मत ही क्या, जो राजपुरुष तक पहुंच सके। वही अक्रूर नंदपुत्र की अलौकिकता के कारण आज गोकुल में जनसाधारण के बीच आ पहुंचे थे। राजा के दूत बनकर।

मन उत्सुकता और कौतूहल से भरा हुआ था। क्या हो रहा होगा नंद के घर? किन शब्दों में चपल कृष्ण-बलराम को आमंत्रित किया होगा अक्रूर जी ने? किस तरह नंद ने स्वागत-सत्कार किया होगा उनका?

एक ऋतु ही नहीं, अनेक गोप स्त्री-पुरुष नंद गृह के पास एकत्र थे। सभी के चेहरों पर चिंता और दुविधा। विश्वास और अविश्वास के बीच असमंजस हिलोरें लेता हुआ। किसी का कहना था, राजा, कृष्ण के साथ छल करना चाहते हैं। किसी का अनुमान यह है कि कंस बाध्य होकर कान्हा

की अलौकिकता स्वीकार चुके हैं। चाहते होंगे कि कोई उच्च पद देकर ऐसे अद्भुत बालक को वश में कर लें।

पर कान्हा इस तरह वश में आएगा?

इन्हीं फुसफुसाहटों और शंका-कुशंकाओं में भरी टिप्पणियों को सुना था ऋतु ने। आगे बढ़कर नंद बाबा के आंगन में एकत्र गोप स्त्रियों के बीच जा पहुंची थी। वे सब सहमी, सकुची निगाहों से आंगन में चारपाई पर बैठे हुए अक्रूर जी और नंद बाबा को देखे जा रही थी।

यशोदा की पलकें बोझिल। कान्हा और बलराम पिता नंद के पास ही आंगन में एक ओर खड़े हुए थे।

सब और सन्नाटा था, बीच-बीच में गौओं की रंभाहट के स्वर उठते। लगता कि वह भी कान्हा के मथुरा बुलावे पर चिंता व्यक्त कर रही हैं, अशांत है।

अक्रूर कह रहे थे, "तुम्हारे कान्हा को लेकर बहुत कुछ सुनता रहा था मैं। आज दर्शन करके मन प्रसन्न हुआ। सचमुच बहुत सुंदर, मनमोहक और शांतिदाता है तुम्हारा पुत्र।"

"मैं धन्य हुआ, मंत्रिवर।" नंद ने भर्राए गले से उत्तर दिया था, फिर कहा, "सब कहते है कि मथुराधिपति कंस हम गोकुलवासियों, विशेषकर कन्हैया से रुष्ट है, किंतु अक्रूर जी, सब यह भी जानते होंगे कि हम गोकुलवासियों या कान्हा ने ऐसा कोई कार्य नहीं किया है, जिसके कारण राजा को हमसे अरुचि हो, फिर भी पता नहीं महाराज क्यों रुष्ट है? किस कारण बार-बार कान्हा पर विपत्तियां आ पड़ती हैं?"

"कंस के अनुसार वह सब तुम्हारे वीर पुत्र की परीक्षा थी, नंद। अक्रूर ने उत्तर दिया था, फिर कहा, "किंतु परीक्षाएं वध की चेष्टा में की जाती हैं, यह मुझे भी ज्ञात नहीं था, अतः यह कभी नहीं कहूंगा कि मथुराधिपति पर विश्वास कर लेना। यहां केवल दूत बनकर राजसंदेश देने आया हूं, वही सुनो!"

आश्चर्य! नंद ही नहीं, सभी गोप स्त्री-पुरुष चकित होकर अक्रूर के सरल, किंतु चेतावनी भरे वचन सुनने लगे थे। बहुत सुना-जाना था अक्रूर जी को लेकर। शांत भी हैं, सहज भी, किंतु साक्षात् अनुभव उसी दिन हुआ। ऋतु श्रद्धा से भर उठी थी। सच ही तो। अक्रूर को राजपुरुष होते हुए भी इसी कारण संत कहा जाता है। सत्य, भक्ति, अहिंसा और स्नेह में डूबे हुए हैं वे। अभी-अभी उन्होंने जो कुछ कह डाला था, वह सब इसका प्रमाण!

वह कह रहे थे, "मथुराधिपति कंस ने धनुष-यज्ञ का विशेष आयोजन किया है। इस अवसर पर मथुरा ही नहीं अन्य राज्यों, गणसंघों के अनेक वीर भाग लेंगे। उनकी इच्छा है कि गोकुल के नंद-पुत्र भी इस परीक्षा में भाग लें। उनकी वीरता, चतुराई और पराक्रम की सभी ओर प्रशंसा की जाती है। कान्हा और कर संकर्षण को उसी समारोह में पहुंचाने के लिए आमंत्रण और वाहन लेकर आया हूं मैं। इस राजाज्ञा को आप तक पहुंचाना मेरा धर्म था, अतः पहुंचाता हूं। स्वीकार करें!"

नंद कुछ कहें, इसके पूर्व ही पुरुष और स्त्रियों में फुसफुसाहटें फैल गई थीं, फिर अनेक स्वर उठे। असंतोष और क्रोध से भरे हुए, "नहीं-नहीं, ऐसे किसी समारोह में कान्हा या कर संकर्षण भाग नहीं लेंगे। हम गोकुलवासी भली प्रकार जानते हैं कि महाराज कंस भयभीत होकर दोनों ही बालकों का वध करना चाहते हैं।"

"हां।" कोई अकेली आवाज़ आई, "कन्हैया नहीं जाएगा। यह छल जाल किसी और को दिखाना।"

नंद उठ खड़े हुए। आदेशपूर्ण स्वर में कहा था, "शांत! शांत हो, बंधुओ! शांत हो!"

धीमे-धीमे सन्नाटा बिखर गया। नंद ने वैसी ही धीर गंभीर वाणी में कहा, "आपकी आशंका सत्य भी हो सकती हैं, असत्य भी। मेरी स्वयं की भी इच्छा नहीं है कि बालक कृष्ण और कर संकर्षण मथुरा जाएं, किंतु राजाज्ञा का निर्वाह करना हम सभी का धर्म है। हम राज-मर्यादा की अवहेलना नहीं कर सकते।"

"किंतु नंदराय?" एक वृद्ध गोप आगे बढ़ आए थे, "आप जानते तो है कि महाराज कंस ने अपने कितने अनुचर असुरों को बालक के वध हेतु गोकुल भिजवाया था? कितनी बार षड्यंत्र करके हमसे हमारे कान्हा को छीन लेना चाहा फिर भी... ।"

"हां, फिर भी हम राजाज्ञा की अवहलेना के दोषी नहीं बन सकते।" नंद ने आदेश से भारी स्वर में घोषणा की थी। सभी ओर सन्नाटा बिखर गया। ऋतु ने पाया था कि इस सन्नाटें में गोप प्रमुख के स्वरादेश का बंधन है। एक बेबस चुप्पी है, जो मर्यादावश अपने-आपको होंठों में दबाए जैसे-तैसे घोंट रही है।

अनेक की आंखें भर आई थी। यशोदा पल्लू से आंखें पोछ रही थी। जब लगा कि अश्रु थम नहीं रहे हैं, तब भीतर, कमरे की ओर चली गई।

"आप सभी अपने-अपने घर जाएं।" नंद ने आदेश दिया था, "और गोरस आदि विभिन्न पदार्थ तैयार रखें। कल भोर हुए ही प्रमुख गोप जन मथुरा प्रस्थान करेंगे। कृष्ण-बलराम दोनों अक्रूर जी के साथ हमसे पहले चले जाएंगे!"

फुसफुसाहटों का ज्वार-भाटा पुनः उठा, बैठ गया। उसके साथ ही गोप नर-नारी बालक-बालिकाएं अपने-अपने घरों की ओर चले गए।

अक्रूर चकित भाव से सभी कुछ देखते रहे थे। जो गोप-गोपियां जहां-तहां बिखरे या नंद-गृह में समाए रह गए थे, उनमें ऋतु भी थी। पीड़ा और कष्ट से भरी हुई। महाराज कंस छल को नीतिरूप में इस सीमा तक ला सकते हैं–कभी नहीं सोचा था। गोप-गोपियों के आवेशपूर्ण स्वर और पीड़ित दृष्टि गवाही दे रहे थे कि कंस के प्रति उनके मन में तनिंक भी विश्वास नहीं है। केवल राजभक्ति के संस्कार ने उन्हें अवश कर रखा था।

ऋतु मथुरा से जो स्वप्न मन में बसा लाई थीं, सहसा ही छिन्न-भिन्न हो गया, फिर जो कुछ अपने घर पहुंचकर माता-पिता से ज्ञात हुआ था,

उसने विश्वस्त किया कि मथुराधिपति अबोध बालकों को श्रुभाव से बुलाकर किसी छल-जाल में फंसाना चाहते हैं। मन घोर घृणा से भर गया था। कितनी ही बार अपने परिजनों को विश्वास दिलाने का विचार किया था कि संभवतः कंस कलुष नहीं रखते, पर हर बार विचार मात्र विचार ही रहा। जो सुना, वह प्रमाण था। उस पर तर्क-वितर्क करना व्यर्थ।

ऋतु ने बतलाया था, "देवि कुछ प्रहर बाद ही संभवतः कृष्ण-बलराम मथुरा पहुंचने वाले हैं। गोकुलवासियों का ही नहीं, मथुरा में भी अनेक लोगों का विश्वास है कि उनके साथ छल होगा।"

प्राप्ति उत्तर नहीं दे सकी थी। क्या कहतीं? निस्संदेह उनके साथ छल होगा।

किंतु क्या ऐसा कोई छल चपल कृष्ण को छल सकेगा? मन ने ही प्रश्न किया। लगा कि असंभव हैं। अब तक जो कुछ, जिस तरह घटता आया है, उसके कारण विश्वास नहीं होता कि कंस सफल होंगे। उलटे एक ही विश्वास होता है कि काला कान्हा पुकारा जानेवाला वह गोप बालक ही मथुरा में किसी बड़े राजनीतिक उलटफेर का कारण बन जाएगा।

शूरसेन जनपद में बहुसंख्य लोग महाराज कंस के समर्थक नहीं है। उनकी चुप्पियां रहस्यमय हैं, उनकी दृष्टि द्विअर्थी, उनके मन बंटे हुए, किंतु कान्हा को लेकर सब एकमत, उद्धारक होगा वह।

इसी विश्वास ने जैसे उस बालक को अमोघ शक्ति बना दिया है। कैसी है वह शक्ति। इसका साक्षात् प्रमाण उस समय मिला था प्राप्ति को, जब सूचना आई कि अक्रूर जी का रथ मथुरा में प्रवेश करने वाला है। उनके साथ आ रहे हैं, नंद के बेटे।

फिर इस सूचना के साथ ही हुई थी जन-प्रतिक्रिया। राजसेवकों, सैनिकों से लेकर साधारण जन तक भारी संख्या ने स्त्री-पुरुष चमत्कार की तरह सुन-जाने जाते रहे नंदपुत्र को देखने अपने-अपने घरों से या तो बाहर आ गए थे या फिर छतों, परकोटों और झरोखों पर खड़े होकर उनकी

अगुवाई देखने लगे थे। विचित्र-सी उत्कंठा और कौतूहल बिखर गया था सब ओर।

कितना अच्छा होता, कंस उसी समय, उन्हीं दृश्यों से पूर्वानुमान कर सके होते कि जिसके प्रति वह घोर घृणा से भरे हुए हैं, वह अपार जनमानस का स्नेह और श्रद्धा के साथ-साथ विश्वास भी बटोर चुका है। इस विश्वास में बहुत शक्ति होती है। इस विश्वास के अनेक हाथ हैं, अनेक साधन, बहुमुखी शक्ति।

किंतु कंस उद्दंड क्रोध और राजशक्ति के दर्प में डूबे हुए निरंतर उन्हीं छलों पर आश्रित रहे थे, जो सदा उनकी कुबुद्धि बने उनके नाश का कारण कहलाए, उनका पाप समझे गए।

चित्रवत वह दृश्य! एक सिहरन की तरह मन में उभरता है, फिर सिहरनों का भी न समाप्त होने वाला सिलसिला बनकर सदा-सर्वदा के लिए प्राप्ति के जीवन और भविष्य का अंधकार बन जाता है।

अंतहीन अंधकार की ऐसी श्रृंखला जो न कभी समाप्त होगी, न कभी नष्ट की जा सकेगी और न ही कभी जिसमें भटकाव पूरा हो सकेगा। प्राप्ति जब, जिस समय भी उस घटित को याद कर बैठती हैं, मन दूर-दूरंत तक बिखरे मरुस्थल जैसा हो जाता है और प्राप्ति हिरनी, बदहवास, बेचैन, पल-पल मृत होती हुई अतृप्त आत्मा। इस मरुस्थल को उनके पति ने ही बिछाया था और स्वयं ही उसके पहले शिकार बने।

धनुषन-यज्ञ! कंसायोजित धनुष-यज्ञ!

मथुरा नगरी को सीमा से राजनिवास तक वधू की तरह बहुरंगों में सजाया गया था, पर सब जान-देख रहे थे कि हर रंग के पीछे एकमात्र कलुष रंग है। कान्हा और कर संकर्षण की हत्या!

प्राप्ति भी जानती थीं। रोमांच होता। मन विश्वास कर लेना चाहता कि पति कंस के हित में वैसा संभव हो सकेगा, किंतु जाने क्यों, विचार सहेजते हुए भी मानस को सहमत नहीं कर पातीं।

मथुरावासी भी रोमांचित थे। क्या होगा? लगता था कि संपूर्ण नगर साज-सज्जा और पुष्पों से सुगंधित होते हुए भी विचित्र से सन्नाटे को झेल रहा है। एक डरावना सन्नाटा।

सन्नाटा उस समय टूटा था, जब ज्ञात हुआ कि मथुरा नगरी की सीमा पर अक्रूर आ पहुंचे हैं, फिर अगली सूचना मिली थी कि कृष्ण और बलराम सीमा पर ही उतरकर एक उद्यान में विश्राम करने रुके हैं, जहां पहले ही अनेक गोप आ पहुंचे थे, अनेक आने को थे।

ऋतु को साथ लिए, निवास के झरोखे पर बैठी हुई महारानी प्राप्ति विचित्र-से औत्सुक्यपूर्ण भय में डूबी रही थीं। समाचार पर समाचार मिलते जा रहे थे।

अक्रूर चाहते थे कि श्रीकृष्ण उनके निवास स्थान चलें। वही विश्राम करें, किंतु उन्होंने कहा था "नहीं, यादव श्रेष्ठ,अभी नहीं।"

"फिर कब?" अनचाहे ही प्राप्ति ने सूचना लाने वाली सेविका से प्रश्न किया था।

सेविका संकोच और भय से भरी हुई थीं। जैसे-तैसे कह सकी थीं, "वह उद्दंड और दुस्साहनी गोप बालक कहता है देवि, कि वह अक्रूर जी के यहां जाएगा, किंतु उस समय जब महाराज का... ।" बोलते-बोलते गला सूखने लगा था सेविका का।

आगे कुछ नहीं पूछा प्राप्ति ने। गला उनका भी सूख गया था। अगले शब्द न कहते हुए भी स्पष्ट थे। कहा होगा, 'कंस की समाप्ति के बाद ।'

हे, ईश्वर! कैसी विचित्र स्थिति। कंस श्रीकृष्ण के वध के लिए छल-जाल बुनते हुए! और कृष्ण कंस वध की घोषणा करते हुए।

सूचना लाने वाली सेविका चली गई। अभी अधिक सोच सकें इसके पहले ही एक नई सूचना आ पहुंची थी। मथुराधिपति के विशेष कक्ष से

घबराई हुई सेविका ने आकर समाचार दिया था, "प्रणाम महारानी, बड़ा अनर्थ हुआ।" वह हांफ रही थी।

"क्या हुआ?" प्राप्ति ने चौंककर देखा था उसे। ऋतु की दृष्टि घबराई हुई।

सेविका ने कहा था, "जिस स्थान पर श्रीकृष्ण-बलराम ठहरे हुए थे, उस ओर महाराज ने दुर्दांत कुवलयापीड़ हाथी छुड़वा दिया। मदोन्मत्त हाथी ने उस क्षेत्र में भयावह नाश-रचना की। अनेक नागरिक हत हुए, अनेक घर और दुकानें नष्ट हो गईं, ...पर उस हाथी को बालक श्रीकृष्ण ने मार डाला।"

"मदोन्मत्त हाथी को?" लगभग चीखते हुए, चकित अविश्वसनीय भाव से प्राप्ति ने प्रश्न किया। "हां देवि, यह सत्य है।" सेविका ने कहा, "अनेक नगरवासियों ने देखा है कि उस चपल बालक ने बड़ी चालाकी से उन्मत्त हाथी को ऐसी जगह जा गिराया, जहां उसके शरीर की अनेक हड्डियां टूट गई, फिर श्रीकृष्ण ने उस हाथी को भयंकर रूप से पीड़ित करते हुए, उसके दांत उखाड़ डाले। उन्हीं दांतों से उस हाथी के महावत व अदेक सैनिकों को, जो हाथी को निरंतर कृष्ण-बलराम की ओर धकेलते रहे थे, वध कर दिया।" समाचार पूरा करते-करते वह हांफने लगी थी। उसका चेहरा सपाट भय से श्वेत पड़ गया था। पुतलियां फैल रही थी।

शब्दहीन प्राप्ति चुप बैठी रह गईं। मन चाहता था कि चीखकर कहें, यह असंभव हैं, किंतु सूचना सत्य थी। अन्य अनेक सेविकाओं ने भी वही विवरण दिया था।

सोचें, विचारें या कहें, इसके पूर्व ही राज्यादेश मिला था कि धनुष-यज्ञ में पधारें! महाराजा प्रतीक्षा कर रहे हैं!"

रानी उठ पड़ी थी। कुछ ही समय बाद वह विशेष रूप से धनुष-यज्ञ के लिए बनाए गए विशाल, गोलाकार मंच पर आ बैठी थीं। बड़ी संख्या में जनपद क्षेत्रों से आए स्त्री-पुरुषों के अतिरिक्त, जनपद प्रमुख, सैन्यनायक अस्त्र-शस्त्र कला के विशेषज्ञ और मल्लयोद्धा बैठे हुए थे।

महाराज कंस अपने भव्य आसन पर विराजित थे। रानी ने देखा था कि उनका चेहरा कुछ फीका-फीका सा है। दृष्टि भी ज्योतिहीन। राजा प्रतिक्षण उन्हें निराश और व्यग्र दीख पड़े। प्राप्ति और अस्ति, अपने-अपने आसनों पर बैठी उन बहुचर्चित गोप बालकों को देखने की चेष्टा करने लगी थीं, जिनकी चर्चा सर्वत्र थी।,

गोपों की एक टोली प्रजाजनों की भीड़ में खड़ी थी। सबसे आगे दो किशोर। प्राप्ति की दृष्टि का यह अटकाव श्रीकृष्ण-बलराम की पहचान का प्रमाण। वे ही हैं।

सबसे विचित्र, किंतु आकर्षक श्यामवर्णी किशोर को चकित, ठगी-सी देखती रह गई थीं प्राप्ति। कोमल, सुकुमार शरीर, सुगठित बदन और चमकती, मोहिनी बिखेरती आंखें, मोर-मुकुट माथे पर था। बाल घुंघराले, ऐसे जैसे आकाश पर घटाओं का छोटा-सा सागर उमड़ पड़ा हो। लहरों की तरह थिरकता हुआ। पीताम्बरधारी! यह है कृष्ण?

यही है कृष्ण?...यशोदा और नंद का पालित शिशु? वसुदेव-देवकी का रक्तांश। मथुराधिपति मामा हैं उसके। अनेक नाम नंदलाल, देवकी सुत, यशोदानंदन, कन्हैया, मोहन। और भी न जाने क्या-क्या?

जितना अच्छा लगा था वह, उतना ही बुरा। प्राप्ति के पति का वध करने आया है वह। नहीं, प्राप्ति के पति ने ही वध के इरादे से उसे छलपूर्वक बुलाया है।

सहसा राजघोषणा हुई थी, "नगरवासियों और सभाजनों! महापराक्रमी महाराज कंस ने इस अद्भुत यज्ञ का आयोजन करने के पूर्व मल्ल-युद्ध की कुछ प्रतियोगिताएं भी आयोजित की हैं। शीघ्र ही आप विभिन्न मल्लों यथा चाणूर, मुष्टिक, शल, तोशल आदि के अदभुत युद्धों का आनंद लेंगे, पर उसके पूर्व नगर-क्षेत्रों से आगे नवयुवकों को भी युद्ध हेतु आमंत्रित किया जाएगा। गोकुल वृंदावनवासी श्रीकृष्ण और कर संकर्षण अपनी वीरता और

युद्ध पारंगतता के लिए बहुप्रशंसित हैं। सबकी इच्छा है कि वह आगे आएं और राजमल्ल चाणूर और मुष्ठिक से मल्लयुद्ध करें।"

वाद्ययंत्र बजे। उद्घोषणा पूरी हुई। प्राप्ति ही नहीं, अनेक एक दृष्टि एक ओर खड़े विशालदृष्टि राजमहलों पर डाली। चाणूर और मुष्टिक। वे आगे बढ़ा चुके थे।

और बहुत-सी सहमी, सकुची निगाहें ठहरी हुई थीं, गोप समुदाय पर जिनके ठीक आगे किशोर आयु के श्रीकृष्ण और बलराम खड़े थे। दोनों के शरीर कांतिमय थे, किंतु उस तरह कठोर, पाषाणवत् नहीं, जिस तरह चाणूर और मुष्टिक के थे। बहुतेक की आत्मा धिक्कार से भर उठी थीं, छिः! यह भी भला कोई प्रतियोगिता है? कोई नैतिकता? राक्षसों से कोमल पुरुषों को जुझाकर क्रूरतापूर्ण आनंद लिया जाएगा? अनेक मन विकृति से भर उठे।

स्वयं प्राप्ति को भी तो अच्छा नहीं लगा था, पर मन को थामा। नैतिक-अनैतिक पर विचार करने के पूर्व, उन्हें अपने शुभाशुभ पर विचार करना होगा। अतः उचित वही है, जो राज्यादेश हुआ।

अधिक सोचें, तभी देखा था, कृष्ण और बलराम गोप समुदाय की भीड़ से आगे, मैदान में आ पहुंचे थे। दोनों भाई, एक-एक मल्ल के सामने।

कुछ क्षण भयपूर्ण सन्नाटा रहा, फिर शोर होने लगा।

अद्भुत।

आश्चर्यजनक!

निःसंदेह, अद्भुत भी था। आश्यचर्यजनक भी। श्रीकृष्ण और बलराम क्रमशः चाणूर और मुष्टिक के सामने। लगता था कि दो विशाल वृक्षों को चुनौती देती हुई चपल बेलें लहरा रही हैं।

क्या होगा? सोच या देख सके, इसके पूर्व ही परस्पर बांहें फैलाए हुए दोनों जोड़े जूझ गए। चाणूर और मुष्टिक भयंकर प्रहार करते हुए, मुंह से

विचित्र-विचित्र हुंकारें भी निकालते। यह हुंकारें वातावरण में स्तब्धता बिखेरती जातीं। भय, घबराहट और सनसनी।

देर तक चलता रहा था दोनों का ही युद्ध। जो लोग यह समझ रहे थे कि कुछ ही क्षणों में चाणूर और मुष्टिक के प्रहार ओर दांव-पेंच गोप बालकों को समाप्त कर डालेगें, अब उन्हें विश्वास होने लगा था। विशाल देह मल्ल जिस तरह क्रमशः थकते, ढलते जा रहे थे, उससे प्रतिक्षण प्रमाणित हो रहा था कि श्रीकृष्ण-बलराम अपनी चपलता, त्वरितता, फुर्ती और आश्चर्यजनक कौशल के कारण उन मल्लों पर बहुत भारी पड़ने लगे हैं।

बहुत समय नहीं लगा था। श्रीकृष्ण के वज्न प्रहारों ने अनेक जगह से चाणूर को लगभग तोड़ दिया, फिर लगा था कि वह मल्लयुद्ध की सभी परंपराएं तोड़कर किसी-न-किसी प्रकार श्रीकृष्ण का वध कर डालना चाहता है। लोग भयग्रस्त होकर चीखने-चिल्लाने लगे थे, "यह अनीति है, दुष्ट मल्ल युद्ध की परंपरा का अपमान कर रहा है।" किंतु राजप्रतिक्रिया में न कुछ होना था, न कुछ हुआ। युद्ध चलता रहा।

श्रीकृष्ण वायुवेग से चाणूर पर भयंकर मुष्टिक प्रहार करने लगे। एक के बाद एक। हर प्रहार किसी वज्र जैसा। प्रहार के साथ ही दैत्यदेह चाणूर के मुंह से एक भयंकर आर्त्तनाद उठता, फिर उसका वह अंग शिथिल होकर शरीर से झूलने लगता, जिस पर कृष्ण ने प्रहार किया होता। उसके मुंह, होठों और नाक से पहले फेन निकला था, फिर लहू की अनेक धाराएं फूट पड़ी।

यही स्थिति हो चुकी थी मुष्टिक की। उसने भी अचानक दांव-पेंच से परे होकर कर संकर्षण की हत्या की चेष्टा प्रारंभ की थी। उत्तर में मिले बलराम के भयंकर प्रहार।

अंग-अंग झूलकर जहां-तहां से लटक गए, फिर वे पृथ्वी पर जा गिरे, कुछ पल छटपटाए, उसके बाद निश्चेष्ट हो गए।

हांफते, किंतु मुसकुराते हुए श्रीकृष्ण-बलराम अब मल्लस्थल पर खड़े मथुराधिपति को देख रहे थे। नगर जनों ने जय-ध्वनि की।

प्राप्ति, उदास सहमी दृष्टि से पति को देखने लगीं। वह पसीना पोंछ रहे थे। रही-सही शरीर कांति गुम हो चुकी थी। संभवतः निश्चय नहीं कर पा रहे थे कि क्या करें, क्या कहें?

अभी, कुछ ही पल बीते थे कि चाणूर-मुष्टिक से निरंतर हुए युद्ध में थके हुए श्रीकृष्ण-बलराम की ओर कुछ मल्ल बढ़ने लगे। नगरजनों के बीच से अनेक आवाज़ें आईं, "सावधान कृष्ण! वे दुष्ट छल से प्रहार करना चाहते हैं! सावधान, देवकीपुत्र!" और प्राप्ति ने चकित होकर गरदन मोड़ी। देखा कि श्रीकृष्ण बलराम के पास आ पहुंचे शल की ओर वायुगति से लपके। अगले ही क्षण उनके भयंकर पाद प्रहार से पीड़ित शल ने एक चीत्कार किया। वह दूर उछलकर सभामंच से जा टकराया। उसका सिर चकनाचूर हो गया।

किंतु श्रीकृष्ण थमे नहीं, वह दूसरे मल्ल पर लपक पड़े थे। तोशल! हां, दुर्जय, शक्ति वाला तोशल ही था वह। श्रीकृष्ण ने एक टांग पकड़ ली थी उसकी, फिर दूसरी टांग पर अपना पंजा जमाया। एक वीभत्स करूण पुकार विशाल सभा में गूंज गई। तोशल को बीच से चीर डाला था यशोदा सुत ने।

"ओह, कंस सहसा उठ खड़े हुए। उनका स्वर, शरीर चेष्टाएं सभी कुछ अंसयत हो चुके थे। वह चीखे, "देख क्या रहे हो, मूर्खो! पकड़ों इन उद्दंड गोप बालकों को और डाल दो कारागार में! इन नीचों को जन्म देने वाले वसुदेव का वध कर दिया जाए! ऐसे राजद्रोहियों को शरण देने वाले मेरा दुष्ट पिता उग्रसेन भी दोषी है।"

यादव सामंत सहमे बैठे थे। ऐसे जैसे पल-भर पहले किसी ने उन्हें उनके स्थानों पर बांध दिया हो।

प्राप्ति और अस्ति के चेहरों पर हवाइयां उड़ने लगी थीं। ओह! वह बालक, केवल चमत्कार नहीं, साक्षात् चमत्कार है। कभी सुना था कि अंधड़ों में भयावह शक्ति होती है, किंतु पहली बार उन्होंने देखा था कि आंधी ही नहीं, वायु के झोंके भी विशाल वृक्षों को पल-भर में धराशायी कर डालते हैं।

आड़ी-टेढ़ी चाणूर और मुष्टिक की लाशों के अतिरिक्त शल, तोशल के वीभत्स मृत शरीर पड़े थे। सैनिक जहां-तहां दुबक गए थे, और कृष्ण-बलराम क्रमशः धीमे-धीमे मंच की उन सीढ़ियों की ओर बढ़ रहे थे, जिन पर मथुरापति का आसन था।

कंस चीखे जा रहे थे, "अरे मूर्खो!... सुनो! कहां गए राजसेवक?"

सेनानायक!... सब सुनो!... इन विद्रोही गोपों को बंदी गृह में डालो और इस दुष्ट नंदपुत्र को...!"

शब्द पूरे हों, इसके पहले ही वायुगति से श्रीकृष्ण कंस की ओर पहुंचे। महाराज कंस ने खड्ग खींचा, पर अवसर नहीं मिल सका था प्रहार का। श्रीकृष्ण ने उन्हें बाजुओं में कसकर एक ज़ोरदार उछाल ली। अगले ही क्षण कंस सीढ़ियों से लुढ़कते हुए मैदान में जा गिरे। रानियां चीख पड़ी थी। इतनी आर्द्र और करुण पुकार थी उनकी कि समूचे सभागृह में गूंज गई।

आहत हो चुके थे मथुरापति। साहसहीन भी। सम्भलकर उठ सकें इसके पहले ही, श्रीकृष्ण उनके सीने पर चढ़ गए थे और फिर एक गुंगुआहट! महाशक्तिशाली, पराक्रमी, वज्रदेह कंस की यह कातर गुंगुआहट!

"नहीं-नहीं।" सहसा ज़ोरों से चीखने लगी थीं प्राप्ति। आंखें बंद थीं उनकी। चेहरा पसीने से सराबोर। दासियां दौड़ी आईं।

"क्या हुआ, मगधसुता?"

पल-भर में अनेक राजसेविकाएं पहुंची। महाराज जरासंध के राजभवन में सनसनी की तरह समाचार बिखर गया। सम्राट की छोटी पुत्री प्राप्ति सहसा ही बेसुध हो गईं। पल-भर में ही वैद्यराज आ पहुंचे। प्राप्ति को शय्या पर लिटाया गया। उपचार प्रारंभ हो गए। असंख्य सेवक-सेविकाएं प्राप्ति की सेवा-सुश्रूषा में व्यस्त। सांझ ढले सुधि आई थी उन्हें। पलकें खोलते ही देखा था कि महाराज जरासंध चिंतित, व्यथित दृष्टि से उनके पास बैठे हुए टकटकी बांधे देखे जा रहे हैं। कातर हो उठा था उनका स्वर, "क्या हुआ पुत्री?"

सहज होते-होते कुछ पल लगे प्राप्ति को, फिर स्मरण आया था कि पराक्रमी पति का वह क्रूरतापूर्ण वध दृश्य स्मरण करके सुधि खो बैठी थीं, किंतु यह सब बतलाना उचित नहीं होगा, अतः बोली-थीं, "ज्ञात हों, पितृ, किंतु... किंतु लगता है अचानक चक्कर आ गया।"

गहरा श्वास लेकर जरासंध उठ खड़े हुए। वैद्य ने पुनः परीक्षा की। कहा, "आश्वस्त हों, प्रभु, अब राजकुमारी ठीक हैं।"

वे सब चले गए थे। जरासंध कुछ पल उदास निगाहों से उन्हें देखते रहे, फिर कहा था, "तुम्हारी वेदना और कष्ट समझता हूं पुत्री, पर आश्वस्त रहो। हत्यारे बालकों को अवश्य ही उनके किए का दंड मिलेगा। मगधशक्ति उस समय तक शांत नहीं बैठेगी, जब तक कि श्रीकृष्ण और बलराम हत नहीं हो जाते।" उनकी आंखें चमकीं थीं। बहुत हिंस्र चमक थी वह।

प्राप्ति का मन हुआ था, उन्हें रोके, "नहीं पितृ, नहीं।" पर शब्द नहीं निकल सके होंठों से। मगधराज कक्ष के बाहर जा चुके थे।

प्राप्ति कक्ष के सन्नाटे को देखती रहीं। संध्या के साथ ही सेविकाएं व्यवस्था करने लगी थीं, पर प्राप्ति देख रही थीं, जरासंध की अनुपस्थित आंखों की हिंस्र चमक। डर लग रहा था...।

हां, यह चमक भय पैदा करती थी। क्यों न करती? नहीं, बिल्कुल ऐसी ही चमक तो उन्होंने अनेक बार मृत्यु पूर्व अपने पति कंस की आंखों में देखी थी। तब क्या जरासंध भी...?

"न-न, ऐसा न हो ईश्वर, ऐसा कभी न हो।" वह बुदबुदा उठीं, पर शब्दहीन। लगा कि अपने ही भीतर शब्द खोलकर जलन घोल गए हैं।

कक्ष में रोशनी झिलझिला उठी।

•••